CUNEI
F●RM
铸刻文化

單讀 One-way Street

金特 著

冷水坑

中国出版集团
中译出版社

图书在版编目（CIP）数据

冷水坑 / 金特著. -- 北京：中译出版社，2023.10
ISBN 978-7-5001-7582-7

Ⅰ.①冷… Ⅱ.①金… Ⅲ.①小说集－中国－当代
Ⅳ.① I247

中国国家版本馆 CIP 数据核字 (2023) 第 191725 号

冷水坑
LENGSHUIKENG

作　　者：金特

出 版 人：乔卫兵
策　　划：冯俊华 [副本制作]
责任编辑：温晓芳
特约编辑：陈凌云　郭佳佳 [铸刻文化]
书籍设计：Titivillus [铸刻文化]

出版发行：中译出版社
地　　址：北京市西城区新街口外大街 28 号普天德胜主楼四层
电　　话：(010) 68002926
邮　　编：100088
电子邮箱：book@ctph.com.cn
网　　址：http://www.ctph.com.cn
印　　刷：山东临沂新华印刷物流集团有限责任公司
经　　销：新华书店
规　　格：850mm×1092mm　1/32
印　　张：14
字　　数：277 千字
版　　次：2023 年 10 月第 1 版
印　　次：2023 年 10 月第 1 次印刷

ISBN 978-7-5001-7582-7　　　定价：69.00 元

版权所有　侵权必究
中译出版社

目录

冷水坑 001

冬民·序章 053

暴风雪 141

罪与爱 203

后记 439

冷水坑

朕及笃敬,恭承民命,用永地于新邑。

——《尚书·盘庚》

寒假回来第二天，段铁马去图烈昆家喝酒。他俩是初中同学，交情最好。图烈昆他爸陪着，爷仨喝到晚上十点多。两瓶东北烧，一囊子马奶酒，把段铁马喝哭了。四年大学马上毕业了，他害怕进社会，更怕回老家。图烈昆叼着玉溪，抠手指盖的泥，不知道怎么劝。图叔用碗喝着马奶酒，也不吱声。"回来就是进矿场，要不能去哪儿？"段铁马开始号，"跟我爸似的，一辈子老死在矿场，那我这四年不喂狗了吗？"图烈昆说："实在不行做点儿小生意，本钱我给你出，干啥都能活呀。"段铁马一闭眼："我读的是中文系，用不上，再说我也不是做买卖的料。"图烈昆说："跟我去内蒙古跑车吧，你又吃不了苦，好不容易考上个大学就去关里闯荡呗。"段铁马叹口气，喝了杯中酒，点支玉溪。图烈昆脑门子爆青筋，嚼着花生豆，一身膘子肉。有图烈昆在，天就塌不了。图叔开口了："关里人奸，咱脑袋不够用。"图烈昆说："闪金沟的陈芳，

冷水坑

嫁给关里一江苏老蛮子,听说闹离婚呢。"段铁马说:"陈芳那人也不行,养汉的货。"图烈昆回头召唤他妈:"妈,没酒了。"段铁马和老爷子走了一个。图婶在外屋地说:"还喝呀?"段铁马笑了:"婶儿心疼我喝你家酒了。"图烈昆说:"她耳朵背。"然后起身去外屋地了。图叔卷了支旱烟,揪了疙瘩头,段铁马给他点上,火苗子燎出一拃长。把羊腿啃完了,段铁马得抠牙,抠到半路走神儿了。图叔坐炕沿上直呼噜,肺子被粉尘呛坏了。段铁马说:"老叔,少抽几口吧。"图叔说:"抽不抽都活不了几天……你爸那人死心眼儿,别跟他一般见识。"段铁马一抹脸:"我跟他整不了,真整不了,倔骡子。"图烈昆抱一箱啤酒回来了,段铁马正接电话呢,他后妈在那头喊:"你爸工友都去矿局蹲点儿了,听说张七要跑,补偿款都在他手里呢,你爸闹风湿动不了,你赶紧去,赶紧的……"段铁马心里不痛快。"那赶紧去啊!"听段铁马把事儿一说,图烈昆就把他往外屋地推,老爷子喊:"大路塌了,穿树林走,一会儿就到。"兄弟俩到了外面还在撕巴,段铁马不想去。图烈昆不干了:"你懂点事儿行不?张七要真跑了,你爸妈咋办?"段铁马摇头晃脑,也没打招呼,骑二八大踹跑了。

图哈屯在山沟里出大车,以前赶骡子,现在都开东风了。冷水坑人叫他们大膀子达勒达,因为有蒙古人的种。他们往内蒙古拉货,大红砖,大松木,闪电河的沙子,把路都压坏了,颠得段铁马差点儿脱把。老一辈冷

冷水坑

水坑人和大膀子达勒达经常干仗，到第二代才和好。段铁马放开车闸，冲下公羊坡。四周没有一点儿光亮。出门前他把他爸的矿井灯夹后座上了，到坡底才想起来。段铁马心里想："有灯又能怎么样？心是乌漆墨黑的，给你个太阳也没用。"二月二矿难头天，就是大太阳。他爸心里突然没着没落的，就去劈杨树根子。铆足劲儿劈歪了，把地面切了个口子。这把他气得，抡斧子当大锤，把木头凿了一通，还凿裂了一块地皮。老东西腰疼了一宿，挺到第二天晌午刚想出工，巨公山把三号矿井压塌了，四位老工友没出来，全是老冷水坑人。石头块滚进闪金沟，削平了屠户陈锁的儿子陈亮，心窝以上全烂了，大长腿折成六截。听人说，当时他正在山根儿勒狗呢，一条大黄狗。他二妹陈芳，在坟圈地直打滚，抓着胸脯骂老山神糟蹋好人。这女人一有点事儿就犯病，骂着骂着就开始挠喉咙，都快挠烂了，才把陈亮的声儿放出来。她哥哭着说，大黄狗本是老山神的太子，那天下山玩，被我扳住狗头用裤腰带给勒了。你别哭了，这是我的命，你怎么能怪老山神呢？周围没人敢劝，一直等她吐了口白沫子才帮忙。算上陈亮，二月二矿难收走了十二位工友，段铁马全认识。下去是赶羊坡，上来是拦羊坡。段铁马推着车往上爬，觉着越推越重。上了坡，是一片自留地，比天还黑。段铁马心里乱糟糟的，没一点儿生气。他回头吐了口痰，就这么上路吧。

段铁马戴上矿井灯，五百多的日本货，能照见自留

冷水坑

地的冰碴儿。胃里灌风了,段铁马嘴里泛酸水。本来这顿饭是在家吃的,吃到半路,他爸又耍酒疯了,骂儿子白眼狼:"党和国家给我工资、医疗保险和养老金,比儿子靠谱。"段铁马当时没吱声。老冷水坑人特爱犯浑,喝酒不要命,抽旱烟,嚼毛豆,在澡堂子里吃韭菜合子,光屁眼子骂亲爹。因为没地,第二代冷水坑人和本地农民的孩子在学校里打仗肯定是先动手,因为农民小孩儿爱骂别人爹。车轱辘老崩石头子儿,段铁马正想着呢,突然撞上自留地头的土坎儿。有个老头儿被吓醒了,薅住车把,让段铁马下来:"前面有坑,你去哪儿?唉,你不是段老六儿子吗?"段铁马赶忙把车撂一边,他认识这老头儿,闪金沟矿车主任陈青他爸,被矿石削过脑袋的陈松陈二大爷(老冷水坑人)。段铁马问:"陈二大爷呀,搁这儿溜达呢?"老头儿喝多了,一直盯着段铁马。"你把那玩意儿关了,刺眼睛。"老头儿搂头盖脸地薅灯,手上都是白酒。谁想得到呢,段铁马把灯一关,老头儿原地跳老高。段铁马问:"二大爷,您这是唱哪出啊?"一把没抓着,老头儿把大棉袄甩了:"你说我唱哪出,我刚才做小梦呢,被你的破车撞醒了。"段铁马说:"我没留意。"老头儿亮出一记猴拳:"瞅你那损出,被你一撞,我还以为矿山塌了呢。"段铁马把棉袄给老头儿捡起来:"二大爷您把棉袄穿上,赶紧地,多冷啊!"有什么东西把老头儿吓毛了,一脚跳进自留地,开始往图哈屯的方向蹽,段铁马在后面追。自留地太大了,段铁马被霜冻得直震

冷水坑

脚板子，一股股的野风往肺子里灌。借着酒劲儿，段铁马一把抓住二大爷的头发，给——我——过——来——吧！老头儿疼啊，在地上像骡子一样打滚儿，嘴里放炮："你是谁？你是谁？何方妖怪？"可能是气血攻心，这时候，段铁马心里想了下图烈昆，来了个狗熊拦腰抱，直接从地上把老头儿举起来。在上面的老头儿比猴子还轻，段铁马心里难过——除了酒、烟叶油子、粉尘，这老矿工基本没肉。但段铁马气性也大，一直这么举着，心脏咚咚跳得震耳朵，他啪啪跺脚，轰的一声吼出几里地远："巨灵神在此！"震得自留地发颤，其实是段铁马故意摆弄胳膊呢，把老头儿吓蔫了："别跺脚，别，别，底下掏空了，轻点儿喊。"段铁马问："爷们儿，服没？"老头儿说："嗯！"段铁马又晃荡几下，把人放好，给他裹上棉袄。老人被野风吹得大脑退化了，佝偻着小身板儿，小孩儿似的黏段铁马。等回到地头儿，爷俩坐车旁边抽烟。正常的时候，老头儿可明白了，他告诉段铁马："矿场要是不倒闭，咱爷们儿，你，你儿子，都得搭进去。"吐了口痰，段铁马没什么好说的，脑袋耷拉在卡巴裆犯愁——自己出路在哪儿呀？老头儿就劝他："你爸那人太生性，但虎毒不食子，他老是捶打你是怕你不成才。"段铁马不乐意听："我能考上大学，和他一点儿关系都没有，因为咱爷们儿心里有股劲儿，有股恨，我恨这地方。"老爷子就说："那你爱哪儿？"段铁马回答不上来。老头儿来劲儿了："看把你能耐得，生你养你的地方就这么招你恨吗？

冷水坑

是不是心长歪了,还是后脑勺有反骨啊?"段铁马说:"二大爷,我后脑勺睡扁了。"二大爷问他:"孩子你大半夜去哪儿?"等段铁马把缘由一说,老头儿差点儿又犯病,站起来到处摸东西。因为怕他发疯,段铁马也跟着起来,垫着土坡,比二大爷高出两个头。老头儿从棉裤腰里掏出块玉,焐得都烫手了,说什么都要交给段铁马:"孩子,明晃晃的大路塌了,咱只能走黑咕隆咚的山道,多像咱冷水坑人的命啊。这一路有人有鬼有仙有魔的,不干净的东西太多,这玉开光了,借你一路通行。"段铁马掂量掂量,眼睛就湿了,他对老头儿说:"二大爷,我要不给你送终,不给你磕十八个头,我就不姓段。"老头儿说:"少来这套,你小子,我是知道的,怕人不怕鬼,因为你心里有鬼。知道是哪路鬼吗?忧——愁——鬼,没有钟馗的宽心丸,治——不——了。你不像冷水坑人,你爸血可溅,头可断,因为就一个心眼儿。去矿局不远也不近,路上加点儿小心。"说完了,老头儿拍屁股就走,几步爬上一个山坡。段铁马不知道该怎么拦,他觉得没这必要。

闪金沟人好养狗,一条大泥路从东头骑到西头,满屯子狗叫唤,把段铁马烦得急眼了。他骑得急,耳朵呜呜挂风,眼睛被矿灯晃花了,眼瞅着轧中一条黑狗,车把就被震脱手了。谁也不愿意半路摊上事儿。狗没叫唤,他也没翻车。手忙脚乱也忙出溜了十几米,脊椎骨差点儿脱了节。再也控制不住了,也不用控制。段铁马支好车,用矿灯逛摸了一根杨木棒子——就是用这东西,他爸从

冷水坑

图哈屯一路削到镇政府，本地农民听见"段老六"三个字儿腿肚子转筋；就是用这东西，他爸把他从小削到现在。段铁马越想越恨，越恨步子越大，到了狗跟前他没动手。矿工下班头件事，进澡堂子，第二件事，大伙儿一起喝酒。酒入欢肠，酒入愁肠。心里窝火的人太多了，喝完回家，走一路吐一路。胃里的酒肉一散风，招邪也招狗，人养的畜生按时按点儿等矿工喝酒回来，跟一路，吃一路，直到不省狗事。想到这儿，段铁马把杨树棒子撇了。黑狗毛亮刷刷的招人稀罕，段铁马踹了它两脚，醉得死死的。他把矿灯关了，蹲下来，一手抓住狗嘴，一手拎住俩后腿，走——起，把狗往脖颈子上一搭。狗肚子又臊又热，有股他爸身上的酒臭味儿。前面的路被自行车挡住了，让他心烦。他认识这条狗，是闪金沟推进器操作员陈宏的儿子，白毛陈奎的宝贝疙瘩，小——黑——虎。呸，人借虎威，闪金沟人心如猪狗。这片大好的山河水呀，养活本地八大村的老少爷们儿。当初国家矿务局要征地挖煤，市委来人和镇委书记、镇长下来做工作，被八大村人堵进杨树林，放了十万多响鞭炮、五十条大土狗。和武警干仗的时候，农民用牙咬钢盔，都把武警逗笑了。人哪，什么种干什么事儿。谁能想到，闪金沟人偷偷把地卖了。拿到补偿款第一件事，盖大砖房。谁都知道，他们是关内流民，要饭的种。二十多年一晃就过去了，老冷水坑的矿工和闪金沟人大大小小干了上百仗，又能怎么样？第二代人都要靠矿区养活了。

冷水坑

矿灯再亮,能照多大地方?现在的人多奸,本地农民和冷水坑人天天研究《新闻联播》,没别的原因,国家是自己的衣食父母。矿区就是家,外面的社会和我没关系。用铁笼子把人放到几百米深的井里,黑暗就是家,太阳和我没关系。除了活命,都不能当真。在井里吸气儿,肺子是会上瘾的,人心也不愿见光了。我害怕进入社会,段铁马心想,无非如此嘛。出去混的矿工子弟,混得再好,也解不开一个心结:我为什么出来混?在外面混,心里就是不安生。闪金沟的路还算平整,段铁马特别想抽烟,出门急,忘带玉溪了。加把劲儿啊,快进大荒地了。大荒地专出好电工,因为爷爷那辈给日本人架过电线,做事特别认真。二十年了,矿山变压器基本没出过事故。大荒地人老实,因为在上方作业,摊不上塌方、透水、瓦斯爆炸,所以寡妇也少。大荒地人爱喝啤酒,家家偷电,偶尔也偷煤。矿区特级电工郑士元的儿子,铲车司机郑普全,是段铁马的好哥们儿,他在村口开了个小卖部。

说是好哥们儿,但交情没过命。普全这个人,心有点儿弱,把得失看得挺重。今年开春刚结婚,媳妇儿是黄土坎人,刮板输送机操作工沈庆生的大闺女,右手长着六指儿的沈丽。沈丽从小用左手写字儿,在矿区子弟学校念到初二,因为要动手术切六指儿,干脆退学了。世上的人千奇百怪,有一种人最让人瞧不起:贪小便宜。作为一个女人,从人品来讲,沈丽不如陈芳。图烈昆说过一句话,女人光明正大地养汉,说明她心里憋屈。人

冷水坑

嘛,陷到坎儿里了,如果不走歪路,就得发疯。沈丽在矿场家属协管会上班,照顾那些疯寡妇,听人说,她心里挺硌硬的。普全想在矿上操办婚礼,地方够大,能摆几十桌呢。矿场几百号人哪,谁好意思不随份礼。人生头一次啊,沈丽没贪这个便宜,说,家里有暴死的人一概不发帖。普全婚礼当天喝多了,也是人生头一次啊,嘴上没把住门,把媳妇儿的话全秃噜了。图烈昆心里容不得这个,酒杯一放就走人。第二天,普全去图烈昆家,想说道说道,咋的哥们儿,对我媳妇儿有意见呢?图婶儿拦着,烈昆没动手,说,郑普全你脑子被煤块子削啦,平时你挺稳当,刚娶个媳妇儿就犯彪呢?本地有句老话说得好,人要作死,老仙儿也拦不住。郑普全后来说,当时他心里发热,血冲上脑门子了。他就指着图烈昆,说,我今天来,就是告诉你,图烈昆,在咱老八村你排不上号,因为你不是矿区的人,没资格在我家耍楞。图烈昆身后边是园子墙,用石头块儿垒的,他随手抄起一块削在郑普全腰上。图烈昆要是犯彪,瞪眼宰活人。不过事后也害怕呀,万一把人打残了呢?再说了,郑普全话没错。段铁马放暑假回来,把俩人撮合到一块儿,去市里吃了个烤全羊,这事儿算过去了。过得去吗?我,段铁马,不是老八村人,没进矿区上班,也不像冷水坑人,更害怕进入社会,前不着村后不着店,没出路,没退路,这是要把人往疯里逼呀。还没到小卖部门口呢,段铁马就开始喊:"普全,给我拿两包玉溪!"门口撒了一地花生壳,

冷水坑

里面亮着灯,是打通宵麻将呢。"普全!"段铁马一个劲儿喊,然后下车捡花生吃。自行车倒了,把他吓得跪地上了。刚好门开了,沈丽差点儿笑背过气:"这大礼也太重啦!"段铁马就地给她磕头:"参见娘娘。"沈丽说:"滚犊子。大半夜去哪儿?"段铁马没提去矿区,就说:"刚从图烈昆家出来,赶紧给我拿两包玉溪,憋坏了。"沈丽没动地方。段铁马也不吱声。你不动活儿,我自个儿进去拿。外屋地有堆矿工家伙式,绊了下脚,段铁马差点儿扑到货架上。拿了两包玉溪,段铁马撩开棉帘子往里屋走。沈丽说:"四十八。"段铁马回头扔了一句:"我把钱给普全,老娘们儿……"普全就坐对面,还没看见段铁马,就老大不乐意地埋怨他:"大半夜你搁外边儿喊什么呀,我又没被砸死,五条!"大伙儿都乐了。打麻将的,还有大荒地退休老挖煤工郑九良的儿子,掘进工郑广渠;边壕子支护工贾树良的儿子,支护工贾杰;大荒地水采工裴树苗,背对着段铁马,他爸五年前被绞车轧在煤壁上,除了脑袋,整个稀巴烂了。但裴树苗心大,他爸还没过头七就去嫖了。看热闹的,有金碰子钻井机操作工金广同的儿子,修巷工金宝镇,这小子偷煤有一手;北安屯老挖煤工孙云国的儿子,挖煤工孙小利,白天挖煤,晚上开窑子,手里有十几个老娘们儿在他家炕上睡一溜儿;景口子掘进工景宏德的外甥,矿井泵工薛彪子,人如其名,彪起来亲爹都敢打,他舅和六个矿友被瓦斯闷死了;下浑酒支护工刘嘎巴的儿子,爆破工刘升,前年被石头

冷水坑

子儿打穿了腰,靠医疗保险养到现在。另外三个段铁马不认识。这些是老八村人,和二月二矿难没关系。段铁马的烟灰掉到裴树苗头发里了,两人磨叽了几句。段铁马嫌他牌臭,然后掏出五十块钱扔给普全,又被普全给撇回来了:"赶紧拿走。"段铁马乐了:"收着吧,别因为两包烟破坏你家庭。"孙小利打岔:"铁马,你这是用舌头杀人啊,等着被削吧。"金宝镇说:"小利你说错了,要削也先削普全。"刘升说:"两口子搁被窝里削呗。"郑广渠说:"在被窝里谁削谁,那就两说了,对吧老贾?"贾杰不干了:"别他妈扯我,幺鸡,我还没开瓢呢。"裴树苗说:"小利,给老贾安排安排呀。"薛彪子:"别把人整死喽。"大伙儿这个笑啊。沈丽在外屋地吵吵:"嘴巴都干净点儿啊,是不是想我骂人?"普全问段铁马:"大半夜去哪儿啊?"沈丽进来了,段铁马把钱给她,人就到外屋地了,也不知道怎么回事,段铁马心里觉着委屈。到了外头,他拍拍车座,寻思了一下,临走前又扯开嗓门:"穿树林子去矿区。"普全在里面喊他:"十二点了,你敢走树林?铁马,铁马,回来……"

谁也别想拦我,我非去不可。老不死的,咱俩之间有恨,那就恨到底,到时候自然见分晓。段铁马越想心越硬,越硬就越委屈。他哭了,咧着嘴在野风里号:"老不死的,你就逼我吧,逼——我——吧,塌井压死你,瓦斯炸死你,透水淹死你,用搅煤机轴承把你绞成肉馅,让你逼我,让你干涉我,让你摆弄我……咱俩不是

冷水坑

一个种的……我没家,老八村不是我的家,矿区不是我的家……"矿灯外面一团黑,和井里一模一样。段老六心狠手辣,一根杨木棒子打遍老八村,对儿子也不含糊。段铁马稍微走神儿,一个嘴巴子削过去:"窝囊废才心不在焉。"他把孩子扔井里,攥着杨木棒子在出口看着,哪个工友过来劝就削谁,他的理由是这样的:在井里待着,才能明白人生是怎么回事儿。你要怕黑,咱俩别做父子。你要怕死,咱俩别做父子。你要不讲义气,咱俩别做父子。死了那老些工友,我的儿子绝不能怕。段铁马连哭带号,踩秃噜好几次,把脚脖子卡得生疼。太他妈疼了,段铁马心里直翻个儿。出了大荒地,又是一片自留地。自留地那头是火车道,从矿区到市里的短线。把煤装上车皮,运到市火车站,中转南下,出山海关,经秦皇岛,过北京,经京沪铁路到上海,每年输煤百万吨。段铁马的大学在上海,他在上海做了俩月实习生,就再不想进社会了。

要过火车道,得先上个坡。坡那面有堆人,吵吵巴火的,北安屯铲车司机阚云峰的嗓门儿最大。这小子有点儿虎,竟敢开矿区的铲车偷煤,被矿区开除不说,还罚了两千块钱。段铁马把矿灯关了,袅悄儿地支了车子,不记得脚脖子疼了,几溜小跑儿蹿上铁道。吓唬人能忘忧,哈哈,段铁马大吼一声:"段老六来啦!"那堆人立刻孬毛了,有个小子撒腿就蹽。段铁马差点儿笑岔气,召唤他:"回来,回来,逗恁玩呢!"阚云峰也叫唤:"二亮子,回来,是铁马!"等边壕子挖煤工赵德青的儿子,

冷水坑

铲车司机赵二亮回来,大伙儿这个笑啊。段铁马背着手下来,阚云峰的烟就递过来了。段铁马没接,掏出盒玉溪,跟大伙儿分了。段铁马瞅瞅车,是金杯小货,前盖儿掀开了。再看看几个人,有俩不认识,除了老阚、二亮子,还一个是金碇子挖煤工金久宝的侄儿,缆车调度员金广勤,他爸被砸瘫痪了。段铁马说:"老阚,行啊,开金杯了。"应该是被吓的,阚云峰一直哆嗦嘴:"铁马,你搁哪儿冒出来的?"段铁马没吱声,那俩不认识的过来和他握手。阚云峰给大伙儿介绍:"卧佛山来的,亲兄弟,大彪和二彪。这是段老六儿子,咱矿区唯一的大学生,段铁马,干仗也不含糊。"段铁马一愣:"卧佛山,这老远跑过来?"大彪一个劲儿打溜须:"和老阚沾亲,过来帮忙。哎哟,你不知道,我和二彪是听你爸的故事长大的,真的。"段铁马摆谱了:"拉倒吧,就是个挖煤的。这你弟呀?"二彪点个头,没说话。这小子看着不含糊,留着络腮胡,还提溜个斧子。段铁马从小干仗,别说带刃的,连火铳都崩过。有天大半夜,他爸在矿上喝酒,出来撒尿的工夫正碰上三个小子偷煤,几下被他爸干倒了,没想到又蹿出四个,把段老六削趴下了。段老六在矿区医院昏迷了三天,多少工友想去找人,段铁马心里烦他爸,就是不吱声。图烈昆不干了:"你不给叔报仇,我去!"叔辈人都有家有口,不能连累人家,段铁马和图烈昆双刀赴会。开长途的手里都有家伙,图烈昆在内蒙古买了两把双筒火铳子,一人一把。扎上矿工的工具袋,攥子、

冷水坑

斧头、大改锥、榔头,别了一腰,戴上矿工钢盔、防尘口罩,大半夜骑摩托去了。这一仗真漂亮,那帮小子正在屋里呢,被兄弟俩一顿削。段铁马用榔头挨个儿凿牙,临走前,把火铳放光了(不打人),差点儿没把房梁轰下来。那次以后,段铁马再不干仗了。因为煤产量逐年下降,连年亏损,整片大矿区有上万人下岗。那几年乱透了,天天放火铳子。这事儿从脑子里一过,段铁马翻脸了,指着二彪:"把家伙收起来,咋咋呼呼的,吓唬谁呢?"黑灯瞎火的时候,人比较敏感,段铁马能觉察到二彪已经怕了。大彪哏叨他:"把家伙收了!"二彪把斧子别裤腰带上,嘴上不想服气:"换别人敢这么吓唬我,家伙早撇出去了。"段铁马没言语,心想这小子有点儿彪。问了问情况,是离合器烧了。段铁马用矿灯瞅瞅,觉着凭自己的手艺修不好。二彪过来帮忙撑车盖子,段铁马照照他,这小子脸煞白煞白的,眼眶子很深,好像有话要说。二彪说:"段哥,我现在混社会呢。"段铁马拉个调儿:"哎呀,混社会也行,世道就这样了。但有一样,别碰毒。"二彪说:"哪能呢,最烦那玩意儿。"段铁马说:"跟谁呢?"二彪说:"市里的,顾老八。"段铁马没吭声。金广勤凑过来,问能不能修。段铁马说:"凭我的手艺恐怕不行,得找图烈昆。"广勤就骂二亮:"咋开的车?"二亮说:"煤太沉了,还不是你,一个劲儿往里装。"大彪和阚云峰着急啊,段铁马不能不管,就给图烈昆打电话。人家二话没说,立刻答应过来。五个人为了表示感谢,想给段铁马两百块钱。

冷水坑

段铁马推回去,说:"图烈昆不是给我面子,人家就是仗义,不想看见乡里乡亲的出事儿。得,我走了。"临走前,老阚问他去哪儿,一听要穿树林子,就"啊"一声:"你彪啊,大半夜敢走树林子?"段铁马说:"我敢。"大彪说:"把我弟带上,小子胆儿也大。"二彪说:"段哥,我跟你去。"段铁马没同意,二彪就让他带上斧子。瞅着那斧子,段铁马心里挺难受,多少年轻人走上了不归路啊!把斧子架到后车架,段铁马接着赶路。

带着斧子,进了北安屯,段铁马开始琢磨人。人这个物件,是言语不清的。天造万物,各有各路。人也一样。有其父必有其子,这话不算错,也不能说对。段老六觉得儿子太老实,老吃哑巴亏,窝囊废。段铁马心里暗笑:"以前威震八方,现在呢,一个下岗矿工算个屁。"他爸不怕人,但心里怕鬼。段铁马就不怕,牛鬼蛇神、仙人鬼怪,都离不开这一亩三分地儿,大千世界都出自同一个根儿。图烈昆和段老六一样,以前不敢走夜路,是跟着段铁马把胆儿练大的。哎,不怕鬼又能怎样?在阳间处处是坎儿,迈出那一步真难啊!我没有魄力,段铁马想,开疆辟土的魄力。刚想到这儿,正好过王小利家门口。一辆大洋(摩托车)打着灯,三个小子蹲那儿啃猪蹄呢,一人一棒啤酒,骂骂咧咧地聊冷水坑人。段铁马把车停了,趴车把上瞅他们笑。都不认识,该是外地矿工。有个小子站起来能有一米九,握着啤酒棒,打量打量段铁马:"瞅啥啊,哥们儿?"还用说吗?这是干仗的节奏啊。段铁马心里就

冷水坑

乐:"我都发誓了,再也不干仗,但他们骂冷水坑人,妈的,干不干呢?"脑子一溜号,另外一个小子没站起来,啪,后背拍地上,撅着脑子,整个人翻过去了。就这样,酒棒子没撒手。这小子爬起来,五迷三道地瞅瞅大高个儿,就开始磕头,然后又给第三个小子磕,再给段铁马磕。大高个儿薅起他,一脚踹到大门上。第三个小子大背头,挺稳当,问段铁马:"你也来玩儿的?"大高个儿最好打,先干心窝子,随即一个垫,卵子立马碎。段老六手快,一拳一垫,完事儿。图烈昆膀子劲儿大,好使王八拳,咚咚往脑瓜子上削,一顿连珠炮把对方凿蒙圈,他的手也破皮了。段铁马喜欢抱摔,把人按地上掐喉咙,然后往死里凿鼻梁子,还咬人。段老六从小训练儿子打架,不死人,不致残,打哪儿最疼,都是有学问的。打这三个,一分钟完事儿。再说了,我有家伙。不过时代变了,莫名其妙地变了:几十年前,矿区最辉煌的时候,年产煤上千万吨,那时候人多爆啊,出口就伤人,伸手就见血,但很少出人命。几十年后,把煤挖空了,人反倒学会了忍气吞声,能不打就不打,可一旦打起来就得有人死。心里想着事儿,段铁马点支烟,知道打不起来了。大高个儿召唤段铁马:"哥们儿,别老杵着,过来吃点儿喝点儿。"段铁马说:"塑料包装的,牙碜。排号呢?"喝醉那小子嘴犯浑:"小利这犊子啊,整帮老矿工寡妇,比我妈还老呢。"大背头瞪他:"少嘞嘞,帮人帮己都不懂吗?"大高个儿用猪蹄骨头撇他:"去歌厅啊,找年轻娘们儿啊,

冷水坑

去啊！"骨头砸卡巴裆里了，那小子慢蹭蹭捡起来吃："恁俩啊，没救了，到现在还……还舞舞扎扎的……矿区要倒闭了，知道不？还搁这儿牛×哄哄的，哼，想不到吧，挖煤，挖煤，这回真挖没了，哏儿屁了吧，哼……有个天大的秘密，被我发现了，兄弟（段铁马），咱俩有缘，我他妈的免费告诉你：咱们被老天爷摆了一道，这一道啊，坑了咱几代人……今天的冷水坑人，就是咱们的明天，你等着瞧吧……喝酒。"段铁马心里不得劲儿，就劝他："行了行了，咋活都一辈子。"他说完想走了，听见老娘们儿在里面骂人："瞎嘞嘞什么玩意儿，喝点儿猫尿嘴巴子就灌粪，告诉恁啊，想玩儿就支棱的，别趴我身上软咕囔的，小心把卵子薅折喽！"那小子赶紧用后脑勺磕铁门："哎呀姐啊，想死你了，你放心……保准杠杠的（掏裤裆），给力……"大背头又瞪他："咋呼个毛啊，刚偷煤挣俩钱儿就嫖。"大高个儿也说他："这人废了。"段铁马打个招呼，接着赶路。

从北安屯到边壕子，路面最不平整，矿灯一个劲儿抖搂。冷水坑人今天的下场，和我没关系，我也不想明天，走一步算一步吧。读了四年大学，交不上南方朋友，人家的活法和咱不对路。为了占个座位，两个男学生磨叽老半天，也不动手，匪夷所思。匪夷所思，是个没用的词儿，它又不能生煤。去公司面试的时候，他一直装困，因为心里头紧张。公司几百号人，一人一个格子，一台电脑，噼里啪啦敲键盘，满屋子咖啡味儿，让他可害怕

冷水坑

了。经理挺喜欢他,先问经历,再问他的特长。段铁马说,特长嘛,除了写东西,我还能修车,修水电,桌椅板凳也能修。他被录取了,实习写文案。从第一天起,他就觉得憋屈。办公室太亮堂,灼得心里发慌。不爱和同事说话,因为他用不上劲儿,在矿区,能吼就不说,能喊就不讲,但在上海不行。上了俩月班,每天干坐八小时。他想矿区,想得邪乎。想着想着,眼泪出来了,段铁马一边蹬车,一边号:"老天哪,给条出路吧!"号了三声,老天回话了。在右边的山坡上,声音老不耐烦了:"哎哎哎,谁啊,哭天喊地的?"段铁马收住车,用矿灯照半山腰子,看见个小土地庙。不管是不是仙家,规矩要做到呀。段铁马把车支好了,直愣愣站好,正式报起名号:"冷水坑矿工三号井二队小队长段老六的儿子,段铁马!"上面没搭话,撇下个东西,打在车把上。上供的小红酒盅。段铁马这个泄气,本以为能把心里话跟仙家唠唠,谁承想被忽悠了。他回身把斧子抽出来,指着山坡就骂:"王八犊子,给我下来!"那小子嘎嘎乐呢:"铁马,是我,刘旭,逗你玩儿呢,哎哎,你上来,有五粮液,来啊!"段铁马说:"等我。"这斧子有点儿压手,他就往车子那儿一扔,关了灯,小跑上山坡。边壕子挖煤工刘德的儿子,卷毛刘旭,把段铁马薅上来。这小子没少喝,见面就要烟抽。段铁马说:"我先拜个礼。"然后跪好了,给小庙磕三个头。刘旭在旁磨叽:"哎呀,信这玩意儿有用吗?"段铁马起来掏烟,刘旭还在磨叽:"能把煤磕出来?"刘

冷水坑

旭变成酒疯子，是被吓的。自打矿区传言要倒闭起，就有一批矿工不上心过日子了。刘旭是卷毛，快四十的人了，有点儿缺心眼儿。他爸有粉尘肺，在家等死呢。媳妇儿跟人跑了，儿子读完初二跟姥爷学打立柜，和刘旭不亲。二月二矿难前半年和之后两年，刘旭没攒下钱。矿上给他说了个寡妇，她前夫被炮崩死了。两人凑合一年，这娘们儿偷公公的养老金，被刘旭打跑了。边壕子人胆儿小，但打媳妇儿不含糊，酒棒子、擀面杖、杨木棒子、扁锅，专往脑袋上削。老娘们儿也不白给，凳子、水壶、炉钩子、大锅盖，抄起来就还手。打完媳妇儿削小舅子、大舅哥、老丈人。听见"边壕子"仨字儿，矿区领导就头疼。段铁马有恭敬心，让刘旭别对着小庙正门耍疯，俩人多走几步，趿摸块大石头坐着聊。聊，没意义。刘旭第一句话："这是假烟。"段铁马在玩矿灯，开一下，关一下，不言语。刘旭抽一口玉溪，喝一口五粮液。段铁马用矿灯晃他，咕噜咕噜，一瓶白酒见底儿了。段铁马数落他："你想提前上车，赶你爸前面走，是吧？"刘旭的舌头打弯儿了，非说要抽烟："整根儿……真玉溪。"段铁马没吱声，给他点上。吐着烟，刘旭飘了："别人笑我太疯癫，我笑别人看不穿。如果你看不起我，我不介意的。"段铁马听着，说："我没看不起你呀，是替你可惜，日子能过就过呗，反正都是一辈子。"刘旭说："活着呀，多一天不算多，少一日不算少。铁马，你还年轻啊，不知道日子有过不下去的时候。"段铁马特实在，说："很多矿友去山

冷水坑

西，去关里，都能谋到生计，怎么就你独一出呢？收矿是国家大事，关乎十几万人呢，不是单单和你过不去。"刘旭说："十几万个矿工，就是十几万个矿。你没下过井，说了你也不懂。"段铁马说："我下过井，是被我爸拽进去的。"刘旭说："你爸当年和我们老八村干仗，攥个杨木棒子，两拨人对阵的时候，他就喊口号。"段铁马知道这个口号，说："反对冷水坑人，就是反对国家。"刘旭说："那时还没你呢，矿区把冷水坑人招进老八村，和我们争国家矿工名额，那能干吗？那就打仗呗。要不是你爸生性，我们早把冷水坑人干跑了。哎呀，一晃二十几年，咱们把煤挖完了。挖煤不见光，黢黑耗一生；烧煤不见血，血在命中腥。这是天意啊，铁马，国家也没辙。"段铁马叹口气，说："日子还得过，上有老下有小的，别灰心。"刘旭说："日子过不下去有过不下去的乐儿。我也不走，矿区是咱的根，就算根烂了，也不走，我就搁这儿耗着。这里面是有奥妙的，你下了井自然能懂。"段铁马丢石头子儿，说："说说呗。"刘旭不说话。段铁马说："不说拉倒，我走了，你自个儿寻思吧。"刘旭说："你没下过井，能懂啥？"段铁马小跑到自行车跟前了，也没改口："别成天扯了，赶紧找个生计吧。"

　　刘旭的活法不算错，妻离子散，身无分文，家不像家，就一个等死的爹，再卖命干活儿又能怎么样？别说喝点儿酒，喝农药也有理。说刘旭缺心眼儿，是因为这人有个毛病：刨自己的根，挖自己的底。想到这儿，段铁马

冷水坑

心里苦笑:"他是没文化的段铁马。"刨自己的根,挖自己的底,是落不着好的。哼,你在地下挖,我在脑子里挖。挖到最后,肯定是你输,因为我净玩儿虚的。段铁马生在矿区,却不把这儿当成家。他不主动惹事儿,因为是在别人地盘。每次和图烈昆出去干仗,他都想着是为朋友两肋插刀,所以下手特别狠,因为和自己没关系。不管在矿区,还是在上海,他都不明不白。二十几年了,这不明不白背后的用意是什么?天意嘛,向来不让人得好的。想到这儿,段铁马心一亮:"虽然不舒服,不得劲儿,但拧巴着来觉得自由。假如不断气儿,我把这口气当成家。"段铁马心里亮堂,一口气蹬出边壕子,前头是金碴子。金碴子村村口有面大山碴子,五六层楼高,五六十米长,老有矿工和寡妇站上面要挟领导。左边是大碴子,右边是大沟,路面被大东风碾烂了,坑坑沟沟的冻得梆硬。段铁马在心里说:"这煤偷得也太邪乎了。"这路不能骑车,他下来推着走。出门不捡东西就算丢,这话说金碴子人正好。等进村子了,一水儿的沥青路。洋车子骑上面,听不着声儿。段铁马就嘀咕:"这帮金碴子人……"旁边有人搭茬:"嗬,看把您气的。"段铁马说:"把矿区都偷黄了。"那人跟在后头,说:"您严重了,靠山吃山靠水吃水,都是为了过好日子,嘴下留德。"段铁马说:"您哪,说得轻巧!"那人问:"咋个说法?"段铁马说:"龙生龙,凤生凤,老鼠的儿子会打洞。金碴子人哪,那是拿命占便宜的种。不过话又说回来了,大自然嘛,丰

冷水坑

富多彩变化万千,不能要求所有人都一个样。"那人挺客气,说:"谁生谁死,谁丑谁俊,谁君子谁小人,谁有德谁无知,谁牛高马大谁缺胳膊少腿儿,看在眼里就好了,别在心上乱琢磨,没用。大自然千差万别,正是老天的用意嘛。"段铁马说:"积德的人善有恶报,造孽的人一生安好。"那人说:"您看您,老盯着别人的短处,怎么能看见老天的好生之德?"段铁马说:"呸,压死那么多矿工,好谁的生,积他妈谁的德?"那人也不含糊:"您啊,一个色厉胆薄之人。"段铁马说:"别跟我扯没用的话。"那人一直跟着,不松嘴:"没用的话?"段铁马说:"说出来但没用,因为说话本身就没用啊。"那人说:"那是没说到痛处。"段铁马说:"真招笑,人生一世,谁没有个痛处?把话说得五迷三道的,能让你脱胎换骨?"那人说:"嗯,兴许啊。"段铁马说:"你根本不了解我。"那人觉得这话招笑,就告诉铁马:"您有义,却无情。您可怜素不相识的人,但不体恤近亲和朋友。"段铁马撇嘴,说:"呵,老天让我这样活着,肯定有它的意图。行了行了,别跟我五脊六兽的,我是谁啊,能被个野鬼拐上道吗?"那人就不吱声了。又骑了一会儿,段铁马说:"你是不是有事儿?"那人说:"哎,我不喜欢您说话的劲儿,您不与人方便,把自己也堵死了。"段铁马说:"我乐意。"那人叹了口气,说:"您说我是野鬼,让我挺不好受的。今天是头七,我回家看看。我没进家门,不想看见自己的惨样儿。兄弟,您应该学会克制,一意孤行落不着好,

冷水坑

因为您毕竟还是个人。"他刚说完,段铁马兜进一个大坡里,耳朵呜呜灌风,脊背骨开始渗凉汗。

儿子和爹较劲儿,这事儿不好整。段铁马烦他爸,爷俩是隔路子冤家,处处不对付。烦到什么程度呢?想到"烦"这个字儿,心里就烦。这种烦咔吧一声还断不开,因为不是恨,只能磨。一磨就是二十年,爷俩心知肚明。段老六这人,就算遭再大的罪,也不承认自己需要关心,更别说承认错误了。爱拼才会赢,是他的人生格言,段铁马最烦这首歌。五六十岁人了,还成天舞舞扎扎,七个不服八个不忿的,妈的,老了就该服老,成心逞强,不承认自己的缺陷,这种人,别想在我段铁马心里获得一丁点儿同情。没有能让别人可怜的地方,我凭什么爱你,凭什么为你牵肠挂肚,我他妈贱哪?虽然气鼓鼓的,可段铁马心里有点儿慌,无缘无故被鬼黏上,那是活人在本质上出问题了。我是谁?段铁马,生在矿区,长在矿区。在矿区,段老六威震八方,可亲生儿子烦他。所以二十几年了,矿区在我心里不是家乡。对啊,我是谁?就是这个梗,让鬼黏上我的?段铁马正寻思呢,看见样东西,他当场失控了——两根杨木棒子,一横一竖,用铁丝扎成十字架,在道边儿插着,非常吓人。段铁马最硌硬这东西。一帮景口子寡妇,被人忽悠信了教,本来精神就不正常,这回彻底疯了。举个例子,景口子挖煤老矿工景建国头年得胃癌走了。在井里吃饭有安全隐患,也麻烦,干脆就空腹干活儿,老一代矿工都有肠

冷水坑

胃病。景建国有两儿一女,老大掘进工景力宏,信仙儿;老二挖煤工景力争,信佛儿;老闺女景艳嫁到北头矿区,男人是缆车调度员,被煤车碾死了。景艳承受不了打击,被同村寡妇鼓捣信教了。老爷子还没闭眼呢,兄妹仨为葬礼怎么个搞法儿,在医院打得满地滚。老大说,爹死了,肯定大操大办一场,鼓乐队、哭丧的、出马师傅(跳大神),全部配齐。老二说,人死升天,佛祖接引咱爸到西方极乐世界,你这哭天喊地的,他留恋不走了,还得六道轮回。老闺女指着他俩骂,你们不给爸做弥撒,不让他去天国,说明你们是魔鬼。发展到后来,寡妇们冲进医院,举大牌子拉横幅:信上帝,躲矿难;信上帝,得永生;信上帝,万代福。这些也就算了,还闯别人家扣香炉,大半夜满矿山踅摸小庙砸,到处发小书,插十字架,骂别人是魔鬼,把大矿区整得乌烟瘴气。你们能上天堂啊?上你妈的天堂。段铁马抬起一脚,咔,把十字架踹折了。妈了个巴子,招鬼惹神,欺负我是不是?他把斧子往十字架上一扔,往上面浇了泡尿。

满天大星钻,真亮堂,可段铁马心里苦。因自己苦,而为自己苦。同样是人,我活得没人气儿。人活着会害怕,害怕活不好,有时候也害怕活着,因为活着时搞不清自己是谁。这真是个难题。矿区让人贪生怕死,这是好事儿,因为在恐惧面前什么疑问都会消失。但我想让矿区崩溃,从根儿上崩溃。在我有生之年,让所有矿区的人都生不如死,到那时候,才能证实自己活得是真还是假。

冷水坑

星星在看着自己，段铁马闻见了火药味儿。已经进矿区了，再蹬几步是下浑洒。下浑洒在山上建村，村南口有片杨树林，叫灌风场。从村北口出来，直接上蛤蟆山，就能看着一大片矿区了。下了蛤蟆山，就是吓人唬道的黑松林，里面有个坟圈子，专门埋暴死的矿工。出了黑松林，再过闪电河，就能直达冷水坑三号矿井区。

进了灌风场，野风干巴巴的非常瘆人，段铁马顶风骑不动了，下车推着走。蒿子草刮着车把，一股股烟巴味儿，还有干麻果呢。右手边，估摸丈八远，有东西跟着他。一开始他没在意，兴许是野狗吧。不对，是人。段铁马上了车，那人跟着跑，俩人成一条直线。来来回回五六次，段铁马把车停了。他先撒块石头，攥着斧子往前冲，没想到被蒿草绊倒了，斧子撒了手。矿灯在草里摸爬滚打的，还照见只蓝色的拖鞋。眼睛、手脚，都没个准儿，段铁马觉得周围全是草，在身上缠，气得哇哇暴叫："你谁啊？"那人也挺紧张的："你是谁啊，大半夜闯灌风场？"段铁马撕心裂肺地喊："问你呢，你谁？！"那人有点儿怕了："看林子的。"段铁马就更气了："鬼似的。"那人说："你谁啊？"段铁马啃了口草："段老六儿子，段铁马。"那人"哦"了一声，小跑过来要薅段铁马。段铁马站起来，直接把那人踹飞了："滚犊子！"那人变成黑影，顺草稞子呲溜一声蹿出两丈开外。段铁马气得都找不着北了，转圈趸摸斧子，嘴里骂："就知道是邪乎东西……给我回来，砍死你！"那人老大不

冷水坑

愿意了，问他："你丧心疯了？"段铁马用斧子召唤他："赶紧过来！"那人说："我不听你的指令。"段铁马说："那我追你，你能不跑吗？我他妈追不上你。"那人乐了："那肯定，人能追得上地灵吗？"段铁马说："少跟我嘚瑟，一个畜生也敢嘚啵我。"那人不干了："嘴巴子放干净点儿，畜生怎么了？我在灌风场给你们看林子，没功劳也有苦劳吧？"段铁马一边点烟，一边骂："少废话，赶紧过来，让我劈死你。"那人一蹦多高，指着段铁马跺脚骂："小子，不看段老六面子上，我能让你得好吗？我的功德遍布矿区，轮不上你拾掇我。臭小子，知道不？你是倒产儿，脚丫子落地的种儿，活生生把你妈卡死了。这世上谁最硌硬你？是你爸，段——老——六，他动过杀子之心。我是这一方地灵，可怜你爸啊，一个苦命人啊，给你找后妈，保佑他躲灾躲难，对你们爷俩我问心无愧。可是你呢，放着大道不走，非要翻山过岭，你心咋就那么拧呢？别再往前走了，连我都不敢进黑松林。我知道你心硬，但路在脚下行，不在心里明。你的心魔怔啦，矿区人都魔怔了。"段铁马呸他，说："地灵才能人杰啊，你难辞其咎，你靠我们供养有吃有喝的，矿难的时候你在哪儿？"那人急了："小点儿声，小点儿声，你以为我忍心吗？我本应妙用无边，但贪恋灌风场地底下的炮声，藏在这儿不想走了。咱都是地上物儿，你也知道，有所得即有所缚嘛……"段铁马说："瞅你那熊色……"那人说："别这样说我，你不求所得但心有怨恨，落不着好的，

冷水坑

铁马。""啊——呸！"段铁马说,"我就要恨,恨破了天才能拨云见日。你走吧,我赶路。"那人说:"你是人杰。"说完,俩人愣住了,好像把命说全了。段铁马一扬手说:"行了,各走各路吧。"段铁马太伤心,往回跑的时候,用斧子砍大杨树,剁蒿子草。蒿子草绞车链子,段铁马把二八大踹扛到路面,在杨树行子一溜儿蹬进下浑洒。没一户人家开灯,早上炕睡觉了。这种黑,和在上海办公室的亮堂,其实没有区别,让人想死。段铁马心里有股气,现在呢,还有点儿可怜自己。好像人生头一次气过劲儿了,反而柳暗花明又一村,觉着和他爸的坎儿有门路了。哎,不是这样,我不在乎他,我在乎的是这股气到底从哪儿来的,在乎的是它缠着我不放的原因。我生无所求,他老无所依,这里一定有东西。段铁马贯上蛤蟆山,一直冲到山梁子。左边是矿区,大吊灯直晃眼睛,影影绰绰的,能听见狗叫,还有一伙子人吵吵。右边是冷水坑家属区,一大片窝棚。卖了二十多年命,矿局没给冷水坑人盖砖瓦房。那地方没名儿,是老冷水坑人来了之后,才叫冷水坑的。冷水坑人从冷水坑来,在老家冷水坑,他们叫自己龙虎沟人,大沟里有片冷杉林,林子里有个大水坑,叫冷水坑。爷俩有一点相同——对过去的事儿没兴趣。反正有一拨龙虎沟人出来做矿工,至于为什么在外面叫冷水坑人,段铁马不清楚,也懒得问。那窝棚啊,有点儿光,看得段铁马心凉。哎,这日子啊,什么时候是个头啊！段铁马点了根玉溪,野风一灌心窝子,眼泪出来了。

冷水坑

不到两口烟,段铁马开始号。但他留了个心眼儿:假如悲怜冷水坑人能解决自己的心结,也算是一件好事儿。

蛤蟆山有仨胡子(土匪),在梁子那儿猫着呢,听见有人唱哭活:"老天哪,我咋这么憋屈啊……"三个人直乐,想着等段铁马到跟前了,就捎带脚把他劫了。因为大路塌了,汽车只能走这条山路,他们是专劫货车的。段铁马很配合,主动跪地上,俩手背到后脑勺,让他们翻兜。就十三块钱,还有俩钢镚儿。有个小子用电棒子晃他:"知道为啥敢劫你不?"段铁马问他:"您有枪啊?"那小子说:"枪,当然有,冬洲进的货,还能买老毛货呢……知道为啥劫你不?"段铁马说:"不会拿我试枪吧?"后面有个小子,把斧头扔地上,让段铁马看:"做人哪,得懂一个道理,有——事——慢——慢——谈。打劫嘛,彼此和气,因为是缘分,说不定还能落个交情。看见你带个斧子,哎,我得说你几句,这玩意儿不是好东西。因为吓唬不住人,你说我砍你吧,太残忍了;不砍你吧,又镇不住你。"第三个小子把车踹了,自己还吓一跳,嘀嘀咕咕的又踹了一顿。段铁马说:"把车收拾了,等会儿我咋走啊?"拿电棒的小子问:"知道为啥劫你不?"段铁马说:"知道,还是,不知道啊?"第二个小子蹲对面,劝他:"哪怕带根杨木棒子呢,也比这玩意儿强,对不?用棒子敢下手,因为知道削不死人。你砍过人没?"段铁马说:"没有,就用棒子干过仗。"第三个小子好像缺心眼儿,当啷来一句:"要不一枪爆头得了?"段铁马想回头看一眼——他

冷水坑

担心被人从后脑勺开枪。拿电棒那小子急眼了："别他妈回头，不该看的别看，一枪干死你，你死就死了，知道不？杀个人不算事儿。"第二个小子挠挠太阳穴，还扭扭脖子，不言语。他真动了杀心，段铁马在心里说，那俩在吓唬人。段铁马暗中分析，拿电棒那小子气最冲，但他没有杀心，所以一旦开火，第一枪肯定打不准。蹲着的小子犯了致命错误，他把斧子扔段铁马右手边了，他和段铁马的距离刚好够被砍脖子。踹车那小子有傻胆儿，但肯定手忙脚乱。我现在要做的，是保持所有人原地不动。段铁马打定主意，说："我不看，对不起，不看了……我那车，要不您再踹踹？听个响儿也好……眼前这位大哥，我能感觉出来，您想收拾我。"那人乐了，说："对啊，无缘无故地想收拾一个无缘无故的人，这种心情，你能理解不？"段铁马不吱声，见他要起身，赶紧搭话："大哥，大哥，二月二矿难我爸逃过一劫，没死成，我当时也是这种心情。心情嘛，有心有情，对不对？因为动了心，才会生起个情。什么样的心，就用什么样的情。那次矿难，巨公山整个塌了，在我心里，您知道咋想的吗？公——正。天灾抵人祸，谁死谁活，只能认命。今晚被您干死，我有个请求，请您保持这种无缘无故的情，公公正正地一枪崩了我，但凡落了因果，我就死不瞑目，你心里也不得劲儿。"那小子点点头，刚要起身，斧子已经切进颧骨了。段铁马从骨头里拔出斧头，顺手劈中电棒小子的右脚，再一回手，砍上第三个小子的肩膀头。段铁马特别

冷水坑

冷静，先照第三个小子的脸一顿踹——他心里有谱，不会把人弄死。再走回来，捡起电棒子，那小子正捂着脚号呢，正好被电棒削嘴巴上，段铁马数着数，一、二、三、四，再来一下，五。然后又削他的脑瓜盖子，那块骨头最硬。见旁边那小子捂着脸已经跑出挺远了，段铁马才停手，摸出那把枪，握着斧子去追人。没追几步，他把枪撇了——是塑料玩具。

一时半会儿撵不上，段铁马追红眼了。他心里还能打算盘，和派出所交涉啊，怕被报复啊，这事儿指定不算正当防卫，警察肯定得抓人，能判十年以上。哎，十年以后的事儿，十年后再说吧。俩人一前一后钻进黑松林。段铁马心想，这回好玩了，可心里又对这个念头不放心。血灌到脑门子里，太阳穴啪啪地响，非要砍死被自己砍伤的人，好像中了邪魔，根本控制不住自己，段铁马心里直翻个儿：难道我在奔绝路？这感觉真好使，他当场刹住了，可心里那股难受劲儿过不去，明知前面是死路，但被鬼催着往前走。被劫的时候，矿灯丢了，黑松林里没一点儿光亮，只能凭直觉往右边走。一根根地踩树枝子，松油子味儿直糊嗓子，段铁马心里没底，但这颗心的外面，冥冥中被一股劲儿拖着走。也就是说，我现在有两颗心。段铁马一琢磨，这个理儿还可以这样归拢：我，段铁马，除了吃喝拉撒睡的心之外，还有颗沾神惹鬼的大心。不，还不够大，还不能参天悟地。想到天和地，他突然愣住了：自己心里有疙瘩。接着又是一愣：要是再解不开，我就

冷水坑

去死，和他（段老六）够够的了。一个念头，有二十年的憋屈，他没走出三步呢，突然被个东西吓蹾巴了：一个吊死的人。心里一激灵，段铁马悟了：我心里有怨啊，是出生时留下的。紧接着，心里二十几年的大山，轰的一声塌了，他哭天喊地一把抱住死人，在人家背上呜呜哭："不该啊，不该啊……"等把人放下来，发现是个老头儿，段铁马心有感触，像看见了几十年后的自己，又开始号。老头儿破衣烂衫的，裤子上有屎有尿，棉窝鞋都开缝儿了，戴着解放帽。翻翻棉衣兜，翻出一沓纸，段铁马用打火机照亮，老头儿脸煞青煞青的，纸上有两列字：本人徐敬德，原下浑酒挖煤工，自感年岁已高，且身患绝症，不想拖累儿女，特自绝于此，与他人无关。徐敬德。还按了手印。段铁马觉着脸皮在骨头上拧巴，眉心往上揪，嘴巴子也咧开了，他在心里看见自己这副哭相，就生起一股大悲和大怒。悲，就搁眼前，脚底下的大矿区。怒呢，不知为何。他把嗓子号干了，就一声不吭地堆着，感觉自己万念俱灰，因为应该如此。野风轰隆隆直灌耳朵孔，仔细听，好像千军万马在打仗，一个毁灭中的浩瀚世界。一切皆不可信，都该被摧毁，怎么能为它们卖命呢？老人家您想不通这个理儿，辛苦一辈子，落着啥了啊？段铁马把老人归拢归拢，磕了三个头，起身继续走。他的路不好走，大松木杆子没边没沿，心也没着落了。走了一根烟的工夫，段铁马碰见个坟圈子，一人多高，全是荒草。再往里走，就是坟场了，段铁马心里说，这路走

冷水坑

对了。又走了几步,有个女人接话了:"你还要往里走啊?"说完了,嗓子眼儿开始捣鼓气儿。段铁马接茬:"今晚必须过河。"女人说:"一意孤行,前途未卜,还是回家吧。"段铁马边说边绕坟圈子找人:"怎么着?一路上,人啊鬼啊,都劝我别走这条路,我不走这条路,能走哪条路?再说,不在于有没有路,在于你走不走。像你这种冤鬼,永世不得超生,除了蹲坟头,还能去哪儿啊?"能看见女人后身了,一身白,披腰黑发,躲着段铁马,俩人围着坟圈子绕圈。女人说:"不要和我做比较,生前我可是个明白人,绝对和你不一样。"段铁马乐了:"活着的时候,敢说自己是个明白人,说明当时你离死不远了吧。"女人说:"你还活着,我已经死了,知道这意味着啥吗?意味着你心里想不通的事儿,正是我的切身感受。没错,我是咽气了,但不意味着我命该如此,因为我能咽下那口气,所以赶在小鬼收我之前,提前把气咽了。活着让我烦呢,何必呀,何必追着我不放?"段铁马说:"那你别跑呀!"女人说:"你有杀气,因为心里有伤,血气焦躁,注定一生虚妄。"她这样说,段铁马听了发乐,劝女人停下来。女人停住了,背对活人号啕大哭。段铁马就说:"听你这哭声儿,倒挺像个活人。咋死的?"女人还是哭,问他:"如果我问你是咋活着的,你肯定没法儿回答,同样啊,我也没法儿回答你我是怎么死的。生,对活着的人是谜;死,对鬼也是个谜。"段铁马挠挠鼻梁,问她:"我做人挺不自重,特别固执,很过分,是吗?"女人说:"丧心

冷水坑

病狂不一定全是坏事儿,所谓心有猛虎,穿云破雾,有可能抓住一线生机。雄心壮志的枭雄无不如此,我不想评价你,因为没有把握。还有个事儿,请你别追问我是谁,生前如何,没必要在这儿提起呢,你说对吗?"段铁马说:"你说我虚妄,彻底把我激怒了。知道吗?我讨厌所有文绉绉的词,还有,一个野鬼没资格评论别人,因为除了你自己,你对外界没有反应。"女人好像在回头,咔咔转了半圈,正脸还是头发,她说:"求你了,不要议论我,文字没法儿说出鬼和人的区别,鬼不知道'我'的意思,它只有冷冰冰的悲凉。想看鬼的脸吗?"段铁马一步到她跟前,呼的一声,撩起头发,就看见两个白窟窿,里面闪着青光。段铁马把头发放下,用斧子刮刮胡楂儿,问她:"我爸是枭雄吗?"女人不吱声了,也不动活儿。僵持了好一会儿,她被悲伤淹没了。段铁马也为之动容。她想拥抱他,好像他是她的孩子。段铁马"啊"了一声,差点儿跪在地上,但他一把抓住女鬼的喉咙,肝肠寸断地喊:"你是谁,想怎样?"女鬼很伤心,不停地哭,劝段铁马:"孩子,回家去吧,好吗?"段铁马又"啊"了一声,把女人甩到坟圈上,按住她后脖颈那儿。他把膀子整个举起来,斧头指着星星,微微打晃儿。这个姿势照亮他的心,段铁马明白了:我生无所恋,就靠这个姿态苟活于世呀。斧头斩下鬼头,段铁马抓着她的头发,往坟圈地里冲。野风哭丧,闻声厌世。感觉心口窝着一坨臭泥,段铁马扶住一棵百年老松,开始吐。酸臭味儿

冷水坑

往上一飘,树顶有人不乐意了:"你觉得不怕鬼神,就哪旮旯都能撒野?"段铁马听声认人,是陈亮。一抬头的工夫,陈亮已经飞进大坟圈中央了,那里站着成群的黑影,齐刷刷的,比夜还黑,比树干还密。段铁马擦擦嘴巴子,不慌不忙,在地上跪好:"铁马特来借道的,望请允许。"等了老长时间,有个黑影开口了:"你是不敬鬼神的人,凭啥放你过去?"陈亮帮茬子:"就是就是,看你手里拎着啥呢?"段铁马认出了黑影,生前是冷水坑老挖煤工,段老六最铁的哥们儿之一,死于二月二矿难的郎德云。段铁马说:"郎叔,对面无鬼神,不管是人是鬼,皆由天造,所以我不怕你们。不怕,不代表不敬。"郎叔说:"你爸了解我,平时不爱多说话,那是因为平常的时候,日子有根有据,何必言辞凿凿呢?现在,我已不再是人,但能用逻辑推理通晓做人时的用意。就你刚才的话,生前我会怒不可遏,因为根本不是敬和怕的问题,是你没有耐心,把眼跟前的事儿搅和乱套,难道对你有好处?"陈亮帮腔:"对你有好处吗?"段铁马骨碌骨碌眼珠,说:"您跟我说做人,那好,请问郎叔,在您还是人的时候,想通过这个问题吗?在我印象里,您一直是苦大仇深的样儿,心里边对活着没谱吧?你们老哥儿五个,我看哪,就数您最窝囊了。"郎叔说:"别和我说生前如何了,清冷于心,我现在很好。"段铁马追住不放,说:"很好?生前解不开的心结,别想一死报君王,没那个道理,因为啥呢?郎叔,因为鬼没有神通。"密密麻麻的黑影轰隆

冷水坑

一声，听着像赞同。郎叔不吱声。陈亮问他："叔，你已经没心了，咋又愁了？"郎叔说："因为他的话没错，所以我无言以对。我现在是鬼，能看穿活人说假话，可对真话就没法儿反驳了，因为这是人的能力。"陈亮一个劲儿抖搂，摇头晃脑，时不时想蹿过来和段铁马干仗。他后面有条黑影开口了，还挺冲："啊嘿，行啊小子，你对活人抠抠搜搜不搭不理的，对死人可不依不饶啊。世道变了呀，现在的年轻人啊，对看得见的东西一点儿不上心，越活越绝户气，闻着，嗯，有股鬼味儿。"段铁马回他一句狠话："二月二，龙抬头，顶塌了巨公山。张琦叔，您已经流落荒野，变成孤魂野鬼了，还相信有龙接您升天吗？"张琦可劲儿大笑，骂他："臭不要脸的瘪犊子，你相信鬼上身吗？"段铁马轻描淡写地说："信呀。"张琦说："你爸就不信，因为他心里没鬼，所以他怕鬼。你信鬼，说明你心里有鬼，所以你不怕鬼，否则大伙儿不拦你的道。鬼是啥玩意儿，和你说不着。"段铁马说："我爸，是一意孤行的人。他的心哪，就像雷管，净做些挖地三尺、斩尽杀绝的事儿，能落着好吗？我看不能。你们这代老矿工，是啥德行，我看在眼里呢。你说得不错，世道变了，变成啥样了呢？张琦叔，变得不需要龙了。"张琦说："啊——呸！在地驭虎颈，上天拽龙鳞；有虎添翼，我骏四方；有龙升天，我心大野。这颗心有多大，大到死得其所。老龙虎沟人骨子里都有股劲儿，敢拼，敢杀，敢干，就算做了鬼心也无憾。"段铁马说："您呀，不是当侄儿

冷水坑

的说您,嘚嘚瑟瑟一辈子,把幻想的事儿当真,是您一生失败的原因。您是最不本分的老冷水坑人,您的心呀,再大也是虚妄。因为是暴死,您来不及回神儿,心就灭了。心灭如灯熄,何必还要热乎乎地折腾呢?"张琦笑他:"你一个天生反骨的逆子,哪里知道生死大义。生有所执,死有所恋。生是张琦,死亦张琦。生和死,一回事儿。"段铁马是这样回答的,他说:"我看哪,生死相续的是假象,因为您老是和自己较劲儿,死活不承认自己一辈子不得安生。您心底最大的念想,就是想安安稳稳地过日子。哎,是不是张琦,有啥所谓,放下吧。"张琦丢了一句"宵小之徒,懂个屁",就不吱声了。第三个黑影在张琦左边,慢悠悠地清了清嗓儿。段铁马说:"廖淑华,老廖叔,您想和我掰扯生死大义吗?"廖叔嗓子朐着了,说:"哎,就算死了,啥感觉也没有,可点儿一到,还是想吃正痛片儿。铁马,能告诉叔几点了吗?"段铁马说:"不用看了,半夜十二点半,您该起来撒泡尿,嚼颗白菜心儿,喝盅老白干,然后咽两片正痛片儿。我爸给您烧了一百块钱的正痛片儿呢,够您吃了。"廖叔说:"孩子,告诉你爸,我没死利索。"陈亮当啷来一句:"就怕他没这个机会了。"段铁马用斧头指着他骂:"陈亮,你个臭不要脸的,活着没人拿你当回事儿,死了可劲儿咋呼,有个屁用。我要和老廖叔说话,你给我闭嘴。"廖叔乐呵呵地说:"铁马,看看你手里。"段铁马打眼一瞅,那颗鬼头变成了树枝子,就把它撇一边去了。廖叔说:"人活着的

冷水坑

时候,看到的一切都是假象,这话绝不会错。你刚才说得很对,鬼没有神通。不过呢,有没有神通不是根本问题,因为啥呢?一切都是心的变幻效果。你们为啥只能看到假象?很简单嘛,因为心不在焉。明晃晃的大太阳照着,人肯定会六神无主。要是说我们这群老煤工,苦,肯定是苦。但在苦之中,我们也有别的收获,那就是学会了聚精会神。到啥程度呢?那些煤啊,好像绞煤的不是轴承,是眼睛。"刚说完,整个黑松林又轰隆一阵,很多黑影开口说:"是啊,对啊,是这么回事儿。"段铁马也说:"嗯,没错。"等安静了,廖叔补充道:"其实,也是心。"谁承想,有几个黑影当场哭了:"哎呀,那就是心啊……"廖叔说:"在井里讨生活,孩子,是会上瘾的,原因就在这儿吧。为啥你爸老收拾你,因为他不能接受有个魂不守舍的儿子。大太阳底下,那些乌泱乌泱的人哪,各个魂不守舍。你去过关里的大城市,我说得对不?"段铁马相当正经,告诉他:"魂不守舍嘛,我不敢说。那些人特爱较劲儿,让我害怕。没错,我可怕他们了。特别是女领导,一开会就骂人,被骂的人屁都不敢放。我不理解。一堆人挤一块儿,干坐八小时,把命耗在看不见的东西上,这种日子多憋屈啊。在那种环境里待着,心会憋坏的,心坏了人就不善了。我不待见矿区是真,却相信矿工心善,那是用命换来的呀,靠得住。"有个黑影对他喊:"要是我们还有一双肉手,肯定给你热烈鼓掌。"所有的黑影都呼应,表示赞同。廖叔说:"所以,我有个问题,想听

冷水坑

听你的见解。人这一生,该把命交于何处?"段铁马起身,舒口气,说:"心——安——处。"听完此话,廖叔移开一个缝儿,然后所有黑影分两拨,从中间后撤,闪出一条通道。段铁马攥着斧头,一步步走到中间,耳朵根儿嘟嘟响,那是黑影发出的动静。陈亮告诉他:"人有气,鬼有颤。"段铁马循着声儿找到他,用斧子把儿学轴承,钻耳朵,吓唬他:"呜——隆,呜——隆,呜——隆,轰——隆,神犬太子在此。"陈亮嗷一声,飞树上去了。段铁马咧开嘴,像鬼似的笑一阵,却被个黑影把路挡住了。段铁马当场说出他的名字:"就差您没开口了,沈志刚,老沈叔,老冷水坑人里,我爸应该最佩服您的德行了,他总说您有大慈悲心。"老沈叔一愣:"大慈悲心?我生前做好事儿,是为了有好报,别整岔咯,假如我有大慈悲心,现在也不会冤魂不散吧。"段铁马问他:"您有话对我说,是吗?"老沈叔说:"二月二矿难把我的命夺了,一条命啊,能换来啥?另一条命。我死第二天,孙子出生了。可说到心安处,绝不是这个孩子。我不该暴死,我不仅觉着冤,还莫名其妙。我挖了一辈子煤,也把自个儿搭进去了。煤是亿万年前形成的,我把它们挖出来,然后它们被烧掉。二十年过去了,我也被耗干了,最后暴死在井里。哎,土石脆弱,人命无常。悲天悯地根本没用,对吧?因为不是解脱的道儿。我想解脱呀!"段铁马就觉着四周一阵阴风,冰进骨头缝儿里,黑影在周围开始吵吵:"对呀,要解脱呀,困在黑松林不是个事儿呀!"段铁马

冷水坑

流下眼泪，却束手无策。旁边是个坟圈子，他就爬上去，召唤整片黑影安静下来。大部分黑影停下来看他，少数几个有的哭，有的骂段铁马："你一个活人，干吗管我们冤鬼的事儿？"段铁马恨不得有个喇叭，居高临下大喊起来："就你们想解脱吗？别忘了，你们曾经也是人，人活着咋回事儿，难道你们忘得一干二净了？听——我——说，听——我——说。活人不挡鬼路，但我今天想讲讲。我，段铁马，活了二十几年，没有一天安心过，这他妈的是命。命由天造，你成天抱怨有用吗？拧得过老天爷吗？谁高谁矮，谁丑谁俊，谁生谁灭，那都是有规划的，恶果摊到你头上了，只能说你点儿背。但这是生前话，爷们儿啊，你们已经死了，还有啥放不下的呀？人死两界分，把心收回来，让它安息吧。你们挖了一辈子煤，就想想煤吧，原本是植物，沉积了亿万年变成了煤，然后被挖出来，烧个精光。你们生前聚精会神，现在也要专注想一想，这煤啊，就是你们的心。被轴承钻碎，被烧掉，煤抱怨过吗？老沈叔，您觉得自己不该暴死，可您的命数却是如此呀，假如能认清这一点，有啥怨气咽不下的？连一口气都咽不下，谈何解脱？有成有败，有生有灭，心安处就在这里，能接受自己的命，就是大慈悲心啦。我是肉体凡胎，站坟头上心里不得劲儿，因为我把话说到头了，对活人来说这不是好事儿，因为说过之后，心里空得慌。放过自己吧，我们都一样。"段铁马下了坟圈，一路奔出黑松林。就在林子边，能看见结冰的闪电河了。

冷水坑

突然蹿出个黑影,不是鬼,是人。这人一边往冰上蹽,一边脱衣服往树枝子上甩,呜呀呜呀地叫唤。段铁马袅悄儿跟到冰面上,白不呲咧的有几公里长,那小子蹽到几十米开外了。段铁马刚想过对面,就听见那小子哭着喊:"团——结——就——是——胜——利!"连续喊了六次,然后开始号:

> 东临碣石,以观沧海。水何澹澹,山岛竦峙。
> 树木丛生,百草丰茂。秋风萧瑟,洪波涌起。

段铁马听入了迷,他喜欢这首诗。那人边诵诗边打趿溜,勾着段铁马跟出十几米远。那人撕心裂肺地朝星星吼,胸腔拱起老高。气一收,唰的没动静了。段铁马还纳闷呢,这人有病吧。刚想到这儿,就听见脚底下咔吧一声,他瞅了一眼启明星,告诉自己:"完蛋操了。"又咔吧一声,闪电河水就灌进肺子里,把段铁马薅进了冰窟窿。

正对着启明星,底下是三号矿井区办公大院,一趟四间水泥房,大吊灯把院子照得煞白,上百号冷水坑人等着开会。大家伙儿都认识,见着谁都唠顿嗑。张七不在办公室,已经派人去找了,到现在还没信儿。挖煤工关应才,四十八岁那年给炮崩聋了,今年五十五岁,在现场做总指挥。老关儿媳妇,边壕子掘进工张德奎的三

冷水坑

闺女张燕红,给公公搭手。张七没在家,派去的人打电话问咋整。手机在燕红手里,开了外放,大伙儿盯着手机听。燕红先冲手机喊:"等会儿,我问老头子。"然后对着关应才的耳朵号:"张——七——没——搁——家!"大伙儿插着棉袄袖子,里三层外三层围着老头儿,有人着急了,就催他:"老关叔,你听着了吗?人没搁家。"关应才有主意了,儿媳妇赶紧往他耳朵上扣手机,还把老头儿吓一跳,就吼她:"悠着点儿的……"燕红和大伙儿都催他:"得了得了,赶紧发话吧。"关应才抻着脖儿,喊:"要没搁家呀,就去歌厅堵他,啊,也没搁歌厅啊,那指定搁沟帮子打麻将呢。去吧,准没跑。"燕红想挂机了,关应才就耍愣:"抢抢抢,跟我抢,滚边儿去。"当着大家伙儿,燕红不能跟公公翻脸,挺委屈的样儿:"一分五十八秒,差两秒两分钟,我寻思省点儿话费嘛。"老头儿骂骂咧咧的,大伙儿就数落他不是,劝燕红别哭。白哈气把她裹住了,她划楞划楞,说:"得,你们冷水坑人的事儿我不掺和了,省着好心落身埋怨。"冷水坑挖煤工佟镇凯的儿子佟峰说:"看你这话,好的赖的都给划楞进去了。燕红,这可是生死攸关的事儿,你作为冷水坑儿媳妇,得谅解点儿。"大伙儿说:"对,是,谅解谅解。"一堆人说话,到老头儿耳朵里隆隆响,他啥也听不清,干脆不往心里去,挤到外面抽烟了。外面又是一片人,左一堆,右一垄,站着的,蹲着的,坐着的,哭的,笑的,无所谓的,裹住破棉袄,没头没脑地等。大铁门那儿蹲

冷水坑

着三个小子,都是第二代冷水坑矿工:挖煤工那良才的儿子,挖煤工那彪;挖煤工郑日列的儿子,挖煤工郑奇勋;掘进工富久功的大侄子,缆车调度富可青。一瓶五粮液,仨人轮流喝,至于赔偿款的事儿嘛,心里基本不抱希望了。那彪有点儿结巴,说话尾音往上挑,他问富可青:"张七想跑啊?"富可青一愣,心想这不明知故问吗,顺口来句反问:"搁着你,你不跑?"那彪说:"要搁着我呀,拿着钱哪,心里能安生吗?"富可青说:"那是你没拿着钱,要不比谁蹽得都快。"郑奇勋抓了把裤裆,还闻闻手,四处撒目着,说:"要我说,张七这小子平时是不着调,吃喝嫖赌的,但补偿款这事儿估摸他也是被逼的。"那彪挑大拇指:"他呀,没坏良心,难道他不是冷水坑人哪?他爸死前咋跟咱们保证过的?都发了誓,张七要做对不起大伙儿的事儿呀,断——子——绝——孙。"富可青不知从哪儿掏出把匕首,在手里玩,乐呵呵的:"国家计划每人补偿一年薪金,到了矿务局那儿,不知道咋算的账,只答应给咱三个月全薪。等会儿张七来了,我得问问他。"郑奇勋斜瞥他一眼:"把那玩意儿收起来,咋呼个毛啊,别吵吵啊,我告诉你俩个事儿,旁边没人吧,看看,没人是吧,听着,以为就咱在找张七吗?上边也惦摸他呢。知道补偿款这事儿谁捅漏的吗?张——七。上边要卡走三分之一补偿款,各个领导头目都有份儿,没想到,张七这蔫巴小子把事儿说漏了。"富可青压着声儿:"不是说喝大了,秃噜的吗?"郑奇勋撇个嘴:"故——意——

冷水坑

的,跟他媳妇儿一五一十全唠了,那傻娘们儿顺嘴就跟我妈学了。告诉你俩吧,矿区派出所所长带着枪在找他呢,妈的,这小子跑市里去了,咱还搁这儿傻等呢。"那彪和富可青直缩脖子,赶紧确认周围有没有人,那彪就问:"那这事儿呀,咱真错怪张七了呢。"富可青说:"这小子完了,彻底交代了,去市里又能怎么样?人家和矿务局穿一个裤腿的,完了。"郑奇勋又透个底儿:"知道分张七多少吗?九十六万,后来再加三十万,一百二十六万。其他片区头头都接了,包括老八村,妈的,就张七没接,回头就捅漏了。"那彪说:"那咱还搁这儿等吗?"郑奇勋说:"等,必须等,张七不来,肯定有别的领导来,再等一会儿,媒体就到了。跟你们说,张七把一切都安排妥当了,这小子办事儿真有一套啊,咱可不能辜负人家。"他们说着话,谁也没听见。因为太冷了,关应才吩咐年轻人找几个大油桶,添点儿杨木棒子,从东风车里漏点儿油,燎出火苗子给大伙儿取暖。身体暖和了,肚子又饿了。关应才说:"每人交五块钱,买点儿面包方便面,垫垫肚子。"燕红把钱收上来,然后打了电话,没到二十分钟,有人开三轮子进来了,拉了一车吃的。司机叫薛广才,在矿区边上开杂货店,是燕红初中同学。他收完款,把古德安扯到房角,旮旯里有股贼风,俩人哆哆嗦嗦地偷摸说事儿。燕红和几个老娘们儿,在里面发面包,召唤几个半大小子在外围发。傅津抱住个纸壳子,大老远喊:"安子,接着。"古德安接住俩面包,知道傅津办事儿撒

冷水坑

楞,就把他叫到跟前:"偷摸跟你说个事儿,等会儿要干大仗,别吵吵,你找几个人,把周围能用的家伙都归拢归拢。"傅津问:"带刃儿的呢?"薛广才吓得都结巴了:"要……要……要……对方有大砍刀哇!"傅津挠挠太阳穴,问:"那,火铳子呢?"古德安冻得直跺脚,说:"行,整个四五把。"傅津转身刚要走,又被古德安拽住了:"知道为谁干仗吗?"傅津说:"那咋不知道呢?为咱冷水坑啊!"古德安说:"咱冷水坑人,是哪儿来的?"傅津乐了:"不就是打个仗嘛,你扯哪儿去了?"古德安弹他耳朵:"说。"傅津说:"龙虎沟!"古德安又问:"是谁把咱父辈带出来的?"傅津说:"张德善,张七他爸。"古德安指着傅津鼻子:"记住了,这一仗是为张七。去吧。"等薛广才走了,古德安瞅瞅上百号人,点了根玉溪。大伙儿吃饱喝足了,就开始打情骂俏,十几个老娘们儿围个堆,被整得吱哇乱叫唤,一群群小伙子往她们身上推,整个院子闹成一锅粥。闹到后尾,以燕红为首的老娘们儿军团,开始集体攻击落单的小伙子,围起来扒棉袄扒棉裤,最惨的是掘进工孔志成,被整得一丝不挂,捂着裆满院子蹽。他蹽啊蹽,蹽出了大铁门。那彪跳起来,去追人,从后边抱住孔志成,回头喊:"快来人,吐白沫啦!"等把孔志成弄回来,给他裹上军大衣,这小子就坐地上叽叽哭:"我的那个老冤家啊,你死得咋这么惨啊……"燕红说:"妈呀,上身了。"回头就喊:"马——半——仙,马——半——仙。"旁边有人回她:"吵吵啥,我就搁你跟前呢。"

冷水坑

大伙儿就笑。马半仙蹲下来，瞄了一会儿，问："您老姓甚名谁？"孔志成用老太太的声儿说："龙虎沟穆氏，娘家姓周，我是关里人。"马半仙说："几时来龙虎沟的？"老太太说："光绪十七年。"马半仙说："当年闯关东来的？"老太太说："可不是呢，嫁到龙虎沟，那老不死的下冷水坑给我摸鲇鱼打奶，被铁丝网卡住了脖子，憋死了。"马半仙说："大婶啊，冤有头债有主，您不该难为个孩子呀。"老太太说："那铁丝网啊，就是老孔家的鸡笼子，我找他有错吗？"马半仙没吱声，瞅了会儿，拿过孔志成右手，在虎口那儿使劲掐，一直把人掐哭了："哎哟，马叔马叔，别掐了，我回来了。"大伙儿松了口气，给他找衣服。马半仙照他屁股踢一脚："你个臭小子，是不是想过了结自己呀？心没劲儿，必招邪。"孔志成一边穿裤子，一边抹泪："哎，就是觉得没意思，你们说，活着有意思吗？"几个老娘们儿哭了，大伙儿不吱声。这个事儿刚压下来，另一头又闹上了。大伙儿挤对一男一女唱二人转，男的是挖煤工赵子龙，女的是谭金伟媳妇儿，闪金沟掘进工陈建斌二闺女陈杏蓉。子龙和杏蓉是初中同学，每年矿区新年晚会，他俩是必备节目。大伙儿围出一个两米的圈子，有的坐，有的站，听他俩唱二人转正戏《辕门斩子》。唱到半道，冲进个人，是图烈昆，他把子龙和二蓉请出去，俩膀子一横，让大伙儿安静，然后问："谁看见段铁马了？谁看见段铁马了？"大伙儿你看我，我看你，四处找，四处问，都说没看见。图烈昆咬着牙根儿，腮

冷水坑

帮子鼓鼓的,冷呼呼地瞥着这群外地人,心里就有股气。他冷着脸,问他们:"瞅瞅你们,玩得很开心,是吧?看这场面,是在过生命最后一天了,是吗?"不知道是谁,说:"我们冷水坑人的事儿,和你说不着。"很多人点头:"没错,和你说不着。"图烈昆咬牙切齿地回击:"我只认识段铁马,还有段叔,至于你们这群人,我半拉眼珠都瞧不上。"有人想干仗,被古德安指回去了。古德安对大伙儿说:"让他继续说。"图烈昆说:"你们把自己的家乡糟蹋坏了,又出来糟蹋我的家乡,冷水坑人,我告诉你们,在我心里你们就是一群要饭的,一群盲流。二十年过来了,挖光了煤,把地也挖坏了,然后呢?你们又要去哪儿糟蹋?"有人说:"来老八村挖煤,是政策安排,干吗赖我们哪?"几乎所有人都回应:"是,对,没错,我们是国家工人,你们还是农民呢。"图烈昆发飙了,老虎似的吼出一声:"给——我——滚!"上百号人立马爆开了,推推搡搡要打图烈昆,人在义愤填膺的时候,容易借题发挥,不少人就对着天喊:"天无绝人之路。""对啊,有希望的。""冷水坑人,加油。""龙虎沟雄起。"最前边有两个小子,咋咋呼呼的,被图烈昆揍趴下了。关应才、燕红、古德安马上要控制不住局面了,就在这节骨眼儿上,"砰",有人放了把火铳子。大伙儿"妈呀"一声,都蹲地上了,图烈昆也吓得猫腰。傅津扛着火铳子,搁人群外面骂:"吵吵,吵吵个毛啊,你们看谁来了?"有个老娘们儿叫唤一声:"张——七!"轰隆,百号人扑了过去,把张七

冷水坑

死死围住,有的骂,有的扇,有的凿,有的拍,有的剋,有的踹,大伙儿跟疯了似的叫唤:"钱,哪儿去了?把钱整哪儿去了?给我们吐出来,快点儿的!要不扒你爸坟啦……"古德安、那彪、郑奇勋、富可青挤到张七身边,护着他,命令大伙儿冷静。根本没用。古德安抄过傅津手里的火铳子,对天放了一炮,这才管用。古德安眼都红了:"妈了个巴子的,非得来横的,是吧?都消停点儿,这个事儿咱们误会他了。"然后,他把事情大致一讲,那彪、郑奇勋、富可青在一边附和,才最终控制住了局面。关应才当哪一声:"你让他自个儿说,我的养老钱搁谁那儿呢?"老头儿这一说,大伙儿又激动了:"对,没错,反正他负责冷水坑的补偿款,就找他要,让他给。"再看张七,连吓带累,要不是那彪、郑奇勋、富可青架着,肯定堆了。张七咧着嘴,肺子疼得厉害:"给我点儿水喝……"二蓉拧了瓶矿泉水,那彪接过来,瓶口对准张七的嘴灌。灌了四大口,张七说:"够了够了,别灌死我。"张七站直了,叉着腰对大伙儿说:"难道你们忘了吗?我也是冷水坑人哪。二十几年前,我爸张德善,把大伙儿领出龙虎沟,来到老八村挖煤,这段历史我虽然没经历过,可是在我心里,在我张七骨子里,我时刻不敢忘父亲的教诲呀。他临走之前呀,攥着我的手,对我说,小七子,你一定要把冷水坑几百号人搁在心里,这个容不得你任性啊。我想问问大伙儿,当初是因为什么,跟着我爸出来?是希望啊!龙虎沟没希望了,我们来到了老八村,从山

冷水坑

里人变成国家工人,而且繁衍了一代人。这就是希望呀!可是呀,我要告诉大伙儿,咱们冷水坑人不是利欲熏心之徒呀,对不对?我张七更不是这种人,因为我不敢忘记父亲的嘱托。补偿款,我张七没拿,不能也不敢拿。可他们逼着我拿啊,没办法,我就蹽到了市里,把情况反映给了媒体,连省里的媒体也知道咱们的事儿了,天不亮,他们的采访车就会开进咱三号矿井区。但是爷们儿啊,有些人不想让我活呀,市里的顾老八已经得着信儿了,每个路口都安排人逮我,我是爬蛤蟆山,过黑松林溜进来的。因为我心里想着,生死都不能离开大伙儿呀。爷们儿呀,我时刻不敢忘记父亲的嘱托。现在煤挖光了,咱们冷水坑人的未来在哪里?希望在哪里?希望不在别处,就在咱们心里呀,只要心不死,就算海枯石烂,山河破碎,也仍然有希望。看过来,看,看着我的手,在东边,矿区的尽头,市政府要建造一个工业新区,名字叫太阳城。我张七吃喝嫖赌,但时刻不敢忘记父亲的嘱托。我已经找到了门路,想把冷水坑人带进太阳城。咱们每户入股,承包太阳城三分之一的建筑工程。爷们儿呀,我时刻不敢忘记父亲的嘱托。那可是政府重点规划项目,亏不了咱们的。我没有别的奢求,只希望大伙儿,像当年相信张德善那样,相信我张七一次,相信我,能带领大家再次走出去。走向哪里?走向希望呀。爷们儿呀,我时刻不敢忘记父亲的嘱托。请放心,补偿款肯定不会少,几个坏人成不了气候。可是爷们儿啊,市里的顾老

冷水坑

八得到信儿了,带着百号人眼瞅到三号矿井区了,他们要我死呀。爷们儿啊,如果你们还有点儿龙虎沟人的血气,就他妈的抄家伙跟他们干吧,只要顶到天亮,咱们就有救啦!"张七说完,古德安振臂一呼,冷水坑人有史以来第二次爆发出呐喊,他们往外面冲,接过杨木棒子、钢筋、铁锹、车链子、斧子、砍刀,奔进了黑夜。图烈昆留在了院子里,怀疑自己是不是在做梦,他心里想着段铁马,就点了根玉溪。

2015 年秋

冬民·序章

众民往旷野去了。

——《旧约·撒母耳记下》

I 权力的邪教徒

"在冬洲,权力已独立于社会,凌驾在劳动之上。冬洲人有服从权力的习惯。这是因为,有一种运动,在冬洲停止了。这种运动贯穿人类整体,通达物质世界,它指导肉体,引领灵魂,推动着我们的劳动不断发展和进化。它存在于劳动之中,借助劳动实现自身。可以说,它与劳动相生相息:当劳动被囚禁时,这种运动就会枯竭,人类便堕入权力的苦海;当劳动彻底实现了自身,这种运动便与天同齐,与人同一,其成果将无保留地回馈给每一个人。人类是解放,还是苦役,全在于此。这种运动塑造着人类世界,规范着人类命运的走向,它喧兮嚣兮,独立而不改,吾不知其名,强名曰'社会生产'。有两种元素居存于这运动之中,一种叫自由,一种叫权力。好光景里,劳动盛产自由,自由反过来进一步发展劳动;坏光景里,劳动助长权力,权力则无情地监禁劳动。由此看来,自由乃劳动的荣耀,权力乃劳动的劫难。自由

冷水坑

的社会生产，权力在人类手中成为普度众生之力；相反，当劳动破产、社会陷入恶性发育时，权力必将神奇地牢牢掌握在少数人手中，成为奴役大部分人的工具，堂而皇之地荼毒人间。整个人类史，便是两种元素、两种命运的博弈史。这是毋庸置疑的。实事求是地说，这种运动在彻底实现自身之前——石器时代至今——解放和苦役始终没能也不可能彻底地战胜彼此，因为我们的心智惯于向往美好的未来，而我们的本能则嗜好退回到残酷的过去，两种秉性都脱胎于劳动，却无法将未来与过去合二为一。这是劳动的缺陷。一个由天命决定的历程在完成之前，劳动不能凭愿景一蹴而就。据此，作为已（貌似）深入人类本质的那些正确信念，必须先给心灵蒙上一层遮羞布才敢拿出来显耀——人类历史从未上演过解放的篇章，从未超出富室越明亮穷舍越黑暗的界限。提及这层遮羞布，千万年来，它以旧神之名（或各种面具）昭示人间，终于被一位超今绝古的新神无情地扯碎，他将文明的原罪抛之于众，我们似乎头一次对劳动有了全新领悟。新教徒们联合起来，亲手实现了有限解放。他们最终失败了。因为，由对劳动的全新领悟所造就的有限解放，有一部分内容是生活及心灵所不容的，事实上，它带来了更深重的苦役。然而作为这种有限解放的仅存硕果——国家，却成为世间的主宰。假如说，那位新神在思想上扯断了与文明的纽带，那么，国家作为其真实产物，所采取的第一个行动，就是分离——人与世界的

冬民·序章

分离，人与人的分离。这种分离，曾在独特的社会生产中实现过辉煌。在旧纪，生产的涤荡突开我们冬洲人的天眼；在新纪，这里已变成物质与心灵的废墟。废墟在遗忘中正退化成荒野。如果说，冬洲在精神上起始于新神，那么，我们这些肉身则交托给了国家。如今，新神与国家已背道而驰——后者最终战胜了前者。在冬洲，人间活力是违背国家意志的历史要素。支配与被支配作为一种破产劳动的遗留惯性已融入骨髓，把我们冬洲人引入世界、国家与生活三者间无法轮回的死地。冬洲人失去了命运与历史，成为人类异种，因为我们的劳动已不包含未来，也不再规定未来。我们冬洲人的未来，也是全人类命运的一种未来。"

诸位读者，以上这些高谈阔论全是我瞎白话的。我喝蒙了，脑子翻天倒地。您别介意。您有权嗤之以鼻，说我装腔作势，说我卖弄辞藻，但您不能说我有病。精神病、缺心眼儿、癔症、失心疯这些名号，我是一概不承认和不接受的。我是个酒蒙子。酒蒙子可不算作病人。我们酒蒙子都是可爱的人。不怕您笑话，酒劲儿要再猛点儿，咱这脑子保不齐能扯出什么新式理论或思想体系呢，因为诸位定然不了解酒精的奥妙，它其实是一剂灵魂猛药，能使人单靠大脑就创造出大善与大爱。咱读过一些书，不算少呢，对事关人类解放的知识略知一二。咱们哪，得多聊。

不喝酒的时候，我是个老实人儿，从不吵吵巴火舞

冷水坑

舞扎扎，心如止水，身如老龟。因为我从来不琢磨自个儿，从来不给自个儿挖坑，从来不在乎自个儿是啥玩意儿，统统不在乎，生来没这根梁子。殊不知，那些被锁起来吃药的疯子，有几个不是被这根梁子害的呢？归根结底，我——没有生活。我也懒得去想要过哪种生活。如果问我凭什么对生活报以恍然虚无的态度，那么，我会不假思索地告诉您原因："生活"早在我记事儿起就成了负重的代名词——本地人常讲"背着个无影山"。然而呢，这股劲儿一旦上来——我是说酒精一上脑，语言就遵循起另一套繁殖系统——自己跟自己交配，自己生产和创造自己，如飞蝗漫天，若惊涛拍岸。不过呢——我又要狡辩一番了——它们声势骇人却万变不离其宗——我在其中感受到的，是一种被本能推动至无限辽阔的善意。醉懵懵的时候，我确信自己把握着有关这种善意的理性。倘若我把它们喊咻咔嚓地写下来，那么，这个行动绝非出自我个人意愿——因为这地界儿并不具备生产正常、切实和健康的思想理论的条件，只有出于这种理性所导致的意外之举。所以，付之于文字让此番行动更显疯狂了。

诸位读者呀，其实，我是个疯子，还是一名非同凡响的疯子。请待我慢慢道来。作为一个人，我难免心怀歹毒，比如一提及"未来"，常常怒从心头起，恶向胆边生，憎恨起全人类。憎其卑贱，恨其自私。之所以跟全人类过不去，除了我本性无聊和虚妄，也在于妒忌——因为大部分人至少拥有还算像个样儿的心灵世界，遭灾遭难

冬民·序章

的时候犯不上自甘为奴——无聊、虚妄和妒忌这三种品性,作为冬洲人心灵生活的所有元素,结合在一起,产生出神棍一样的想象力。就比如我敢跟全人类叫板,还恬不知耻地思考起解放议题,煞有介事地论述一番。奴隶一思考,他自个儿就发笑。这笑,只不过躲在故作自嘲的腔调背后。我啥也不是。我屁都算不上。我不值一提。奉劝诸位可别把我当真,更别把我那些疯话当真,不管您倚重何种立场,新神信徒也好,爱国者也罢,各类主义者也行——哪怕是冬洲同胞——总之,请勿轻信一个冬洲酒蒙子撒疯。敬告诸位,不仅在思想上,身体上也要跟我保持距离,整不好我脑子一抽抽,扑上来咬您一口!是呀,您一定想问,我为啥往死了灌自个儿呢?很简单,缺了酒我活不了!那么发疯呢?因为,如果不发疯,我就没法儿正确地生活:疯子都有一种特殊本领,感受得到一种温暖,纯粹的温暖,没有意义也不生产意义的那种温暖。地表之上,似乎只有这种温暖允许我支持我可劲儿"扯用不着的",没错,您没听错也没看错,对我来说,正确地生活就是"扯用不着的"。

如果没记错的话,是在二十七岁那年冬天,咱算有鼻子有眼儿地发疯了。发疯之前呢,咱早早儿把自个儿看透了:成不了圣人,做不了恶人。我禀赋平庸,全凭已有社会规则和人际习俗说话办事儿,是一个对国家、社会皆无害的废物。但有时候我也会突发奇想,或灵机一动,有过几个小念头,甚至付诸行动,比方说,大学

冷水坑

刚毕业那会儿想过去南方闯荡闯荡，干出个样儿来云云。离开冬洲并非我主观意志所做的抉择，而是历史惯性造就的社会潜意识：离开家乡是追求任何一种好生活的前提。作为文明、阶级和血缘的顶头上级，父亲对于我这个人生方案报以怒笑。我心想，那就算了呗。"搁家待着也行嘛，反正都是一辈子。"谁承想，他出于对国家、社会和家庭复杂而扭曲的信念，对我额外上演了一出大戏——用暴怒、威胁（喝农药）和哀求（差点儿给我下跪）拦住我："让爸再努力一把，把你弄进咱单位，我还行，有点儿用的，没变成废物呢。"我同意了，但也跟他挑明："爸，您有您的阶级立场，我有我的人生志向，咱俩的矛盾不可调和，但我不想和您有矛盾。"他之所以要死要活地拦我，是断定我这辈子无论在哪儿都将一事无成，因为，这个"成"字，在他看来只有一个标准：能随心所欲地使唤别人。这些人在他心里就是奴隶，且多多益善。在冬洲只有两类人才能实现这种成功：恶贯满盈之人和无比高尚之人——魔鬼和圣人。事实证明，做魔鬼的收益远远大于做圣人，这不仅归功于冬洲独特的社会结构和道德风纪，也在于后者在世间是不存在的。他使出全身解数，挖开膀子挖门盗洞找关系，把我往事业单位里塞。他的努力全部白费。这真不能怪我，我主观上从未抗拒做个小公务员，因为"反正都一辈子"。但怪异的是，签完入职书，早上进大门瞅一眼保安，打完卡，往座位上一坐，我整个人立马蒙登，啥也不干，就是搁椅子上坐着，用某单位某领导的话（他跟我爸说的，我爸花十万从他手里给我买了个小职员的岗位）说："嘴巴不开，腿脚不动，泥胎似的，老哥，你家孩子是不是哪儿有毛病啊？"父亲一开始可劲儿跟人家道歉，说我孩子内向，不活泼，但脑子没毛病，不是智障。对方不松嘴，说就算是智障，也不至于连复印都懒得干吧，再说，我还真使唤过智障，招商局副局长他二儿子，斜眼儿吐哈喇子，照样被我调教得叮当响，开车跑腿儿样样行，因此啊老哥，您儿子的问题不是脑子，是思想……听见"思想"二字，父亲当场发飙了，那就是没得谈了呗，行，退款吧，一个子儿别少……老哥呀，退款是万万不可能的，没这规矩，也没这先例，而且我把钱都花了……俩人唧咯浪大半天，差点儿动手抄家伙，最后不欢而散。出乎他们意料的是，几天之后，此次争吵在圈子里广为流传起来，引起不少官员的恐慌，为尽快息事宁人，一个头目暗中给父亲揽了个小工程，这事儿才算有个了结。

除了操心儿女们的阶级身份和社会地位，冬洲父亲也得干涉下一代的婚事。爱情和婚姻对我父亲而言，只是金钱、地位和繁衍后代的筹码。他娶了个农村女人。我幻想过美丽的爱情、幸福的婚姻——有心仪的伴侣陪着当然是好事——但基本态度和父亲如出一辙，对待女人，除了满足兽欲和虚荣，没有更多需求了。在这一点上，倒是能让父亲放心。"顾虑她们干啥？"有一次饭后闲谈，聊到女人，他打开话匣子，"她们天性爱被玩弄，专爱

冷水坑

被人渣恶棍玩弄,因为这种男人在冬洲才混得开。可不是嘛,被'有本事的男人'玩弄是女人们的特权,她们心里明镜似的,因为她们打小就接受这种教育——宁可给公子哥做小,也不给穷汉当家。"在破坏我和女人们的亲密关系时,他历来不择手段。"儿子,你有病。什么病呢?心残眼瞎。你看不见正确的路。正确的路不是靠你自个儿走出来的,相反,你自个儿去走这条路,是为了能被正确的路选上。如果我不矫正你,比如,纵容你和那些没有铁饭碗的社会女人搞对象,有辱家门不说,最可怕的就是会导致你心生邪念,被外道儿拐跑,越跑越偏,总有一天你会变成叛徒!"叛徒?我心里一激灵。在一个寒冬午夜,我从床上蹦起来,冲进客厅,用打火机点燃沙发,随后,一种疯狂的灵感激发我去拥抱烈火,跟它们争斗,冲它们尖叫,搂它们亲吻,爆发瘆人的大笑,仿佛是自由冲破了肉体,喷射出核弹一般的能量……父亲搬起一个正方形音响,举过头顶,在对面变成漆黑而暴怒的巨人,凶恶地向我投出"巨石",砸中了我的左眼。热血蒙住瞳孔的刹那,我在血浆世界里又爆发大笑:"来吧,父亲,消灭我吧!"那一刻,我感到肉体正在火焰中扭曲和变形。到医院包扎伤口之后,因为不肯消气,他转身就走了。我在大厅待到天亮。我安静地坐着,一声不吭。脑袋后面是窗户,因为纱布蒙着眼,当阳光照亮了脚尖时,我只能把整个脑袋扭到后面,迎接冬洲寒冷的太阳。出了医院大门,我步行到闪电河边。它还没冻死，黑亮的水流在冰层和堤岸间涌动。灼伤这时才爆发出来，烧得我战栗不止，却没有丝毫的难过，相反被一种深邃的平静吞噬——灵魂随流水进入冰层之下，滑向深渊，与死亡汇合。我把手伸进水流，恢宏地撩起，垂直升高，在光合作用中，死亡渗进血液，逐步灌满一个空魂灵。

"吾父，权力之奴也。权力的城墙压着脊梁，摁死头颅，不允许他观望世界。对他而言，世界由显而易见的东西组建，一个被奴隶主规则所支配的小天地，然而改善它的能力并不根植于人自身。或许，这也是人性在冬洲的独特转向：旧世纪的生产工程及生产关系已烟消云散，灵魂却在惯性里越走越远，越远越邪恶，直至权力成为存在的家园，灵魂的终点。但这不是支撑他权力之奴这个身份和心灵结构的原因，我认为，不仅是他自己，甚至用上人类全部文明，也探索不出个答案。只要奴隶存在，权力就不会虚无。"

然而，死亡作为第四种品性，与我朝夕相伴，并非源自这次伤眼事件。对死亡的觉悟，我确信发生在母亲病危那段时间。母亲，这个命苦的女人，在我心里无疑是人类文明受害者的象征。她是个农村人，二十岁嫁给父亲后，便掉进了苦难的深渊。因为患有先天性心脏病，不能干体力活儿，父亲就残酷地折磨她（冷战和拳打脚踢），加上天性顺从，她便默默地接受了父亲的安排：走进纺织厂，成为一名国家工人。"还想咋的？"有时候，

冷水坑

母亲那副逆来顺受的样儿会让父亲突然暴怒,"还想咋的吧?不干活儿,能行吗?别跟我哀哀怨怨的,瞅你那天生受气的德行,以为我会同情吗?错!我这人对弱者毫无怜悯之情!再说,进工厂,吃编制,哪儿对不起你了?托人给你找关系,我容易吗?谁安慰我了呀?"有那么一次,我还是个小学生,记得就那么一次,母亲回话了:"求求你了,我心脏难受啊,厂房动静太大,整得心口跟被狗咬住似的疼啊,求求你了,别在孩子面前毁我……"然后,父亲就抡起拳头揍她,辱骂她:"农村老娘们儿,他妈的端起碗吃饭,放下碗骂娘,没良心的烂货,天生为奴的熊样儿。好啊,我他妈的成全你……"

母亲是在我六年级即将毕业那时候没的。那年她三十二岁。有一天,她在岗位上突然没了知觉。工友把她送进医院,折腾到半夜,父亲才到跟前。他明显喝醉了,脸色特别难看,毫不掩饰对母亲的嫌弃和厌恶。诊断结果很明确,如果再不做心脏搭桥手术,大夫说,就准备棺材吧。"吓唬谁呢?"父亲当场暴怒,冲大夫大吼大闹,"吓唬谁呢?抢钱就直接说!"大夫一脸纳闷和气愤:"你要是缺钱就直接说!何必侮辱人呢?你对象是国家工人,单位能报销一部分费用,你不是不知道,我看啊,你就是没人性!"父亲哈哈大笑,说:"钱的事儿跟你说不着!我打听过了,今儿个搭桥,明儿个检测,后儿个更新,简直就是个无底洞!该着的事儿谁都躲不了!她家的遗传病,凭啥落在我头上给结账啊!没那个道理!

好啊，你要非跟我讲医德讲良知，那叫她那边儿亲戚来！我不做冤大头！"

临近天亮的时候，母亲唯一的血亲，她的弟弟，我舅舅，带着他老婆和儿子赶到医院。诸位读者，请允许我对这次家族会议做个回顾，就"死亡"议题略作补充，以免你们丈二和尚摸不着头脑。

父亲和舅舅一向水火难容：姐夫看不上这个小舅子好逸恶劳的德行，小舅子看不上这个姐夫那豺狼般的心灵。另外，舅母半拉眼珠子看不上我母亲，因为她是根红苗正的城里人儿，编制公务员（税务局会计），母亲这个农村女人凭走后门吃编制，让她那颗小市民心灵备受刺激。还有一件事儿要提一下，姥爷似乎有意要把在农村拼死拼活积攒出的家当（一家颇具规模的养猪场）让女儿来继承，舅母听到消息后就跑到农村大闹了好几场，终于把继承权抢到手。姥爷是知道我舅舅品行不正，加上他在这事儿上没说过一句话，气得老爷子从城里请来个律师立遗嘱，家当由孙子（我表弟）继承，姥爷如果在他满十八岁之前离世，养殖场的财产监护权和经营权暂时交予一个在南方做买卖的侄子。第二年姥爷就没了（被儿媳妇活生生气死了）。舅母立刻联络那个侄子，使用各种手段使对方做出许诺，养殖场挣到的钱绝不分给我母亲，一分一毛都不行。舅母这次赶来参加这个家族会议，就是要亲眼看着我母亲咽气。在医生办公室里，表弟被舅母按在沙发当中间儿，像个被迫登基的小皇帝。

冷水坑

他有严重的自闭症,还贫血,脸色煞白,两颗大眼珠子惊恐不安地到处看。我坐在对面,屁股挤进沙发犄角,时不时和他对视一下。

父亲坐在我旁边。他命令舅舅把烟掐掉:"这是医院,懂点儿规矩!"

"你呀,别跟我扯白,掐了就掐了,不,我给你吃喽!"舅舅一口吞掉烟头,然后朝父亲亮出舌头,"瞅瞅,说吃咱就吃!你懂规矩?你懂规矩还看着我姐活活憋死?你懂规矩还天天打我姐?你算个人吗?"

父亲肯定是以牙还牙的,说:"要不看在老头子面上,我能一天打你八回,直到把你打醒,打明白,从一个浑蛋打成一个人!"

舅舅苦笑一下,摇摇脑袋。

"你摇啥脑袋?嗑药了?"

"我是替你摇呢,知道吗?我嫌你可怜,一心想着当官儿管人,做人上人,使唤人……你现在无非是一条官家养的狗。这就是报应!谁让你不把人当人看!那就不要怪别人把你当狗使唤。"这些话一定刺痛了父亲,挖到了他最深的痛楚,但他瞬间恢复了冷静。

"好吧,你说得没错。"父亲讪讪一笑,瞅一眼舅母,然后用一种自我剖析的语气对舅舅说,"但你知道我为啥削尖脑袋往权力里钻?因为我没有那种离开冬洲的能力。那是一种特殊的能力,它得借助一个结实的地基,可我脚底下是个泥坑。这个泥坑里都有什么东西呢?您啊!

亲爱的小舅子。您啊！亲爱的弟妹。您啊！亲爱的大夫！无数个你们呀！还有他俩——儿子们哪！您要跟我讲良心讲伦理感情，难道我会反对吗？但请告诉我，有什么高尚规则把你们把我圈在一起吗？有吗？我们之间讲究过良知或道德吗？把我们圈在一起的，除了权力，还有别的东西吗？权力又是啥？不就是我使唤你、你使唤别人的东西吗？我有错吗？我要有错，错就错在我没抓到这种东西。"

我发现，大夫在听见父亲提到他时，突然一愣，接着莫名其妙地苦笑一阵，而之前他好像一直在想别的东西。

"我不知道你们为什么聊这些，"大夫说，脸上泛起一种厌烦又不失公正的神情，"作为大夫，一个局外人，建议你们回归现实，一条人命搁那儿等着呢！鸡声鹅斗唧咯浪唧咯浪没法儿挽救一条生命。"

"她马上就要死了？"一直没吱声的舅母突然问道。

"什么？"大夫皱起眉头，一脸不解。

"您没听错，我姐随时会死吗？"

"暂时死不了。"大夫冷冷地说。

"好！"舅母说，"让她挺会儿吧！现在，生理的命让位给心理的命吧，后者得马上解决，因为这是拯救前一种命的必然程序。要不然，钱从哪儿来？"

"从你们那儿来啊！反正不搁我兜里掏！"大夫用一种不可理喻的语调说，眼睛瞅别处，心里保不齐咋想这

冷水坑

家人呢。

"您还别使脸色，"舅母不依不饶，"我看哪，姐夫说得对着呢，假如，他现在是你们院长，或市长，是不是能直接使唤您给我姐搭桥？能不能？您说，能不能？"

"我认为能。"大夫说，"能！那咋不能！"

"知道我为啥怼您，大夫？"

"愿闻其详。"

"因为您作为医生所秉持的正义没法儿应对姆们身上的悲惨。在您眼里，姆们就是一篓子掐架的螃蟹，但蟹篓有蟹篓的正义。姆们当然赞同而且更敬重医生的正义，但这种正义可不是唯一的正义，您更不能用这种正义把姆们草民的正义一笔抹杀。您脸上写了啥，姆们看得一清二楚。"

"那么，我向你道歉。"大夫平静地说，像认识到了自己的错误（我事后回想），但只是一时之计，绝没在心灵深处认同舅母——他不允许自己的特权被敲出个窟窿。接着，他又说："召集你们来开这个家族会议，只为救人。当然，因为几个钱把我救人的权力剥夺了，我确实不好受。"

"命，当然要救！"舅母说，"否则来这儿干啥？"

"谁救？你救？"父亲乐了，略带嘲讽，接着说，"你救得着吗？你姓啥？他（指我舅舅）姓啥？这账算不到你头上。而且，我不是反对你救她命，而是反对任何人救她那条命。"

冬民·序章

"畜生！浑蛋！恶棍！"舅舅咆哮。

"闭嘴！"舅母喝住舅舅，瞪起眼珠子，"你让他说！让他说！我今儿个倒听听，一个老公说出这种丧良心话的理由是啥？让他说！你说！"

父亲老练地皮笑肉不笑，说："听我娓娓道来吧！首先，世上谁有直接义务救她？当然是我这个老公呀！其次，别人出手相救的话，理由是什么呢？同情吗？同情即可怜，然而被别人可怜是我为人之大忌，这是对我最大的侮辱！亲爱的小舅子，你又要骂人吗？刚才已经骂了，省省力气吧。再说，假如把我也比作病人，也离死不远了，但我这种病比死亡更深刻，它是另一种死亡——它让我更亢奋地活着。世人的谩骂对我根本起不到作用，而且何止你，我确信每个认识我的人，听说过我的人，都得骂我，骂我没人性没良知没感情，可是，这些高尚的感情和道义对我有什么用呀？没用。一点儿用都没有。因为我付出的全是扎扎实实的劳动。要知道，我热爱这种劳动，我的灵魂就是为此而生的，我玩儿命地渴求权力。对此，我毫无愧疚。总之，我找不到任何理由使用任何高尚道义取代对权力的渴望。我铁石心肠。假如不能无条件地使唤别人，不求回报地施恩给别人，我就像离开水的鱼，喘不上气儿，活不下去。"

"那你倒是掏钱救我姐啊！"舅舅极度痛苦地再次咆哮，把表弟吓得一激灵，颤颤巍巍的，似乎随时会哭出来。

冷水坑

"我理当掏钱的,可即便她单位报销一部分,剩下的款子也超出了我的支付能力。"

"姐夫啊,您刚才那一番心灵独白,真是振聋发聩,当然,说您是一头鬼也不为过。您的坦诚令我佩服。姆们还能说啥呢?祝您在鬼的路上一路顺风吧。可说到钱嘛,我确定您在撒谎。您在江湖中也算如鱼得水,左右逢源,没少揽活计,飘进我耳朵里的就不下七八个工程呢,莫非连几万块都拿不出吗?您不是找了小吧?我还真不信您有这癖好。您也不赌博、不嗑药,钱都去哪儿了?"

"弟妹啊,款子倒真挣过几回,但留不住,您想想,混社会捞的那几个钱,能留住几个子儿呢?维持家庭也是一笔子啊!您只见我揽活计,却看不到我投资失败。都搭进去啦。"

"别听他瞎编,一个毫不掩饰自个儿恶毒本性的人,话里话外肯定藏着猫腻,他大言不惭地剖析灵魂,是在隐瞒见不得人的东西。我了解这人,媳妇儿,大夫,儿子,还有大外甥,坐在你们眼前的其实是一头鬼,他得祸害人,否则存在不了的,别浪费时间跟他讲良知,良知反省对鬼来说简直缘木求鱼,只有不停地祸害人才能满足一头鬼的欲望!"我的舅舅此时已陷入癫狂,浑身抽抽着,恨不得当场亲手掐死这头鬼。奇怪的是,他尽管咆哮和挖挖乱舞手臂,屁股却一动未动,像长在了沙发上。这副模样和德行引起舅母极大的不快和反感,她恶狠狠地

冬民·序章

瞥他好几眼。我现在想，保不齐呀，她从始至终就没瞧得起过舅舅，然而刚才这一幕，似乎使她的鄙夷产生了更深的意义（我推测），舅舅骨子里那种无能始终被限制在人性的缺陷之中，或者说，这种无能正是人性缺陷的完美体现，然而，当它暴露在一头鬼的面前时，反而映照出鬼的某些优势，就比如，鬼不扯什么心灵问题，只"在事儿上见"。

父亲没开口回应，只顾狂妄地大笑。这种狂妄我记忆犹新。而且，他何必这么突兀呢？

"打搅一下，诸位，"大夫出来打圆场，显得有些疲倦，"打嘴仗的话，建议你们去自个儿家。"虽然他指向在场所有人，却一直对着父亲说话。

"大夫，知道他为啥可劲儿笑吗？胆——怯！"在大夫话音刚落但似乎还要说下去的空当，舅舅插进一句，他满脸蔑视，还露出一种古怪的笑容。

"那么，您又笑什么？"大夫反问舅舅。

"笑我自己。"舅舅露出一副小人得志的嘴脸，"我半辈子失败，看来，下半辈子也指定是失败的，原因很简单，我不爱劳动，任何劳动都让我难受，我就稀罕过啥也不干照样有钱花的日子，国家白养着我才好呢。其实，不怕你们笑话，对我来说呀，白白养活人民的国家才算好国家，才称得上是个合格的国家。好吧，你们就因为我抱着这种思想便瞧不起我，用各种恶毒字眼儿埋汰我，侮辱我，你们却不知道，侮辱我反而损害了你们

冷水坑

自己，因为要求国家白白养着，对于一个人来说，是一种理所当然的政治品德。你们只顾埋汰我是好逸恶劳的窝囊废，却看不见我作为一个有政治需求有政治心灵的人的价值所在。好，退一步说，就算这种需求表达得过分了些，但总不能让我干得越多拿得越少吧？干得多就应该拿得更多。好，你们可以拿什么生产力还不够发达，经济还不够繁荣，文明还不够进步，总之吧，用各种'还不够'来找理由，这套路啊，欺骗草民还行，对我却没用。够不够的，关我屁事儿。"

亲爱的读者们，在我们这里是多么盛产相互厌倦又割舍不掉的古怪家庭啊，简直无边无沿，但即便如此，夫妻双方在这种畸形的亲密关系里，依然要携手度过余生，代价则是舍弃灵魂需求。我们这地界儿的婚姻可谓烂地里种庄稼，不种也得种。但灵魂就像豆杵子，保不齐会从哪个土缝儿钻出脑袋。诸位想想看，假如脚边刺棱蹿出个耗子，您指定会被吓个半死！是的，我舅母当时就这表情。她惊诧于自己的老公居然有独立思想。

"你瞅啥？"因为被盯得太紧了，舅舅反问舅母，"想不到我留了一手吧？"

"你魔怔了，脑子得病了。"父亲想出头摆平场面，因为舅母不仅一时缓不过神儿来，而且绝望感快把她逼哭了。

"许您有病，就不许我有病？亲爱的姐夫，尊敬的大夫，请允许我说完最后一句话，你们再做判断。一个有政治需求的窝囊废,特点是不祸害人,我只想做一头人畜无害的社会动物。现在,这头动物正跟一头鬼谈判……"

"谈判归谈判,"大夫说,"但救人最要紧。你们滔滔不绝地求证自己有病,此乃我平生首见,或许这是你们家族的特性……"

"姐夫,你爱姐姐吗?"舅母突然问。

"什么?"父亲一愣,像没听清。

"你爱姐姐吗?心里头,有过这个女人,在乎过这个女人吗?"她有点儿哽咽。

"弟妹,是这样的,"父亲稳稳当当地说,"我不爱任何人,这是我的本性。但我没法儿违背娶妻生子、延续后代这种世间规则。弟妹,说心里话,姐夫之所以能这么洒脱,这么光棍,是因为想通了个事儿——我们人啊,真没必要对权力遮遮掩掩、抠抠搜搜的。权力能使我们避免最悲惨的命运——被支配、被使唤。在追求权力的路上,我认为是可以不择手段的。但在拥有了权力之后,考验我们的则是运用权力的智慧。个人、家族如此,国家治理也如出一辙。想想吧,冬洲如今这副样子,就是权力运用不当的结果!我这算是对你们掏心掏肺了,因为我的觉悟、我的感受是极为充分的。权力是文明的边界。我们可以用道德来大加批判,心理上不认可,文化上抗拒,但就是逃不脱它的五指山,因为权力的精髓不在于人怎么琢磨它,而在于正确地运用它。孩儿他妈第

冷水坑

一次犯病是在上个世纪的一个大中午,孤零零地摔在马路牙子上,被人送进医院给救活了,我骑着个二八大踹从城边子赶到她身边,发现这娘们儿对我露出一种微笑,一种瘆人的笑,好像在她眼跟前的不是老公,是阎王爷,而且她居然在安慰阎王爷——您不用着急,放心,我不躲……这不是认命,当时我心里想,相反是一种坚强。同时,我产生了另一个念头——让她死吧,这样对她更好,一种死亡带来的好。然而阎王爷最公正,他是科学家,绝不滥用权力。我确实有能力托关系让医生您先为孩儿他妈做手术——瞅瞅,这就是权力的魔力——但我不能这样做,就像我刚才说的,权力的精髓在于正确地运用。其实我手上有一笔二十万的款子,还有两套房产,但不能动,这笔款子是给孩子买贵族中学名额用的,房子嘛,得给孩子将来结婚用。我需要把这份权力用在儿子身上,而不是老婆身上。弟妹,换作你会怎么想怎么做?孩子重要,还是媳妇儿、老公重要?当然是孩子重要。跟孩子比,父母也不重要。这不就是咱冬洲人的狗德行吗?我违背不了。我渴求权力,但憎恨乱施滥用。在咱这地界儿,任何以权谋私的行径,都以整个冬洲为代价。末世征兆啊!你们说我是头鬼,没错。可我这头鬼自有其公正。"

"你的公正却没法儿给姐姐一个交代呀!"舅母已经泪流满面了,扑哧扑哧地抽泣,挤着唾沫泡子。

"你哭啥?"舅舅火了,他觉得很不可思议,"魔鬼是语言大师！"他高声警告舅母，居然推了一把表弟，孩子当场倒在母亲怀里，跟着哭起来。

"都是因为你，小畜生！都是因为你，把我爸我姐伤得透心儿凉！小畜生。"

"你再动手试试？"大夫厉声呵斥，隔着桌子指向舅舅，"你试试？"

"试试就试试！"舅舅抬起巴掌，在空中拐个弯儿，拍在自己脸上，连拍三下。

"姐们儿，你多余嫁给他，浑球儿一个！"大夫对舅母高声说，非常愤怒。她搂着儿子一个劲儿哭，沉浸在莫名的悲痛里，顾不上刚才发生的事儿。

"弟妹，你莫不是为养殖场的事儿哭吧？"这时候，父亲开口了。这话像一直被遗忘的尖刀猛地扎进舅母心窝里。从她整个人的神情举止上揣度，我现在觉得，在和刚刚燃起的良知撞击了一下后，低级欲望立刻占据了她的头脑——这就是物质利益的神奇魔力。

"问你话呢……你个老娘们儿！"舅舅气急败坏，吓唬要扇她。

"弟妹，嫁给人渣子真是为难你了。"父亲明显在挑拨离间，微微带笑。他虽然不是个好人，而且现在想来，还具有一种哲学风格的邪恶，但从另一个角度上看，他的思想能力是出类拔萃的。

"我哭哇，是哭我自己个儿呢……"说完，舅母突然号啕大哭起来，使劲儿捶胸口，像老天爷把她的一切都

冷水坑

抢走了似的。父亲探出上半身，让脸离她更近些，乐呵呵地劝她："没事儿的，别担心，姆家人不怪你，该是谁的就是谁的，老天爷自有安排。再说，一个养殖场能值几个钱？姐夫揽个小工程就回本儿了，可是老爷子觉得你太不讲究……姐夫在这儿给你打个包票，我绝不会找你要那群猪，一分钱都不要你们的，留给孩子吧……"

"不行！"舅母一支棱脑袋，从痛哭中惊醒，"不行！绝对不行！如果我答应，姐姐就没了呀！"

"那你说咋整？掏咱家钱？"舅舅叽叨她。

"姐夫啊，姐姐单位给报销一部分，剩下的姆家出……"舅母在悲伤中下意识地要去摸父亲的手。没想到，父亲像被可恨的畜生咬到手了一样，轰然起身，面目极度狰狞，居高临下地咆哮起来："滚犊子吧！滚！我白忙活了呀！你们聋了吗？我刚才说啥啦？不——要——可——怜——我！你这是在侮辱我！侮辱我！一群蝇营狗苟的草民，也敢可怜我侮辱我！都给我滚！滚……"他戛然而止，面向门口，嘴巴张得老大，完全忘记了闭合，像是外星人、上帝或阎王爷活生生出现在眼前时的反应。但出现的不是外星人、上帝或阎王爷，那是我的母亲。她被一个护士扶进来，刚到沙发那儿，人就软软瘫了下去。她并没失去知觉，或陷入晕厥，其实她是放弃了意志，放弃了尊严，在给所有人下跪。

"就这样吧，让我死吧……"母亲太虚弱，连悲伤的力气也耗光了，她脸色煞白，嘴唇发青，头发乱得像野草，

冬民·序章

那一刻，我像见到了活鬼，吓得不敢吱声。但下意识里，我知道自己是赞同她的。舅母冲过去，咚的一声跪到母亲面前，一把搂住她，浑身剧烈地抖动起来，好像体内正在崩溃分解。

"好人哪！好人哪！为啥这世道要生出个这么好的人呀？姐姐啊，我把你爹活活气死了，占了你家东西，哪怕现在这眼跟前，我心里也不肯把东西还你，我不肯啊，就是不肯啊，我咋了呀，得了啥病啊，姐姐啊……"就在这个时候，舅舅直接从原地蹦起来，在空中起脚，结实地踹中了舅母后脑，她嗷一声就没气儿了。在父亲扯住人之前那几秒空当里，舅舅已经照舅母后脑勺和脖颈连续踹了七八下，这恐怖的复仇不仅吓哭了两个孩子，吓坏了两个男人，让母亲也当场晕厥了过去。最后，父亲抬脚把舅舅踹到了门上，因为躲闪不及，小护士被撞个趔趄，摔倒在外头的走廊上，她爬起来就跑，喊着出人命啦……

"完啦完啦！都他妈完啦！我算完啦！"大夫吓得直抓头发，在桌子里头嗷嗷叫唤，哭爹喊娘地跺脚砸桌子。

舅舅突然朝我大吼一声："别哭啦！大外甥，记住今天这一切，记住！记住，人是鬼生的！记住，亲人间的恶与恨！记住，记住死！死能让你看清人的卑劣。记住，怕死就要为奴！诸位告辞！大牢见！"

母亲嘛，救了过来，父亲还掏钱给她做了手术。第二年夏天，母亲孤零零地死在纺织厂的厕所里。舅母的

冷水坑

脑子被踹坏了，天天傻乐。舅舅被判三年有期徒刑，出狱当年，在一个深夜用斧子劈开了舅母的头颅。诸位，这就是我们家族命运的结局，我到此为止吧。

死亡能指定灵魂的位置，这就是死亡对我的根本意义。在这种意义里活着，我能摒除根植在人类心灵中的依附本能。虚无主义，据说对现代人影响至深，我是说，这种主义被当成新灵魂安置进大脑里，能让人以动物的性能活着，去体会一种畜生的自由感。我绝不赞同这个说法，亲情与血缘的折磨，人生路途的损毁，火与冰的刑罚，使我明了命运不是单纯、无辜的东西——人用伤害人的方式把它呼唤到人跟前。人的残忍本性是命运的条件。我冷静得很。因此，我不排斥死亡。死亡也不是我堕落的原因。我选择堕落，是因为这种生活方式的开启，不必先下定决心做这种选择，在这种生活方式里也不必做什么选择——拔除长进灵魂的毒刺，一切自然而然地发生。与死亡朝夕相处，我根本不在乎"我"是什么玩意儿、"我"该咋活着，这些让自己跟自己过不去的终极问题，只是文明的骗局。

除了死亡，酒精也很快便与命运息息相关了。死亡和酒精是一对双胞胎。喝酒，从一种行动开始，渐渐地嵌入生活，渗进血液、神经网和脑中枢，升华为神秘的知觉享受。当有一天，你偶然领悟到一种自怨自怜的美，一种裹着善与慈悲的委屈，当喝酒只因这个行动而成立，这时候，酒精才算与生命融为一体。对我来说，喝

冬民·序章

酒和死亡一样是不可或缺的。我总能在醉酒时像开了天眼,把冬洲人看穿。我发现,人类有史以来所创造的任何形容集体的词汇,民族、市民、工人、殖民地、难民、盲流等,用在他们身上都不合适。冬洲人这一群体在二十一世纪不具备合法性,我们找不到词语来定义他们。当然,我并不反对他们这也算是一种独特的、崭新的存在方式,但问题在于这帮子人总那么自不量力地要在大脑里构建最伟大的精神世界,来跟真实世界博弈对决。就比如,我们冬洲老爷儿们都幻想,征服世界通常要先从征服女人、孩子和父母开始,再发挥想象,去征服别人的女人、别人的孩子和别人的父母,以此类推,按部就班,就能开创新历史啦。然而在另一个维度,幻想和现实之间的那个夹层里,他们又低人一等地自卑、懦弱和顺从,并不言自明地用此类本性监控自己及家人,对自己及家人之外的同类又兼具没来由的敌意、妒忌和歧视。世界在大脑之外,他们永远不接受这个真相。更可怕的是,世界已经自我更新至超越人力所及之外了,而冬洲人的意识却停滞在中世纪:得依附个靠得稳的主子。用一个酒友的话讲,"咱们得被主宰,被统一、明确的命令使唤和支配,才能清楚怎么活下去"。这话本身有一种可信度(听了之后总会下意识地点个头),还有弦外之音:生命可以舍弃创造,但离不开经验。当世界停滞,一切静止,经验便神奇地转化为最高指令。我是说,人性一旦交托给经验,首先会获得一份轻松,其次,把自己交

冷水坑

出去,交给那道命令背后的东西,会再获一份轻松,这份轻松更显珍贵,更显真实。在冬洲这是常识,即使它违背了历史进程,但等待依然像美好的事物,切实地支配着命运。

我在醉生梦死的生活里获得了自由,只不过,这自由通向闪电河——终将归于我们冬洲人的母亲河。我想,这是平凡的真谛。

II 旧世纪的唯心主义巨人

按父亲的话讲，我"从云端坠入了粪坑"纯属咎由自取，鬼迷心窍，自个儿毁了自个儿，是大脑中邪和心智残疾的表现。在他原本看来，自己的儿子虽然脑子不咋灵光——不会来事儿和没眼力见儿——但毕竟不是个傻子，总体来说，如果拿一种动物来形容的话，我是一只绵羊。他试图以一己之力，更换我的天性，把我改造成豺狼——丝毫不顾及道德廉耻，使用各种卑鄙手段达到阶级目的——这样一个符合冬洲标准的光棍儿子，其实，他早已意识到这是不可能的，像他说的，"我高看了你的主观能动性"。但绵羊毕竟是一种听话的动物，只要有效利用起被动天性，循循善诱，就有希望实现牧羊人的夙愿。不同之处在于，任何细节他都要亲力亲为，弯腰把路一寸寸地铺好，好让儿子迷迷瞪瞪地飞黄腾达。然而，当这个"造儿战略"已十有八九时，却随着我一次次的"非暴力不合作"终于崩盘，几年努力灰飞烟灭。

冷水坑

"因为你,我把场子得罪全了。"他说。这么说吧,但凡带编制的小差事,我好像都做过,没一个能熬过试用期。甚至,有人(一个贩卖编制的中介)出于好意对父亲坦言相劝:"带孩子去瞧瞧医生吧,也许孩子患了某种奇特的精神疾病,他应该是痛苦的,被一种他自己理解不了的痛苦折磨着呢,这种痛苦总能在试用期内转化为整个单位的痛苦。老哥,断了官宦世家的念想吧,要不然找个姘头再生一个,因为你这个亲生儿子的'不反抗也不合作'有股神秘的破坏力——他能搞黄一个部门。"对这一切,我只是沉默,面对父亲时尤为沉默。父亲说:"你在为自己的罪孽守灵呢。"这铁石般的沉默,不是因为得了失心疯(父亲说的),精神上我也没被任何事件强烈地刺激过,和偶然的心灵失常更无关——虽然大脑里潜藏着某些独特嗜好,但我大体上是愿意保持稳定的。我是个老实巴交的人,连我自个儿也知道。但要说我相悖于体制生活是无缘无故的,显然不恰当,因为我之所以闭口不言,更多在于"不反抗也不合作"是一种综合性症状,没法儿细说,说了也没人能懂。他们不懂是出于"与人为敌"这种本性。敌人在心灵结构中占据首要位置,是苦难的病根儿,也是根深蒂固的冬洲本地传统。我没兴趣对抗这个传统,我不在乎被视为敌人。我现在就把一个直接原因说出来:一踏进单位的门,我就会丧失心灵生活。这个反应倒是无缘无故的,无中生有一般神秘,但不莫测,因为一来我相信任何时候再踏进单位的门我

冬民·序章

照样会如此反应，二来这种反应已经成为心灵的一项新功能了，那就是，我不清楚自己这颗心究竟想要什么样的生活，但至少清楚它需要生活，一种抽象的、普遍的、不沾染具体事务的生活。我的神秘主义式自暴自弃当然中伤了父亲，他的资源、他的面子、他的信用为此在圈子里大打折扣。为了报复（他当然得报复我），我曾被郑重地告知：已剥夺我继承遗产之资格，切断大额投资（比如我开个小店），日常费用缩减一半。他以为金钱上的威胁能使我幡然醒悟，上演一番浪子回头的心路历程。他哪里想得到我其实病到根儿了，不仅对财政紧缩无动于衷，还头一次鄙视起他，认清此人高超的时代技能已残酷到不需要虚伪了。他在冬洲的权力地带摸爬滚打几十年，铆足劲儿往更里头钻，是权力的忠实奴隶。他对世界一概不知，也没这个兴致，他将任何新观念新思想统统视为"扯淡"。政治在他看来就是争夺最高权力，使唤别人，支配别人。不知是天赋异禀，还是在追逐权力的道路上磨炼出来的本领，他虽然不能也不愿睁眼看世界，却有着出众的直觉——他感到儿子的异常是时代问题。问题在于，时代正在发生着这样的变化——出人意料但无迹可寻，守旧如常又隐隐不安。单薄又敏锐的直觉让他害怕，有时候，为了终结这种恐惧，他甚至渴望死，一了百了。而这种恐惧就是他已年近六十，丧失了体力劳动的竞争权。以上虽然是我对父亲的揣度，但我仍然记得有那么几个眼神，他静静地看着我，任何表情都消

冷水坑

失了,如此凝重,如此睿智,又如此自然,像在更新灵魂,这副样貌倒使我汗颜了,他似乎开始在思想中重新辨认自己、世界及两者的关系,但很快,旧心灵再次占领高地,灵魂又回归仇恨之中了。

当然,关于时代的全新变化我也一无所知,但我不像大多数人那样厌恶这种明显违背旧式权力模式的时代潮流。体力劳动的竞争,支配体力劳动者的竞争,是我们冬洲人民唯有的两种命运。然而,年轻人特有的对未来的冥冥直觉同样在我身上自发地活跃着,当我麻木地浸淫在本地岁月里,被体力劳动的旧式权力结构摧残成活僵尸时,我意识到这样一个真相:劳动在冬洲停滞了,劳动似乎在每个冬洲人身上枯竭了。在这种境遇里,支配体力劳动者的群体对体力劳动者的态度只有仇恨;反之亦然。我想,像我上面提及的虚无主义,它的实质便是仇恨吧。父亲这类冬洲权力的奴仆,对权力充满复仇般的古老执念,坚信一旦掠取权力便能掠取一切事物,却因此与自由地调度生产资料这种时代新模式擦肩而过,或者说,他们那颗旧式心灵不能也不愿勘破自由劳动的奥秘。有关自由劳动,我本人无缘领悟,却不代表所有冬洲人与它隔绝。就比如,我记忆里总站着一位冬洲智者,一位民间的悲剧人物,他对我本人的变化产生了很大影响。我感觉有必要把他搬出来,一来我突然想念起了他,二来他是后续故事不可缺少的补充。

成为彻头彻尾的酒蒙子之前,我就喜欢喝酒。这没啥,毛头小子喝点儿酒在冬洲是不受指责的。好这口的人都知道,除了一批固定的"编制内"酒友之外,偶然间也会结识一些临时的"编制外"酒友,比如,在小卖部门口,公园里,小区长椅,哪怕是马路牙子,总有机会遇见投缘之人,点个头,笑一笑,就能凑个酒局。轧钢厂下岗工人兼出租车司机陈德明,便是我在我家楼下一间开在棚户房里的烤串儿店门口认识的老大哥。长话短说吧。当时是初冬,那段时间我待业在家(因为被单位辞退),晚上闲着没事儿常下楼喝酒吃烤串儿。烤串儿店是旧世纪的工厂平房改造出来的,破败不堪,空间狭小,屋里摆五桌,店门口摆三桌。这里是附近酒蒙子的一个重要据点,因此生意火爆。我那天晚上没占到座儿,踅摸来踅摸去,决定和外头一个老哥拼桌——他一人占着一张桌子。

"大哥,拼个桌呗?"我笑呵呵地问。

"来老弟,正愁喝这孤独酒呢,客气啥。"

他有一对牛蛙眼,国字脸,两道扫把眉,模样还算周正,穿得极为随便,甚至有点儿邋遢,精神状态也不健康,消沉抑郁之外,第一印象还给人反复无常、阴晴不定的感觉。从那晚起,这份酒缘莫名其妙地延续下来,因为莫名其妙,反而亲密有加。那段时间,我们几乎每晚相约至此,酒入肝脏之后就互诉衷肠,真的假的,形而上的形而下的,恨不得把自个儿的灵魂从嗓子眼儿抠出来亮给对方看。我俩很快就没有秘密了。"在某个层面

冷水坑

上,我恨我父亲。"有一次,我这样说。他笑而不语。因为嗜酒如命,陈德明得了肝病,情绪波动大,易哭易怒,在家里动不动摔摔打打,老婆孩子早嫌弃他了。老婆孩子嫌弃他,是他跟我胡咧咧的唯一主题。而且,我俩从来都是各说各的:我说我爸,他说老婆孩儿。终于,我决定打破这个定律,非得跟他呛呛一番。那次对话罗列如下。

"老弟,你嫂子骂我,侮辱我,还打我,你大侄儿埋汰我,挖苦我,其实说来说去就是嫌我挣得少,可是,嫌我挣得少就有权利嫌弃我这个人吗?这是两件事儿呀!嫌弃到仇恨,是咋过渡的呀?一个丈夫兼父亲,辛辛苦苦开车撑起这个家,是用来被侮辱的吗?我真贱呀……"

"不可能,一个巴掌拍不响,老哥你肯定有把柄被嫂子抓住了,坦白吧……"

"我是一个下岗工人,没资格搞破鞋……慎言啊慎言……"

我嗑着毛豆,突然发现他欲言又止,神情阴郁了不少。其实,在他上句话里我就觉着有不妥,似乎藏着一个羞于开口的心结。

"老弟?"

"嗯?"

"灵魂,是个啥玩意儿,你清楚吗?"他语气悲凉了,像被这个问题反插一刀。我还没来得及组织语言,他一只手就抚上我的肩,靠过来,深情地说:"……爱我吧,值得的……我把灵魂……转让给你……爱我……老弟，老弟，听哥说，哥问问你，你懂哥吗？哥其实……是个老实人……老实啊，真老实啊，老实了大半辈子，但这世道不接纳老实人呀……没人爱你哥，没……人……"

他内心胆怯，却想赋予每句话深情和意义，这是心灵和生理被长期自我压制后所产生的病症，但不讨人喜欢，像在玩弄一个致命的情感游戏。我认为他是个虚伪的人，他似乎企图用悲情戏对我炫耀其不良态度背后某个自创的洞见。

"老哥，你病了……"我苦笑着说。

"你真虚伪。"

"这话怎么说……"

"你受过高等教育，读过大学，脑子里琢磨着东西，对不对？同时呢，你又是个彻头彻尾的冬洲精神小伙儿，放荡，奢侈，糜烂，花着老子的钱净干荒唐不羁的勾当，因为你如果不堕落就混不下去，对不对？（千真万确，我说。）不用回答我，是与否对我不重要，那是你的事儿。我要说的是，老弟，我要说人要懂得'感恩'……何必跟人之常情过不去呢？感恩是心灵的本能需求，既是你孤独时最好的安慰，又是人之间的天然连接，就比如你和我，一无血缘关系，二无利益纠葛，纯洁友谊把俩人安排到一起，你安慰了我，我呢，多多少少给过你陪伴，而且你指定认同这点。（是的，我认同。）这份纯洁友谊不同于君子之交淡如水，因为我们用了心，不想这酒喝

冷水坑

着喝着就喝没了,不,我们希望天天喝月月喝年年喝,永远喝下去,喝进棺材里,原因很简单——但凡不涉及血缘和利益,人和人在一起干啥事儿都想着永恒。知道吗,老弟?这种永恒在旧世纪恰恰是咱冬洲最光荣的德行,是最受尊崇的契约。契约,我爱这个词儿,它考验人的精神和良知,因为这不是利益的协议,而是人之间的……爱。你看,我一个下岗工人兼出租车司机,一个底层苦命人,天天猫被窝里研究点儿过日子用不上的知识,因为我热爱着学习,要知道,学习和思考是天赋人权,对吧?你想想看,一想就明白这理儿:空空如也的脑子,才往往把邪恶当成正义,把堕落当成荣耀,把大便当成真理。你们精神小伙儿和我们中老年酒蒙子不就印证了这些恶理吗……我扯哪儿去了……哦对,感恩,我是说……找到一个懂得感恩的人喝酒,我觉得很幸福,很开心,很放松,能让我暂时忘记……家……"

"你说的这些,我不是不赞同,但和我的虚伪有关吗?"见他沉默了,我问。

"你戴着一副人的面具,跟我说说笑笑亲亲密密,可面具下面是野蛮。"为了加强效果,他还讪讪一笑,但不是针对我,而是在心里和自己较劲儿。

我故作惊讶,心里不能说无动于衷,但其实我当即就理解了他。

"少故作姿态。人心要是真动怒,身子会散味儿,狗鼻子灵就灵在这儿,一闻见,哪怕感觉要闻见了,就赶紧摇尾巴谄媚，这就是狗想方设法讨好主人的原因……"

"扯狗干吗，你究竟想说啥？"我皱眉头，俩手捧打着。

"因为狗有灵魂。"

"摇尾乞怜算哪门子灵魂呢？要这么说，那老母猪老母鸡啥的都有灵魂了！"

"你不用笑，笑话我算啥本事？老母猪老母鸡有灵魂，我断不能认同，因为它们只是人类的食物，恐怕这也是你的赌气话。我说狗有灵魂，不能脱离一个前提条件，就是狗与人朝夕相伴。这个灵魂构成了狗和人之间那种亲密关系，无关利益，不是用一点儿狗粮支配畜生来讨好人的关系。这种灵魂一旦出现，只能用在狗身上，由狗来担当使命。之所以不能用在人身上，是因为人有思想，极有可能打破这种灵魂的内在均衡性：思想多一点儿，那么，人就很容易把狗等同于人，这违背人伦和自然法则；思想若少一分，那么，狗就只能成为人的玩物或食物。这种灵魂的均衡性取决于两点：狗没有人那种脑子，狗身上具备人所渴望的那种爱的全部要素。在地球万物中，动物和动物不能创造灵魂，这是显而易见的；同理，人和同类创造的不是灵魂，而是社会。可以说，一个人和另一个人之间隔着整个社会。人若要拥有灵魂，就只能在人和动物的中间地带去寻找——狗就是灵魂的唯一载体。狗降低了人类的残忍性情，缓和了人类的暴力天性，让世界少了分混乱多了分安宁，难道不是吗？因此，我提出这样一个说法：狗是做人的参照。灵魂作

冷水坑

为一种完美品质——温和——在狗身上体现得淋漓尽致。狗脑比人脑更伟大。相比狗的脑子，人的脑子多出一种成分，老弟，它就是文明的源头。文明是什么？人类的作恶史。依我看，什么思想，什么创举，什么主义，什么道路，无一不是野蛮行径，无一不背离灵魂的品性——温和！温和！温和！忏悔吧，感恩吧……"

"等等！"我截住他，"你是说，人类文明源于恶吗？"

"老弟，老弟啊，"他眼里充满悲伤，"你体会过被亲人侮辱和中伤的滋味吗？你体会过被亲生儿子视作敌人的痛楚吗？老哥我内心想做一条狗，一条懂得感恩的温和的狗，但这个权利被剥夺了……"

我指着伤眼给他看，恶毒地嘲笑他："我爸干的！忏悔？感恩？我觉得这世道如果没未来，可能稍好一些……不残害绝大部分人——而且往往从亲人下手——成全一小部分人，世界就动弹不了，这是规则，不是狗灵魂能摆得平的残酷规则……趁着能喘气儿，趸摸个地儿一倒，独自等死，不连累别人，这才是狗赋予我们人的最高智慧。是不是？"

"问问你，我就问问你，生活有那么污浊不堪吗？生活就那么让你难受吗？我就问问你，冬洲人谁挨饿了？不给你供暖了？你读书比我多，可知识却让你无病呻吟。"

"我有病！但这病是一种独特本领。我因病得福。"我气得手都抖了。

"你呀……逆子！"他居然想摸我手，好让我安静下来接受他对我的评判。我猛地抽开了。

"别碰我，好好喝酒！你……你去死吧……"

"什么话？我一个要转让灵魂的人，会在乎死吗？生活多美好，我多快乐。我充分地快乐，你凭空地痛苦！你有病人的本领，咱有死亡的才干！哈哈哈……"

"我凭空地痛苦？你哪儿来的证据？"

"你我近在咫尺，可我在你那儿感受不到温暖。我高估了你。你不配跟我喝酒，不配让我爱。但我依然爱你——你没有攻击性。你多么像一条狗。所以你又是个好人，奇怪的好人。我从来没跟这种好人相处过，想试一试，看个究竟。老哥知道你心里有苦，一种可怕的苦，就是这种苦创造了冬洲。多不幸啊！唯有一死解千愁！死是人生最后一件事儿。但我拒绝向死而生，拒绝做满脑子迷信想法的鼠辈。可是，老弟，死的文化已经蔓延冬洲大地，淹没了每一个人。老弟啊，我不服气，不服气这种死的文化所造成的可怕局面，那就是杂乱无章的死亡——上亿冬洲人有上亿种死法。当然，我们可以按照主流观点把上亿种死法归为三大类：自然死亡、暴死和自杀。身为资深酒蒙子，我们三者均沾。酒蒙子作为一种死人，可谓咱们冬洲特产喽……地上哪天不死一层人，可有谁把每天死掉一层人这事儿放在心上吗？没有！死不临到自个儿身上就不知道确有阎王爷，人嘛，创造社会不就是要把阎王爷挡在眼睛外面吗？但又能咋样呢？他老人家每天照常在祖国十几亿活人里收走一万个

冷水坑

倒霉蛋，撇进地狱再受折磨，对吧？谁操心过他们死后的命运呢？谁在乎每年三百万条非自然死亡的亡灵呢？谁在乎每天三十万自杀的亡灵呢？谁在乎每年二十万被医疗事故夺走生命的亡灵呢？谁在乎每年十万被车祸夺走生命的亡灵呢？谁在乎每年一万多被夺走生命的孩子呢？没人关心。没人思考死亡。他们悲伤、哀悼、纪念，大搞排场哭哭啼啼，但从来不思考死亡，从来不尊重死亡，只是围绕自身利益装腔作势地怀念一下死人，哈哈哈，还有比这更无耻的行径吗？人类一切行径里最虚伪最恶毒的行径，就是亵渎死亡。吹嘘得天花乱坠的那些伟大灿烂的文明与铡刀何异？你说得对，不残害绝大部分人，成全一小部分人，这世界就动弹不了。社会是一台铡刀机。阎王爷手里是不握屠刀的，他老人家只管收尸，命是被你们活人弄没的，怪不得死神，对吧？数不尽的死法旁边站着数不尽的刽子手呢，人类文明有刽子手的一份丰功伟绩呀，嘿嘿嘿……死亡主宰了冬洲，真的，多久之后，这块东北亚大地变成墓地，是可以推算出来的，阎王爷才不急呢，真的，他老人家最擅长等待，算术是我们的科学，等待是死神的科学，嘿嘿嘿……你肯定很纳闷啊，一个下岗工人兼出租车司机外带老牌酒蒙子，底层社会土埋嗓子眼儿的中年男人中的一个，其貌不扬，邋邋遢遢，却拿死亡高谈阔论，唧啵个没完，好像把小小情怀窝藏了一辈子终于逮住机会了就滔滔个不绝，逼别人听……哪怕人家心里嘲笑我这失败的一生是因为内心幼稚、精

冬民·序章

神有问题，肝也坏了……快五十岁了还跟个小孩儿似的，没错，我是傻子，心里埋着一颗幼稚至极的种子，舍不得闷死，总忍不住拿出来炫耀，但这能怪我吗？这颗幼稚的种子难道不是冬洲人的心灵支架吗？我——不——服——气。想一想，几十年前那些大厂子，一座挨着一座，是什么手段使里面的人相信它们是一座座小天堂呢？没错啊，幼稚是一颗来自天堂的种子，我爸至今也坚信人就应该活在那里面，人如果看不见城墙，不按墙里面那些看得见的规则生活，就做不成人，因为人在他心里只有两种：墙里的人——正常人；墙外的人——社会人，残疾人！谁愿意做残疾人呢？对不对？跟你说，如果历史能重来，冬洲人依然要心甘情愿地回到墙里，因为真实的墙塌了，心里的墙永恒存在。被四面大墙围着，按统一指令劳动和生活，这就是咱冬洲人的心灵结构，又通过基因遗传给下一代，下一代的下一代，在这片土地上繁衍生息出一个新民族呢，所以，想空口无凭扳倒你爹，可能吗？不可能。你扳不倒心墙！喝点儿马尿就饶世界干仗，倒是被允许的，我跟你说，自戕不息、自生自灭都是被允许的，老弟，因为死这东西在冬洲被解禁了，袅悄儿地解禁了，死从地狱里爬进生活，盘住每件事儿每个物件儿，端起一个饭碗，喝下一口酒，来几圈小麻将，当街干群架，生活里哪个物件儿不被死支配呢？不把死这个东西解禁，就没法儿维持稳定，没法儿繁衍生息，奇怪吧，我们真可谓是被死创造出来的全新民族。

冷水坑

话说回来,为什么死在冬洲能起到根本作用?难道人不该为善的好的信仰而活吗?那我告诉你,如果追求善的好的信仰,我们就活不了。因为善的好的信仰得另起炉灶,成本过高。在人间普及死亡,让它像野草一样成为社会推动力,则不需要什么成本,而且,让死亡自然发展比刻意制造死亡更低廉,更保险,嘿嘿嘿,这真是一劳永逸保赚不赔的买卖,无为之治……"这一大段情绪澎湃的心灵独白耗干了他的力量,看得出来,他平时没少琢磨这些东西,窝藏了太多怨恨,自个儿添堵这种本地病在他身上体现得淋漓尽致,好不容易逮住个倒霉蛋,就必须倾泻干净。我甚至猜测他一直是暗地里把我当成听者来培养的。我以为他说完了,没想到,他突然抓住我的手,往死里抠:"老弟,哥的一切都是国家给的!只有一样东西不是,灵魂。想听听吗?你当然得听,因为我必须得讲。之前我跟你说过,我是个根红苗正的工厂孩子,十岁之前没出过厂子大门。我爸打小就吓唬我外面是'社会',不是咱的地界儿,加上那几年频繁发生偷小孩儿事件,根本没机会出去玩儿。那时候,岁月只有两项内容,劳动和宁静。我小时候最爱做的事儿,就是晚饭之后跟我爸在工厂大院里散步。我们爷俩在厂房外头、车间里头绕弯儿,一言不发,周围静得出奇,那种静,让我心跳加快,怦怦怦地震耳膜子。我爸背着手,面无表情,极为庄重,脸上那种沉默让我害怕。我发现,他的眼神很深,凝视那些机器时像在和它们对话。有个晚上,

冬民·序章

不知道出于什么原因,他居然开口了,仰望着大锅炉喃喃自语:'伟岸啊……肃穆啊……'我有点儿无措。他从来没这样可怕过。当你发现自己的父亲在思考,这时候,他其实就是一切。'儿子啊,'他说,'人类多么伟大,用两只肉手创造高耸入云的钢铁机器,哎呀,哎呀,完美无瑕……它是生产力的发动机,又是心灵的崇高的对象。儿子,记住一个人,马克思,是他开天辟地,拨云见日,把真理赐予了咱们,推动地球旋转的力量来自宇宙,而开创人间的力量如今掌握在咱们国家手中了,国家推动着冬洲,冬洲推动着咱爷俩呢……'老弟,后来我才明白,我爸当时已经疯了。但是,打那时起,'崇拜力量'成了我的信仰。要知道,一旦树立起崇拜的对象,人就仿佛获得了解放。这可能就是人性的奥秘。只不过我不能欺骗自个儿,或者说,没法儿完全地欺骗自个儿,很简单,力量不能说服我。我把困惑深藏在心里,从不显山露水,因为我不敢,我不敢伤害父亲,不敢伤害自己。当然喽,现在看来,这种旧世纪困惑听起来像个笑话,你大可挖苦埋汰我,因为更招笑的还在后边呢。我有段时间,居然认定自个儿是个巨人,唯物主义巨人,至少是成长中的唯物主义巨人。多招笑啊!然而那个困惑依然没能消除,它让我难受极了,让我痛苦极了,有时候憋不住我就跟我爸发脾气,冲撞他,喊着我要反对你云云。他当然没在意,一个毛头小伙子闹腾点儿很正常。他失算了。我变成了坏孩子,哈哈哈,喝酒打架逃课,还调戏女同学。

冷水坑

要不是我爸有关系,你老哥我十有八九进笆篱子。我们爷俩闹掰了,但溜达厂院这个习惯没荒废,错开时间就好。有一回,我记得是秋天,凉风习习,夜空辽阔,万里无云,月球像一盏明灯,高高挂在天际。我正溜达着呢,抬头看见了月球,一下子被迷住了,身体动不了地方。'距离地球384400千米',突然,不远处一个旮旯角儿有人说话,是一个剪影,死寂死寂地搁那儿立着。震撼我的不是他,而是……知道吗老弟?听见'距离地球384400千米'时,我整个人当即变了——我有了灵魂!我突然醒悟了。原来,唯物主义、唯心主义以及各种主义都是骗局!所有枷锁在我身上顷刻间消失了,因为,因为月球不参与任何主义,它只是默默地陪伴着我,仅此而已,仅此而已……打那以后,我开始以感恩的心面对我爸,因为只有这样才能把他看明白。懂吗?老弟!默默地爱默默地陪伴,是最好的反抗。"

"别说爹了,还是聊死亡吧。"我不屑地笑着,说,"你左一个死,右一个死,没见你对死有丁点儿敬畏,你看你,还乐呢,我怀疑你被肝病弄坏脑子了。你说,是酒精让你从容赴死,还是死本身让你从容喝大酒,凭你现在这脑子分得清吗?"

"我干吗非得分清楚啊?我认为,我没这个义务。"

"你得回家了。"我说。

"家是坟墓。当然喽,我爱坟墓,活人一辈子在坟墓里总比活在天堂里好一些,好处就是不——造——孽。"

冬民·序章

"谬论。"

"谬论是世界灭亡的倒影。人类正在灭亡。老弟,冬洲人先走一步。咱俩,周围这帮子人,全是幽灵……全人类在灭亡……爱别人,爱家人,爱陌生人,放弃仇恨,不伤害别人,放下分别心,不歧视弱者,尊老爱幼,男女平等,总之一句话,人类有希望,永远有希望,只要彗星不撞地球,太阳不爆炸,海洋不倒灌,希望就能从人类心里挤出来,总能挤出来,哪怕挤出来的希望需要牺牲一部分人——甚至大部分人,但只要能让小部分高级人活下来就在所不惜,因为这些高级人繁衍生息一段时间之后,就又能创造新辉煌了。以上这一切全是谎言,你听着,老弟,我拒绝希望,我拒绝。以前是人类相互屠杀,现在呢,世界屠杀人类。我想通了。我想通了。放弃了,最后一根稻草也放弃了,干净了,彻底轻松了,从现在开始,我将对一切,所有的一切,报以漠然!"

"为什么?为什么报以默然?"

"这片土地上杂乱无章的死状让我痛苦,让我愤怒。我不服气。我发誓要找到死亡的真相——死亡是伟大的事件,绝不是不明不白的消失。我要创造一种全新的死亡哲学,像一轮明月照耀整个冬洲,让每个冬洲人明白一个道理——死亡赋予人尊严。和所有人一样,我们冬洲人也必有一死,但死亡自主权要掌握在每个冬洲人手里,不可被剥夺。默然,作为这种死亡哲学的基本操守,它的意义在于我们冬洲人只效忠阎王爷,我们只信任这

冷水坑

个唯一的死神带给我们的死亡……假如人间判处我死刑，那么，我就亲手了结自个儿。我要向世人证明，是我陈德明，一个下岗工人兼出租车司机，亲手把阎王爷从地狱里拉进了冬洲大地。"

"胡说八道……就算你在哲学上找到了答案，心里能消停一会儿，哪怕一杯酒的工夫，先不管你是酒精中毒，还是肝病让脑子发热，先不管，就问你，你咋面对生活？你儿子呢？你老婆呢？你父亲呢？你忍心他们受苦遭罪吗？你不急得慌吗？"

"大道无情……"他踉跄着起身。

"如果你回家，"我也起身了，脸上笑呵呵的，"让老弟送你！"

他头也不回，轰苍蝇似的在屁股后面摆个手，让我滚蛋。因为腰椎间盘突出，他得撅屁股走路，特别悲凉。他内心的恢宏对他的人生悲剧无济于事。

接下来连续三天，我都没在这间烤串儿店遇见陈德明。说心里话，有没有这个朋友对我影响不大。我把他当成了一个笑话。一个底层冬洲酒蒙子多么擅长玩弄这套把戏呀，把生活不如意上升到灵魂困境，是扎根在我们心灵中由来已久的思考方式。只要你在酒蒙子中间坐一会儿，就能听见多种版本的灵魂升华史。但我必须承认一点，他的版本与众不同，甚至非同凡响，这个人有力地且有意识地激发着思想劳动，理论阐述和心灵挣扎有效地结合在一起，加上骨子里自带的悲剧性格，整体效果让人颇为动容。但说到底,他对我不重要。酒照喝,串儿照撸。谁承想,我们的缘分不仅未尽,我还被它卷入了一个更大的旋涡。第四天晚上,我照例来到这间烤串儿店。埋头没喝上几口就感觉不对劲儿——桌子对面有两条穿绿色校服裤、瘦不拉叽的大腿。我抬头看见一个身材消瘦、脸色苍白的十七八岁的男学生,双手垂立,面无表情,头发乱糟糟的,看起来好久没打理了,很显然,他被一件可怕的事儿折磨着心灵。

"你是陈德明大哥的儿子吧?"我问,这孩子那脸和他爹简直是一个模子刻出来的,除了一双狐狸眼。

"嗯哪……我爸让我来的……让我来请您,他特意嘱咐见面时要用'您'……"孩子声音怯懦,神情卑微,显然是长久自我封闭造成的病症,跟他父亲相比,一眼便知,他选了一条内向的心灵之路——整个人被阴郁笼罩,然而又是那么自然,丝毫看不出搏斗和挣扎的迹象。我不讨厌他,多少还有点儿好感。

"哟呵,不敢当,"我卖个关子,"前几天我俩喝酒闹掰了,拍屁股走人,埋怨我……"

"我知道,他跟我说了,跟我说……都说了……跟我说您……挺怪的一个人……"他胆怯不安,断断续续地连一个句子也说不利索,我一开始估摸他可能是怕我插嘴,因为就我所知,有些患有自卑疾病的孩子最怕被人问话,要不就是他父亲在转述时存在不妥之处,繁多或琐碎,保不齐还犯着精神病,导致孩子没法儿在我面前

冷水坑

有效地组织语言,于是紧张起来。但转眼间我发现这些都是猜测,因为他的狐狸眼眯得更细了,像是在这短暂时间里顺利地把我看穿了。直觉告诉我,这小子有副奸心肠。

"哦?是吗?他真这样说我的?"我故作轻松,喝了口啤酒,"来点儿吗?他家烤腰子老毕了,你爸特爱这口儿……"

"您在逃避。"他冷冷地说。

"什么意思?"

"我猜,不,是确定,当您发现我在这儿了——既然一打眼就认出我是谁,心里马上估摸个大不离儿——您一定认为我比我爸更糟糕。我甚至还敢断言,认出我那一瞬间……应该像看见火车头冲过来……不过,这是您的事儿。我是作为当事人——我爸——的代表来邀请您的……您放松些。"

"那看来事儿不小哇。"

"您把他伤着了。"

"什么?我们无非是说点儿想说的话……"

"那是您不了解他,其实他的心脆弱得不行。他这个人很不幸。您体会不到他的不幸,因为您根本不在乎他。"

"孩子,据他亲口说,你恨他……"

"我没必要跟您解释这种恨,但是……当然恨啦,姆家人谁不恨他,数我妈恨得最厉害……因为他对我母亲犯罪。他和冬洲所有男人一样,让女人没来由地承担一切压力。在我看来这就是犯罪……现在，我的父亲想对家庭犯更大的罪，而您逃不了干系。"

"你凭啥怪我？"我瞪他，心里动火了，但不至于跟个孩子干仗。

"那您凭啥反问呢？"

"人各有路，对不对？你爸那种性情是他自己造成的，是历史造成的，和他爸——你爷——也有关系。孩子，姆哥俩互诉衷肠的时候，泪比笑多。我们无比真诚地悲哀。悲哀，在以前是不敢碰的病根儿，说不定还把它当成了什么了不起的秘密呢。可是你得知道，外在的折磨和内心的痛苦是没法儿藏到死的。我跟你说，棺材不装秘密。要说你爸'犯罪'跟我有关，就是这种悲哀让我说破了。"

他没吱声，眨巴两下狐狸眼，接着，嘴角露出一丝冷笑。

"您不喜欢我，我知道。"他说，那丝冷笑加重一下，随即消失。

"你凭啥说我伤了他？"我站起身，和他平视，盯住他的眼睛问。

"因为我一瞅见您那只眼睛（我的伤眼），就断定您是个疯子，或马上就要变成疯子了。我相信我的直觉。其次，我讨厌疯子，他们打着疯狂的好名声净做不着调的事儿，但对世界于事无补，他们根本找不到答案，特别是那些被捧上天的艺术家思想家，什么凡·高什么尼

冷水坑

采,您说,他们提供了答案吗?不,我不认为,我认为他们只是在制造新问题,让世界更混乱了……"

"胡说八道!别扯用不着的……"

"听我把话说完,说完之后,跟不跟我走,您自个儿掂量。您问我凭啥?凭您这个疯子给我爸带来了希望。我爸连做梦都想发疯,但这个家把他压得死死的,像五行山镇着的孙悟空。没错,我爸想做齐天大圣,大闹天宫一把,听懂了吗?就这么个幼稚的幻想弄得他不好好过日子,翻来覆去地折腾,折腾自个儿,再折腾这个家,男人都这德行……"

"你这么说有证据吗?还是臆想和揣测?孩子,别黑心眼儿。"

"那您是没看准这种黑,看不懂。这样也好,能让咱俩保持一点儿距离,不至于纠缠,免得我恶心。"他露出奇怪的微笑,像被从脑子里一不留神冒出来的和对话不相关的杂念惊到了,随即又娴熟地把它消灭时的得意样儿。

"你有备而来呀,小老弟。但你干吗一上来就对我充满敌意呢?"我讪讪地笑他,心里想,你毕竟也是个冬洲人。

"这是对待你们这种人应有的政治态度。"他毫不含糊,把内心的主题掏出来,得意地笑笑。

"政治?哎哟,啧啧,你莫不是想用这个词儿把我轰趴下吧?"

冬民·序章

"我确实有备而来,拐弯抹角走街串巷,脑子里一路研究怎么对付您。我要打倒您。是的,用一颗炮弹轰倒您。没错,您说对了,我有颗黑心眼儿。您看我脸色多么瘆人,像个心机蛋子,这是同学给我起的外号儿,心机蛋子。他们成天笑话我,无缘无故地辱骂我,其实他们是怕我。我自闭,心理不健康,在我身上找不到一丁点儿可爱之处,说白了,我不是一条狗,我是一只阴森森的狐狸。他们欺负我埋汰我,却从来不敢靠近我,他们把我当成敌人,因为我对他们有威胁,我对人有威胁,我出现在哪儿,那里的人就害怕我……"

"那你为啥不改变自己?"我打断他逐渐亢奋起来的独白,猜他料到我会提出这个问题,我也预感到他将怎么回答。

"凭什么?我错了吗?"他说,"认为某个人生来有错,错的肯定不是这个人,因为他还没来得及做错事呢,对不对?另外,如果不爱搭理别人、脸色白不呲咧的也算错,那全世界的酒蒙子都该枪决才行……"

"得了得了,说吧,你究竟想说啥?"

"不是在说政治吗?"他头一歪,神情罕见地鲜活了一些。

"我知道,可政治跟你爸跟我有啥关系呢?政治,是你跟你同学之间的玩意儿,你跟你同学玩儿政治去吧,没人拦着你,但假如,咱说假如,你对政治有全新的见解,冥思苦想出来的也好,妙手偶得的也罢,搁心里捂着不

冷水坑

就得了嘛,拿我做试验会不会有点儿……无聊……莫名其妙呢?"

"人避免不了分出个你我他,避免不了。我是带着痛苦来找您的。我爸提醒我,说您是个可怜不识见儿的单眼儿瞎,像个精神病,随时会疯。大多时候我把他的话当耳边风,但这次不同,我突然对您产生了好奇,一种预感,假如我是某一类人的代表,您是另一类人的代表,而且,我有我们这类人的痛苦,您有你们那类人的痛苦,我的预感是,您和我不妨尝试交流一下,而不是像我父亲和您在一起喝酒时只能单方面发泄……不过,得允许我把话绕回去,绕到我身上,从我这副德行说起,才能让您有个整体头绪。是的,没人喜欢我。但这又有什么所谓呢?别人害怕我这副德行,完全是我心里暗无天日造成的,简单说,我屏蔽所有人,我心中无人……我不知道为啥会这样……我对人无爱也无恨,不敌也不友,我不需要别人,只剩我一个在地球上待着,是完全没问题的!我为什么自闭?命中注定的吗?我不知道。总之,我不认同一切,我不接近一切,我不碰触一切。那么,问题来了,既然我没法儿把其他人在地表上抹除,在人堆里,我应该跟别人搭建什么关系才能维持清净呢?我想,办法只有一个,开诚布公地告诉他们,我这个小黑心眼子但凡有办法就一定会把他们彻底消灭干净,就因为做不到这一点,我不得不对他们表达一种开放但绝不妥协的态度,说出我的心里话。如果他们理解我,对我感同身受，那我们便有机会达成和解，否则就只能决战到底了……看您那眼神，一定认为我疯了，对不对？"

"我没有。"我说，就说了这么多。

"结束了。"他说，露出知足的微笑。

我一头雾水。

"和解还是决战，这要看您了。"

"嗯，或许吧。"我说，耸耸肩膀，突然笑了，我相信是面部神经自个儿抽搐的，因为内心的想法毫无变化，我当时只有一个念头——赶紧离开这儿，跟着他去见陈德明，因为我已经厌倦了这种刻意而别扭的对话。

"哦，您在笑，"他说，也笑了，一种非敌非友的微笑，"难道您之前听过？"

"听过什么？"我回身召唤老板娘来结账。

"我不认同一切……哦，我猜是我父亲，嗯，没错，一定是他，他有时候脑子喷岩浆，浮想联翩，胡言乱语，任凭书本里那些高级词汇支配，偏偏智力有限，又没受过高等教育，但不知哪儿来的信心非得跟思想家哲学家们较劲儿，幻想着把之前被工厂岁月耽误的知识一口气给补回来，好像把那些书看完啃尽，灵魂就能升级，就能破解真理了。您说，除了异想天开还会是啥呢？再说，您知道他想做一条狗吗？哦，您知道，看来他对您确实情有独钟呀。哼哼，太招笑了，他还自个儿在笔记本上写过一篇《论狗的灵魂》，我偷摸儿翻过几页，大部分是废话，但有个句子倒有点儿意思，他说'狗能替代文明

冷水坑

让人类和平相处——哲学家都该枪毙'。说到底，他们不接受真实，抗拒真实，肆无忌惮地折腾大脑，引诱像我父亲这种平庸之辈质疑……生活……他彻底糊涂了……每个人都不一样，就像没有两片一样的树叶，不一样的人相敬如宾地爱彼此，不欺骗人，不压迫人——特别是男人决不能欺负女人——彼此开诚布公，共同商讨，最终达成和解……但在此之前，要彻底颠覆旧系统，摧毁这个男人掌舵的人间监狱，伤害女人的男人一律枪毙，哲学家们是一定要被枪毙的，因为玩弄大脑毫无疑问是男人建立在管制女人之上的奴隶主罪行。女人可不是大脑动物，她们靠温柔的心灵活着。但就因为天性善良，她们在我爸眼里变得连狗都不如。您结完账了，咱走吧，我家就在旁边。"

于是，我跟随这位高中生政治哲学家离开烤串儿店，去见那位中年死亡哲学家。在路上，我问他叫什么。"叫我小亮吧。"他说。他家说是不远，但也不近，因为叽里拐弯的，先过俩红绿灯，再走捷径——从一个老式工厂宿舍区穿出来，面前横着一条小土路，两端各接大马路，正对面是一趟老式居民楼。奇妙的是，他领我走进一间开在一楼的小卖部，老板娘在柜台里面躺着，见有人进来，仰头瞅一眼又躺好——自己店铺成了熟人们的必经之路。出来之后又是个老式工厂小区，不同的是，路灯明亮，把院子照得昏昏黄黄，不少老人溜达聊天，宠物狗到处蹿腾，见到生人就汪汪叫唤。"干啥呢亮子？"一个老太太叼着烟杆儿跟我前头的哲学家打招呼,嗓门儿吓人,一听就不是个善茬子。亮子不搭理她,步子更急了,人影在地上唰唰闪,一头撞进拐角里。"小狐狸崽子,不搭理人呢,老辈跟你打招呼还得罪你了,小狐狸崽子,什么教养,真是狗犊子爹养不出好玩意儿……"拐角里头,估摸得有十米的纵深,是夹在两栋楼壁中间不到两米宽的土路,一点儿光都没有,有股发臭的尿味儿。这孩子搁前头被仇恨裹挟,几乎不能自制了,步子极快,像要在中途甩开我。突然,他刹住步子,我差点儿撞到他身上。还没等我完全反应过来,他猛地弯下腰,右臂探向墙根儿,接着,手被啥东西拃了一把,他随即凶狠地往回一拽,那东西就活生生被他薅出来甩上头顶——是条圆咕噜的小哈巴狗,辨不清色儿,吓得嗷嗷叫唤,扭腰挣扎着——又砸向地面。那小狗嗷一声就没动静了。

"哏儿屁了,不用瞅……"不知是为了炫耀,还是感觉到了我的不安,他回头冲我笑,"死有余辜……"他戛然而止。

"为什么?"我故作轻松地跟着他往前走,心里惦记着那条小狗的命运。

"它嘀咕我。"

"狗还有这心思?"

"这种畜生格外奸,会瞥小眼神儿,我绝不能放过它。"

"这是什么话?你心太黑!"

"那您干吗不拦着我?干吗没像尼采那样,当场跪地

冷水坑

上把它捧进怀里痛哭一场？就算现在，您也只是数落我，对它没发一言！怎么着，您犹豫了？干吗不走了呀？想回头找它，把戏补回来吗？"

"到马路边上了，借路灯瞅瞅你，是鬼还是人……"

"好吧，那我再唠叨几句。"他转过身，与我保持一步的距离，"其实，您对我存在误解——至少把我想象成心灵邪恶又狠毒的小孩儿或一头小鬼儿，这完全是您的偏见。因为，我对它下死手和心灵活动丝毫无关；另外，我对狗这种畜生谈不上任何感情，爱恨都没有，是一种哲学力量指导我采取杀戮。我现在就告诉您答案。我认为，世间最龌龊的想法就是占有，主人占有奴隶，男人占有女人，人占有狗，在我心里，这种行径违反一项基本法则，或者说，一个基本前提，但我没法儿顺着去论证它，只能逆向推导它，它是这么一回事儿：万物之间本不存在占有，捕食是为满足生存的需要，谈不上占有。占有，是一种思想勾当。占有，是人类的勾当。您看，我又开始掉书袋了，没办法呀，谁让咱冬洲话这么一无是处呢？显而易见，我反对'占有'这种思想及其行径，我反对这种逻辑。因此人豢养宠物，比如狗，打着爱的名义满足罪孽，无疑是可耻、卑鄙和虚伪的。我反对以占有为前提的爱。就这些。隔壁那个门进去几步就到我家楼下了，走吧。"

首先，请允许我做一个补充。在旧世纪，国家在冬洲复制了无数个职工社区，它们大多是由十到十五栋七

冬民·序章

层居民楼围出的一个小天地，楼体外表刮大白，看着齐刷刷的，工整又干净。新世纪初期，楼体翻新成了橘黄色——政府觉着这色儿能带来好运气。之后，随着国家级事件增多，市容市政也跟着变化，墙体外观就一次次变色儿，最近几年为响应工业复兴的号召，本地政府强制推行一种粗糙的水泥色儿，另外在大院里添置了几样简单的健身器材，还有长条椅和小卖部，瞅着既得劲儿又别扭。这种老社区内部，大多三到五栋建筑连成一体，再用水泥钢筋砌出一个三层外挂楼梯，走到顶，一个几十米长、几米宽的大平台会呈现在眼前，它既是他们的生活空间，也是他们维持政治身份的"雅典广场"。要知道，在旧世纪，这种平台是等级地位的象征，它奠基于国家政策，并由一种共同劳动、共同生活的习俗所维护。夹在国家和生活两大力量之间，这些坚固的唯物主义城池，还是旧世纪冬洲人民的理性策源地。

打进小区门，爬完三层外挂楼梯，直至踏上大平台，小亮一声都没吱。有几次，在楼梯上他无故回头瞅我一眼，借助小区路灯的光，我确信他整个人正陷入不可名状的迷茫，像忘了自己是谁，与之前判若两人——之前紧紧揪住心灵的仇恨隐退了，扭曲的思维松解了，激烈的情绪也平复了。但奇怪的是，此时此刻的他让我感到害怕，因为在他身上，褪去的事物和裸露的事物似乎不存在关联，后者是一种他自己和别人都不能理解的不安，是超越语言的事物，只能通过人的感觉器官来接收。请允许

冷水坑

我使用一个颇为夸张的说法——文明突然休克,意识顷刻间失去了依托堕入虚无时,人就是这副模样。这就是野蛮。

III 焚书主义

刚踏上平台,迎面碰见个黑衣老爷们儿,大高个儿,壮壮实实的,黑毛织帽压到眼眶,穿了件黑色长款羽绒服。他侧身躲开小亮。

"你确定要这么做吗?"他突然转过身,气呼呼地朝平台东头喊。那儿聚了一群人,被单元门的灯映得混乱不堪。"你们至于这样吗?"他扯着嗓门子问,不想下去做那件事儿,但又不排斥落在自己身上的角色。

"千年积怨一朝解!让你去你就去。"人群里有个男的回了一句,声音听着有点儿疲倦,但腔调不讨人喜欢,像帮闲忙帮累了的局外人。

"你就别吱声了,一个外人。"黑衣老爷们儿说。

"我这个当小舅子的算外人?行行,外人就外人吧。但不管咋说,我尽力了。大家伙儿有目共睹。再说,这是我姐下的决定,她狠起来连楼都敢拆呀……"

"这叫什么话?"黑衣老爷们儿不依不饶,"难不

冷水坑

成你姐夫十恶不赦？你们家人全属疯狗的，逮住老实人往死里咬，我老陈哥不就是平时爱看点儿书吗？这也不行……"

"让你去你就去……"有个老太太不耐烦地说，好像担心事儿再闹起来。

"大黑子，顺便捎包软玉溪啊……回来给你钱……真属驴的，说蹽就蹽了，哈哈哈……"说话的是个小瘦子，一张山羊脸，颧骨高耸，留着三七分。当时我已经在人群外围，能看清任何一张面孔，接着又往里凑一步，他就瞅着我了，然后埋下头点烟——烟握在手心里。那位小舅子裹着军大衣，跟旁边一个老大爷闲聊着什么。老大爷一看就是退休工人，满头白发，脸蛋儿通红，窝窝囊囊的，棕色棉夹克里面套了件迷彩服，乐呵呵地附和："没错，话在理儿，我同意……"或许是因为距离得当，光影也恰到好处，我发现他其实心不在焉，而且好像对待任何人任何事儿一贯心不在焉，包括他自己。突然，他眼睛一亮："亮子回来了，哎哟，去哪儿了呀？"他这一召唤，众人瞅过来，随即引发一片心疼声："可怜巴巴的，没事儿没事儿啊孩子，会好的，大人的事儿你别上心……"小亮不吱声，在人群里像纸片儿似的晃动，不知站在哪里好。

"大外甥，这是你朋友吗？"小舅子扶住亮子的胳膊肘打量我几眼，问。

"你一个学生，少跟社会人儿接触。"山羊脸凶巴巴地说,又嘀咕一句,"最看不上精神小伙儿……"

"嘴巴放干净点儿,"小舅子剜一眼山羊脸,"你妹妹被搞大肚子,是他(指的是我)干的?你认识人家吗?"

"说得对……"老头儿说,把我、山羊脸和小舅子挨个儿瞟一眼。

"别怪姆们说你,你对你妹子太过分了。"那个老太太插进话。她长着一副畸形的相貌:平脑顶,扁脑勺,宽额骨,鹰钩鼻,还有一双让人反感的三角眼。

"你妹子意外怀孕,你当哥的义愤填膺,姆们也心疼呀!但有一说一有二说二,姆们心疼她,那是真心疼,但你气,怕是因为没从人家手里整到大钱,人家就给了三万。那人家要是给三十万呢?要是娶你妹子呢?……"她不敢和别人对视,又抑制不住表达欲,一直盯住地面唠叨。

"那我就给这个妹夫跪下当奴才!"山羊脸往地上啐一口,皱起眉头,露出一副欲哭无泪的表情,"跪着当奴才,踏实!"

"人家羞辱你埋汰你,你连一个屁都不敢放。人家丢了根骨头,你立马下跪当奴才。不知羞耻,没有人格。"小亮的舅舅虽然这样说,眼神却透着一丝无奈,"不仅没人格,你还丧良心。当初谁撺掇你妹子往人家车里钻的?谁?是你!"

"跟我算旧账吗?"山羊脸啐掉烟头,用脚戳上一顿,突然瞪起小亮的舅舅,"你是你,我是我,咱们扯不上关

冷水坑

系！我妹是啥人，我比你清楚。你一个外人瞎琢磨啥？你隔三岔五地忽悠我妹子离开冬洲，远走高飞，可她能飞到哪儿去？她有翅膀吗？长着一张好脸蛋儿的女人飞到外面往往更不幸……"

"你了解她？花枝招展，卖弄姿色，勾搭男人，轻浮，虚荣，你这个兄长就这样了解亲妹子？这可全是你亲口说的。那次喝酒，你嘴巴子哩溜歪斜地扯出一句'除了这些，女人一无所有'，还得意扬扬地说出自托尔斯泰，伟大作家所言必然正确云云，要我看，他老人家说破天也是个人，且平庸至极，又极度自大，还非要故作谦卑，这就是少爷秧子的伪君子天性，有本事别依赖女人，别勾搭女人，别糟蹋女人，做到了才对得起'正确'这词儿。明明离不开人家，又打骨子里嫌弃人家，还拿艺术埋汰人家，这不是卑鄙无耻是什么？"

除了蛤蟆肚老头儿听到半路时突然锁住了眉头，这番话没引起波澜，大家傻愣愣地听着，有的无动于衷，有的莫名其妙（三角眼老太太尤为如此），人群外围还响起一阵毫不相干的笑声。

"除了卑鄙无耻，还得加上个'一无是处'，窝囊废，要不然这话有缺儿……"蛤蟆肚老头儿说。

山羊脸瞪着眼珠子，说不出话，犯哮喘似的哼哼。奇怪的是，他双脚牢牢钉住地面，上半身却颤抖不止，好像有两股力量将他割裂了。看得出来，他的过去、现在和未来，他的整个人生都被这两股力量统治着……

"你干啥整这一出呢?"三角眼老太太责备小亮的舅舅,她好像被吓到了,倒不是怕山羊脸突然发疯,干出可怕的事儿——她显然不关心他,还烦他——原因很简单,她和大部分冬洲老娘们儿一样习惯了如履薄冰的活法,见不了眼前有一点儿失控。可面对瞧不起的人时——比如山羊脸,她们又颇具批斗性。

"但他说得有错吗?"她赤裸裸地挖苦山羊脸,"你就是个窝囊废,干啥啥不行,吃啥啥没够。出卖亲妹子换取荣华富贵,足以证明你没有人格,你简直不是个人呀!"

"闭嘴吧,老扎子!"山羊脸指着她眼睛骂,"你还觍脸嘚啵我,上个月求我妹托人家给你儿子在矿务局找个活儿干,然后呢,大家伙儿都知道,你儿子背着人家到处溜缝儿骗钱,四处笼络关系,干起卖编制的勾当,挣了一笔笔黑心款子,还他妈的买了车……"

"跟你有啥关系!"老太太气得浑身抽抽,"姆们挣多少,你一毛都分不着,因为跟你没关系!"

"跟我本人是无关……你欠我们家的!"

"放屁!你们家?我只认你爸你妈——我的老工友!他们俩已经去见马克思啦,你们家散伙啦!你算老几?姆们家是欠你妹子的,跟你可没关系,而且姆们早还干净了,全是真金白银!我警告你,以后别再跟我提谁欠谁的,从此以后姆们家和你妹子一笔两清,永不相欠了。但买卖不在情意在,我可是看着你们兄妹俩长大的。你

冷水坑

不争气,自甘堕落,这我不管,但我不能不管你妹子。多好一个姑娘!心眼儿多好呀!生错了家庭,生错了地方,生错了时候。你当哥的,凭啥那样埋汰她?爱打扮,去高等场合,勾搭男人,这难道有罪?人往高处走有错吗?在你眼里倒不像话了,你以为你来自上流正统人家吗?上流正统人家的大闺女咱也见过,眼界开阔得很,跟外国人一样开放,大冬天穿小短裙子,人家作践自个儿啥了吗?那叫上等阶级独有的生活方式。展现自己,让更多人认识自己,这样生意才能越做越大,钱越挣越多……你怎么想,无所谓,没人在乎你,但你不能拖累自个儿亲妹妹追求高级生活,你不能这么卑鄙无耻!要不是工厂决定了我们的命,你妹子绝不会为那点儿钱委屈自个儿……女人为啥永远遭罪……幸福的时候遭罪,不幸的时候更遭罪,姆们的心在幸福的时候出奇地软,一心想让别人更幸福,不幸的时候又出奇地硬,扛——起——来,扛——起——来,把一切扛起来,扛起来了,熬过去了,嘿,功劳全给老爷们儿抢了……你妹子因为啥给人家做小?她那颗心出奇地软出奇地硬!她恨不得把自个儿一次性卖个好价钱,给你娶媳妇儿买房子买车,让你这个废物蛋子亲哥过上好日子,有个人样儿……都是为了你!花枝招展怎么了?女人就该花枝招展!这是刻进姆们骨子里的本性!别说她,连我这种老海胆也保不齐精神出轨几秒钟呢。老爷们儿在外边儿不行,里边儿也不行,要你们还有什么用?姆们也是人呀!女人养汉搞破鞋,根本原因就是身边的老爷们儿一个比一个窝囊,一个比一个浑蛋。"

"就这些吗?拿这些唾沫星子批斗我?"山羊脸冷冷一笑。他之前频繁地想插嘴打断对方,但总欲言又止,像被心里另一个声音给摁住了。

"姆们没心思批斗你,"小亮的舅舅说,吸了口烟,"没人拦得住你自暴自弃,但是,你妹妹用给人做小挣来的钱养活你,姆们认为对她不公平。你千方百计阻挠她离开冬洲去南方大城市追求好生活,姆们认为你无耻。如此而已。"

"唉,好看的姑娘在冬洲……没个好……"蛤蟆肚老头儿说。

"我会下地狱的,请放心。"山羊脸说,看起来他放松了很多,还莫名地微微带笑,继续往下说,"我是个窝囊废,没错,但我坦坦荡荡地做着窝囊废,一向不虚伪为人,绝不藏鬼心眼子,因为窝囊废就算下地狱,阎王爷看在我坦荡的分儿上也不至于让我永世不得超生。很简单,在世上我没变成鬼!现在,我敞亮地告诉您,我没想过做好人——我没资格做好人,但我绝不放纵自个儿去做鬼,在这两者之间有属于我的广阔天地——好逸恶劳,坐吃享福,游手好闲,但我不偷,不骗,不抢,我活下去的秘诀是装可怜,人家心软了丢块肉疙瘩、骨头渣子让我叼走,我就无比满足了。这个世界有那么多剩余价值,白白养活我这条狗是绰绰有余的。难道这算

冷水坑

作恶吗？我喜欢做一条可怜巴巴的狗，这就该是我的命了，但我绝不允许亲妹妹再做一条狗——漂亮的小母狗，够了，一个家庭有一条狗就够了，不能再多了，她得做人——挨酒蒙子揍的平凡的冬洲老娘们儿。她得操持家务，生儿育女，直到人老珠黄。这是我身为兄长对她的唯一夙愿，到那时，我就能安安心心把自个儿喝死了。你们说她做这些都是为了拯救我，可我这颗心这条命也完完全全属于她，毫无保留，我是为她而活的……你们怨我把亲妹妹推进精神小伙儿的豪车，这纯属无稽之谈，是对我的污蔑，因为你们笃信阶级壁垒不可跨越……事实上，我妹子打了退堂鼓，因为……那个小伙子是真心爱着她的。那小伙子亲自找到我，告诉他他正式结束了婚姻，还托我转告我妹妹，他现在拥有的地位和财富是不义的，是他父母通过不正当手段得来的，它们在爱情面前一文不值。他父母正在向美国转移资产，想把儿子先弄过去，但为了爱情，这小伙子当着我面亲手撕碎了护照。我能怎么办？幸灾乐祸地嘲笑人家虚伪？我张开膀子，泪流满面，和他来上一个男子汉的拥抱。我告诉他，从今以后，我会像爱我妹那样爱你，你是个高尚的人，高尚的冬洲小伙子，因为你捡起了古老道义，这种道义无论何时何地都是冬洲独有的精神，是我们的根，我们的魂，花岗岩一样结实，闪电河水一样清澈……但是，冬洲的古老道义能说服我妹妹吗？显然不能。她的心里有一个迷宫。有时候，她像乞丐一样卑微，挨饿的

冬民·序章

小猴子一样可怜；有时候，她像在乎生命一样在乎自尊；对于爱情，她看得比生命还重要。那个小伙子真心爱着她，她也爱着他，这份跨越阶级的稀有爱情见证了爱情的意义，奇怪的是，这反而不是她想要的爱情了。那么，你想要什么样的爱情呢？我问。我不知道，她说，因为我虽然还向往爱情，但似乎又不是这么回事儿，我好像从一个梦里醒了过来，现在只想实实在在地做自己。为自个儿活，很好，你成熟了，我说。她表示反对，还说恰恰相反，她比过去更浪漫了。见我一头雾水的样子，她就讲起一件意义极为重大的富有浪漫色彩的小事儿：去年秋天，在顿河大街上，一个贫苦的男大学生准备过斑马线，他背着一个沉重的书包，头发凌乱，胸口还搂着几本书。当时，我那位妹夫开车载着我妹妹在等行人过斑马线。红灯变绿时，那个大学生还在斑马线上走着呢，妹夫开始按喇叭，不停地按，但那个沉浸在精神世界里的穷学生丝毫不在意，高傲地从车头前面走了过去。这个举动震撼了我妹妹。那一刻，她就醒了——她对自己的命运一无所知。其实，她想做一个有精神世界的人。她渴望爱情，但实质上是想找一个同类相互陪伴，他们之间不存在一丝过分的欲望，只有安安静静的亲密的陪伴。可是，旁边这个爱人一个劲儿咒骂那个大学生，'读书读傻了，社会渣滓'……之所以这样，她说，是因为他出生、成长在一个腐臭发烂的世界，这个世界向他提供一切给养，满足他一切欲望，并用这种方式从外面钻

冷水坑

进他的心灵，导致他在面对光明和黑暗、清香和腐臭、正当和不义时，总会不自觉地选择后者。那个贫苦大学生却坦然行走在新世界里，那里的空气是新鲜的，路面是平坦的，环境是公平的，感受是安心的。这个新世界暂时还不能脱离幻想，但它在发展，在成长，总有一天会变成现实……她下决心摆脱我这位妹夫。之前，她认为她是爱他的，现在她认为这爱是愚昧的，没良知的。她接下来意识到，总体来看，她被他玩弄了。她开始骗他的钱，无动于衷地骗。这些钱她大部分用来投资和挥霍，剩下的给了我。我一分不敢花。我感觉不对劲儿。人性就像温度计，变恶、变善依外界而定。而我的温度计是守恒的——做一条摇尾乞怜的狗，安安逸逸地活到死。大部分人卖命干活儿去白养活少数人，就是这个世界的运行规则。我唾弃这种规则。既然我没法儿像推倒一辆自行车那样推倒它，我就选择不合作……抱歉，瞅我说哪儿去了……不过，你们也瞅见了，让我说心里话的时候，我从来都是心平气和的，足以证明我有一颗健全的心灵……回归正题吧。她骗钱的同时，开始作践起自个儿，没错，恁们道听途说的那些风流事儿全是真的，出入高级场合，勾搭成功男士，夜夜笙歌，花天酒地……你们都知道，在冬洲越作践自个儿越能混得开，加上她有个好脸蛋儿，没多久连市长大人都忍不住偷瞄她了。她成了一朵交际花。她就这样……堕落了？为什么呢？那类女人，如果不在拥有权势的圈子里获得高级奴隶的身份，

冬民·序章

就只能去风月场所做下等奴隶,但是,哪怕咬牙做下等奴隶,她们也不愿回到生活里做一个老实巴交的平凡女人。为什么呢?她们做男人的玩物,我做社会的流浪狗,嘿嘿嘿……其实,你们根本不了解我妹妹,因为你们是一群鼠辈,一群老鼠人。拥有权势的人聚集在一起,他们共同创造了一种肮脏的权力。既然肮脏,为什么能在冬洲大行其道,玩弄无权无势的老百姓?你们自以为过得挺安生,挺幸福,殊不知在人家眼里你们已经和低级种族没什么区别了。世上有两种事物能改变人的本质,一种是真理、信仰,另一种就是权力。真理和信仰使人超越自身,成为圣人,成为神。权力使人变成鬼。而你们这群老鼠人、我这种社会流浪狗,既无信仰也无权力,只能被蝇头小利驱使,劳碌一生。对不对?是的,治理一个国家,凝聚一个民族,建设一个社会,绝离不开权力,但当这东西像擀面杖一样握在少数人手里的时候,它就不再是人间的福祉,而是人间的祸根。对不对?当握着权力的少数人以害人为乐为荣的时候,那么,他们那个群体就会变成鬼的乐园——不计其数的老鼠人供养着这个鬼的乐园。其实我对人对鬼都没偏见,因为我是一条流浪狗,说实话,在冬洲,像我们这种流浪狗是很多的,而且越来越多了……抱歉,我又跑题了……我想说的是,其实做鬼比做神仙还难。要不然,为啥我妹妹脸色苍白、眼神憔悴、神情惨淡?她没做成鬼,因为她犯了一个致命错误——在群鬼里不放弃孤独。要知道鬼是群居物种,

冷水坑

单帮儿的那叫冤魂,这是其一。其二,说到底,她不具备鬼的天性,鬼是毫无情爱的,也没有记忆。可她那颗心的最深处涌动着满满的爱,而爱是最好的记忆,因为爱总是暖乎乎的……你们对我的中伤就发生在这个时期。我极力劝她回到妹夫身边,因为钻进一个精神小伙儿的豪车,对她而言一定好过被一群鬼折磨,这么算账难道有错吗?听哥话吧,做个相夫教子的普通老娘们儿有啥不好?别忘了我们的出身,别忘了你是冬洲人,你改变不了这个命运。无论在哪里,什么时候,人都能找到乐趣,她说,到如今我似乎品尝到了所有乐趣,即便我还未结婚生子,但我觉得每种乐趣到了尽头,人就不得不可怜自己。她还说,她所有的钱都被南方资本家骗光了,债务缠身……"

"没错啦,没错啦!"三角眼老太太突然尖叫一声,往山羊脸的脸上指,"他妹子就因为堵窟窿来求姆家的,十万啊,姆娘俩唋儿都没打全给她了,还干净了,不欠她的了,不欠啦!"

"好啦,好啦,我们听见啦!"小舅子皱着眉头对她这样说,下意识瞟我一眼,很显然,他一直不习惯我的存在,但更多心思放在了故事里。

"就是嘛,听得好好的呢,你非当啷插一脚!"有个男的附和着从黑暗里走过来。他三十七八岁,身高接近一米九,穿一套黑白相间的运动服,篮球一样的大脑壳,两片厚嘴唇紧紧地抿着。一来到中心区,他反而紧张起来,肚子里的话怎么也说不出,憋得脸红脖子粗,突然揸开五指往下一摁。

"我出五千!"他简直是吼出来的。

"我出三千!"外边有人响应。

"我出一千!"

"算我一个,再加一千,都是一个厂子的,咋说都得帮!"

"五千五!豁出去了!不过啦!姆们家我说了算,老爷们儿啥也不是!"

"好好好,老少爷儿们啊,"山羊脸高抬手抱拳,"实不相瞒,咱今晚一来给楼上那口子帮个小忙,二来就是劳烦大家捐点儿,我当哥的为妹妹讨大家几个小钱儿,记账,记账……"

"记你账啊?"小亮的舅舅冷飕飕地问。

"你出不出?"

"我能不出吗?那也是我妹子!你别一口一个狗的,自取其辱,幼稚。"

"你还说姆们是耗子……"三角眼老太太还没说完,突然"啊"了一声,因为山羊脸扑通跪在了地上。

"干啥啊你?"她惊恐地瞪着他,"干啥啊?我再出一万,行了吗?"

"不准给活人磕头!"篮球头指着山羊脸的脑门子说,像要执行枪决。

"我——爱——你——们!"山羊脸泪流满面地说,

冷水坑

脑袋要往地上砸,但他临时改变了主意,照自己额头和脸乱扇一通,还数着数,一共扇了三十一下,然后起身说,"三十一年窝囊废,扇干净啦!到此为止啦!因为……"他在人群中高举右拳,"因为咱知道自个儿该干啥啦!"

"你要干啥啊?"发问的是大黑子,我是从声音上辨认出来的。他肩上扛着个汽油桶,脑袋别在另一边。他放好铁桶,一头扎了进去。

"嗡嗡,嗡嗡——嗡嗡的,今儿晚上轰轰烈烈,轰轰烈烈,轰轰烈烈……"他阴阳怪气地表演起来,弄得大家伙儿不知所措。

三角眼老太太往桶上咣咣踹两脚,大黑子嗷一声拔出脑袋。老太太咯咯地乐:"瞅你虎了吧唧的,招笑。"

"有劳你了呀,没累着吧?"小亮的舅舅问,顺手拍了拍桶,觉着挺满意,不过有些心不在焉,似乎还没从方才那段纠葛里跳出来。

"累倒不累,可心里不舒服……"大黑子说。

"这年头谁心里舒服?"小亮的舅舅讪讪一笑,"从哪儿倒腾来的?"

"摆在我老叔家楼下好几年了,平时装点儿易拉罐酒瓶……你们刚才……唧咯了?"他滚着眼珠子打量一番大家伙儿,突然仰起脑袋,朝楼上喊,"来时想了一路,我还是认为此事欠妥……"

"和你没关系,别嚷嚷,"山羊脸说,"和我们都没关系,人家的家事……"

"就是不妥……"大黑子戛然而止,发现小亮绕铁桶打量起来,嘴角带着冷笑。大黑子勇敢地跟他对视。

"你笑啥?"大黑子问。

"我认为你什么都不懂。真的,你什么都不懂。"小亮慢悠悠地说。

"哟呵,那你得给我说明白……"

"所有人里,我最瞧不起你,真的,你简直不值一提。"小亮明晃晃地挖苦起对方,不但一点儿都不愧疚,还颇为得意。

"胡说八道……你根本不理解我,你不理解任何人……你有病!"大黑子扯开嗓门子,快速扫一眼小亮的舅舅,好像是他教唆着孩子口出恶言的。

"你说我有病,是出于胆怯……"

"胆怯?什么话!你小小年纪……"

"小小年纪才容易看清大人的心眼儿,"小亮说,显得异常冷静,也极为不屑,"但不得不承认你又特别聪明,特别擅长跟周围人搞好关系,而且手段极其卑鄙——控制住别人心里的弱点,鼓动别人走歪路。"说到这儿,他停住了,略带挑衅地等待对方的反应。

"你埋汰我?"大黑子气得直握拳头。

"我没兴趣埋汰你。"

"我今儿晚上到这儿来,还下去扛大桶,目的不是讨好谁,至少这回不是了。你小子心如蛇蝎,根本体会不到人心有多艰难……"

冷水坑

"看,又来了——说软话,自我欺骗……"小亮说。

"放屁!你笑啥,你笑啥?"

"你也不瞅瞅,周围有谁替你说句话?你不仅胆怯,还虚伪。你敢揍我吗?"

"我才不钻你的套儿,小狼崽子,你从不体恤你爸,满肚子恶心肠!"

"虚伪在你那儿不是卑鄙下贱的性格,而是一种传染病。你就是病毒。我爸不好好过日子,真有你一份功劳呢。今天晚上,我们就让你见识一下不好好过日子的人是什么下场。我告诉你,'好好过日子'在这里就是法律,就是宗教。我们这种家庭不需要思想,不需要什么高级知识,因为我们只有一双肉手,世道好的时候,我们任人宰割,世道不好的时候,一切脏活儿累活儿就靠我们这双肉手给世界擦屁股——这是我们的命。我们不再想改变什么……我们只想团结在一起,好好过日子……我们虽然逆来顺受,但态度明确,立场坚定——谁不好好过日子,谁就是叛徒,我们将毫不留情地清理叛徒。我爸既然选择知识,抛弃家庭,那么他就是叛徒。"

人群陷入漫长的死寂,没谁敢吱声,大家连挪脚、抽烟、咽唾沫都得偷偷摸摸的,生怕惹到小亮。这个平时招人怜悯的可怜孩子,突然暴露出神经质式的冷酷无情,令人害怕。其次,大家对这一套知识分子式的说辞感到茫然,最后还是接受了,至少"好好过日子"切中了他们的心灵要害。比如篮球头,边听边表示赞同,听见"团结在一起"时,他不由得叹了口气,说:"是呀,是呀……"

"你还有什么话想说?"小亮的舅舅对大黑子扬了扬脸,顺便瞅一眼山羊脸,两人眉来眼去一番,显然冰释前嫌了。

"你有权保持沉默;如果你开口,你所说的一切都将作为呈堂证供。"山羊脸拍拍大黑子肩膀头,这样拿他取乐。

大黑子很平静,情绪没再波动。方才,为了显示自己的存在感,他侧着身子听小亮演讲时,偶尔挑个眉梢,撇个嘴,或挠挠太阳穴,偶尔在思索,偶尔像被戳中了心窝似的皱起眉头,但始终维持着岿然不动的神态。看得出来,他的信念坚如磐石,势必要一往无前地走下去。从小亮结束演讲到山羊脸拿他取乐,他唯一的变化是眼神活跃起来,敏感地关注着四周微小的细节,连楼上有人清喉咙、外围有人打火抽烟也不放过。

"你们对我陈大哥宣判死刑,对我也不必仁慈!"他冷笑一声,双手交叉于小腹,昂首而立,像刑场赴义的好汉。

"姆们成全你。"山羊脸阴森森地说,像在提醒对方这是最终警告。

大黑子轻蔑地瞟一眼山羊脸,还上下打量他。

"想动手吗?来,打死我!塞进桶里焚尸灭迹!咱保证,做鬼之后我绝不报复,我反对仇恨。要我说,权

冷水坑

力握在大人物们手里,比握在你们手里倒好一些,因为你们只知道制造仇恨。仇恨如果能让人好好过日子的话,我们啥都不用做,操起刀子见着谁捅死谁便大功告成。你们不自救倒也罢了,为啥不放过渴望自救的人?你们对一个不想再咎由自取地活着的人宣判了死刑,那么,世——界(他高吼一声举起右臂亮出食指),就宣判了你们的死刑!"

"姆们早被世界判处了死刑!"小亮的舅舅打断大黑子,"世界把姆们这群劳动者像垃圾一样丢掉的时候,姆们就死了——冬洲行尸走肉。即便成了行尸走肉,姆们依然要供养那群不劳而获的鬼。凭什么?告诉我,凭什么?"

"不,你错了,"大黑子急切地反驳,"死的不是人,而是人的劳动。大家都正常喘着气儿呢,不是吗?要说死,是精神死了,丧失劳动价值的人变成了死魂灵。历史车轮滚滚向前,推动世界日新月异的力量不是大人物手中的权力,更不是你心里的仇恨,而是鲜活的、充满朝气的劳动。只有鲜活的、充满朝气的劳动者掌握了权力,人们才能好好过日子。我陈大哥早看明白了这一点。这就是知识的力量。"

"那么,请你回答,你为啥答应姆们去搬这个桶?"山羊脸插进来,整个人处于一种极端状态,像随时会扑上去揍人。

"你需要回答。"三角眼老太太在一旁做起帮凶。

"放过他吧,他只是听不见主的声音。"不知从哪儿传来另一个老太太的声音,弱微微的,还怕犯错误似的叹了口气。这句话没引起任何反应。

"不能放过他,他得回答……"外围有个男的喊了一嗓子,但他明显是在开玩笑,因此引起一阵笑声。

"为了道义!免得你们说我坏了工友之情。从此以后,咱们各走各路。再见。"大黑子转身把铁桶踹倒,离开现场。

大家错愕之际,二楼窗户给拉开了。我正好和窗户处于同一条直线,第一个看见上面的情形。窗口先露出一个男人的上半身,正是陈德明我陈大哥。我一眼就看出他的内心遭受过绝望与委屈,此刻他神情涣散,目光呆滞,一副任人宰割的可怜样儿。在他旁边挤上来一个中年女人,烫着披肩发,满脸横肉,怒不可遏又伤心欲绝,一定是他的老婆。他俩显然没发现我。

"姆俩搁上边儿谈判,怎们搁下边儿吵吵个没完!姆俩在民主商谈,已经达成了协议,怎们为了啥不依不饶的……"要不是被弟弟回身打断,陈德明老婆一定会把底下每个人骂上一遍。

"快说结果……"小亮的舅舅仰头喊了一声。

陈德明老婆左手亮出一本红皮书,右手举起一柄斧头,然后深喘一口气,当着底下的人庄重地宣告:"他选择知识,我就选择斧头!"

"他要是选择斧头呢?"山羊脸笑着问,他没仰起头,而是埋下头,挠了挠后脖颈。

"闭上你的嘴……"小亮的舅舅说。

冷水坑

"消停点儿吧,还嫌不够乱吗……"三角眼老太太对他俩挤咕挤咕眼儿。她知道小亮在看着她。

"不用怕,"小亮稳稳当当地说,"他没那个胆儿。"

"饭都快吃不上了,要知识有个屁用!别吵吵了,上来干活儿!"陈德明老婆一声号令,整群人立马呼噜噜朝楼道里进。山羊脸领头,三角眼老太太跟上,篮球头和外围一高一瘦两个老头儿紧随其后。

因为冰释前嫌,山羊脸似乎对小亮的舅舅充满了深厚的情谊,在楼梯口拍了拍对方的肩膀,笑一笑。这个举动让小亮的舅舅多少觉得有点儿尴尬,随即回应了一个感动的笑容。那一刻,他俩把楼道口堵住了,后面几位见进不去,就停下来,目光随意地望来望去。篮球头把拳头放到嘴上咳嗽几声,这使老太太把目光从二楼收回来,落到他脸上——她觉得他有点儿可笑。两个老头儿暗地里嘀咕着什么,被山羊脸听见了,他扭回头对他俩认真打量一番,好像有话要说。同时,山羊脸用余光发觉小亮的舅舅在观察自己,于是坦诚地和他碰了一下目光,接着说了句话,让小亮舅舅和老太太都颇为赞同。在此之前,小亮不知去了哪里,这时候他从光源外围的阴影里静悄悄地向楼道口走过去,在人群对面靠墙壁站好,手里玩弄着一只青蛙。那位信主的老太太对上楼及整个事件似乎有些疑虑,跟在最后面,走一步停一步。这时候,篮球头发现了她,但没把她当回事儿。她不愿再靠近人群,在我对面站住。她身材矮小,干枯无肉,扎着一个朴素的马尾辫，一双惊恐不安的大眼睛几乎占据了整张脸。我发现，她罕见地保留着少女时代的纯洁面貌，这或许是因为她人生的不幸恰恰发生在那个阶段，这不幸如今依然像毒蛇一样死死地咬住心灵不放。她逃向了西方宗教，祈求解脱，却被吸干了所有活力。此时，不知出于什么想法，她走到了我跟前。据我对那个宗教仅有的了解，她不该向一个陌生人求救。那个宗教在冬洲老人社会蔓延开来，是因为只有主才能走进吞噬他们的黑暗，我希望她别对我说出一个字。就在这个时候，那几个人进了楼道口，小亮的舅舅向我走过来。信主的老太太停下脚步。

"让您见笑了。"小亮的舅舅颇为主动地捞起我的右手，握了握，"家丑外扬了。也没啥大不了的，就是一桩家务事。"

"您是说……"

"抱歉，对我用'你'吧，毕竟咱们尊卑有别。"

"那我就不客气了。你们是不是对我有成见？"

"您想多了。其实……"

"什么？"我盯住他问，感到他心里正涌起一股凶猛的敌意。

"其实……唉，说实在话，把你们看成冬洲的罪魁祸首是不对的，这不道德。其实，你们跟姆们一样都是受害者。要说不同，只能说姆们更在乎道德……过日子得有道德……"

冷水坑

"道德？那么请问，你们使用这种极端手段对待亲人，又做何解释？"

"抱歉，我们不做解释。算了，说这些干啥？刚才一直没和您打招呼，很抱歉，希望您别介意……抱歉，我得上楼了，稍后还有一场好戏看。"他刚迈进楼道，转身又出来了，把小亮扯了进去。隔着几步远，信主的老太太对我欲言又止似的眨了眨眼睛，然后默默地向楼道走去。

五分钟后，他们在楼上折腾起来。他们把地板踩得咚咚响，挪移、搬动着沉重的物体，又粗暴、急躁地拖拉和丢弃，氛围却是清闲欢快的，偶尔爆发出肆无忌惮的大笑。他们有意采取一种揶揄兼快活的态度，这种态度建立在对"犯人"彻底的道德否定之上，同时又衍生出行动和立场上冷如冰霜的态度。他们的外表是狂悖的，内里是无声的，这种矛盾只会出现在失去意义与价值的劳动者身上。但是，他们的自主性却像熊熊烈焰，这烈焰越凶猛，似乎就越有机会突破施加在他们身上的历史法则。这是不可能的，因为历史法则已实实在在地抛弃了他们。这团烈焰，是客观现实与主观想象构造的极端幻觉。在我看来（事后思考），当时，他们向往的不是光明，而是深至谷底的黑暗。遭遇偶然，逃离灾难，是自由人的特权，而冬洲劳动者们只能用自我毁灭来报复世界。诸位读者，请谨记一个原则：在通向灭亡的道路上，精神烈焰必然先一步将人焚为灰烬。

冬民·序章

篮球头第一个走出来，怀里托着两捆书，鲜红的包装绳都勒裂了。他打我眼跟前一闪而过，将书砸进桶里。

"沉啊，两捆知识得十几斤……"他搓搓掌心，探头往里瞅一瞅，"不许看，看了中毒。"

"扔完了赶紧上去，两百来捆呢！"山羊脸一下来就催促。他背着一个麻袋，装满了书，提醒篮球头之前，没忘对我报以礼貌一笑。

"你搁哪儿找的麻袋？"篮球头问。

"你妈肚子里拽出来的。赶紧上去干活儿！"山羊脸把麻袋撂到地上，准备往桶里扔书的时候，发现篮球头正在楼道口那儿扭着上半身瞅他呢。

"你瞅啥？"

"别——催——我。"篮球头阴森森地说，转身上楼。

"脑子有病……"山羊脸嘟囔一句，直接搬起麻袋底部，往铁桶里倾倒。回去的路上，他在楼道口碰见信主的老太太。她小心翼翼地搂住一捆书，用下巴压着。

"你生气了？"她胆怯地问山羊脸，对方没搭理她。

"都是让人不信主的书，无神论的知识就这么有能耐吗？"她对着桶自言自语了一阵儿，把这捆书先搁上桶口，然后轻轻推下去。

从我跟前经过时，她停住脚步。

"无神论祸害了冬洲，你说呢？"她问我。

"我不知道……"我说，然后把脸扭开。

"难道你对历史啊社会啊一点儿不了解吗？除了吃吃

冷水坑

喝喝玩姑娘,世界就啥也没有,啥也不值得去想了吗?"

"婶儿啊,我无能为力……"

"哦……嗯……我懂了……无能为力……"她低下头,吃力地往楼道走,一路念叨着,"无能为力……可心里的苦究竟谁管呢……众民往旷野去了……往旷野去了……"

两个老头儿每人拎两捆书下来后,在楼道口你挤我一下,我挤你一下。

"您先请……"

"您年长您先……"

"您个儿高您先……"

"您瘦不拉叽的,残疾人优先……"

"您这嘴呀……"

瘦老头儿先一步来到铁桶跟前,对这个物件儿噘了噘嘴。

"冒尖儿了,瞅瞅……"

"瞅着了……唉,问你一句,地心引力对知识起不起作用?"

"我认为不起作用。"

"为啥?这明明上百斤呢!"

"你见过酒蒙子能好好走道儿的吗?"

"没见过。"

"知识和酒瘾一样,没有重量,它们能让大脑长出一对膀子,飞向天堂,飞向真理,直到把人扯成两半……"

冬民·序章

"书中有黄金屋有颜如玉呀……"

"那金子你抠得出来?那女子你玩儿得着?"

"那是比喻,比喻书里有真理。"

"从脑子里抠出来,送进轧钢厂,开模上机床,变成看得见摸得着的物件儿,能像肥皂一样握在手里,这才叫真理。不能兑现的真理只能是精神鸦片……"

"所以你是唯物主义者喽?"

"我是养老金主义者。"

"恁俩搁底下嘚啵啥!"二楼窗户那儿传来女主人的怒吼声。两个老头儿赶紧忙活,但遇到了难题。

"搁不下啦!"高个儿老头儿朝窗户喊。

"甭上来啦,直接往下摔,太多啦!"小亮的舅舅探出上半身朝他俩喊,然后退了回去,接着,三捆书从窗口连续飞出来,乓乓乓砸到地上。

"赶紧捡!赶紧捡!"山羊脸探出头下达命令,顺手又投出一捆。上面的人轮番操作起来,滚木礌石、灰瓶炮火似的,纸做的石头块子飞满夜空,每一块都抛出一道弧线,像在压制攻城的敌军,震得平台直晃荡,让人心里发毛。

"不许看,谁都不许看!"女主人一个劲儿叫唤,"毒品,全是毒品!"

这次战役持续了能有五分钟才告一段落。接下来只听见楼道咚咚咚一阵响,这响声铿锵有力,深沉厚重,宛如众神从天庭降临大地,为首的正是女主人,她手里

冷水坑

握着一把半米长的点火器,大火苗子噗噗地响。她被簇拥着踏出楼道门,径直来到铁桶跟前。小亮的舅舅用白塑料瓶给铁桶里的书淋上一层汽油,女主人腕子一压,烈焰立刻照亮了夜空。

"嘿,虎门销烟!虎门销烟啊!"小亮的舅舅恶狠狠地盯住火焰,狰狞的脸被烤得赤红。

"完犊子啦!完犊子啦!哈哈哈!"山羊脸拍手称快(他真的鼓掌了),拽起信主老太太的细胳膊,提溜猴儿似的使劲儿摇,"完犊子啦!完犊子啦!"这时候,他后脑勺被三角眼老太太拍了一巴掌:"啥完犊子?咱是在拯救他!这叫浴火重生!大妹子啊,你那口子脱胎换骨啦,复活啦,重新为人啦!"她的情感在烈焰边缘彻底燃烧起来,怪异的面孔扭曲得更吓人了。猛地,她从后面抱住女主人,哀号痛哭起来。女主人表面上不为所动——周遭任何动荡都没法儿动摇她的意志——她像铁人一样盯着烈火,神情深重而冰冷,可依然掩藏不住内心的绝望、悲哀和怜悯……我躲开烈焰,把目光投向平台口,那里的黑暗闪映着一大片火光,照亮了蛤蟆肚老头儿的背影。

"叔啊,您去哪儿?"我在楼梯边赶上他。

"哦,哪儿也不去,能去哪儿呢?"他虚弱地说,楼梯就在脚跟前,他却不敢迈,像底下有一个万丈深渊。

"您没事儿吧?"

"大哥,有烟吗?"他问。

"有……对,来根烟……"我赶紧翻兜子,但被他截住了。

"有烟就有火儿,火机也借用一下吧,大哥……"

"叔啊,来,拿着……火儿……"

他颤巍巍地从我手心里拿过火机握紧,哆嗦着移向心窝,仿佛在将它靠近痛苦的根源。碰到衣襟时,他打了个冷战。我不知所措。没想到,他突然用握火机的拳头砸起太阳穴。

"为父不仁啊,为父不仁啊!"他哀号出来,"这主意是我出的,为父不仁啊,为父不仁啊!"

"您是陈大哥的父亲?"我扳住他的拳头。

"劫数啊,逃不掉啦……"他像没听见我的话,继续哀号,"逃不掉的呀!父辈唯物,子辈唯心,孙辈唯鬼!我——有——罪!大哥,我有罪啊!"

"叔,您不能这样,会好起来的……"我当时感觉自己是那么虚伪。

他只顾自责、忏悔和殴打自己,最后,我只能搂住他的胳膊(他身上有一股尿臭味儿),好不容易才让他在台阶上坐好。我搂着他的胳膊,也坐下来。他像一条失魂落魄的老狗,毫无生气。他就这样死气沉沉了好一阵子,我们身后那熊熊烈焰和喊叫声都没能引起他的注意。

"大哥,火,火啊,我恨它啊……"他忽然抬起头,在我面前打着了火机,"大哥,您看着,马上您就知道我为啥恨它啦……"他边说边用另一只手把左腿裤脚挽起两截,露出腿肚子。这么冷的天,他居然没穿袜子也没

冷水坑

穿棉裤。我惊恐地看见他腿肚子上有一块巴掌大的烂疮，鲜血和腐肉搅和在一起，肉孔里面能看见白骨。我差一点儿呕出来。

"别怕，大哥，您别怕……"

"为啥不去医院？"

"因为这是好事儿，它能让我安静……"

"安静？"

"安静，多好啊……"他显然再一次遗忘了我，露出静谧的微笑，喃喃地念叨着，"安静……让我安静地……"

"让你安静地干啥？"我迫不及待了。

"让我安静地自个儿推动自个儿……"

就在此时，我听见背后传来沉重有力的脚步声，回头发现是女主人。她个头儿不高，圆墩墩的，挓着两条短胳膊，像一只被愤怒和绝望推动着的臃肿企鹅。火焰在她身后映照着夜空。我站起身，等她到跟前。

"救救他吧！"她说，异常平静，"救救你陈大哥吧！"

"您这是什么意思？"我感到恐惧。

"他的车照被扣了，搞不好还得蹲笆篱子……"

"你把话说清楚，陈大哥摊上什么事儿啦？"

"前天中午他拉了个老婆子，一开始好好的，可你陈大哥不知道中了哪门子邪，突然嗷嗷地叫唤，疯了似的，喊着一句大逆不道的话，然后被那个老婆子告到了派出所……"

"这和我有啥关系？"

"你陈大哥跟我提起过你，你一定有关系有门路，帮帮他，帮帮我们吧……"

"但我必须要说，你们今晚这样对待一个至亲，是错误的，你们在犯罪！另外，嫂子啊，我没那个能耐。我是个废物……我就是个冬洲酒蒙子，一无是处的精神小伙儿……我已经疯啦！我受不了啦！"我一边呼喊，一边逃也似的下楼梯。

"救救他吧，救救他吧！"她扑在栏杆上，恨不得一头栽下来，给我下跪。

"犯罪！你们在犯罪！"我愤怒了，临时停住脚步仰起头，"你们为什么非要把一个好人往死里逼？为什么？你们为什么像强盗一样剥夺一个人最在乎的东西？你们在犯罪！"

"你住嘴！住嘴！"她尖叫一声，痛苦地抽泣，"救救他吧……书可以烧，出租车不能丢，因为他一生都渴望过上既被使唤又能自由自在的生活！"她转眼不见了。

我不顾一切地冲出小区，蹽到大街上，像一头刚出笼的丧尸……

2022 年 6 月

暴风雪

我辽阔博大,我包罗万象。

——惠特曼

这天中午,气象局发布紧急通告:一场来自西伯利亚的极端暴风雪将在未来三天席卷省城。傍晚,相关领导在电视里提醒市民减少外出,尽量待在家里。第二天没下雪,但空气浑浊,像起了雾霾,天空被青灰色云层遮得严严实实。第三天早上,狂风突起,漫天呼啸。丈夫赶着去机场接客户,没吃早餐。临走前,他抱住江女士,说了声对不起。他出门后没多久,雪片飞进阳台,噼里啪啦地打在玻璃上。江女士喝了杯热牛奶,边看电视边做家务,琢磨着丈夫为什么说那句对不起。后来她困了,开着电视,躺进沙发午睡。呼啸声把她吵醒。天已经黑了,电视里播放着本地的晚间新闻。她突然听见外头传来一阵巨大的响动,听出是一块大铁皮给掀进了风里,呼啦啦地震颤几下,接着拍向了地面。江女士奔出阳台,狂风卷着雪片,高空污浊不堪。突然,楼下有个男人吼了一嗓子,江女士挂着栏杆朝他喊:"你说啥?"约莫半分钟,男人进入楼下一块路灯的余光,仰起笑脸:"江女士,是我,

冷水坑

物业保安老郑,记得吗……"他把电棍夹进胳肢窝,摘掉保安盖帽,戳了戳立马被挂乱的头发。因为没听见回应,他再次仰起笑脸:"没关系,忘了就忘了吧。"江女士说:"我没忘,郑大哥,怎么能忘呢!"郑大哥发出畅快的笑声:"没忘就好!暴风雪来了,别出屋!再见啦,江女士,我要去巡逻啦。"

回到客厅,江女士坐进沙发,切换电视频道。她百无聊赖,内心焦虑,决定去睡觉。她这时才意识到,折腾了一整天(虽然没做什么事),都是为睡觉做铺垫。接着她又想到,在家里,最重要的事儿或许就是睡觉。关掉电视机和客厅灯,江女士走进黑咕隆咚的卧室,掀开丝绒棉被,平躺下来,工工整整地盖好。她一觉睡到天亮,中途没醒过,连身体姿势也没发生多大变化。通过窗帘上的光亮能判断现在是阴天,风声比昨夜猛烈很多——像无数魔鬼在咆哮。丈夫一整夜没打来过电话。不祥的预感笼罩了她。她刚要联系丈夫,手机就响了。这是一个座机号码,数字底下显示"东区八经街派出所"。"你是谁?"江女士坐起身,靠住床头板,警惕地问。其实是对方先开口的,一个鼻音很重的男人冷冰冰地问:"是江女士吗?"第一句话撞在一起,令他叹了口气,有些嫌弃,又因为不得不停一下等待江女士开口而感到无聊了。"哎呀,您倒是说话呀!"男人不耐烦地说,又嘀咕着让身边某个人别碰他,"起开起开,烦着呢。"之所以没吱声,是因为江女士相信丈夫被捕了。丈夫被捕,而非被害,是通过男警察的语气做出的判断——他显得不耐烦和嫌弃,其隐深含义好像是:您丈夫犯的罪,源自他那令人乏味的平庸本性,工作流程迫使我通知您一声,但我认为这纯属是浪费时间。眼下,江女士一面对坚信丈夫被捕的执拗劲儿感到可笑,一面祈祷丈夫不要连累她,还想到夫妻共有财产有哪些属于她,他给她的钱和自己攒下的钱不能用在他这个罪犯身上,等等。"您不说话,难道是残障人士吗?"对方无法忍受了。对于这种口吻,江女士明确地表示了反感:"您这是什么话?""哦,原来您会说话呀。"对方笑了笑。江女士掀开被子,从床上移出双腿,进一步展开攻势:"即便我真是个哑巴,您作为警察,也不能随随便便对我使用这种口吻。是,我是江女士。但我刚才不吱声是有原因的,您换位想一想,大早上看见派出所打来的电话,难道您能立刻对答如流吗?""您丈夫被捕了。"警察说。"我知道他被捕了。"江女士说。警察没吱声,像扯了扯电话线。江女士已身处客厅,准备起出门的衣物。警察在电话里显得很疲倦,而且,一种公平的正面交锋后所产生的敬重之情好像感染了他,他的语气松缓下来:"做我们这一行,其实很难……江女士,您的丈夫被捕有确切的理由,他现在是一名货真价实的罪犯。不过,我无权向您透露他被捕的原因。"江女士用下巴压着电话,穿好黑色长款羽绒服,开始弯腰套黑皮靴,她说:"您都把话说到这个分儿上了,我还能说什么呢?我只能说,警察同志,我——理——

冷水坑

解。""那么,我也只能对您说一声谢谢了……如果您现在出门来派出所,见您丈夫,那我必须实话实说,这是不可能的,您见不到他。我打这个电话,仅仅是告知您——您的丈夫被捕了。就这样吧,江女士,再见。"

他是一名罪犯;他身上有罪;他因为携带这种罪而成为一名罪犯。江女士离开电梯,走出单元楼大门,进入暴风雪,一路上这三个观点在脑海里疾速地萦绕。另外,对丈夫的担忧在其中也起着一种巧妙的作用,那就是,这三个观点再怎么闹腾,与忧夫之心相比,只算是表面的思维现象。暴风雪的里面,分不出轻重缓急的结构,整个内部空间就是一个盘旋中心,雪墙围绕着她天翻地覆似的高速扭转。雪片噼里啪啦地刮着脸,埋没脚踝的积雪像一片白色实体,狂风在表面卷起一团团白雾,撩向高空,瞬间消散进灰蒙蒙的混沌里。踩进积雪,每走一步,前方就显得更加遥远,她分不清这是一种具体感受,还是在极端环境里产生的心灵幻觉。她眯着眼睛,避免雪片刮伤瞳孔,嘴巴也不自觉地张着,而且很快就感到口干舌燥了。最可怕的是,她强烈地意识到自己需要立即把一种恶劣感受从身上甩掉,问题在于她不清楚这种感受是什么,情急之下,她只能凭空喊叫:"去找那个罪……找到它……"看见小区铁门后,她的情绪变得不受控制了,喉咙发出凶狠的低吼:"别想拦我……""你疯了吗?赶紧回家!"旁边某个地方,传来一个男人的尖叫。从保安亭后方拐出一名身穿黑色制服大衣的男保

暴风雪

安,他把脸压得很低,捂着盖帽,艰难地朝她靠近。大衣没系扣子,下摆在他身后飘到后脑勺那么高了,可他再怎么努力,上半身严重前倾,脚跟就是寸步未移,最后只能再次扯开嗓门:"回家,天啊,回家!""我得出门呀!"她朝他大喊。"现在回,立刻!"江女士突然指向他背后:"保安亭的门!"保安在风里慢镜头一样扭回脑袋,那道破木门正在墙壁上乒乓磕打,随时会散架,于是他大声地宣布它的命运:"去他妈的吧,不要啦……你不能出去呀!"见江女士已经拉开铁门,他的呼喊里出现了哭声。江女士在外面顶上铁门,双手抓住铁栏杆,用饱满的感情朝保安呼喊:"我丈夫被捕啦!"她连喊三声。"天啊……一路保重呀!"

江女士害怕出车祸,拒绝了丈夫为她购置代步工具的建议。她只能步行去派出所。离开小区,从小路走下去不到二十米,是一条横向南北的主干道。眼下,它在灰黑色暴风雪里只剩一条模糊的线条。她的脸在发热,肺叶呼哧呼哧响,边朝主干道走,边回头观望小区。她在考量暖乎乎的卧室此时具有多大诱惑力。她得出一个略显尴尬的结论:身体在极寒的室外所生成的热量,比卧室里的暖气更有意义。对于后者,她之前从未有过反思,或者说,这种直接作用于人体的温暖似乎阻碍着人对客观环境展开思考——它把自身隐藏了起来;对于前者,是的,她这个生长于极寒地带的人从未有过刻骨的认知,而在眼下,那种从骨头里冒出的热量,结合此次出走的

冷水坑

目的,她意识到这种热量没有秘密可言——它不掩藏自身,但人必须怀揣某种致命的目的,才能将它从体内呼唤出来。"我以前真蠢啊!"她自言自语,接着又指向丈夫:"你说你,跟暖气片有什么区别?一心一意为我好,但有意义吗?你瞅瞅,出来走这么几步,我就焕然一新啦。你根本不知道我需要什么。我需要寒冷,我需要艰难,我需要……奔跑……"于是,她啊啊喊叫着在狂风里奔跑,快活地扑腾双臂,还在心里提醒自己:无缘无故地对别人好,别人不一定幸福。

这一带地界原本是一望无际的农地,住宅区建成后并没有改变空旷的格局。远山在天穹之下冷漠地蜿蜒,冬季里草木凋落后,裸露出大片灰黄色山体,居民不必身处楼顶,便能欣赏到落日余晖染红的庞然大物——熠熠生辉又寒冷孤寂。主干道两侧,社区建筑群由南向北延伸下去,隔着四季荒废的农田左右瞭望,像两座巨型城邦隔田相对。说回江女士,她的心此时已空无一物,精神活力和身体气力全部用在迈出下一步的机械行动上。为了不被风雪从主干道卷进农田,她迈出两步后不得不立刻搂住一棵防风杨树,一来要喘气,倒不是累,而是一种没有痛苦感觉的窒息使她必须这样做,二来她需要在这个空当趁机启动朦胧而污浊的视力,想知道这双眼睛有没有丧失器官功能。"别说是人了,就算一头牛一头羊,也会这么做的。"她坚定地想。搂着杨树,无法挣脱,强风把身体牢牢地焊在了上面。为了保护脸部,她

暴风雪

企图把整颗脑袋缩进羽绒服的领子里。"难道我被困在这里了？"除了灰蒙浓稠的白和略微暗淡的小区建筑轮廓，她什么都看不见。"死在一棵树上可真丢脸，像只知了。"说来奇怪，这个想法出现时，她就知道要喊出来，否则有愧于它；她放开喉咙呼喊时，又觉得这样做很奇怪，接着变成了气愤："没人来救我！凭什么！"全部社会因素在她身上临时消失了，大自然释放出最纯朴的威力，要将人的原子属性进一步撕碎，使她变成和雪片一样的物质。像她说的，这种情况下连牛羊也会为自己的本质搏击一番，何况她是活生生的人。她不再怨天尤人，决心自救。这时候，她的听觉在沉闷无聊的风雪咆哮声里诡异地恢复了——她听见了汽车喇叭声。一开始是在身后，转眼间到了身旁——是一辆黑色轿车。江女士把身体从树干上扯开，陡然转向汽车，虽然不确定失去根基的身体瞬间定格是好事还是坏事，当她稍微立住时，便觉得这样做是值得的，也因为司机为她推开了副驾驶的车门。狂风像一堵高速冲击的城墙，她整个身体扑向车门。

"你这样做是不对的,知道吗？你这样做是不对的！"司机是一名四十岁左右的中年男人，相貌极为普通，裹着一件臃肿的橘红色羽绒服，完全不顾及江女士脱险后的所有言行举止，对她那声伴有某种诡异的欢快笑声和感谢也置若罔闻，只管没头没脑地批评她。这种天气，一个女人不在家好好待着，孤身出门，差点儿被冻死在一棵杨树上，谁遇见了都难免责怪她几句。她理解他的

冷水坑

心情。但他的批评指的不是这种冒险行为,而是她的手,他认为她刚才抓住车门时使的劲儿太大,认为这是缺德行径。"难道为了救你,一个傻了吧唧的女人,就可以不在乎我自己的利益吗?你笑什么?给我下车!滚出去!""我笑还不行吗?我笑是为了讨好您,对您表达感谢,哪里惹到您啦?"江女士冲他耳朵叫唤,神经质地挥舞着双手。"我要你的感谢有什么用?能换成钱吗?"这话一出口,见她气呼呼地翻找钱包,司机又当场呵住她:"你住手!我要你几个钱有什么用?你能给我多少,一个亿?可笑。你的钱对我来说毫无意义。""大哥,要是您心里有什么憋屈的事儿,又不好当面跟我说,看在救我的分儿上,您可以把我臭骂一顿,只要您解气。"司机这回倒没吭声,或许被触动了,也或许是因为他需要集中注意力把缓慢移动的车子弄得稳当些,毕竟它是他的心头肉。"大家都说,说什么这个世界最重要的东西是人,"沉默了一会儿,他开口了,望着前方,愤怒虽在,语气却有所缓和,"好,我同意。我能不同意吗?可是我要问,最重要的如果是人,那对人来说,最重要的是什么?我把你救了,你差点儿弄坏我的车,我责备你几句,你就在心里认为我道德沦丧,认为我居然把车看得比一条人命更重要。""我没这样想!"江女士说。"你有没有这样想,我怎么知道呢?人心隔肚皮。"话已至此,就没什么好说的了,江女士朝车外一座荒废的木屋冷冰冰地说:"行了,放我下去。"司机也看见了那座木屋,是本地农民用来堆

暴风雪

放杂物的，然后瞥一眼把脸扭开的陌生女人，她的耳朵冻得通红，头发凌乱，虽然看不见脸，却相信她被一种与他无关的负面情绪笼罩着。"你住这里面？"他没好气地问，"别跟我在这儿斗气，知道吗？别要挟我，我这人最恨被要挟了。畜生都不愿意住到里面！"江女士没搭理他，捏了把鼻头。司机嘟囔着"我他妈的可不想变成杀人凶手"，从木屋前驶过，见女人没表示异议（对他来说，这个女人以及任何女人对他咆哮、谩骂、挣扎、尖叫，都是可以接受的，唯有那种冷冰冰地且极为顽固地撒野的女人，才无法容忍，不幸的是，这种女人像苍蝇一样多），便得意了，撇撇嘴角，慢悠悠地说："我没侮辱你，人哪，不——如——畜——生。""这跟我有什么关系？"她瞥了他一眼，他正往一个八宝粥罐子里吐痰。"所以，这跟我有什么关系？"他吐完痰，搁好罐子，看着前方说："把你丢到小木屋，你冻死在里面，这就跟你有关系了。"他显得漫不经心。"那么，您是出于什么原因要谋害我呢？"江女士问，使用了相似的语气。司机突然看她一眼，不像针对这个问题，像检查她的坐姿是否安全。"没听说过害人之心不可有吗？"他说，"人人都有一颗害人之心。我有的话，你就会有。人性辩证法。区别就在于谁会把这份心思变为事实。"他竖起一根食指，让她注意下面的分析："而且，还有另外一种辩证法——这种害人心思和行径是内在的，同时也是外在的。"听到这儿，江女士觉得她猜到了答案，它潜藏在一种朦胧的感受里，

冷水坑

但她信任这种感受。"我听着呢。"她说,这是为了让他打消这样一个顾虑:不是所有女人对抽象分析都感到无聊。"假如,我是无缘无故地把你撵下车,让你冻死在外面,警察一定拷问我的犯罪动机,可我能说什么?谁能在无缘无故害死一个人这种事儿里找到主观动机呢?'动机'只剩一个,那就是我是个精神病。""您不是精神病。"江女士笑着说。"我当然不是精神病,相反,我简直理性得有些过分了。理性,哼,经常莫名其妙地把施助者变成施害者。"他在很不愉快的回忆里苦笑着。一时间,车厢陷入略显诡异的沉静。"咱们接着往下捋,"司机开口了,"我有个近亲就被关进了疯人院,此人常年活在两个世界里,一个是他认为的真实世界,跟外头的暴风雪很像,医生说那是置身于棉花垛内部的样子;另一个是我们认为的真实世界。我们很同情他,精神病也是病嘛。但他没犯罪,连一条裤子都是轻拿轻放的,害人的想法根本就不存在,他能犯什么罪?再来看'我'这名精神病罪犯:既把人害了,还是个精神病。只能证明一点,不是所有精神病都像我那位亲戚一样人畜无害。然而,因为实在挖不出那种社会能理解和认可的犯罪动机,就把精神病安在了我头上。匹夫无罪,怀璧其罪。这就是审判!"江女士双手垫在脑后,偶尔扭动一下脑袋,看看窗外,或下意识地抽抽嘴角,脸上看不出多余的神情,像在发呆,又不排除暗地里留心听着。"您前面那些例证,我是听懂了,但您的结论是什么?"她用若无其事的语气问,

暴风雪

放下双臂,坐正一些。"我这个人哪,有问必答——只要你问,我就直接给你答案。我的结论是:说到底,人是人,罪是罪。有些人无缘无故地犯罪,就像出门被一颗外太空陨石砸中了脑袋,活该倒霉。我们整个社会有无数种方法对付人,对罪本身却无能为力,只能把它归咎于人,因为人是看得见的,罪本身却无影无踪。它是幽灵。企图追逐幽灵的人和行为都必将失败。"这时候,江女士感觉自己无路可退了,被逼进最后一个角落,这不仅使她找到了毫无活力的归属感,又从心底涌上一股诡异且变幻不定的关怀之情:时而想象自己是司机嘴里那名精神病亲戚,时而又跳出来,变成对司机本人及其命运感同身受的亲密朋友。在这种状态里,只有默默陪伴是最合适的。幸运的是,她对此极为擅长,就算被丢进野兽群里,她也有信心领悟安静陪伴的奥秘,不被它们撕碎。司机似乎也察觉到并被这种陪伴所感染了,用余光关注着她的侧脸,有些话到了嘴边,却没说出来。"要是他问我去哪儿,这种天跑出来究竟要干什么,我该怎么回答?"江女士思索着应对方案,估量着全盘托出的代价,因为,他显然是一个将道德视为理性基础的人,那么,对于一个自己的丈夫被捕后没表现出一丝焦灼和痛苦的女人,而且她还有过嬉皮笑脸的行径,他的理性会不会因此转化成非理性,对她下达逐客令?她已经没有胆量离开车厢了,害怕被冻死,更害怕面对接踵而来的尴尬——她宁可被他活活掐死,也不愿置身于这种局面。

冷水坑

于是她打定主意,如果他非要提出那两个问题,她就撒谎:被酗酒的丈夫家暴,她逃了出来。之所以情绪快活、嬉皮笑脸的,很简单,她暂时获得了自由。但她同时发觉司机对她的私生活毫无兴致,简直没有过此类想法,他眼下只顾驾车,不开心地嘀咕着什么。临近主干道尽头时,两侧出现一排低矮破旧的商铺,挡住了一部分风雪,视线清晰了不少。"听见了吗?"司机让她听车身底部的吱吱响。"雪过半个轮子了,"他用胸口压住方向盘,做贼似的踅摸几眼外面,"祈求老天爷保佑咱们别窝车,要不然……"他说着猛地推开车门,又砰的一声合上,将雪块子震碎,"要不然就得烧油取暖了。你吃早餐了吗?"江女士摇摇头,用肘子蹭了蹭玻璃上的哈气,顶住额头往外头瞅。"这些店全倒闭了。"她说。"管它们干吗?跟你又没关系。我这里有威化饼干,吃不吃?我看你嘴唇发黑,脸色不好……"她扭过脸来,好奇地望着他:"哎,你说,无缘无故地对别人好,这里面有没有罪的成分?"这个问题因为和刚才的分析有所关联,且颇有深度,果然使司机很是认真地琢磨起来。"要看具体情况……"他歪歪头说,就说了这么多。听见她毫无恶意的笑声后,他又歪歪头,也笑了。她家小区属于八经街派出所管辖区,算不上远,平时步行半个钟头就能到,从那间她和丈夫常来吃的烤肉店旁边下去就是八经街派出所。"你确定在这里下车?"听见她说下车,他紧张起来,突然按住她手里的钱包。"你干吗,埋汰我呢?"他瞪着眼睛说。"我

暴风雪

不能白坐这趟车,我……""我让你上车是为了钱吗?别说啦,收回去……"场面尴尬,江女士感到难受(心里当然也是温暖的)。"那行吧,司机大哥,就让我抱一抱您,好吗?"她说,涨红了脸,胆怯地望着他。他的脸也没好到哪儿去,出现了扭曲。"这还差不多,这还差不多。"他爽朗地大笑,张开双臂,接受她迎上来的拥抱。分开后,他用掌根抹抹眼睛,轰小孩儿似的摆摆手:"走吧走吧,我得回家给老婆做饭了。"

江女士走完三级台阶,没进大厅,在门口转过身,边扫羽绒服上面的雪,边仰起脸观望天空。事实上,她找不到天空,所有关于它的元素在稠密飞舞的雪片里消失殆尽,成了沉闷、臃肿的灰暗色混沌。大厅里有个老太太正在发牢骚:"……您说说,我做得还不够多吗?从头到尾,整个家,只有我心甘情愿地付出,自我牺牲……"江女士对着积雪擤了擤鼻涕,转身往大厅里走。大厅亮着微微泛蓝的灯光,有点儿晃眼,她看见前台那儿有个老太太的背影,深紫色棉袄,黑裤子,戴着黑色棉织帽。老太太在跟值班男警察说话,他一味地对她表达着无奈——摊开双手,耸起肩膀。随后,他从桌上抄起鸭舌警员帽,在手里疲惫地拍了拍。"陈大妈,说心里话,我已经无能为力了。"他还有话要说,可陈大妈没给他这个机会,并且使出了撒手锏:"您是警察,得管。"警察扭开脸,摇头苦笑:"我们去您家了……管了呀!""你们没管好。""陈大妈,婆媳钩心斗角,家务事,本就不归

冷水坑

我们管,除非您娘俩动手……喂,唐老头儿,唐老头儿,起来起来,别在那儿睡,你要是一觉睡过去,我就完蛋了!"江女士这才发现,门口里面,贴着墙壁那一溜金属椅子上躺着个脚朝里睡着的穿军大衣的老头儿,戴了顶老式狗皮帽。这样一来,男警察就看见了江女士(回头瞅向唐老头儿的陈大妈也看见了她),还上下打量一番。"您等会儿。"男警察让陈大妈先别说话,指向江女士,又移向酗酒过度的唐老头儿,"喂,那位女士,麻烦您戳他几下,把他给我整醒,像什么话嘛……"他那副嫌弃、气愤的脸色随着江女士把唐老头儿弄醒并坐起身,才不情愿地恢复正常,接着又陷入了方才的状态——疲惫、无奈、焦虑。"您这样是没用的,警察同志,"老太太说,"您想一想,她对我的精神和心理进行迫害,难道一点儿罪都没有?"男警察戳了几下鼓起来的帽兜:"有纠纷委员会呀,您应该去找他们,那帮人专管婆媳纠纷。""他们就知道和稀泥。我现在只想你们把那个下贱东西逮起来……""胡说八……您这是……哎呀,我脑袋疼……唐老头儿你举手干吗,想说话是吗?真好,打进屋起,这是你做过的唯一有意义的事儿。来,说!"等到男警察说完最后一个字,又等到了可以起身的手势,唐老头儿才放下笔直的胳膊,双手扶着膝盖,刚要起身开口,不知为何扭头瞅向隔壁的江女士——她和他之间隔着两把椅子。江女士当时没做什么,只是下意识地把胸口朝膝盖压了压,侧脸听着,又像什么都没听。"瞅人家干吗?

暴风雪

说话！"警察高声说，然后扑哧笑了，眼前这一切使他感到荒诞。江女士发现老头儿看自己，也觉得奇怪，不过立刻打起了配合。"你瞅我也没用啊，大爷。"她笑微微地看着他，说。他一身的酒气，耷拉着两坨猪肝色腮肉，眼睛压在狗皮帽里像两个黑窟窿。"我觉着啊……"唐老头儿把脸转向警察，说了半句就没声了。"你觉着什么呀？"男警察托着腮帮子笑眯眯地问。看得出来，唐老头儿的交流对象不是男警察，而是陈大妈，他在等她把脸扭向身后，好望着她说话。陈大妈显然瞧不起他，始终没回头。男警察示意陈大妈回头瞅一眼。"你跟我说呢？"她冷漠地问，就把脸转过去了。"嗯哪，跟您说呢，老妹子，听老哥一句话，放——弃，放弃吧，丢掉那些土豆烂茄子的，您说，您，还有这位女士，您说，活得那么较真儿有意义吗？没意义。"如果隔壁是男的，唐老头儿一定在人家大腿上狠狠拍一把。江女士用一种饱含善意的微笑看着老头儿，目光落向前台，和男警察的目光撞在了一起。"咱跟您比不了，您多洒脱，一壶酒解千愁……"陈大妈悻悻快快地说。男警察的眼睛由下往上瞅，留意她的神情。"我不行，我是女人，我小心眼儿。"陈大妈说。"您是小心眼儿吗？"唐老头儿小声问江女士。"要看具体情况……"她说，有点儿羞涩。唐老头儿瞥一眼前台，靠向江女士耳语："她是个丧心疯，把儿子的婚姻搅黄了三次，三次呀！"男警察瞄着他俩说悄悄话，站起身，戴上鸭舌警帽，对陈大妈摊牌："回去吧……帮

冷水坑

您联系调解委员会……""不必啦,警察同志。""您这是什么意思?"男警察歪着脸问。"他说得对,我是得放弃了,但放弃前我一刀攮死她。"陈大妈说完就离开大厅,冲入暴风雪。男警察定在原地,满脸困惑和憋屈。江女士和唐老头儿头挨着头,一会儿瞅瞅外面,一会儿瞅瞅男警察。此前,他俩聊起了家常,指指点点,说说笑笑的。男警察缓过神,对前台里面的小白门召唤一句:"走了嘿,出来吧!"他显得轻松又快活,做了几下扩胸运动。一个女人的脸探出小白门,警惕地观察四周,一眼发现犹豫不决地走过来的江女士。"真走啦?"女人扳住门框,转了一下脖颈,仰脸问男警察。他正在套警员大衣,对她这副模样报以一笑:"走啦。我也得走了。""去哪儿?"女人问。"陈老太太家呗……"他绕出前台,对到了眼前的江女士回手指一下:"有事儿找她。"从唐老头儿眼前走过时,命令他雪一小就赶紧回家。"我把家喝没了!""别跟我说这个!"男警察大声说,在鸭舌帽上扣了顶警用棉帽,压住帽顶冲进暴风雪。"这位女士请问您……"女警员边戴警员帽,边问江女士,话到一半停住了,因为江女士刚巧回头跟唐老头儿说话,她用愉悦的随时发笑的语调说:"我不信!起死回生?怎么可能!鬼故事。""鬼怎么啦,难道这大千世界只有人、动物和植物呀?狭隘。"唐老头儿还有话要说,发现女警员一脸反感,就自觉地闭了嘴。"请问您有什么事儿?"女警员问江女士,埋头把本子推正,拳头放到嘴上咳嗽了一下。

暴风雪

"报案吗？"她用不耐烦又奇怪的目光看起江女士——她始终不做回答，"您别紧张，慢慢说。""我怕我说不清楚。"江女士说。"想到什么就说什么。""我丈夫被捕了？"江女士说，用的是疑问句，神情也是复杂的：一方面，在警察面前，她对丈夫被捕这件事儿必须表示质疑，另一方面，这个疑问句让她感觉不适。"什么？"女警员大声质问江女士，"老公被捕了，您还有心思跟老酒蒙子嬉皮笑脸，真是……让我说什么好呢？"江女士埋头不吱声。女警员叹了口气，调整态度，问过江女士的姓名后，嫌弃的神情并未消失："那么江女士，您是在什么时间得知您丈夫被捕的？"说完敲了一下键盘，习惯性打了个响指，又觉得这样做有点儿不妥，就对江女士提出另一个问题："那您丈夫的姓名是什么？这要记不起来那我真没招儿喽。"丈夫的全名里有一个字是重音字，还有一个偏僻字，江女士于是掏出钱包，递出一张丈夫的名片："不是今天凌晨就是今天早上被捕的。你们派出所有人打电话告诉我的。一个男的。您看这是派出所电话，我看过墙上的报警电话，没错。""行了行了，不用查，卡片收回去吧，因为这三天内，包括今天早上，我们派出所没抓过人。我确定。"女警员说。"为什么？"江女士懵懵懂懂地问。"为什么？这三天里我们管辖区没人犯罪啊，能有啥为什么？您……唉……"见江女士没明白，女警员就指向门外，大声说："看见了吗？车开不动，人走不了，暴风雪埋葬了罪恶。"她把自己逗笑了。唐老头儿砰

冷水坑

的一声从椅子上跃起,背着手在原地来回踱步,冥思苦想着什么。女警员脸上的笑容立刻消失了:"要溜达就去外面的广阔天地,够大!"唐老头儿没搭理她。"这么说的话,我丈夫消失了。"江女士说,唐老头儿那副样子没影响到她。"打电话给您的警员是哪位,记得吗?"女警员问。"没留姓名。""警号呢?""没提警号。也没问。"江女士说。女警员露出不可思议的表情,随即变成了反感:"您怎么一点儿不着急呢?""着急有什么用呢?就算我急得哭天喊地,又有什么用呢?他消失了,无缘无故地没了。您说说,一个人犯什么罪才会被判成无缘无故地消失?这又是一种什么样的罪呢?"现在,摆在两个女人面前的可能性有这么几种:有男的假冒警员打电话给她;她老公故意玩消失;是她老公找人假冒警员打电话给她;她老公被绑架了;她在撒谎。可决不能忽略一个关键线索,那个电话正是从这间派出所打出去的,骗子无法窃取。那么,就出现了另一种可能,这间派出所有男警员在今天早上打了这个电话,但这也是不可能的,因为早上值班的是她——一个女警员,除了刚才躲避闹人的陈大妈,整个早晨她从未离开过;再说这些男同事,他们全是好警察,全是好人,就算出于独特动机打了这个电话,但事件的综合性决定了除恶作剧或吓唬人之外,找不出可图的利益动机,而且随时会被揪出来。这些想法出现在女警员脑海,使她不得不面对"丈夫无端消失"这种可能性,这种可能性已然是事实了,也因此,江女

暴风雪

士那副不紧不慢的神情突然吓到了她。"那您接下来有什么打算?"女警员问。对于这个来自一名警察的明显不妥当的问题,江女士也说不出什么,她心里根本不存在与寻找丈夫有关的任何想法,倒把注意力转到另一件儿上来,就是她为什么不自责。虽然,丈夫的存在和消失不会使她身上原本的事物多出什么,或少了什么,不过,一个人难道不应该具有最基本的道德操守吗?唐老头儿这时凑上来,手臂搭着台面,看看女警员,看看江女士,笑而不语。"怎么,你又想讨钱喝大酒?这次甭想。"女警员说。"您需要多少?"江女士问,已经掏出了钱包。"十个大洋,嘿嘿,八块五买半斤小烧,一块五买根火腿肠。多一分,少一分,我都不要,这是原则。"听到这儿,江女士把抽出半截的十元钞票塞回去,钱包揣进大衣口袋。"放心,我会给您的。等会儿我陪您回家,您在家里喝。这钱不为施舍,而是向您表示感谢。"江女士说。"您当然要感谢我了,"唐老头儿没为那转瞬即逝的十块钱着急,反而乐呵呵的,"以前有个小逼崽子在姆们村突然丢了,咋找都找不着,以为淹死了,要不然被林区里的狼叼走了,我不信,老子就认为他是给鬼领走了。""林区闹鬼我听说过,可城市里哪来的鬼?"女警员瞥他一眼,对江女士说,"这件事儿我会上报所长,他在外头抢险救灾,这场暴风雪弄得到处不安生。您先回家,等我的电话,记住我的警号和我的声音,这个电话一定由我来打。"

外头风雪肆虐,却没有一片雪花从敞着的门卷进派

冷水坑

出所大厅,因为门头临时加装了一面伸向街边的黑色雨棚,以免台阶积雪,两侧还各有一栋像城墙根似的凸出建筑体,有效阻挡了狂风,雪片在惯性中被甩到台阶时就落下来,逐渐堆积成厚厚的白色实体。江女士双手插着大衣兜,迈下最后一个台阶,前脚踝没入雪堆,后脚留在台阶上,用这个姿势提醒摇摇晃晃的唐老头儿雪有多么深。"我可喜欢雪了,"她说,语调带着点儿童趣,还有成人式的惊奇,"不可思议呀,怎么这么会儿工夫就能把人全埋住了?""别这么说话,不吉利。"唐老头儿说,笨拙地走下台阶,见她和自己同时在雪堆里站好了,就扶了她一把。"不,我来扶您。"她说,挽住他的胳膊。"你往哪儿走?"他问。"我送您回家。"江女士已意识到去他家的方向,于是,没等他回答就挽扯着他往左转。"你怎么知道我家在这头?"从雪里拔着腿,唐老头儿没话找话一样问。"别说话,会呛到肺子……"江女士大声说,突然埋下脸,一股狂风随即顶住头盖骨。他们沿着派出所大门旁的建筑体绕出去,进入一条双车道马路。这么几步路已经让唐老头儿吃不消了,他浑身僵硬,不住地颤抖,像患上了突发性哮喘。"把嘴闭上!"发现他呼吸受阻后要张开嘴,江女士发出尖叫。别说是他这种年迈体衰又长期酗酒的老人,连她也难以承受雪屑和冷风灌入肺叶时的痛苦。死亡不可怕,可怕的是一些死法,她唯一不敢想象的就是窒息。眼下,僵硬、颤抖的身子和随时可能崩溃的意志,成为唐老头儿的最大威胁。为此,

暴风雪

江女士从后面拦腰搂住老头儿，另一只手拢住他的肚皮，恨不得把人抱起来。谁承想，随后就发生了两场小事故：唐老头儿企图拨开她的手，导致她失去了平衡，差点儿头朝下栽倒，这同样连累他跄了一步，要不是被江女士用腿及时在前头别住，他们便一起遭殃了；另一个不幸接踵而来，前面平整的积雪底下出现一面斜坡，江女士踩空了，膝盖瞬间跪下去，上半身扑向积雪，好在唐老头儿出手相救——用胳膊搪住了她。立稳之后，他指了指马路对面一间亮着灯的小商店，去那里避险，也示意她不要在这个时候对他表示感谢。江女士收住笑容——脱险后爆发的幸灾乐祸似的大笑，不再违背老头儿的意愿，挽住他的胳膊继续在雪里跋涉。

小商店之所以还在营业，是因为女店主对外界毫不关心，如果还有别的，就是心灵中某种顽固不化的偏见。这是见到女店主——干巴瘦的矮个子老太太——时出现在江女士心头的想法。老太太有一双刁蛮的三角眼，深陷进骷髅似的眼窝，眼皮通红，窄小狭长的脸没有一点儿肉，两条刀刻似的法令纹和向上翘起的尖下巴，把核桃似的小黑嘴包围在里面。除了这第一眼印象，江女士还发觉老太太充满了警惕、冷漠和嫌恶。她当时在收银台外侧收拾一堆破纸箱，手里抓着一个，见到有客人拉开双层玻璃门进了屋，就当着他们面朝地上的纸箱堆踢了一脚。"哎哟，唐老头儿，这位就是你那个宝贝闺女？"老太太冷冰冰地说，纸箱往地上一丢，拍拍手，转进收

冷水坑

银台。她揶揄唐老头儿,满脸的陈年旧怨,神情却明显是针对这位"宝贝闺女"的。江女士感到奇怪,但转念间又觉得老太太和唐老头儿一样是值得可怜的,而她那副刻薄心肠肯定是因为不被可怜才慢慢形成的。唐老头儿自觉心亏,又不想江女士有所误解,就跟老太太嬉皮笑脸:"看你,欠你俩钱,至于一见面就挖苦我吗?""别提这个,"老太太埋头敲打着计算器,坐下来,"别提这茬,生不起气。喝死你得了,一了百了,为社会减轻负担,但有一条,别来我这儿买酒。""还真挺奇怪的,在你这话里啊,"唐老头儿背起双手,在一排食品架前踱了几步,转过身,"我总能听到点儿别的东西……我觉得你心里有我。你关心我,只是不好直说。""我心里谁都没有,唐老头儿,更不关心你。我对你说的话跟外头那雪一样直直白白,就是烦你,整条八经街都烦你,包括野狗和耗子。"在她说这些时,唐老头儿勾手让江女士过来,小声告诉她:"我平时就吃那个牌子的火腿肠。"江女士毫不犹豫地抓起一大把,但被他拦住了:"你想撑死我呀?一顿就一根。不用担心,她那是刀子嘴豆腐心。她爱我。"他把脸扭向老太太,大声说:"你爱我!否则不会让我赊账。"老太太对这一套显然见怪不怪了,没搭理他,对江女士招招手:"来,你过来。"江女士握着火腿肠,走到收银台前,老太太把一个乱糟糟的账本打横推过来:"三千五百七十八元零五毛。你给付了呗,可以刷卡。""你这样就不对啦,杏花,"唐老头儿几步抢过来,把江女士

暴风雪

手里的钱包搋回大衣兜,"别说她不是我的宝贝闺女,就算是,冤有头债有主,我欠的钱就得我来还,你欺负一个小丫头算什么意思?""那你倒是还哪!"老太太在账本上拍了一巴掌。"她老爷们儿丢了,"唐老头儿说,"你还有没有点儿同情心?""她老爷们儿丢了,跟你还钱有什么关系?我老爷们儿还死了呢!""是吧,我就知道你来这一出,哦,你老爷们儿死了,然后你就……对世界蛮不讲理,对人无情无义啦?"唐老头儿难得一见地把脖颈从军大衣领抻出来,情绪激荡,但依然不失酒蒙子那股调皮劲儿。"你上句还说我爱你,转眼又说我对人无情无义……什么东西!"老太太说着看向江女士,使用了另一种厌烦的语调,"老爷们儿丢了得去找,跟一个老酒蒙子混什么,可怜他?可怜他还不如可怜一条狗。"听见这话,唐老头儿悻悻快快地把脸扭开。"你报警去呀!"老太太拧紧了眉头,从三角眼射出两道极其嫌恶的光,声调也是尖锐的。江女士的无动于衷和沉默不语激怒了她。作为当事人,或者说,一个特殊事件的受害者,江女士理解老太太面对她缺乏忧夫之情时的反应,这种反应是理所当然的,她是从对方的角度回看自己,才意识到有必要就丈夫无端消失说点儿什么。但除了"我丈夫无缘无故地没了",她还能说什么呢?然而这句话在她心里似乎已不值一提,用它来描述这个事实显得毫无必要了。这就是她对老太太不做任何解释的真实原因。唐老头儿趁机过来解围,用黑黢黢的指头敲起账本,转移老太

冷水坑

太的注意力:"等两天,我闺女寄生活费,到时一次全结清。""不会是被雪埋哪儿了吧?"老太太没回应唐老头儿。"暂时还不清楚。"江女士说,把火腿肠放上台面,转头问唐老头儿:"要不然给你买一整箱吧,省得你每天跑出来买。""不行,你别这样,算什么事儿嘛……"江女士隐约猜到了他的顾虑——生活习惯被打乱,又不好推托。老太太把火腿肠摁平,拨了拨,数了数。"八根十二块钱。"她冷冷地说,从底下扯个红色塑料袋,边装火腿肠边撩眼皮打量江女士。从钱包抽出一张二十元钞票时,江女士再一次扭头问唐老头儿:"还需要别的吗?""那得问她喽。"他说。"今天不卖你酒。"老太太说。江女士把钱放到账本上。"为什么?"江女士问。老太太啪的一声打开电子收银机,把二十元钞票放进去,再抽出几张小面额钞票,着实没想到江女士会这样问。"哪儿有那么多为什么!"她说,长久地盯住江女士,但那刻薄的性情和犀利的目光对江女士没产生任何作用,包括反作用,这无疑进一步激怒了老太太。"一个酒蒙子,大雪天从我这儿买酒,路上喝多了倒在雪里冻死,这个罪算谁的?""杏花,你为什么老是跟罪啊死啊过不去呢?"唐老头儿大声说,再次抻出了脖颈,"而且,你过得去吗?瞅瞅你现在,活成了什么样子?"江女士抚了下唐老头儿的胸口,也对老太太隔空做出同样的动作。"二位老人家,是我不对,冷静一下好吗?"她说。"唐老头儿,咱俩之间没有交情,只有利益,快还我钱!你也配来教育我?"老太太即将爆发,恶狠狠

暴风雪

地瞥了一眼江女士那只手。唐老头儿冲上前一步,用两个指关节敲击收银台:"钱当然要还,但现在我没有三千两百六十块钱……""三千五百七十八元零五毛!一个子儿都甭想少!""别逼人太甚!""再耍赖,我立刻报警!还钱!"唐老头儿气得原地转了两圈,情急中看见江女士又去掏钱包,就大吼一声:"你脑子坏掉了吗?平白无故地替一个陌生人还债!""她的钱,嘿,我还不收呢,我就要你的钱,没钱,没钱去卖血!"老太太吼得嗓子都哑了。"这就是你的问题了,杏花同志,恨,恨,你心里只有恨,恨每个人。我呢,从来没恨过你,就算再艰难再卑微,也不会因为被鄙视而恨任何一个人,包括你。我只是感到委屈,因为你们根本不了解我,我天天喝大酒那是在保护我这颗心!我没权利爱别人,这我知道,但我的心里除了爱,就只有爱,我爱全世界,我爱全人类的每个人,当然也爱你,爱这位丢了老公的可怜妹子,可我的爱只能留在心里,使不出来……"唐老头儿在全面爆发的情感里挥舞着双手,充满痛苦地一次次抻出脖颈,嘴角挤着白沫,有几次似乎想甩掉狗皮帽,但手一放上去就只是压了压帽顶。江女士发现,他慷慨自白时,好像有另一些话需要同时对她强调一下。就在最后一个字脱口而出的瞬间,唐老头儿把脸转向了江女士,激动中掺杂了明显的自我怜悯:"所有人看见我,不是可怜就是嫌弃,但你不一样,你把我看成了别的东西,我喜欢这种东西,虽然不知道它是什么,这样才好,因为它可以是任何东西,保不齐就是爱——无缘无故的

冷水坑

爱!"不幸的是,他这番慷慨激昂的爱的言辞,只换来老太太的嘲讽。"你不觉得自己很幼稚吗?一生逃避责任的人渣子!你有多无耻,自己没点儿数吗?人中败类,社会垃圾,给我滚出去!滚!还有你,没情没义的小婊子,滚!"

从沉闷但温暖的小商店被赶进暴风雪,非但没引起什么坏心情,相反,两人像获得了自由一般开怀大笑。"天哪,差点儿被她吓死,"走在前头的江女士转过身,朝唐老头儿快乐地呼喊,"我喜欢她的个性!"唐老头儿眯着眼,笑而不语。他们沿着一溜店铺台阶走下去,因为没什么雪,暂时不必担心脚下出现突发状况。"我说了,刀子嘴豆腐心,别不信,明天见到我的时候,她照样赊酒给我,哼,否则良心过不去。"他说。"那我问您,您是不是真的爱她?"江女士双手插兜,小跳着转过身,用一副小女生憧憬爱情故事的幸福神情望着唐老头儿,还笑嘻嘻的。唐老头儿又把眼睛眯住,得意地晃了晃脑袋:"咱的爱是货真价实的!"随后从大衣兜里掏出一个半斤装的白酒瓶,"来上二两精神食粮,阎王爷我都亲几口。"这瓶酒显然是从小商店里偷来的。"您现在就要喝?"江女士问,停住脚步,看他拧开金色的酒瓶盖。"再不来上几口,阎王爷就把我收走啦!"他对瓶嘴儿吹口气,发出金属般的哨响,"赐给我力量吧!"随即仰脖倒灌。那一刻,江女士产生了把老人扑倒、夺走酒瓶并活活掐死他的可怕冲动,如果在马路的积雪里,她一定会这么做。问题在于,他对酒精的那种深情和专注,似乎抵消了她的这股冲动。而且，他整个状态在她眼里成了天然无瑕的艺术品——她被他迷住了。"够啦！"眼看这口酒快到三分之一瓶时，她打断他，夺过瓶子和他另一只手里的瓶盖，快速拧好，揣进大衣兜。"嘿嘿，还有这个呢！"他用两根指头从大衣兜夹出一根红皮火腿肠，咬掉铝环，剥下一条塑料皮，不住地感叹："啊，这日子多美妙呀！""是挺不错，有吃有喝。"江女士说。唐老头儿咬断一截火腿肠，吧唧吧唧嚼起来，眯眼哼哼着。"快跟我回家。"江女士扯住他另一个袖口，拽着往前走。她做好了他争抢酒瓶、吵闹和谩骂的心理准备，以及他丧心病狂地殴打她，把她从台阶上推下去，让积雪埋葬，等等，但无论怎样，绝不能让他夺回酒瓶。他不乐意被拽着走，企图扒开她的手，没几下就放弃了。这条台阶最多二十米，她预估是在路上——前不着村后不着店的暴风雪中心，积雪没至膝盖，他才有足够时间耍起酒疯，而推倒她、殴打她这些画面牢牢地支配着她，并在心里断定他对她造成的伤害最多如此了，因为在深雪中用脚去踢她的头几乎是不可能的。所以，到达台阶尽头时，身后爆发了一阵大笑声，她依旧固执地认为是老头儿调皮性情无端发作了而已。"听话，安静点儿。"她这样说，始终没回头，扯了扯他的棉衣袖口，像拽着一头摇摇晃晃的但没有攻击性的巨熊。现在看来，只有台阶尽头那面斜坡才能打断他们的关联。"我背不动您！"江女士说，把老头儿扯到一旁，让他瞅瞅那面落满白雪的斜坡，纯粹

冷水坑

是为了吓唬他。"你根本不用这样,"唐老头儿说得不紧不慢,对斜坡完全不在乎,他的话另有其意,"我是个酒蒙子,不是一喝点儿马尿就砸家、打媳妇儿的浑蛋老爷们儿,我是个酒蒙子,酒带给我的只有快乐,快乐的人是有理性的。""好呀,这很好,"江女士盯住他的脸说,"您没有家,看来也没媳妇儿,发疯、犯罪的条件不存在,您自然能获得您嘴里的那种快乐,但您已经沦落到连八块五一瓶的破酒都要去偷的地步了,您可以用这东西(她兜里的酒瓶)一次次明心见性,但摆脱不掉社会规律,而且,现在您必须跟我说实话,为了这个(她大力拍了一下装着酒瓶的大衣兜),早晚会杀掉她,是不是?"她朝他身后指过去,顺着这条胳膊,他转身朝杏花商店的方向望了望,甜蜜的醉意里多了层阴霾。"我只求一点,"他正义凛然地说,"崩我之前,让我灌上几口,迷迷糊糊地升天。"说完,那副赖皮样儿随即冒出来,还加入了对眼、吐舌头和挤抬头纹。"您这样也是没有意义的,别胡闹。"江女士说。"喂,唐老头儿您还没死呀!"这时,从对面台阶传来一个男人的喊声,随后肆无忌惮地嘲笑起来。"我不敢跑得比你爹快呀,二亮子!"唐老头儿用同样的方式回应。"哎哟哟,那您有的等啦,我爹比我还能吃呢,要不然咱俩一起等他,哈哈!"二亮子穿着红色羽绒服,黑裤子,边喊边朝相反的方向疾行,"回家吧,别冻死在外面,没人收尸!"二亮子在头顶挥了下手。"你干吗去呀?"唐老头儿问。"我儿子丢啦!不出来找,我媳妇儿就跳楼。"二亮子说着停住脚步,正面朝向街对面的台阶,还折返了几步,和对面的人保持一条直线,这是因为江女士在向他喊话。"报警?您是说让我报警?"他反问江女士,然后仰头大笑。"你怎么还能笑呀!"她问。"因为我的儿子不是人,是条狗。我媳妇儿也非要我报警,可为了条狗去麻烦警察,我丢不起这人。别怪我心直口快,你们女人呀,有时候真的……鬼一样残忍。比如我家那娘们儿,妈的,前几天这条破狗在路边朝一个小女孩儿叫唤,小女孩儿的妈就踢了一脚,还没踢着,我家老娘们儿居然举起一辆自行车去砸小女孩儿……去他妈的吧,因为那条破狗,我家老娘们儿对全世界都嗤之以鼻了,妈的,要是有个人躺在地上奄奄一息,旁边是那条破狗也奄奄一息,她肯定毫不犹豫抱起畜生去医院,甚至,她还会觉得是那个奄奄一息的人伤害了她的四条腿的儿子,然后脱下高跟鞋狠狠地砸下去,他妈的,这个娘们儿一定会这样做,就算那个人是我……我敢对这洁白的大雪起誓,妈的,为了那畜生,她总有一天会把我毒死……""二亮子……唉,唉,别嚷嚷了!"唐老头儿终于使对方闭上了嘴,"你还要点儿脸吗?背后诋毁自己的媳妇儿,她根本不是你嘴里说的那种人,她好着呢,每天给我送吃的,再看你,除了笑话我,什么时候看你同情过我……""我为什么同情你?""我都这样了,天天去垃圾桶翻东西吃,还不值得你同情一下吗?""那是你自找的,有手有脚不找个活儿干,天天喝大酒,自

冷水坑

暴自弃,怪得了谁?""这种话呀,你随便说,我不在乎,但你不能当着我朋友的面歧视女性,这世上所有伤天害理的事儿都他妈是咱们男人干的,谁给你的脸当街侮辱女性?""你俩别吵啦!"江女士尖叫一声,打断他们的争吵,狂风趁机卷起一阵呼啸,在马路积雪表面掀起一片白雾。"我媳妇儿敢再给你一疙瘩吃的,唐老头儿,我就把她脑袋凿个窟窿。那位女士,我向您道歉。"二亮子对她拜了拜佛,转身朝原来的方向大步走去。唐老头儿对消失在风雪中的二亮子冷笑不迭,随后他意识到,眼前这面斜坡需要和江女士合作,谁知道她下坡时会不会打滑呢?而且要顾及她执意照料他的急切心情。他看得出来,在她眼里,他被酒弄得神魂颠倒了,随时会栽进雪堆猝死。这显然是刻板印象所造成的误解,对他来说,这两口酒仅仅是热身,缓解酒瘾的痛苦,为进入终极快乐做铺垫,他可一点儿不糊涂,相反还拥有敏捷的思维和清晰的理性。最终,他们相互扶持着从斜坡上顺利下来,心照不宣地右转,继续跋涉。

江女士心里怀着一份从容。离开斜坡,进入一条不知名的宽阔大街,再次身处污浊厚重的风雪中心时,这份从容已发展成混合着绝望的激烈舒畅和震撼。她逐渐感到视线和听觉正一层层从身体脱离,与高速运转的灰蒙蒙混沌融为一体,紧随风沙般的雪尘扬向高处,到达那个分不清是自然存在还是意识设想的最高点后,蓦地丧失了凝聚力,像被一只大手猛地抛洒,转瞬间,一个

暴风雪

巨型风球从混沌内部低空迎面而来,像被自己吓了一大跳。江女士打了个趔趄。因为紧紧依偎着唐老头儿,两个身体像被一股飓风轰地吹倒了。"别往里面瞅!"唐老头儿几乎正面埋进了积雪,脑袋顽强地往后翘,以免呛雪窒息,他呼喊着,把江女士从背上拱起,同时用胳膊搪住她。江女士还没来得及完全站稳,就慌不择路地去拽正撅屁股起身的唐老头儿,发出神经质般的大笑,笑他像头半身不遂的猪。"别往里面瞅!会中邪的!"唐老头儿喊着,踉跄几下,算是站稳了,突然抓住江女士的羽绒服袖口,推一把再拽住,像爷爷警告不听话的孙女:"我半身不遂?那你就是撒癔症——神经病!""你这个老骗子,老骗子!"江女士揽住他胳膊,用亢奋的、变态般的快活语调冲他耳朵喊,"这条路根本不是去你家的,老骗子!""不怕你笑话,我迷路啦!"唐老头儿躲开脸,盯住她的眼睛大笑,"我迷路啦!迷路啦!"他不仅笑,还做出"你能把我怎么样"的得意神情。他们眼前只有风暴肆虐的大街,雪面并非一马平川,不远处平缓起伏着一道波浪,死寂的积雪和曼舞的雪粉把边界全部抹除了,但依然在人的感知系统里留下了大街的轮廓感——像是洁白无垠的长条形广场。"那就继续朝前头走!"江女士挺起胸膛,向她认为的前方呼喊一声,就拽住唐老头儿开拔。"我咋觉着是这边……"从没膝的深雪中拔出腿来,对唐老头儿来说有多么艰难是可想而知的,他不仅完全丧失了方向感,陡然加深的积雪更令他感到惊恐,

冷水坑

"不对劲儿,好像是个大坡……别往前走啦……"江女士一开始没搭理他,心里直憋气,像拽着个拖油瓶,气得没法子了就开始大声数数:"三步……四步……五步……"数到第八步时,之所以停下来,是因为她再也拽不动唐老头儿了,他不是不想走,相反,已下定决心与英雄般的江女士共渡难关,可眼下雪埋到了大腿根,他被彻底困住了。另一个原因,或许要从江女士的身心感受说起,是的,这几步起到了应有的正面作用,前方已出现清晰无疑的人间烟火——一间营业中的、刚有一名客人推开玻璃门走进去的饭店,而负面作用是由饭店门口密密麻麻的白色凸起物所产生的——像一座座雪坟构成的煞白墓地。这时候,她感觉一旦失去唐老头儿,自己将瞬间丧失所有的力量。她强烈而恐惧地意识到,对他的爱不仅像头颅、四肢和怦怦跳动的心脏一样真实,而且提醒她,在此之前,她似乎从未体会过与人相伴时的团结感受,因为从未在过往那白茫茫的混沌生活里掘出过一具真实的人。"你啊,这儿呀(指指脑袋),肯定有点儿毛病!走吧,我领着你!"唐老头儿对她的异常似乎司空见惯了,嫌弃地推了她一把,手臂在空中随着吃力、笨拙的双腿左右摇摆,栽栽歪歪地走到了前头。察觉到江女士在身后并没有丢失魂魄,被鬼领走,还默默跟了上来,他就朝那片雪坟轰轰手:"行啦行啦,哪儿来的回哪儿去,别欺负老实人!""你在跟谁说话?"江女士高声问。唐老头儿没有回应,江女士也没纠结这个问题,接

暴风雪

着提议去饭店休整一下,吃点儿东西。"我说过,一天一根火腿肠,原则,原则就是原则!"唐老头儿把一根食指举向高空,引以为荣地画个圈。那些煞白的坟包,是被雪掩埋的汽车、垃圾桶、石墩和矮墙,居然还有铺在报废双杠上僵硬如铁的被褥,江女士不失调皮地在上面击打了几下拳头。透过饭店玻璃门,热气腾腾的室内坐满了穿着臃肿、破衣烂衫、蓬头垢面的中年男人,他们一个个喝得脸红脖子粗,叼着烟头,抻着脖子朝同伙嚷嚷和傻笑。然而,这些酒蒙子并不是妨碍江女士进屋的唯一原因,接下来发生的一幕使她连退两步,室内的喧闹也戛然而止。过道上,一个身材魁梧、高大强壮的年轻女人,身着紫色羽绒服和深蓝色牛仔裤,喝得通红的脸满是因绝望而生的愤怒,她来回甩着马尾辫,一时朝脚后跟骂几下,试图让搂着她小腿、在地上爬行的男人自行松手,一时朝门口坚定不移地拖行,还用凶狠的目光命令江女士把门推开。唐老头儿嘟囔着"就说你脑子有点儿毛病",搪开江女士,悻怏怏推开门,接着,地下那个男人被直接抛向店外,让白雪给活埋了。"这小干巴猴儿怎么啦?"唐老头儿撑着门,笑着问店里的人。"得罪媳妇儿了呗。"有人说,这也是大部分人的看法,没谁同情那个男人。"他俩没结婚,是男女朋友。"一个男客人接着说,一副"男的有错在先"的嫌弃语调。"我的天哪……"唐老头儿听见了动静,就看过去,同时把江女士挡在身后,高大女人正在殴打她的丈夫或恋人,"你

冷水坑

们谁出来瞅瞅吧,要出人命了,我的天哪……"好事者涌向门口,老板娘在里头喊起来:"要看出去看,把门关上,别让屋子灌雪呀!"酒蒙子们听见外头响起一阵阵惊叹声,纷纷跑出去看热闹。那女人要比男人高出一个头,壮实一倍有余,单臂把男人摁进雪里,用拳头殴打他的脑壳,又改成巴掌扇他的脸。男人惨叫着,挣脱窒息似的要把脑袋从雪里抬起来,趁机呼喊:"对不起……原谅……我爱你……"他的脑袋一次次抬起,喊声一次次中断,最后,千言万语凝结成一个字:"爱……爱……爱……"一开始,有人无聊地说了句"有话好好说嘛,暴力解决不了问题",大部分人却秉持冬洲的传统态度,女人揍男人时,外人不应当干预,更不能指责,甚至要给予支持和鼓励,于是,他们借着酒劲儿集体为女人叫好,精彩之处还热烈地鼓掌,连唐老头儿也加入了阵营,他不仅鼓掌,还一个劲儿地吹口哨。"大妹子,揍归揍,但别干揍不说话呀,因为点儿啥揍人家呀?"江女士发现,开口的这个酒蒙子不知什么时候坐了下来,在密集的大腿里咧着胡子拉碴的黑嘴,露出一排黄色的方形大板牙,裤裆前面立着啤酒瓶。女人停手了,但和这个建议无关,而是累了,需要喘口气。她直起身,马尾辫已散到发尾,脸上溅着男人的鼻血,痛苦、绝望和愤怒之外,还有无穷无尽但毫无声息的泪水,弄得她不停地吸溜鼻子,张着嘴巴,白气汩汩地往外冒。"打吧,打死我,可我爱你,我就是爱你……"男人撕心裂肺地呼号,跪着扑打白雪,"没有爱,我什么都不是……"女人咽着唾沫,用剧烈颤抖的血手撸掉皮套,仰望白茫茫的混沌天空,长发立刻腾空撩起,像一团黑色的烈焰。她其实想抗住,克制绝望和仇恨,但突然爆发出山崩地裂般的哀号,猛地扯开羽绒服的前襟,对着暴风雪喊叫:"为了你,我什么都没有啦,什么都没有啦,为了你,我什么都放弃啦,就因为你一句'我爱你',我留在了冬洲……可你为什么背叛我?!""因为我醉了呀,我真喝醉啦,原谅我吧……"男人扑着搂住女人的腿,把脸死死地贴上去,"原谅我吧,我离不开你,离开你我就灰飞烟灭了,没有魂魄啦,我爱你呀……"从这里开始,看热闹的酒蒙子们陷入了无声,没人开口,没人动弹,就那样静静地看着。女人艰难地努力着,努力原谅这个男人,有几个眼神甚至涌出了惨烈的心痛,那是要把他紧紧搂住的前兆。她最终没那样做,甩掉羽绒服,露出一件比这雪更白的背心,挥动赤裸的强壮膀臂继续殴打男人。江女士看见一道鼻血从雪坑里溅出来,就抖了一下,人群也跟着抖了一下。她还看见坐在大腿缝隙里的男人,他突然埋下脸,颤抖着肩膀开始抽泣。"完了,彻底完蛋了!"他哽咽着站起身,把酒瓶丢进积雪,扒拉着人群去推门,嘴里一直念叨着:"完了,彻底完蛋了……"

眼前是一条变车道。换平时,两侧的饭店和休闲场所全天生意火爆,车水马龙,此时除了招牌灯疲惫而微弱地偶尔闪烁几下,一律紧闭大门,为了阻挡风雪,有些店门挂起厚厚的棉帘。唐老头儿留意着江女士的情绪,

冷水坑

知道她没从方才那一幕走出来,一直想对她说些什么。"其实我倒觉得完全相反,"正常时,他的语气应该是谨慎的,音量是适当的,但眼下他必须喊出来,且理直气壮,"彻底完蛋恰恰意味着死地重生!"他对看过来的江女士亮出一根食指,坚定地晃晃,"那丫头身上有一种精神!精神!人哪,得有精神,我们的劳动才能……凝聚……有意义!"他说着就超过了江女士,在前头扭回头,"精神,不讲因为和所以,就看'有还是没有',有,你就能穿越暴风雪,没有……"他撇个嘴,没往下说推论,而是转到了她丈夫身上,"你对你丈夫就没有'精神',没有,你像野鬼似的在风里雪里游荡……你呀,好在有我在身边……"江女士没吱声,默然地抽动了一下嘴角(唐老头儿当然看不见),然后埋下头,涉雪跟上唐老头儿,从侧方搂住了他的脖子。风雪中,他们安静地拥抱在一起。他们拥抱着,希望把对方装进心里。慢慢分开后,他们对在此之前就发现的一个场景逐渐留意起来,于是把目光转向右手边的饭店:它的临街墙体是一块墨绿色大玻璃,玻璃后面,站着一溜红上衣黑裤子的男女服务员,他们的头齐刷刷地转向江女士的前方。他们如此专注,没人分神看一眼这个拥抱。而且,对面的店铺,接下来的每个店铺,大玻璃或窗口后面都挤满了身体和头颅,全朝那个方向望去,犹如无动于衷的送葬人群,也像两座巨型轮船上即将告别陆地、用空洞神情遥望海洋的麻木乘客。直到唐老头儿的身子由艰苦的跋涉猛地变

暴风雪

成连扑带爬,踉跄着朝前用力,企图在第一时间提升速度,或者说,他恨不得在积雪上飞奔而起,江女士才反应过来,迅速跟上去,首先想到的是一把抓住这个同伴。

道口,有一块黑板大的琉璃瓦状黑铁皮,把一个女人压在了下面。女人只露出一个头,嘴里涌着血沫,左面脸被削掉了血肉,牙根和下颚骨在风雪里机械地开合着。她用最后的意志等来了江女士和唐老头儿,他俩跪在她耳边时,她涌出最后一口血沫,眼皮缓缓合上了。"怎么办呀?!"江女士冲唐老头儿呼喊,眼睛被雪片刮得根本睁不开,嘴巴也不能正常使用,喊完之后,她的肺叶火烧一般疼痛,不能连连发声。"你不要动,不要动,你搬不动!"唐老头儿吼着,压住帽顶,拨开江女士企图搬起铁皮的两只手。"还有点儿气儿,铁皮一动就没啦,等救护车,打电话打电话!""这不可能,不可能,我不相信……"江女士发疯似的朝唐老头儿呼喊和尖叫,情急之中才猛地想到打电话,可她刚把电话从大衣兜掏出来,就听见远处一声警告似的救护车鸣笛声,接着传来一个女人的呼喊声,显得极其遥远,但能听见关键词:"……走开……等我……别动……""我说对了吧,让你别动……"唐老头儿说,吃力地直起身,朝救护车方向交叉双臂,呼喊起来,"我们没动,但不行啦,没气儿啦!""摸摸鼻孔……"女救护员的声音清楚了些,"还有脖颈……""鼻孔没气儿……脖颈是热的,像在动……"江女士抢先完成了这两道程序,后一项使她燃起了希望,

冷水坑

濒临绝望的心再次焦急起来。"你快点儿呀！"她朝女救护员喊叫，充满了责备。"雪太深啊，车子窝住啦……我跑不起来……今天第六起事故啦，我要累死啦！"女救护员喊完这些，诡异地出现在了唐老头儿眼前。他看见她身后还有个人朝这边跋涉，身影像男的，速度和力量都是女同事的两倍。女救护员撞开唐老头儿，向伤者扑过去，跪到江女士对面，搁好急救箱，迅速摘掉阻挡视线的白色棉织帽，先把指头横在女伤者的人中，感受一下，再扯扯衣领去摸脖颈。"您先别哭，还有脉搏……"女救护员抽出指头，把脸伸向号啕大哭的江女士，用力地呼喊，"我要给她做心跳复苏……喂，别哭啦！""什么情况……"这时候男救护员到了，眼前的惨剧令他的喊声戛然而止，他立刻从背上卸掉氧气罐。"把铁皮搬开，做心脏复苏，或许还有救。"男救护员蹲下后，女同事立刻对他展开部署。"从一侧掀开，注意前头，别割到喉咙。"他上下打量铁皮，这样说。"已经割开了。"女同事把那根血淋淋的手指亮给他看，那些血是从女伤者的喉管涌出来的。"大爷，过来！"男同事扭头对唐老头儿勾勾手，让他去江女士那边，然后叮嘱女同事："等我俩一掀，立刻压住伤口！这位女士您让开，让开！"于是，唐老头儿顶替在雪里爬到一边的江女士，手指塞进铁皮和积雪之间，男救护员移到铁皮底端，喊着"一二三"掀起一道缝子，随即停住。江女士发出惨厉的尖叫——一条漆黑的血柱从女伤者下颚深处溅向高空。女救护员躲开了第一条血

暴风雪

柱，因为要近距离地精准摁住喉管，接下来的血全部喷在她脸上。铁皮接着被掀翻，在积雪上砸起一团白色烟雾，缭绕着卷进了暴风雪。女救护员开始给女伤者的喉咙切口垫吸血棉，垫一层红一层，不断地叠加。最后，她用牙齿扯断一截胶布，把厚厚的棉花粘稳，俯身剥开女伤者的黑色羽绒服，用耳朵听了听心跳，即刻在胸骨上大力按压起来。几分钟后，男救护员扯开不肯罢休的女同事，宣布了女伤者的死亡。女救护员没有任何反应，不像嗷嗷号叫的江女士，反而异常地冷静，只是不肯转过身来，背对大家跪在雪里，默默地用白雪清理面孔和双手。直到男同事从后面把胳膊搭上她的肩，她才一点点哽咽了，身子缩成一团，蒙住脸呜呜地哭泣："我受不了，知道吗？我受不了啦……我不能再做这份工作了，我受不了啦……"唐老头儿过来安慰江女士，她瘫在雪里，责备自己出门寻找无端失踪的丈夫，她这样做了，眼前的女人才死于暴风雪。于是，她今天头一次在心底把丈夫摆上明确的位置，而且，她立刻发现，他其实是一个陌生人，一个由命运推到她身边的奇怪事物。他在生活里对她无缘无故的好，此时成了有理有据的罪，这种罪的可怕之处，是以察觉不到的方式使她远离了因果规则。有哪个妻子听见丈夫被捕后，不是以这个不幸为根据设立目的，满怀悲痛和焦灼并想尽一切办法去见他一面呢？可在她这儿，一切都是相反的，既不悲痛也不焦虑，还生出了因为认定丈夫已消失而不再需要找到他的念头。就在她

冷水坑

进一步自责时,死者弥合的眼睫毛被吹动,临终前所追忆的幸福画面似乎在脑神经里完成了最后一幕,一丝朦胧的笑容在冻僵的面容上浮现出来,江女士爬起来,朝着女死者头顶的方向跑开。她跑一步就在雪里跌倒一次,像命运之神抓住她的头,提起她的身体,再把她按下去。"你要去哪儿……"听见唐老头儿在身后招呼,还拼命地咳嗽,她也置之不理。"是呀,我要去哪儿?"她问自己。这个问题似乎一下子耗干了所有力量,眼睫毛黏住了,肺子像燃起熊熊大火,接着她就翻倒了,白雪从上方迅速蒙住了眼睛。唐老头儿哪里有力气把江女士背到肩上呀,只能生拉硬拽,把她弄到一辆被雪覆盖的车子跟前,让她靠住。他把手伸进她的大衣兜。她一把抓住他的手。"让我喝一点儿吧,"她虚弱地说,"求您了,让我喝一点儿吧。"唐老头儿没吱声,默默收回那只手。她仰脖喝酒的时候,一种恐惧感擒住了他。这种恐惧感是死亡现场对她造成的影响所衍生的,又因为她对此是完全意识不到的,所以对他的冲击又加剧了几重。他开始用另一种目光看待她。"孩子呀,"他蹲在她面前,"能跟大爷讲实话吗?你丈夫真的被捕了,是吗?……你真的结婚了,是吗?"江女士用奇怪的目光看他,唇上的液体亮晶晶的,像刚刚痛饮过一大口冰水。唐老头儿没再追问,扶她起身,夺过酒瓶,一口喝光。他们不能滞留在这里,必须马上动起来在深雪中继续跋涉。

十分钟后,他们穿过一条不见踪迹的斑马线,正式

暴风雪

进入海棠路。两人似乎把方才的不幸抛到了九霄云外，成了一对摇摇晃晃但无比快活的酒鬼，你撞我一下，我撞你一下，嘎嘎地笑着。"老头子，实话跟你说，我不信……我不信你爱过……谁……"江女士冲他耳朵喊，"我爱过，我知道爱是怎么回事，你不爱杏花大妈……""你这是激将法，休想得逞，"他大笑着推开她，"我用与众不同的方式爱着她，别人看不懂。你爱过谁？""对我来说，爱过谁是不重要的，重要的是因为什么爱上一个人，我可不信这世上存在无缘无故的爱。"她大声说，为此扬扬得意，握出一个雪球朝前方投出去。唐老头儿随后也投出一个雪球。"我爱这皑皑的白雪，"她说，"我爱这皑皑的白雪，因为我是冬洲人。""我们冬洲有一种力量，带走了你的丈夫，你别忘记！""说什么呀，莫名其妙，还文绉绉的，我起了一身鸡皮疙瘩，哈哈！"她笑得像一只欢快的大鹅。唐老头儿轰小孙女似的让她躲远点儿："好赖话你都听不明白，脑子指定有点儿毛病！"他指向远处的一栋高楼，"前面是一所大学，你去复读吧，把脑子回回炉。""巧啦，我知道那所大学，"她说，"不怕告诉你，我爱过里面的一个人。这是秘密，不许外传。"那栋大楼看起来挺远，实则是这种气候造成的视觉误差，他们很快进入了大学的领地范围，一排由带矛尖的铁栏杆做成的围墙。围墙外面，他们前方不远处，有个公交车站，唐老头儿示意去长椅上歇一歇。而在这一段短暂的路程里，江女士没能跟上他的步子，落在了后面。围墙里面，

冷水坑

有一溜老式宿舍楼，由几栋六层楼拼接而成，每层阳台都站满了欣赏暴风雪的男学生，大部分人凝视高空，沉静无语，少数心不在焉的人将目光落向街区，偶然间发现了她和唐老头儿，一名男学生还对他们摇了摇手臂打招呼："您好！""你们好！"她也摇起手臂回应。于是，他们几乎同时喊起来："您好！"声音刚落下去，一个男生接着喊道："还有那位大爷，你们是一起的。你们好！"他这一带头，所有人再一次喊起来："你们好！"车站那儿，正弯腰去够长椅的唐老头儿转起身："孩子们好！""您好，老大爷！""我好个屁啊！"唐老头儿叨咕着，用袖子抹了抹积雪，在长椅上笨拙地躺好。"今天不用上课吗？"江女士问他们，双手抓住铁栏杆，把脸仰得高一些，想认出谁似的。"停课了。"有人大声回答她。"你们住在学校里，能有啥危险？"她问。"有些老师住在校外。""还有很多走读生。""这种天气你们干吗还出门呀，发生了什么事儿吗？""人家的私事，瞎问什么！"他们就这样喧闹了好一阵子，似乎把围墙外的女人忘记了。"请问您怎么称呼？"突然，一个男学生用明亮的高音问起江女士。"我姓江。""江女士，别让他在椅子上睡过去，会死人的！"那个男生的回应立刻引来众人的附和："快去看看吧，别出人命呀！""我没事儿！"唐老头儿听见他们的叫唤，吵得难以忍受了，就举起一只手臂喊了一嗓门。"江女士，您不会是我们的师姐吧！"又一个男生喊道。看来，她迟迟不肯离去已引起他们的好奇心。"是哪个系

暴风雪

的呀？我主修社会学！""我是中文系的。""我们这层楼学啥的都有，而且比你们楼上团结一百倍。""有本事球场上见高低，比团结！""在我们三楼面前，无论哪方面，你们都是手下败将！""你们谁认识欧阳河老师？"江女士突然打断他们。他们应该听清了这个名字，因为她的声音是那么大，用尽了全力在喊，就算没听清也不好意思问她了。"我认识！江女士，我认识欧阳河老师！"一个男生从另一头跑过来，边跑边喊，溺水似的一次次举起手臂，希望被她看见。"同学，我看见你啦！"江女士也喊起来，沿着铁栏杆横向移动，偶尔埋头看一眼脚下，紧接着抬起头寻找高处的那位男学生。经过一堵连接铁栏杆的红砖墙时，她停住了，抓住铁栏杆，对已经和她保持在一条直线上的男同学慌乱地呼喊："你认识他？你认识欧阳河？""我认识他，江女士！我刚才还见到他在楼下扫雪。江女士，他不仅是老师，还是我们的系主任，可好可好的人啦！"最后那句话不仅感动了他自己，而且，他发现江女士似乎在抽泣。"啰唆什么，快把欧什么的老师叫出来呀！"同学们喊道。"江女士，我去叫欧阳河老师，立刻就去，等我呀！"他的呼喊声突然变得遥远了，像直接跃下了宿舍楼。"我也去，我也去！"一个男生紧随其后，召唤前头的同学："等等我！""江女士，不要悲伤，狂风暴雪过后的天空会更明亮呀！""是呀，江女士，很快就雪过天晴啦！"同学们用磅礴的集体力量和感情安慰着江女士，使她一时间抛下了所有痛楚，虽然这些

冷水坑

痛楚对她而言是不知名的，没有源头，但她完全沉浸在他们那海洋般的爱里了，禁不住蒙住双眼，剧烈地颤抖着肩膀，又放下双手，想对他们说些什么，却无言以对，只能使尽力气哭喊。同学们继续鼓励她，安慰她，他们喊道："擦干眼泪吧，别让它冻伤您的脸！我们困在了这里，没法出去，可我们用喉咙陪着您，我们用心陪着您！把您身后那片望不到边的白雪想象成大海，江女士，虽然在这片大海里暂时一无所有，可毕竟是大海呀！""好啦好啦，你们不要再闹啦！"欧阳河出现在了江女士对面，回头打断了学生。他们安静下来。欧阳河趟着琼珠碎玉般的雪片，一步步来到江女士面前。"你喝酒了，是吗？"他严厉地问。"我后悔了。"她说。"这话怎么说？"他拧紧了眉头，回身瞅一眼宿舍楼，心里清楚他和江女士说话的音量足够让近处的学生听清。"喝完了酒，我想起了你。我爱你，我依然爱着你。""求你了，求求你，我说过很多次了，不要对我抱有期待。"说完他埋下脸，踢碎一个雪块。"结束吧，让我们结束吧，虽然从未有过开始。"他说。江女士紧紧抓着铁栏杆，就那样看着他，流下了眼泪。"我知道我不是什么好女人，背叛了丈夫，"她哽咽着，"伤害了很多人……""求你了，别再这样下去了，求求你了！"他厉声打断她。"你为什么总对我那么不耐烦？""因为，因为，"他愤怒地咆哮，"因为你让我、让其他人快活不下去啦！还不明白吗？你病啦！""我只想感受到爱，这有什么错！"她几乎是在哀求他了。

暴风雪

"你要的那种爱是一种幻觉,在这个世界它不存在,即便有,和你、和我们任何人都无关,你总是去追逐跟真实社会完全不相干的东西,够啦,够啦……"他尖叫着打断了自己,向她投去仇恨的目光,"够啦!""我的丈夫消失了。"江女士说。"胡说八道,一个大活人、大老爷们儿怎么会消——失!别再逼我啦!你们也够啦!"他转回身对楼上大声呵斥,因为同学们把能听到的只言片语不断传递下去,并在传递中自发地构建出脉络,最后发出一阵感叹:"太可怜啦!""你们什么都不知道!你们根本不了解她!她在撒谎!"欧阳河朝学生们连吼三声。但是,一阵隐藏在风雪呼啸中的短暂沉寂刚刚形成,随即被一股掺杂着质疑和反对的喧闹声掩埋,同学们依旧坚持原有的观点,江女士很可怜,丈夫消失后,她就更可怜了。欧阳河不想在他们身上浪费一秒钟时间,掉转身体,面向江女士:"你永远活在自己的、充满错误的世界里,所以,你的话只能是谎言,你的行为只能是罪行。你这种人就是纯粹的罪……是你自己把丈夫弄消——失的。"他恶狠狠地喊完这些话,踢碎一个雪块,冷酷地把她遗弃在这里。他离开之后,江女士双手握着铁栏杆,长久地一动不动,在同学们眼里成了一尊黑色冰雕。某个性情敏锐的学生还把这个比喻用惊奇的语气说出了口。接下来,他们陷入了比江女士的死寂更加凝重的疑惑之中,左右转动脑袋,面面相觑,快速讨论着,"难道欧阳河老师勾搭了别人的老婆?"或者,"他的人品看来并不

冷水坑

怎么样！"这类论调随即被"欧阳河老师是可好可好的人啦"的果断有力的声音压制住了，甚至令前者不禁心亏并开始了自责："算我没嘴德了！""说完我就后悔啦！"但他们对江女士始终不改支持、鼓励和信任的态度，现在又多了一份心疼，疑惑所引发的骚动很快自发地平息下来，变成一种满怀期待的沉静。江女士终于动了——朝这边缓缓举起一个拳头。他们立刻爆发出狂热的呼喊，纷纷对她举起拳头，疯狂地鼓掌、吹口哨和拍打阳台外壁："我们支持您江女士！""风雪过后天更明啊！""太阳要出来啦！""别放弃呀！"……他们呼唤呐喊的同时，也看到了这样一幕：江女士跟跄着来到直挺挺躺在长椅上的老头儿身边，轻轻推了三下，他一动未动。

"我该怎么办？我该去哪里？"她离开唐老头儿，跋涉了几米，从一栋墨绿色建筑物前绕到它的右面侧，学生们的声响一瞬间消失。现在，如果回头，她只能看见近在咫尺的墨绿色墙壁。"接下来会怎么样呢？"她提出了第三个问题。眼前这团疾速飞旋的白茫茫实体，摧毁了近处和远处以及他们结合处的空间，她感到心慌，意识到迷路了。更可怕的是，无论抬头或低头，世界都会整体旋转起来，唯有保持平视才能一次性迈出两三步，她赶紧停住，拼命抵抗呕吐感。若不是偶然间幸运地撑住了一道软乎乎的铁闸门，就刚才那一个趔趄，她非来个倒插葱不可。铁闸门咣的一声响，惊动了里面的男主人，但他根本想不到罪魁祸首是一个醉酒的女人，愤怒

暴风雪

全部泼向了暴风雪:"哎呀哎呀,有本事把我这店直接卷进外太空,妈了个巴子的!"江女士从店门口摸爬滚打着走远了,他还在宣泄着超现实主义愤怒,"要我说,属你最阴险恶毒了——使用隐身术,不讲武德,欺软怕硬!呸!"江女士左侧某个位置,雪平面之下藏着一个深坑,踩下去后,她的整条大腿被牢固地裹住了,越是用力拔,陷得就越深,直到她弄出攀爬河堤的姿势,胸口压着雪层保持不动,祈求雪层不会坍塌。她被胃绞痛、头晕目眩和恶心弄得精疲力竭,恨不得一拳凿塌这块雪层,突然发现前面影影绰绰走来了什么东西——不是人,因为它的高度与她的头持平。一条瘦骨嶙峋、瑟瑟发抖、夹着尾巴的尖耳朵大黑狗,停在离她两步远的地方。"如果你想啃我的脸,就过来吧。"江女士用手臂攀住雪平面,尽量掩护好面孔,露出一击命中的目光。"来吧,来吧……"她哆嗦着嘴唇,一遍遍地默念这两个字。大黑狗却把脸转向了街道中央,面对暴风雪,目光迷茫,神情疲惫,像失去信念的人眨了眨眼。"你不能变成它这副模样,你不能……但是你必须感激它,感激它不是一个人,因为有这副神情的人或许已经把你杀掉了……"江女士用微弱、颤抖的声音和自己对话,猛地提身,平躺在了雪层上。她什么都做不了,只顾在天旋地转中大口喘气。某个瞬间,密集的雪片里,她好像察觉到浑浊的高空深处闪现着模糊的层次感。她忽然坐起来,扭过身,大黑狗正默然地看着她。"姐姐,趴下,看我怎么收拾它!"这个分不清

冷水坑

男女的儿童尖叫声来自正上方,江女士下意识地仰起脸,就看见一挂红色鞭炮凌空炸响,她"啊"了一声卧倒,鼻孔呛着冰凉的雪,双手死死护住脑袋。鞭炮在她屁股旁边炸开,一颗颗崩向她的身体,隔着厚厚的羽绒服也能感觉得到疼痛。她听见大黑狗发出凄惨的哀鸣。"没事儿了,姐姐,它跑啦,它是一条恶犬,经常咬人!"小孩儿叫嚷着,突然传来一个女人粗野的吼声:"叫你胡闹,胡闹,跟一个喝大酒的女人扯什么……滚回去学习……打死你……"江女士并不介意被误解和污蔑,但感到委屈,仔细品读这种委屈,它其实是无能为力的遗憾,然而她似乎又从其中找到了依靠。她继续前行,一路呕吐,早晨到现在她颗粒未进,吐出来的全是以往的食物残渣和透明的黏稠胃液,歪歪曲曲、断断续续地留给身后的雪面,宛如一条锁链。她的胃完全空了,剧烈地抽搐着,最后一小口黏稠物滴落下去,把脚尖前的白雪砸出了一个小坑,是鲜红的血。她踢了踢雪,把坑埋上。因为感觉舒服了一些,她趁势直起上身,回头看了一眼这段路程。那条大黑狗在身后几步远,埋头舔食着她的呕吐物。

呕吐后立竿见影的舒服和清醒是短暂的,没几步,虚脱感攫住了江女士。在她看来,这是眩晕过后的自然反应,不必担忧(她实在厌恶头晕目眩和呕吐),还有意享受起来。然而,浓重的困意来袭及浑身燥热,是极寒天气的杀机,冻死街头的酒蒙子几乎全是它的牺牲品。双眼发黑,失去力气,身体下坠,这些症状真实发生时,

暴风雪

江女士依稀记得两条胳膊被拽疼了，差点儿喊出声，然后是一股沉闷的热气包裹住了她。"又闹哪样呀！"她心里厌烦地问自己。她知道自己随时能睁开眼睛，但凭什么呢，她凭什么这样做？江女士中了邪似的反复逼自己把睁开眼皮的理由拎出来，她清楚得很，它是存在的，可一旦显露真身就会被占据优势的仇恨意识毫不留情地摧毁。是的，对她来说，这股仇恨意识就是那暗中苦寻的罪了，它也是存在的，有实体，像一套器官……活下去，或接受死亡，都离不开精确算计的具体过程，需要对使用相应手段达到这两个目的所付出的努力、遭受的代价加以衡量；另一方面，人作为一种综合体，囊括生理的、自然的和社会的多元成分，只有身处具体环境，并对环境进行阐释，得出一套意义体系时，才能触动人作为人这个根本利益，从此以这套意义体系作为行动的根据。困在黑暗中的江女士，究竟睁不睁眼皮，不是心理层面或意志层面的问题，而是一系列问题的集合：她的生或死，在意义体系中所衍生的"为什么"；她的生或死，有什么价值；她的生或死，毫无价值，因为没有意义……于是，微妙之中，她落回了谷底，从这时起只剩下"有还是没有"的问题了。要对这个问题所形成的感受有所描述，那就是她对劳动产生了全新的觉悟，因为劳动是"有还是没有"的唯一事实。"是的，我现在要对自己坦白了，我不爱我的丈夫，没把他装进心里，这是我不能借助他睁开眼皮的根本原因，甚至可以说，他是不存在的。结束了。

冷水坑

总之，因为他、为了他而活的日子结束了……只有这样，我才能像英雄一样去爱别人呀……"

"她喝醉了，必须躺下来！"这是一个女人的声音。它出现前某个瞬间，江女士确信睁开了眼睛，但眼皮挡住了视线。如果愿意，她猜得出身在何处。另外，她有一种被惊醒的感觉，心脏怦怦跳着，随后发现心跳的节奏是与头颅的震动结合在一起的。"天哪，别死在我店里，抬进后屋！"一个男人的声音在她头顶响起，他搬起了她的脑袋。接着，她又感到双脚在离地（看来有第三个人在搬她的脚），身体原地升起，开始了低空飞行。江女士这才意识到她正处于单纯的晕厥之中。之所以这样想，以及被惊醒和有种飞行的感觉，又不排除是由狂烈的心疼所引发的错觉……确实，她弄不清飞行了多久，还产生了恍如隔世的感受。一条走廊出现在飞行的视线中，两侧排列着数不清的紧闭的白色房门。走廊尽头，摇摇晃晃中显出一道白色栅栏门。她知道自己在向那道栅栏门飞去，伴随一丝奇怪和恐慌——为什么看不见双脚，因为是它们，而不是头部，正对着栅栏门。临近了，貌似要重重撞上去了，栅栏门才自动打开，瞬间又恢复了原状，接着，她看见自己被挡在了门外。她猛地发现，里面侧身坐着、双手在煞白的桌面上玩弄大拇指的女人，正是江女士，这时候，潜藏在深处的预感就变成了现实——栅栏门自动打开了。这幅画面落幕之后，不知从哪儿传来一声彬彬有礼的问候——"江女士，欢迎回家"，

暴风雪

她就睁开了眼皮。她立刻又闭上了眼皮——低矮的天花板,螺旋形节能灯刺痛了神经。"莫名其妙!"江女士烦躁地抱怨。她必须睁开眼并坐起身,因为渴得要命。这个所谓的房间,像狭窄低矮的旧车厢,煞白煞白的,门对面的墙壁垒着黄色纸壳箱,挤占了不少空间。屁股底下是一张迷彩布单人折叠床,床脚吱呀吱呀作响。她后仰着脑袋摇了一圈,不为环视四周,而是为缓解剧烈的头疼——脑仁要裂开了。一离开小屋,江女士就闻到一股泛臭的咖啡香。这是一间三十平方米上下的小咖啡馆,摆了三张圆桌,深绿色桌布,灰色塑料靠背椅。右边靠墙的圆桌,面对面坐着一男一女,女人正扭过脸来对江女士微笑,男的没搭理她,胸口压着手臂,一边抖腿一边浏览着什么文件。"哎哟,您可算醒啦!"江女士身旁有个吧台,里面,一名身着橘红色羽绒大衣、头戴蓝色棉织帽的年轻小伙儿在高椅上转过身,语调轻佻,饶有兴致地看向她。"老板,能给她倒杯温水吗?"女人对吧台小伙儿说,然后看向江女士,等她自己走过来。江女士在男人旁边坐下,摘掉棉织帽,抹起渗着虚汗的前额。因为头痛欲裂,她拧紧了眉头。男人神经质一样抖动的腿,引起了她的注意,而且她知道,在她没好气地抹额头时,这对男女一直交换着眼神。女人穿了件黑色高领厚毛衣,领口托着下颚,茂密的自然卷长发扎了个潦草的马尾辫,橄榄形小脸蛋上有一双明亮的大眼睛,两道画出来的伶俐眉毛,最具特点的是她的嘴,很小,时不

冷水坑

时朝左边抽搐一下,顺势吸吸鼻子。江女士毕竟是女人,对同类有过目不忘的天赋。男人穿一件棕色皮夹克,厚毛领朝上铺在肩上,工整的三七分发型,光亮亮的下巴应该是当天剃的,模样还算周正,就是背部一直塌着,显得有些猥琐,加上抖腿,着实不讨她喜欢。吧台小伙儿送来一大杯温水,没等他们开口,江女士就双手捧住喝掉了大半,她太渴了。男人瞥她一眼。"慢点儿喝,没人跟你抢。"他慢悠悠地说。"你们是夫妻吗?"放下水杯,江女士问。"我们不是夫妻。"女人说,微微笑着,用明亮而真诚的大眼睛望着她。"如果你是他老婆,"江女士说,"别让他抖腿了。"男人一听这话就斜开身子,做出远距离打量江女士的姿态,瞅了好一会儿。女人笑而不语,扒拉一下男人:"好了,别吓到人家。""我没吓唬她,我从来不吓唬人,特别是女人。"男人说,恢复了坐姿,没再抖腿,托起下巴继续看文件。桌面被散开的文件纸占满了。"咱们刚才说到哪儿了?"女人握着一支细长的黑色笔,问男人。"先等一下。"男人说,他发现江女士呆滞的目光落在了文件上,一开始,他放下手臂压住文件,提醒她需要避嫌,可她的目光丝毫未动。"请问您在看什么?"这时他开腔了。对女人来说,由男人无偿提供的庇护——保卫她们的身体,呵护她们的心灵,供养她们的开销,等等,其中哪一项最为重要,是江女士方才失神时在思索的问题。这要从夹克男人带给她的影响说起。他显然具有攻击性,然而,这种攻击性让她体会到了充分的身体安全感。她于是发现,有它作为基础,另外两项似乎变得可有可无了;如果他是她的丈夫,则不必为她多做什么,除了无端消失,他可以为所欲为。而且她接受他的死亡。她还接受他的贬低、侮辱和施暴,是的,她接受他最恶劣的一面,即便那是他的本性。然而这不是她爱上他的缘由,事实上,她并非像一个妻子在爱他,而是另一种爱,连她自己也说不清楚的、神经质般微妙的情感。身边有一些人,他们这样想,也这样说:江女士得了某种病。果真如此的话,她反倒认为自己成了幸运儿,这种病就像一个支点,被她用来撬动人们看不见的世界——她要在这个世界中行走,要在这个世界中去爱和被爱。她之所以迟迟不回应夹克男人,就是因为思索着如何表述那个支点,以及与其相关的一切。"我没看什么。"她说,移开目光,垂眼皮喝了口水。男人就和女人碰一下眼神,都笑了笑。"我们刚才说到了时间,"男人说,"留给我的时间——半夜,撑死能挨到第二天一大早。""在这方面,我能为您做什么?"女人问。"我不知道。"男人说,清了清喉咙,接着抖了抖文件纸,像上面有灰尘。"我不知道。"他用略带自嘲的语调重复一次。女人好像抽了下嘴角,但没吸鼻孔,在纸上写起来,笔头来回摆动,随口问了句"告诉我最坏的结果",然后放下那支笔,双手叠放,郑重地问夹克男人:"除了那个,最坏的结果是什么?"这个问题令男人感到为难,他习惯性地摸了摸嘴巴,清着喉咙往前蹭了蹭。"战争。"他说。"战

冷水坑

争?"女人皱着眉头,看起来更为伶俐了。"是的,战争,冬洲最堕落的一群人和最悲惨的一群人之间的战争。""您刚才——这位女士进来之前——提到追杀,现在又跟我说什么战争,我是您的辩护律师,不是警察或保镖,更不是战争帮凶……""反正都一样,对我来说没区别,终归是个死。"他打断她,耸耸肩,一副无所谓的神情。"我不怕死,"他接着说,"因为我是冷水坑人,我们冷水坑矿工没别的本事,就是不怕死。"女律师的神情从不解、愤怒转变为感动和心痛,瞥一眼正看过来的江女士,又移开目光,没说话。"您贵姓?"她突然问江女士。"江水的江?我是羊女姜。江小姐……"姜律师是想问江女士一个事儿的,但被江女士打断了一下:"我结婚了。""哦,江女士,现在,假如您是他——张先生,您背负着上百号工人的命运,眼下有一种力量强迫您出卖他们,私吞补偿款,您本人也能拿到一笔数目不菲的款子,如果不同意,就性命堪忧,虽然我本人很难相信这种黑帮小说一样的情节,但还是想问问您怎么抉择。"姜律师语气严厉,盯着江女士,撸起原本很高的袖子,露出一对圆形小肘尖。在江女士低垂眼皮思索的时候,张先生眼看前方,鼻尖一次次碰着拳头,不排除也在寻思这个事儿,或许想象着他再和江女士替换一次后,身为全新的自己将如何抉择,同时,还表现出对江女士毫不在意的样子。"反正我不想死……"江女士支支吾吾地说,脑子一片空白,涨红了脸,为给不出明确答案而感到尴尬和羞愧。事实上,

暴风雪

这正是姜律师想要的答案,她立马冲着江女士批评起张先生:"哪有正常人一遇到事儿就把死挂上嘴边的,然后大撒手,什么都不理……"张先生为自己辩解:"我没那样,不是找到你了吗?可琢磨来琢磨去,我死于非命是有极大可能性的……"姜律师差点儿把手捅进他的嘴里,命令他别再说了,她强忍着怒火平复了一下情绪,厘清思路,对他说:"从你找到我那天起,这段时间以来,你身上那些江湖习性我可以忍,人各有志,各有各的活法,没问题,但我真的无法接受你对法律的态度,你根本就不相信法律!""我相信法律,姜律师,毕竟它是有用的,但我也得相信别的东西……"张先生皱着眉头,摊开胳膊,声音很大,却满是无奈。"相信什么,死吗?"姜律师咄咄逼人。"相信恶有恶道呀,姜律师,我得相信恶人是有仇必报的,我还得相信我自己能……保护你……我得保护你呀姜律师,您知道吗?找你做我们的辩护律师是我活到现在最后悔的决定……"他看见姜律师气呼呼地抹着眼泪,就停了一下,顺便用双掌抹把脸,斜着膀子把小臂压上桌面,丢了丢他那支黑笔,低头嘀咕:"就按照咱们的第一套方案,先把消息透露给媒体,看局势如何。总之,你必须在最安全的时候露面,否则我拒付余款……""你以为我是被吓大的吗?"姜律师不知从哪儿翻出一包纸巾,擦着红彤彤的鼻头,"我誓死捍卫法律,捍卫我的原则……"张先生非常不耐烦地把笔一丢:"别这么幼稚,好吗?当然,我绝不轻视法律,它有它的作用,

冷水坑

但有些事是法律整不明白的,特别是在冬洲,这个社会是怎么回事儿,我比你清楚。""你呀,你呀……"姜律师又抽出一张纸巾,放到眼前擦手心,用堵塞的鼻音疲惫地埋怨他,"心里只有恨……""您觉得呢?"张先生扭脸问江女士,笑眯眯的——被姜律师的话气笑了。"我倒想问问,你们为什么不怕死?"江女士问。张先生显然不喜欢这个问题,或者说,江女士此时提出这个问题,在他看来是非常刻意、蹩脚和自以为是的,他原本以为她是心智成熟、经验老到又不失灵性的女人。江女士应该没期待他的回答,提出那个问题后,自顾自地说了下去:"因为我听说,经历过死亡的人通常很难憎恨别人。"听见这句话,张先生只是撇了撇嘴,用无所谓的神情对姜律师眨了一下眼皮,把脸扭到另一边,不让她俩看见上面的变化。"原则,难道我不想捍卫原则吗?"一阵尴尬的沉默过后(这种尴尬是话题被逼入心灵剖析的地步所造成的),张先生悻悻地开口了,脸也跟着慢慢转过来,"我是个煤炭商人,年轻的时候总想着要光明磊落地捍卫商业原则……现在呢,煤矿倒闭,有些人想私吞补偿款……我呢……落到被人追杀的下场……金钱和道德都成了要我命的东西……光荣赴死成了我唯一的资本……你们没下过矿,你们不懂这个世界,你们看不见这个世界最深处有个东西,一种罪恶,它和太阳底下的所有东西都无关,但又无处不在,无孔不入……人类很伟大,因为我们拥有劳动,马克思说劳动创造了世界,但我告诉你们,人

暴风雪

类的所有劳动成就都没法驯服和消灭那种罪恶。能消灭这种罪恶的,只有毁灭——彻底的物理性毁灭,像陨石撞击地球……他妈的,我为什么跟你们说这些……没错,我们冷水坑矿工每天就活在这种彻底毁灭的世界里……我们每天都是死而复生的人……等我们从坑里回到地面,首先想到什么,你们知道吗?谅解,谅解所有人,谅解每个人,我告诉你们,这就是爱,我们爱所有人,爱每个人……但该给我们的也得给呀,对吧……算了,说这些干吗?我又不是什么好人,矫情巴拉的……"张先生把脸扭到另一边,瞅着地面,不再开口了。两个女人望着他,安静地听到最后,包括吧台小伙儿,他在桌边已经站了好一会儿。"雪停了,出阳光了,"吧台小伙儿说,"到这儿吧,我得回家做晚饭了。"临别时,张先生得知江女士决心走回家,就从内兜掏出一把银色匕首。"按这个小钮,刀就出鞘。现在别按,刀子不能在朋友跟前出鞘。"他把匕首交到江女士手里,又拿了回去。"记住,别往胸骨上扎,你力气小,现在的衣服又厚,扎不进去的,要这样——"他放低匕首,移向姜律师的软肋,提醒江女士歪歪身子,好看清细节,"从这儿捅,或许能进去。"然后对"模特"姜律师调皮地笑了笑,"如果你那什么了,我绝不苟活于世。""那要是你那什么了呢?"她抿嘴笑着。"用法律武器为我报仇。"他说。起身时,他留下一句话:"是死是活,就在今夜。"

下午四点半至五点,暴风雪完全平息,刺骨的寒冷

冷水坑

立即夺取主导权,对大自然和人间事物进行强制塑形。冗长的橘红色阳光,已无力照亮天空,也来不及粉饰城市和安慰心灵,在冬季傍晚的沉沉暮色中自行退却,任凭万物被愈加浓厚的阴影逐步侵蚀。在无风的刺骨严寒里步行近半,江女士感到骨头缝奇痒无比,这使她产生了用匕首给自己大放血的冲动。她走得很急,有时小跑十来步,让发胀发麻的炙热面孔凉一凉——虽然这是以暴抑暴式的恶性循环。眼下,干扰视线的是呼出来的白色哈气和濒临闭合的夜幕。那间孤零零的破木屋出现了,江女士放缓脚步。忽略细节,它由两部分组成,粗糙的轮廓和漆黑的大洞。"司机大哥,如果您把我放下来,那个拥抱就不存在了。"她在心底对他说。接下来是那棵"及时献身"的杨树,在大自然最后一层光芒的映衬中,以剪影的形态笔直地插进黑乎乎的积雪,纹丝不动,对她视而不见。江女士把硬雪层踩得咯吱咯吱响,不知走了多久,发现夜幕已完全降临,稀疏的几颗星斗彼此遥远地闪烁着,清冷通透的宁静笼罩着苍穹四野,在这种宁静的深处——又像是遥远的高空,涌动着一种嗡鸣。"这一次你果真走到了尽头,从此再无路可走了。"江女士对自己说。她仰望夜空,一颗星斗对她眨了眨眼睛。哈气富有活力,黑暗鲸吞了世界,白雪映出地表的轮廓。通向小区的弧形路径,保安亭尖锐的照明灯,远处模糊的客厅灯火,令她感到安心。黑暗下方,白雪构成的广袤农田,除了一个黑色人影,空无一物。说来奇怪,人影

暴风雪

身处农田中央,与江女士相隔遥远,然而她沿着弧形道路疾行时,它总是及时调整站立的角度,用正面朝向她。"大晚上,你一个女人不能在这种地方乱走呀!"人影一定意识到江女士警惕了起来,便先发制人,喊声像高音量的家常聊天。"没事儿,到家门口了。你干吗呢?"江女士边走边问,声音也很大。"心里烦,出来走走。""为什么去野地,不冷吗?"她问,大衣兜里的手紧紧握住那把匕首。"寒冷使人清醒。"人影说,随着她调整角度,但就是不迈一步,像被冻住了双脚。"有什么烦心事儿,回屋跟你媳妇儿商量嘛!"她说,笑了笑,差点儿用另一只手打个招呼,它也握着武器——唐老头儿那个空酒瓶。"唉,我就是为了避开她,才逃到这儿的呀,哈哈,你应该懂吧……""当然懂啦,有时候我也想逃开我那口子,去哪儿都好,一个人待着就行。"江女士说,想到今天出门的缘由,她不禁摇了摇头。人影好像埋下了头,江女士认为这是触动感情的表现,果然,对方说道:"可我逃不掉呀,顶多到这儿了,牲口一样来回溜达……"江女士稍微放缓了行走的速度,但依然不慢,这样做是为了让对方产生被关注的感受。"遇见什么事儿就想什么办法,逢山开路,遇水搭桥,但有一点绝不能做,就是无端消失!因为缺德!"她说。"按照你这个办法,我只有再分裂出一个人格了,一个人格属于家庭,一个人格属于我自己,可你不觉得这很可笑吗?"人影大声地传达着痛苦,几乎与呼喊无异了。"这有什么可笑的嘛,"

冷水坑

她毫不犹豫地说,"我今天差点儿死在暴风雪里……有人死在了我眼前……和死相比,没什么是可笑的,又都是可笑的。""我没有你这种勇气,因为我怕死,谁不怕死呢?""如果我告诉你今天我遇见了不怕死的人,一位重情重义的高尚的人,你会信吗?"江女士问,噙着热泪。"我信。谢谢。因为我相信你。"人影说,情绪有些波动。"如果在你心里总有一个夙愿,折磨着你,那么我的建议就是实现它,死也要走完这一程;如果你只是厌倦了现在的活法,就像一年四季吃同样一道菜,吃腻了,那么,我的建议就是改变自己适应这种活法,一点一滴把这种活法建成高楼大厦,而不能一脚把它踢开,或无端消失。但无论怎样,起点即终点,我们绕一大圈,还是要回到某个位置上,因为只有在这个位置上,别人才知道如何关心你和爱你……如果你拒绝那个位置,相信我,你一定会分裂,分裂成两个部分,一部分就像你现在这样,大晚上在野地里人不像人鬼不像鬼,另一个部分就是……有罪的心……逃避妻子,不愿回家,难道不是一种罪行吗?"江女士满含热泪呼喊着。在小区门口,她面朝野地举起双臂交叉挥动了几下,算作告别,然后微笑着和保安郑大哥打了个招呼。他从里面拉开小门,彬彬有礼地说:"江女士,欢迎回家!"

2022 年 11 月 9 日

罪与爱

可怜无定河边骨,犹是春闺梦里人。

——[唐]陈陶《陇西行四首》

上部

I 思想劳动者

二〇二〇年八月五日凌晨，市规划局审批科科长赵立峰倚靠床头，思考着国家命运。一个人的思想劳动往往围绕特定的主题来展开，对赵立峰来说，这个主题历来是国家命运。他的思绪回到去年冬天。那段时间，他常常在暖气十足但仍感觉阴冷的办公室里踱步，同时思索一个问题：如何建立良性的劳动秩序？他给出了答案：合理地运用权力。权力是人无须劳动便能获取的力量，他这样想，并且认为，除了他赵立峰，没人会这样想。他还添加道：权力以两种形态存在，野蛮的和理性的。眼下回顾起这些想法，是因为他要对它们做一个总结。于是他总结道：审视一个国度，应该先看其劳动秩序是井然还是紊乱，再看野蛮权力和理性权力哪个占据了主导，最后看国家治理的智慧、意志和行动是否得当。

冷水坑

而身为国家干部,我们这个群体,在现实工作中应当谨记独属于我们的信念,即为国家和人民一砖一瓦地打造良性的劳动秩序……他在这种觉悟中感到幸福。

赵立峰决定休息一下。他眨了眨在黑暗里一直瞪着的眼睛,感觉眼皮松弛了些,周围的事物逐次显出轮廓。他的目光下意识地落向自己瘦削、修长的双手。它们像一对尖端合并的翅膀,安静地压着空调被。他瞅了一眼妻子姜琼。他分不清是一闪而过的莫名念头,还是肌肉的抽动促使自己这样做的。在床边侧身背对他熟睡的妻子,翻个身就会掉到地上。她有一头自然卷曲的茂发。他对她抱有两种态度——感性的态度和理性的态度:他爱着她,她也爱着他,这是毋庸置疑的;婚姻使她练就了一身的劳动技能,却没有思想生活。

他从被子里移出大腿,一边回头看妻子,一边用脚尖轻轻触碰地板。地板是凉的。他皱了皱眉,脸上浮起一丝苦笑,像做了一件蠢事。谨慎地迈出一小步,赵立峰就到了窗前,他轻轻拨开窗帘。

月球悬在夜空,天幕辽阔,星斗稀疏,下方是沉闷的城市夜景。

"黑暗的内部,闪烁着光亮。"此刻他有一种身处宇宙中心的感觉。

赵立峰今年二十九岁,在规划局审批科工作了六年。六年时间,足够改变一个人。入职没几天,十几名老百姓冲进了办公室。他们叫嚷着、推搡着,试图攻击干部,又不敢这样做，于是就伤害起自己来。如果说身体是人间所有力量的基础，那么老百姓这种身体的冲撞就相当于人间的基础发生了动摇。赵立峰当时的感受与这个观点高度吻合，他有理由退缩回以往的生活，也有理由反思以往的生活。踏入社会以前，他对身边的一切报以蔑视的态度，包括父母（他特别讨厌他的父亲），只是不张扬；现在他认为，青春期时代的他不仅平庸，而且蠢。他割掉了这段生活，随即又割掉了孕育出这种生活的全部土壤。

在机关，生活还是生活，但性质变了。科员们奔波不停，无暇他顾，有没有生活都一样。干部们却觉察到，生活每天都在失去一些它应有的情人味道，越看越像老婆，这可不行。于是他们培养一到两个爱好，钓鱼、打牌、下棋，以躲开老婆，跟生活谈一谈恋爱。结婚之前，赵立峰拒斥他们那种带有无耻意味的生活；结婚之后，他已经不在乎这群人了。唯一获得赵立峰敬仰的干部是审批科主任张志权，他的直属领导。张志权为人谦和、任劳任怨，两个月前却因肝癌住进了医院。代理主持部门工作这段时间，赵立峰的思想劳动工作取得了重大突破，这让他对机关痼疾更加憎恶。

赵立峰的性格有一个弱点——不习惯自我坦白。每次克服了这个弱点，他就能看清自己——他想做最卓越的男人。他在追求一种无双的高尚生活。这种生活，毋庸置疑，有一个高尚的核心；这种生活，不适合利己主义者；这种生活，是所有生活的原则。过着平庸生活的人，

冷水坑

过着无耻生活的人,即便再绚丽也终究是小人物。他们失掉了原则。他们还这样揶揄赵立峰:机关堂吉诃德。

"还有更复杂的情况和更大的目标需要厘清。国家与个体只有在正确的道路上才能相互促进和彼此互利;相反就都会遭殃。"他在日记中写道。不提及国家,赵立峰就没法儿描述高尚的原则。在蹒跚学步、牙牙学语的孩童眼里,父母是最安全也是最巨大的事物,对二十九岁的赵立峰来说,国家就是这个事物。对他来说,国家不仅是精神父母,还是政治家实现良知的唯一舞台,人民步入良性劳动秩序的最高推动力。这不容置疑。"因此,国家既不能过度地人格化,也不能无限地抽象化,要在两者之间焕发超越性的力量,如同广阔无垠的海洋上空推波助澜的透明季风。"然而,站在他的角度上看,没谁有耐心、有能力探索和贡献正确道路。当他意识到这个难题后,便一头钻了进去,做干部的同时逐渐成为一名思想劳动者,过上了高尚的生活。当他以思想劳动者自居后,就再也看不上其他劳动者了。他甚至认为,人和外界之间的唯一桥梁就是思想劳动,因此其他劳动者(比如那些同僚)无法获得真正的幸福。

和其他劳动一样,思想劳动不能一蹴而就。某个阶段,他翻来覆去地想,老百姓究竟要什么?嗯?你们究竟要什么?物质生活越来越好,心灵却越来越逼仄。为什么?似乎有一种神秘痛苦,紧紧地缠绕在他们身上,谁试图挣脱谁就会更加痛苦,久而久之,连挣脱的想法也产生了痛苦。有些老人宁可被危房砸死也不愿搬进楼房，就是害怕心灵的痛苦。城市化建设最大的阻碍就是老百姓的心灵痛苦。赵立峰曾责怪过资本家（他们真的太坏了），也只是赌气。此后，他产生了物质建设会损害心灵幸福这个奇怪的想法。

提到老百姓，赵立峰有好多话要说。资本家、兄弟部门、老百姓，纠结一起，都把他当成敌人。机关系统和资本家玩什么套路，他清楚，防得了；老百姓却是另一回事儿。他们看似一目了然，身上却有种含糊不清的东西，让他警惕。为了解决问题，大多时候他必须端起干部架子。六年前那次群众事件确实震慑了赵立峰，他惊恐地意识到，他害怕他们。

老百姓有自己的鲜明特点，赵立峰拿捏得倒是很准：平常，他们不关心外界，不关心别人，到老了连自己也不关心了（把儿女孙辈当作生命）；可外界一旦不平稳，他们便无师自通地汇聚起来，哪里有坑洼就涌向哪里。他们是水，没有根。国家的意志和体质决定着他们的心灵和动向。赵立峰在他们身上获取的成长元素不是各类工作技巧，而是果断。他现在明白了，在最糟糕的局面里一定要这样想：他们身上有力量，他的身上也有力量；他们身上的力量不具备智慧，而他身上的力量却具备智慧；没有智慧的力量，最终结局一定是被有智慧的力量吸收和改造。但他也看到，他们这样做，只为在这场愈加疯狂的物质建设中保住生活。

冷水坑

赵立峰认为，现阶段的根本困境，就是在物质建设的黑洞里走不出来。

"当物质建设不能承担我们的全部命运，不能提供我们所需要的全部生机时，就意味着其正在向迷信过渡：似乎能从物质中创造永恒，甚至将物质媲美永恒。"半年前，赵立峰把这段话写进日记里，眼下又想了起来。他不屑地一笑，对自己说："局里那些老油条成天想着批地卖地、挣快钱、捞奖金、扣分红……那种神秘痛苦缠绕着老百姓，但不能再缠绕住治理系统，否则谁来解除这种痛苦？物质怎能替代智慧？"在他思考这些的时候，另一个念头插进来——"机关堂吉诃德"，他的自尊心被刺痛了一下。

"以前，劳动秩序建立在身体上，现在要建立在心灵里。时代不一样了，人民急需由心认可的劳动秩序。"这个观点让他忘记了方才那一瞬间的不快。

除了物质建设，还有其他事物决定着我们的命运，要找出来纳入治理之中。这个事物赵立峰顺利地找到了，就是老百姓在社会生产中所处的位置。他像一条饥饿的鳄鱼，紧紧咬住下面这个观点：老百姓正在脱离正确位置——劳动者的位置。不愿再做劳动者的老百姓，他们的心灵只有痛苦……让理性权力指引老百姓回归正确位置，需要一种全新力量。此种力量的建设应当优先于物质建设，这是国家治理的灵魂所在。"服务于这个灵魂，比服务于利己的灵魂更可靠。它有助于我们掌控偶然。"

那么,这种全新力量来自哪里、怎样运动、如何命名,就成了下一座要攀登的思想高峰。

虽然此刻赵立峰还无法清晰地命名这种全新力量,但他仿佛在思想的尽头看到了它:一个透明的壳子包裹着全部世界,他是里面一颗耀目的火种。这个透明壳子的唯一作用就是为世间的一切提供最高准则,一切可见的、不可见的力量都来自它。

"国家治理把看不见的手转化为看得见的手,指导劳动者回归正确位置,合理地劳作,创造'万家灯火'。就是这么回事儿!"赵立峰激动地想。担心吵醒妻子,他只能在心里叫好。

无论怎样,二〇二〇年八月五日终于迈出了黑暗。但赵立峰的思想劳动成果,远远不止以上这些。还有无数颗思想彗星一闪而过,任意抓住一颗充分释放它的能量,都能剧烈地燃烧起来。窗外,车流声、喇叭声、咳嗽声和档口叫卖声构成的晨嚣,召唤来了黎明。诱人的青幕正在变得明亮,天边绽放出粉色朝霞。这一切预示着太阳即将升起。赵立峰回想了一下思想劳动成果,他对这一切都深以为然。

II 妻子的空虚

浴室里,赵立峰伸了个懒腰,准备淋浴。早上不来

冷水坑

个通透的温水淋浴，他就觉得这一天没有开始。这个习惯维持了十二年，身体和心理都离不开它，当然，作为思想劳动之余的休整或犒劳也说得过去。关于早上淋浴，他还琢磨出一个有趣的设想：这项劳动兴味索然，又妙不可言，因此奥妙无穷。不见得是这么回事儿，但他愿意这样想。

他站到浴室隔间里头，面向深蓝色玻璃门，转动不锈钢金属杆。细密的水线冲出喷头，浇在小臂上，他感到水温有点儿热。另一只手，即左手，往左旋一下金属杆，再一点点降低昨晚妻子洗浴时的温度，用右肩头碰碰水流，感觉合适了便开始淋浴。

"它是这样一项劳动，"偏着脑袋给胸膛淋水时，他接上方才的想法，"跟呼吸一样，人们离不开它，却只能说出它的作用……专心洗澡吧……"他在晨浴中获得了某种愉悦，这种愉悦出现时，头脑会自然地平静下来。但是，白天不同于夜晚。就像在平静的湖面上，你一个人悠然自得地划着小船享受着静谧岁月，突然，一条漆黑的巨型水怪从船底游过。这就是白天的威力。赵立峰感觉整个人生动摇了一下，他意识到自己的思想世界不是真实的生活，经不住考验。但只是一瞬间，他即刻回到原有的生活，信心满满地认为这里有一种世人无法理解的真实。

"干干净净洗个澡，清清爽爽去上班。"总之，他现在的心情很好。

罪与爱

赵立峰压了两下白色的沐浴露瓶,用左手心接住带着微小金色颗粒的乳液,将它们移入一个腋窝,在腋毛里搓出泡沫,右手再关上水阀,以免泡沫被冲掉。手心贴紧皮肤,从腋窝移出,占领一块胸肌,停留一下,随后又占领另一块胸肌;然后轻柔地换另一只手和另一个腋窝,再涂抹一遍两块胸肌。水雾亲昵地裹着肌肤,开始被扩张的毛孔缓缓吸收。几分钟过后,赵立峰彻底放松下来,想道:一个人成熟的标志是对自己真诚,因此,他要对自己更加真诚。这样的人,赵立峰接着想,肩负着为世界创造新事物的神圣使命,而平庸之辈在世界中只懂得捞好处,一心做抹杀良心的既得利益者,哦,这些寄生虫……胸肌、两肋、小腹、手臂和脖颈,依序已精心擦洗完毕,下一道工序是双腿,他将滑溜溜的手指顺进脚指缝,心意满满地揉搓每个沟壑,颇有兴致地揪捏十个脚指头。清洁完躯干,洗头之前,赵立峰把浑身的泡沫冲刷干净。他用食指指肚摩擦大腿外侧——只有两者之间能发出吱吱声才符合他心灵的标准。洗头发的时候,杏仁味儿洗发水散发出丝丝甜蜜。他像珍惜生命一样爱护着发丝。某些瞬间,他猛地责备起自己:"哎呀,又溜号了,这手劲儿其实很大呀!"

完成淋浴,刚一拉开浴室隔间的大玻璃门,水汽便急不可耐地由内向外滚出一团云朵,随即又快速化开。一开始是浑浊的雾霭,转眼间便失去了形体的维度,向透明发展下去。随着更多云朵的加入,洗漱室一时间难

冷水坑

以消化。冷却前，一种雾气缭绕、宛如仙境的氛围将赵立峰笼罩。此时，他的身体是洁净的，感觉是清爽的，状态是舒展的，心情是快活的。

他用拭过身体和头发的浴巾抹净一块镜面，现出让他颇感自豪的男性胸膛。一看见镜子里那副宽阔的肩膀，赵立峰便油然生出想要担当一切的责任感：对家庭、社会、国家，肩负着神圣使命；对朋友、同事、敌人，当以慷慨、大度与尊重相待；对老人、孩子、女人，要倾尽一切来守护。他一看见那两块坚实、饱满的胸肌，便自信地断定它们是妻子爱上自己的重要原因；他一看见把血管挤得似乎要撑破皮肤的椭圆状三角肌，便相信自己所具有的力量是不可阻挡、无坚不摧的；他一看见那气度不凡、睿智坚毅的男子汉面孔，便坚信它是妻子爱上自己的根本原因，也是自己被敬仰、被爱戴的根本原因，它还是自己在工作和生活中能无往不利的根本原因。他知道这只不过是自娱自乐，但觉得也八九不离十。

穿衣服的时候，他一直想着那个深棕色牛皮革手提公文包，它的质料、色泽和款式让他赞叹。他想赶快握住它。它里面还有一个黑色笔记本，相当于他整个思想世界的核心装备。

他系好衬衫纽扣，把钥匙揣进西裤兜，坐在餐椅上穿袜子。这时，他听见空调被的摩挲声——妻子醒了。

赵立峰快步走进书房，把公文包提在手上。然后，他又被几乎占据了一整面墙壁的书柜所吸引，目光随即

罪与爱

在排列紧密的书脊上游动起来。他清楚,它们属于自己,里面的全部智慧必将会被自己占有。他的内心猛然升起强大的自信。

离开书房,穿过客厅,他在卧室门前停住。

妻子坐起来了,但搞错了方向,背对门口撑着上半身,空调被将她的下半身完整地包裹着。一场睡眠让她很疲惫,她好像随时会栽倒,再次睡过去。

"她多瘦啊!"他心疼地想,"那一大瀑头发,往肩膀上一披,非把她拽倒不可。可我就是爱她,爱这副又高又瘦的排骨架。她还有个小歪嘴儿呢……"

"洗澡了?"妻子稀里糊涂地问,痛苦不堪地向前压下去,双手蒙起脸,弓起脊梁骨,把白色的丝绸睡衣顶出一道棱子。

"我好难受啊……"她带着哭腔说。

"怎么了,没睡好吗?"赵立峰问。几年前,有句话传到他耳朵里:"女人干别的或许不行,但看男人一定准。"这句话长进了他心里。尽管它从不明目张胆地支配他,却一直隐隐约约地提醒他警惕女人的眼睛,包括妻子的。他希望今天能克服这个心结。

他回头瞅了一眼客厅墙上的石英钟,走进卧室,手提包平放在床脚,拉开窗帘,坐到在阳光里打起哈欠的妻子身边。

她眯着眼睛嗅了嗅他,抿嘴一笑,把额头压上他的肩头,摇了摇。

冷水坑

"你这个家伙,一天洗两次澡……"她又打了个哈欠,用两条胳膊搂住他的脖子,突然吻了一下他那光洁的侧脸。他吻了一下她翘起来的上唇,肉肉的、热乎乎的。她全程眯着眼睛,想在他肩上再睡上一觉似的。

"用我开车送你去事务所吗?"他轻轻地问,扫了扫膝盖。

"你先走吧,我还得……洗漱换衣服……"她离开他,扑向左前方,伸胳膊去够方桌上的矿泉水瓶。

"姜琼?"

她含着一口水,有点儿吃惊地扭回头,对他皱了皱眉。

"干吗?"把水咽下去后,她苦着脸说,放好瓶子,重新挨过来。

"我想跟你谈一谈。"他说,把目光从地面移向她近在咫尺的脸。

"哦,跟我谈一谈?"

"是的,我们必须就这个事儿好好谈一谈。"

她那完全向他敞开的目光,仿佛在说:"我是你妻子,对你没有秘密,你想从我这儿拿走什么,就拿去吧。"

他躲开目光。

"好吧,那就谈一谈。"她像比他稍大几天便以姐姐自居的少女,麻利地盘腿坐好,向床上拍上一把,"来,谈吧,小伙子。"

"你那个老母亲……"他边说边摇头,叹了口气,"她不能造谣嘛……"他满脸的为难,心里感到痛苦——岳母不仅造谣，还话里话外要挟他。

"我就知道，我猜到了。"姜琼习惯性地抽了抽小歪嘴儿，也感到为难，不知道说什么好。

"我们局审批地皮是有明确流程的，拆哪儿，建哪儿，我说了不算。我说过无数次了，你妈家那片老房子不拆迁，今年不拆，明年后年也不拆……"

"我回头骂她一顿。"看得出来，她有点儿生气，但不知道生谁的气。说完这句话，她也发现了这一点。她摸了摸他湿乎乎的头发。"我妈就那样，一生贪小便宜……你看你，为什么不把头发吹干……"他不能告诉她原因，怕丢脸——他担心每天吹头发会破坏毛囊。

"她还要挟我！"赵立峰再次觉得委屈起来，要对她诉这个苦，可她却扑哧笑了。"你别笑，真的，她真的要挟我，说你爸心脏不好，动手术的钱就等着拆迁款呢。"

"那她是什么意思？"她忍住笑，对他眨着眼睛，问。

"这你都听不出来？要挟我出这笔钱呗。当然，我当姑爷子的给岳父花钱动手术完全没问题，这是我的责任……她直说嘛。"

"我跟你交底儿吧，小伙子，这主意我妈那脑子可想不出来。我爹才叫蔫巴坏。"

"说心里话，我现在不敢去你家。"他还是那么委屈。

篡改拆迁规划当然不可能，他和岳母心里都清楚。岳母最近一年来总找由头折磨他。她这样做，不是针对他本人，而是针对他姑爷子的身份，或者说，她像中国

冷水坑

大部分丈母娘一样犯起了轴，总觉得自己闺女越来越亏，总觉得女儿像她们一样在坑里越陷越深。她们从来不把婚姻看成一种悲剧，但婚姻里的女儿始终带有悲剧性，怎么看怎么心疼。当妈的就得填满那个加速下沉的坑。女儿结婚三年不生孩子，当妈的接受不了；姑爷子在衙门当官却拒绝走个后门，当丈母娘的理解不了。这个工厂退休的老太太甚至怀疑女儿的婚姻是一场骗局。至于欺骗她们家什么，她还没想出来。为了女儿，也为了让猜想成真，她得赶紧动起来。

"媳妇儿，要不然……生个孩子吧。"这个提议似乎在另一个平行时空引起了轩然大波。首先，赵立峰觉得它很可笑，不知道为什么，就是可笑；其次，每次想到生孩子，他就会产生一种强烈的自我认同，以及相应的危机感，就好像这个孩子葬送了一个天才；最后，爱上姜琼的原因不在于他，而是她，她那对全世界完全敞开的质朴纯真的人格，让他不得不爱上她，因此，一想象她挺着大肚子、承受分娩的痛苦他就觉得残忍，忍不住可怜她，于是就更爱她了。她的反应则让他近距离品尝到了女人在孩子问题上所表现出的威力。她当时刚拿起矿泉水瓶，听见这个提议便放了回去，然后静静地盯住他的瞳孔。

"不，赵立峰，作为老公你很优秀，做爸爸却是另一回事儿。"他在她的眼神里读到这个信息，自尊心受到了伤害，心里想："她看男人一定准，看孩子他爸更准。"

罪与爱

"我们确实不能再这样下去了。"他站起身稍作整理，准备离开她去上班时，她在床上分开两条小腿跪住，弱弱地说。

"这话怎么说？"他在门口转过身，笑着问。

她的为难和无奈引发了他的不快。人性决定了人与人很难密不可分，即便父母与儿女之间也存在一种天然的距离。这两口子也不例外。眼下，那种婚前没发现、婚后要无视但与岁月同步的微妙距离，在他们中间出现了。

"立峰，你知道吗？最近一段时间我感到……空虚。"她默默地说，低下了头，用手蒙上脸，又突然甩开手，生气地拍打几下两边的被褥，像个着急上火的小姑娘。

"就是空……空荡荡的，又不知道哪里空，你懂吗？"

"问题出在她自己身上。"赵立峰的心一下子落了地。他对她耸耸肩。他之所以做这个动作，是因为他认为在此时这种状况里需要这么做，换作其他男人也会这么做。他们这样做是为了向陷入自我困境的女人们表达这样一种态度：对此，我无能为力，但我会成为你最后一道防线，所以我只能用无动于衷来体现坚定的意志。

"你懂吗？"她咧着嘴，仰脸瞅他，马上要哭了，"我的压力很大……"

"等你拿到律师证，咱们立刻就办……这事儿（生孩子），好吗？"因为她像个闹脾气的小女孩儿，他就显出大老爷们儿的派头子，没上前安慰她，"好啦，好啦，大早上哭什么……你今天穿什么衣服上班？夏天衣服还够吗？周末陪你逛街买衣服。"

"我没鞋。"她捏了把鼻头，不让鼻涕淌出来，脑袋往前一栽，扎进被子里，"你快去上班吧，我……现在很丑……"她把脸埋进被子里，声音闷闷地说。

"那在下就不给您添乱了。"他说，心里头着急。

他规定自己每天提前半小时到单位，收拾一下桌面，随即展开工作。他立志要在所有细节上都高出同僚一头，鹤立鸡群。赵立峰根本瞧不起他们。他们也看不上他，认为他自恃清高，不切实际。他没胆量在姜琼面前彰显那个思想劳动者做派，因为她是他的妻子，她过着真实的生活并推进着这种生活。她能引起他内心最深处的胆怯。面对同僚时，他的底线是不动手。

III 郁郁寡欢的老人

九点半，五十九岁的规划局局长何长山带着糟糕的心情走进办公室。他把文件包扔到桌上，停留一下，看一看手表，在黑色办公椅上沉重地坐下。正月十八是他的生日，半年后他将年满六十岁。他心情糟糕，就因为在想这个事儿。他以前常常暗地里品味时间在他身上留下的成就，并想办法让别人觉得他不在意这些成就；现在，时间带给他的只有痛苦。他差不多有一年没睡过好觉了。凡自认为怀有同情心的上级、下属和亲友都不止一次提

罪与爱

醒或暗示他不要悲观,退休没那么可怕,他都一一反驳,说,就算棒小伙儿也有懈怠的时候。今天,他猛地懂了,时间是真的无情。他憎恨起这种事物,一想到它历来让他觉得没有期限,能尽情地使用,如今却强迫他把数日子当作最后的人生劳动,就感到羞耻——觉得自己像个孙子。这个比喻又告诉他,根据自然规律,孙子对待玩具的那种心智迟早迷住你这个五十九岁的老头子。何长山在机关工作中得罪过很多同僚和小团体,他们已经把他当成孙子了。

何长山富有枭雄情结,很难约束自己的暴烈性情,对给别人造成的伤害几乎不放在心上。面对困局,他一贯先想到不择手段,哪怕同归于尽。贪图小利的人往往做不到自我牺牲——想一下这个念头都感到可怕——而自我牺牲是何长山的一根精神支柱,他的另一根精神支柱是随心所欲地使唤别人。日常生活和国家建设有时需要这种人,根据规则,根据境况,赋予他们权力打一打硬仗。何长山当然渴望权力,但和大部分同类一样,得到权力之后就天真地以为这些权力是个人努力所得。最可怕的是,他们或许在心底萌生了权力就是源于个人意志的想法。骂领导、揍下属、威胁资本家、欺骗吓唬老百姓(为了他们好),他全都做过。他觉得他们的恶劣,归根结底是为人的恶劣,他要在这一点上树立个人权威。组织部门一边惩戒他一边又得扶植他,最终还无奈地发现,越是讨厌他就意味着越需要他。这就导致他一方面

冷水坑

被幻觉笼罩,以为属于他的时代已经到来,内心充满诗意的荣誉感。此外,他又在不知不觉中发现自己的心智多了一种老人所特有的辩证格局:热爱权力,但不想再明晃晃地使用它;渴望斗争,更要宽宏大量;相信直觉,但必须把它改造为理性;向往铁血,却以下属的主观能动性为荣;对贪污和好色两大机关痼疾深以为恶,却鼓动老伴儿买基金,不时跟楼下的半老徐娘调调情。这些矛盾综合在一起,带来了好处,也带来了坏处,其中神经过敏、阴晴不定和偶尔厌世是最恼人的坏处。成功老年人的自恋通常和虚无感纠缠在一起,这对何长山同样产生了影响,他有段时期频发这样的感慨:"做过什么,就只是单纯地做过什么。我累了。"他想过提前退休,但也只是想一想。退休倒计时让他猛地醒了过来,进而强烈地意识到,尽管累,但他离不开现在这种生活。这种生活即便有罪,也绝不应该是一场梦。交出座椅的后果,老年人最懂。最近一段时间,他时常失忆似的停下手里的活儿,陷入呆滞,郁郁寡欢。

他在胡思乱想中浪费了一个钟头的时间。

他的秘书,教育局局长推荐的招商局副局长刘庆忠的二儿子刘冬平,走进来呈上一份文件。

刘冬平在何局长眼里是一个废物。瞅瞅他,挺括的白色短袖衬衫,金丝边眼镜,小背头,还他妈的喷了香水。

"给我吧。"何局长用食指在空气里绕了个圈儿。

刘冬平立刻把东西放上桌面,挺起胸脯,说:"局长,十点半了,您得主持全局会议,那个,都快等着了呢。"

"都快等着了呢,"局长挠挠下巴,然后抬眼问刘冬平,"这是……一个句子?"

他不仅是个废物,还是个智障。

"开会,准备好了我,我是这个意思,意思是说,您得开会……"

"嗯,好。"

"好的。"刘冬平说完,稍停了一下,因为他发现局长在看自己,以为有新指示,随即意识到这只是一个交流上的小瑕疵——那眼神没有任何意思——于是他接着说,"嘉隆大厦项目负责人想约您吃饭。"他一边汇报,一边给自己的表现打分。他认为是七十五分。

"不去。"

"好的。"刘冬平说。他发现局长在位子上短暂地忧郁起来,于是不敢再汇报另一件小事儿,安静地等着。

局长双手十指交叉,搁在桌上,垂头思索。

"走吧,我们去开会。"他站起身,扫了一眼桌面,将文件抄在手里,又丢下了。

"吃过早餐了吗?"两人一前一后来到会议室门口,局长止步,回头问刘冬平。他神情游离不定,显然不是在关心自己的秘书。

"早餐我吃过了。"刘冬平稳稳当当地说,用倒装句回应领导是他在机关练就的首个技能。

"机关不比社会,咱们用不上香水。"何局长嘴上这

冷水坑

么说,心里想着别的。

"局长,我下不为例。"刘冬平发自内心地保证,真心实意地这样想。

阳光把会议室照得直晃眼睛,墙角、桌子腿和空调,甚至桌底的地面,也是明晃晃的。桌面闪闪发亮,与会人员不得不偶尔眯眼或扭开脸。他们晃动头颅,或俯身或后仰,与邻座闲扯,跟邻座的邻座点头微笑。嘈杂涌动的低语声中偶尔迸出一声放肆的大笑。

赵立峰自觉地坐在离局长位置最远的老地方,不主动和别人搭腔。他们也不主动跟他搭腔。不小心碰上目光时,双方都立刻回避,或在回避中潦草地点一下头。

夹在同僚中的行政处主任潘亚楼没参与扯皮——他正独自思考着什么。这时,他微微皱起眉头,像被一种不理解但厌恶的东西刺痛了心灵。

"如果说周围那些人是粗俗的利己主义者,那么,他就是精致的利己主义者。"赵立峰扫了一眼潘亚楼,暗自思索,"看他那副若有所思的模样,多么拙劣,多么做作。"停了一小会儿,他又添加道,"不,他是个坏人。"赵立峰对人格有一项评判准则——谁有等级意识谁就是坏人。人们在机关服从于上下级关系,和其他正常社会关系一样,这种关系也受到公平伦理的制约。领导不是主人,下属不是奴仆。赵立峰憎恶潘亚楼,因为后者像使唤奴仆一样使唤下属。

刘冬平向何长山呈上文件的时候,会议室里的人

罪与爱

正聊起一个正经话题——素有本地区重工业明珠美誉的韶华汽车集团即将宣布破产。这件事儿还未正式公布,四万员工和老百姓最近才听到风声。

"真可笑,压垮它的最后一根稻草,居然是一笔两千万的冲压模具款!"对何长山最忠心、素有"小何长山"之称的规划科主任丁元亮说。说完他丢下笔,双手垫着后脑勺往椅背上一靠:"可悲到了可笑的地步。"

"龙风公司一直为韶华提供汽车冲压模具……"副局长周福仁还没说完,身子突然抖了一下,因为丁元亮恶狠狠地喊了声"王八蛋郑大星!"

见这名在局里毫无存在感的副局长看着自己,丁元亮展开刚放到脑后的双手,耸了一下肩膀:"难道不是吗?多好的一个企业,纳税大户,养活着四万家庭。他上来才几年,负债一千个亿,这个南方奸商不该枪毙吗?"

周福仁刚要回应,另一边有人说话了,他就把头扭过去。

"说他是奸商可真不为过……"财务部主任李树良垂着眼睛,语气低沉,惋惜地摇了摇头。

"怎么说?"周福仁问。

"您不知道?"李树良扫一眼周福仁,目光移向正跟隔壁的唐俊发嘀咕的丁元亮,决定找他帮个小忙。

"大亮子,给他南方老家修高架桥,是真事儿?"

"官方媒体有报道。"丁元亮像说了个一文不值的破事儿,继续跟唐俊发嘀咕。

冷水坑

"赤子之心,可以理解。"李树良这才转脸看向周福仁,接着又说,"那么,拿着国家资产去搞金融,亏得底儿朝天,算什么?这是犯罪!"

"这有点儿危言耸听了,现在是金融时代,企业不能置身事外,包括国企。"方才,周福仁用两根压弯的手指撑住脸注视着李树良,认真地听完,然后淡淡一笑,说出这个观点,"而且我没记错的话,韶华集团当年涉足金融领域,是省府和市府的提议。还有,韶华集团在他上台前就亏损五六年了。总之,缺钱。"

"一个拖拉机厂厂长出身的下海工人掌管四万人的国有企业,这本身就不合理。"李树良像猜到对方会说什么,随即脱口而出,接着,他又像猜到了对方听见这句话的内心反应,补充道,"至少不符合这个时代的经济法则。时代变化多快呀,周副局长,唰唰的,一天一个样儿。考验领导者的已经不仅仅是胆量、吃苦耐劳和投机了,还要看这儿(指指脑子),是否具备高级专业知识。我敢说,郑大星涉足金融唯一的想法就是觉得来钱快。但他不懂钱的奥秘。"

周福仁打消对这个定论的表面疑惑,点点头,并补充一个线索:"郑大星是初中文凭。唉,是呀,时代……"

这时候,一直显得无所事事但全程在看在听的监察科主任陈亮决定表达一个观点。开口前,他瞥了一眼远处正埋头看笔记本的赵立峰。

"我倒觉得——当然是个人看法——我觉得,国有企业有它独特的、内在的、改变不了的定数，它带给人民安全感，是其一；其二，任何事物都渴望发展，不想退步，企业也一样，但国有企业的发展有它的独特性，可以说，维持现状就是一种发展；第三点，我想，我们不能过于高估头脑对企业的作用，同样，我们也不能过于高估头脑对人格的作用，道理很简单，所谓高级的头脑最容易自以为是、脱离现实。"

大家立刻心领神会。尽管这些话与主题有失贴切，藏着个人偏见，但大家还是站到陈亮一边，垄断了气氛。

"二亮老弟，我赞同你的见地。郑大星再糟糕，至少懂得顺势而为，尊重现实。失败了，是他命不好。没文化当然也是一个原因。"丁元亮说，面朝赵立峰那个方向撇撇嘴。

"我没什么文化，嘴笨。"陈亮说。

"你脑子里是没什么东西，但贵在清醒。"唐俊发说，"我最硌硬自恃清高的人。"

"自恃清高违背人性。"丁元亮几乎轻蔑地笑了出来。

"人性先放到一边，来，你说说看，钱究竟有什么奥秘？"对别人的恩怨完全不关心的周福仁，饶有兴致地问起李树良。

"劳动。一份钱值两份劳动，这就是钱的奥秘。"李树良是科班出身，除了专业知识过硬之外，自认为对钱的理解也有独到之处。不过，他对眼下的气氛抱有一丝仁慈，因为自己年轻时也怀有高尚理性，尽管失败了，

冷水坑

却从未责怪自己。他不责怪自己,因为看懂了生活的奥秘,即个人意志是次要的。

"郑大星顺应时局,但丢掉了根本。根本就是生产。"在不破坏气氛的前提下,李树良巧妙地转移了话题,毕竟他也不喜欢自恃清高的人,"发展核心科技才是正道。别忘了,韶华汽车用的是德国发动机。换句话说,兄弟们,是一个外国民族用其劳动结晶驱动着我们的小轿车。而我们民族的劳动结晶是什么?郑大星?哈哈!"

"老李,真的,你唯一的不足之处是你这个名字。"周福仁说完和大伙儿一起笑起来,笑的时候,目光有意无意地从赵立峰身上滑过。

"发展生产力有一个前提,清理冗官冗员。"听到这里,赵立峰恶狠狠地想。他用签字笔在本子上点来点去,最终写下这句话:"有一种劳动,在他们身上枯竭了,这种劳动是垂死挣扎。"他画掉后面的句号,改为逗号,补充道,"在世间创造自己的位置。"这才满意。

早有耳闻的韶华集团破产一事刚才使赵立峰产生了危机感,他谴责郑大星是国贼,接着,脑海中浮现出四万失业家庭的宏大场面,于是觉得自己把握住了问题的实质,比他们深刻。他脸色铁青,疾速思索,想找到办法。可除了让人民做出适当牺牲,适当收敛人性的需求,还能怎么办?为了那两千万,龙风公司委托光权律师事务所跟韶华集团打起官司,想到这个事儿,赵立峰心头一热——妻子姜琼就在光权律师事务所担任助理。出门前真挚的恩爱和短暂的争吵在赵立峰心里复苏了余温，燃烧起来，产生了热烈的期待和自豪，也伴随着深深的忧患和不快。他希望妻子在她自己的路上越走越好，但没有哪个丈夫能淡然接受妻子从他们设想的生活里迈出去。为了生活，他们有时必须越出生活；她们可以逼近生活的边界，但决不能迈出最后一步，否则生活就不存在了。

"每个人都爱着她，空虚什么呢？"赵立峰摇了摇头。至于同僚的冷嘲热讽，赵立峰已习以为常，没放在心上。

"他还年轻，不懂得他和他们之间那道墙壁意味着什么。"在会议室门口听见后半段聊天的何长山遥远地看着赵立峰，心里这样想，"那道墙壁只是堡垒的一面，而这座堡垒对整个国家具有最广泛也最深刻的意义。他不懂。可怜的孩子，你热爱这个国家，其实我们也热爱这个国家，不仅你着急，其实我们也着急……"何长山问秘书吃早餐没有，建议他别喷香水，就是为了拖延一下时间，好在心里抒发感慨。

IV 一场会议

如自己所料，也如大家所料，何长山走进会议室时，心情糟糕起来。眼前这些人很快活，何长山理解这种快活，它不是出于需要，而是自然流露。以前，他们不敢在他面前表现出这种快活，是畏惧他的威力；现在，畏惧之

冷水坑

中却多了一种明目张胆的敬意和关怀。看，这就是人性。

"三十分钟。简平快。"在正位坐下时，何长山亮一下手表，说。

刘冬平先及时为局长扶了一下椅背，然后在右侧第一个位置坐好。他确信，自己维持住了应有的本分。拉开椅子，坐下去，摆好笔记本等一系列动作，就是在这种自信中完成的。

"废物！白痴！智障！"心里咒骂贴身秘书能缓解一下焦虑，另外，性格决定了何长山往往对自己人充满刻薄之情。这种感情除了肆无忌惮地使用在丁元亮、刘冬平等人身上，他也想用在赵立峰身上。

"可怜一下老人，别浪费时间。谁先来？"何长山嘴上这么说，心里却探索起了赵立峰。赵立峰这种人把人的不成熟推向极致，很可怕，很吓人。人们憎恶这种人，要置其于死地，于是钻研他们。同僚一针见血地评断赵立峰：他离不开办公室。他远离了社会生活，或者说，从未走进社会生活之中，也不敢这么做。毁灭赵立峰的想法其实很早之前就有了，但因为何长山觉得身边跟着个有脑子的年轻干部是一件很漂亮的事儿，就耽搁了这个想法。随着赵立峰愈加"过分"，何长山便重新捡起这个想法，同时不得不重视一个严肃的设想：经验和理论哪一个在未来十年会主宰机关系统？野草在一片生命力旺盛的土地上疯狂地生长，农民来不及多想就握起镰刀一头扎进去。有长达二十几年时间，何长山成功地扮演着这个角色。一个人终其一生只懂"割草"却不懂创造,多么可悲,多么低级——这是赵立峰近半年来带给何长山的刺激。

"今天必须把这事儿跟他挑明。"何长山暗中打定主意,同时伸手对一个站起身的干部比画了几下,像在轻拍宠物。

"小冬,坐下,坐下说。"

三十二岁的矿产口负责人孟小冬低头翻着笔记本,听见了,但不动弹。

"我说,老弟呀,何必倔强?你站起来也没高桌子多少嘛。"丁元亮斜靠着椅背,肩膀一高一低,懒洋洋地逗乐,引来一阵哄笑。

"说吧,怎么了?"何局长用眼神让丁元亮赶紧坐好,关切地问孟小冬。

"私人小煤矿闭矿复检,我去了。当地政府各种推诿,不执行省府和市府的指示。我手头上有九个私人小煤矿,随时出人命的那种……二十一世纪了,国家大矿一个个倒,可还有无数炮采小煤矿挣黑钱……"孟小冬像个苦命婆,唠叨个不停。

"就告诉我,九家里哪个最横?"丁元亮对孟小冬打上两个响指,嘴里嘀咕,"反了天啦!"

"恒运煤炭发展有限公司。法人是王七。"

"告诉我大名。"

"他大名就叫王七。"孟小冬说,耸耸肩,有些无奈。

冷水坑

"岂有此理！"丁元亮嚷嚷，"一个人怎么能叫王七？"

大家伙儿笑起来："那他弟弟叫王八啦。"

"王八蛋吧！"丁元亮慷慨激昂地摆起姿态，"靠山是谁？"他仰脸问孟小冬。

"赵黑龙的一个远方表叔的侄子……"

"别说了！"丁元亮一摆手，"收拾他！"

"怎么，你一个规划局小干部想收拾主管政法的市委副书记？"何长山剜一眼丁元亮，很烦他。

"收拾他远方表叔的侄子。"丁元亮也回敬一个同样的眼神，接着他大胆地号召别人，"收拾保护伞和黑心资本家，合情合理合法，不是吗？"

众人纷纷说是的，合情合理合法。他们的嘴巴似乎生来就要讨伐保护伞和黑心资本家，这场议论引起一阵长达十分钟的混乱。他们提起了很多事件和人物，又提起了罪恶，并把罪恶及其根源全部栽给资本家。在这个立场上，唐俊发显得最极端，因为给儿子买婚房让他几乎吃不消了，于是就指责房地产商人让人民活在水深火热之中，必须严惩。李树良认为资本家和资本是两种事物，不能混为一谈，一种是容易丧失良知的人，另一种却能为人提供一套自然法则，总之，他说，资本让劳动有据可依因而是一种好东西。丁元亮看出这套理论对好友唐俊发产生了迷惑作用，就出来嘻嘻哈哈地护短。李树良像轰苍蝇似的让他闭上嘴，随即又质问周福仁，一个人起名叫赵黑龙居然当上了市委副书记，天理何在呀？

罪与爱

又是一阵哄笑。

"他们嘴上骂资本家,心里都想跟资本家靠得更近些。"赵立峰想,瞄一眼同样不参与表演的潘亚楼,心里一惊。那貌似佛祖的泰然神情和低垂的眼皮,使赵立峰猛地意识到,其他人最多把敌对者从眼前赶走或踩在脚下,而潘亚楼是要摧毁人的心灵。

"这些蠢货,每次都弄出恶作剧。"何长山不动声色地看着下属,"他们以前没有空闲,长不出脑子;现在有了空闲,反而长出个蠢脑子。但不管怎么样,我尽力了。"何长山感到丢人,又觉得与己无干,却不知道这种变化既出于脑子也出于本能——当他们得知组织部基本上否决了何局长入驻市府的意愿,就觉得即便得罪老领导也要常常胡闹一下了。

"好啦,好啦,继续开会。"何长山拍了拍桌子,"小冬肯定还有别的困难,说吧,一并解决。"

"测量组组长老庞前天刚好退休,一天没耽搁,甩手走人。我呀,现在就等着!"

"等什么?"何长山问。

"等着塌矿,抓我坐牢。"孟小冬低垂眼睑,略带嘲讽。

"扯淡,抓也是抓我。"何长山笑了,接着进一步开导起孟小冬,"你有钻研精神,适合干技术活儿,而且,你已经把活儿干得让我们无话可说了,市府领导都听闻过你的大名。但你太像个知识分子,缺少威严,跟地方打交道要够凶,否则会被欺负。小冬子,记住,你手上

冷水坑

有权力。权力是个什么物件?它是这样一种物件,你使用它一分,它就回报你十分。"

孟小冬用无辜的眼神望着领导,每个字他都听得清清楚楚,耸起的肩膀缓缓放下了。

"您老人家跟我说这些有什么用呢?"他说着把放下来的肩膀再次耸起。

"哦,嗯……"何长山发出了让众人感到奇怪的腔调,琢磨了片刻,然后把脸扭向刘冬平。

"你说说,有用吗?"他问刘冬平。

"我认为,是有用的。"刘冬平像机器人一样回答。

何长山微微一笑。刘冬平发现所有人都在微笑,于是,把目光从众人身上移向孟小冬,微微一笑。

"一时间这屋子里,"丁元亮挪了挪屁股,"被微笑填满了,像涌动着亲密无间的爱。"

刘冬平为这句话再次微笑起来,他因此得罪了丁元亮。

"刘秘书,请问您在笑我吗?"

"丁主任,我没有笑您。"

"哦,那就好,那就好。"丁元亮瞅一眼局长,忍俊不禁。后者当时正用手托着腮帮子,透过指缝来回瞅。

何长山放下手,指一下丁元亮:"我认为你说得对,爱,是爱,一切源于爱。小冬,我们都爱着你,看不出来吗?我们对你的爱就是你的权力。你认为我们爱他吗?"他又问起智障秘书。

"我认为，我们爱他。"刘冬平照例那样回答。

"虽然我觉得大家都疯了，但还是想问一问，你们若真爱我，就请告诉我该怎么办。"孟小冬说。

"元亮，你开车带他去冷水坑矿区，请矿务局的老高帮忙。"何局长说。他有些疲惫了。

他俩离开后，何长山摘掉手表，看一看时间，搁到桌上，发起了呆。

"石虎镇那个项目，文件上写着建购物城，对吧，立峰？"陈亮出其不意地问赵立峰，冷冰冰地。

"是的。"赵立峰说。他淡定且快速地将项目流程和所有细节在脑子里回放了一遍：张主任住院前一审和二审，病床上又复审一次；实地考察、做报告书及建造跟踪，由他和干事小肖负责。不存在纰漏。

"他们现在搞什么，清楚吗？"

"抱歉，这不在我的工作范围之内。"

"他们在搞食品加工车间。"

赵立峰认为他没有必要回应这个跟他无关的信息，就静静地看着老对手，似乎想用这种方式强迫对方自我反省。

他俩是人尽皆知的对头，不止一次撕破过脸。赵立峰自恃清高，鼓吹科学方法；陈亮为人正派，虽然只比赵立峰大四岁，却是一名典型的以经验为先的旧式干部。两个人，两套方法,各自都有着悠久的历史和现实的必要，在何长山这里却怎么都结合不到一起。

冷水坑

"你确定流程没问题?"何长山先望向赵立峰。

"我确定。"赵立峰说,不容置疑。

"那就是你的活儿了,二亮子。"何长山再看陈亮。

"我没说不是。我就是想问问……"见赵立峰埋头写东西,根本不搭理人,陈亮冷冷一笑,不往下说什么了。

"瞅瞅,二位瞅瞅,你们也瞅瞅,"何长山边扣表链子边嘟囔,"缺德资本家随随便便就骑到我们头上拉屎,说明了什么?说明,打硬仗的路还很长。我还是那三点:一、勇气;二、谋略;三、经验。现在再加上两点:科学方法和……爱。"

V 败坏的劳动秩序

会后大家散去时,不急于起身的赵立峰听见他们聊起刚刚立项的鲸海科技园,都认为,在土地问题上存在难以估量的困难。他们表示悲观。到了走廊,他们开始评估这个国家级项目对本地区经济的推动力,于是更加悲观。换十年前,他们会举双手双脚赞同,但现在不能了。李树良持这种态度:他认为时代变了,国家集中力量办大事这种模式对地方而言弊大于利。这也是其他人的态度。他们在更远处全部大笑起来。

对于鲸海科技园项目,赵立峰有一种预感。把签字笔夹进笔记本、归置好椅子后,他站着问自己这种预感发生之后信念是否会动摇，如果动摇了，自己是否会堕落得像他们一样厌恶生命。他还预感何局长没起身是为了拦下自己。

"拦下他，说什么呢？"拦下赵立峰后，何长山想。他用眼神示意刘冬平快点儿离开。

赵立峰从不当面耍弄或背后辱骂刘冬平——他根本就无视这种机关公子哥。

"抱歉。"赵立峰摸了下鼻子，拉开刘冬平那张离桌子两步远的椅子，朝左转半圈儿，以便配合何局长已调整好的日常坐姿。

"我批评过他了，你说，一个大男人在单位里浑身香喷喷的，算什么事儿嘛！"何长山说着把右腿架在左腿上，摸了摸膝盖，亲昵地看着赵立峰，对他的神情报以一笑。

"很久了，一直想找你聊聊，"何长山随即转换话题，"好吧，咱俩开个小会。"

"哦,好的。"赵立峰说。他的心里有种无所谓的自信，用拿捏到位的微笑回应何局长。

"来，谈谈张主任。"三次临时起意的话题转换让何长山吃惊地皱了一下眉头，深感不妙，像是另一个何长山在拿他取乐，"我这位老战友，身子还好吗？"多可怕，另一个何长山正在捉弄他的记忆，把周福仁的脸安给了张主任，还通过面部表情支配他冷冷一笑。

"精力不错。食欲正常。医生乐观。"赵立峰像要回避什么似的用简练的语言回答，说完便赶紧埋下头，"我

冷水坑

前天去了医院。"他加了一句。

"听着,前两点我信,第三点我不信。"何长山用愤怒的语气说,"医生跟病人家属说乐观,那就是不乐观,但他们必须撒谎,撒谎是他们一贯的伎俩。"他的头陷进丰满但老化严重的斜溜肩里,倔强地伸出一截脖颈,随即又缩回去。

赵立峰从老局长那瞪起的突兀眼珠上不难看出,在这种状态里,他几乎意识不到自己有什么问题,并认为自己极为正确。赵立峰这样想,别人也这样想,再没人用过去的目光和头脑面对老局长了,而是把他看作病人,这样做一来更省事儿,二来,是因为他们很难抵御把别人缩小至可怜地步的诱惑。后一点在别人那里可轻可重,在赵立峰身上却至关重要。他总是无法自控地对这类人产生怜悯之情,并爱上他们。爱是因人而异的事情,每个人有每个人的爱法,但都需要一个触发点。赵立峰的触发点就是可怜。比如说,思想世界提醒他要去爱老百姓,但一见到他们,他就嫌弃他们那一身市侩恶习,没法儿做到这一点。他知道他内心无法接受更优秀的人(不分男女),很难去结交稍显优秀的人,只能去爱表里如一的可怜人,但他不知道这是纵容性情的结果。

"儿女在准备后事了。"赵立峰挪了一下搁在桌面上的手臂,看着自己的大拇指,低沉地说。

有时候,何局长忍不住像父亲一样看待赵立峰。张主任不仅是跟他并肩作战十几年的老战友,干部们的楷模,或许还是赵立峰在世间唯一真正敬爱的人,一提到他,一想到他,赵立峰就难免动情。动情时,赵立峰身上有种随时为某人或某事牺牲自己的格调,这种格调吸引着何长山。

"是呀,是呀,谁不想做一个心地良善之人……为高尚的信念牺牲自己总好过为消灭敌人牺牲自己……"何长山转瞬之间想了很多。他还想道:"这小子也真让人害怕……之前见识过这种人,他们敢于牺牲自己,也是敢于牺牲所有人的……"最后他想道,"这是个真实的世界,没有捷径,让它变好或更好的唯一方法还是我那种方法……一个接一个地消灭坏人……而不是用某种手段一次性改变所有人。"

"无论怎样,孩子,我们要相信奇迹。"他说。

"奇迹我是相信的。"此刻使用倒装句赵立峰有自己的意图——他想描述在相信奇迹和拒绝奇迹之间感受到的东西,如他接下来所言,"但是,我赞同李主任那个劳动习惯的观点。不,它启发了我。如果有一种力量能矫正这种不健康的劳动习惯,使张主任平时不那么操劳,或许我们就不必因为悲剧而向往奇迹了。"

何长山瞅着埋头讲话的赵立峰,觉得一切都变了。这孩子不再是什么儿子,不再是平时那个"赵立峰",而是一个有魔鬼倾向的精神病患者。就这种有受害妄想特征的感受而言,何长山先是奇怪,心中生疑,随后才适应它。

冷水坑

"哦,是吗……嗯,当然,你的话没错……你心碎,其实我的心也碎了,我无比愧疚,真的,唉,我对不起张主任。"何长山说,然后善意地提个醒,"怎么了?有话就说,现在别把我当外人。"

"我们都对不起张主任……我们对他犯的罪……和大搞房地产大搞金融泡沫对老百姓犯的罪,其实是同一种罪……结果呢?哼……"赵立峰在长辈面前表达自我时习惯埋下头,一方面是他不想看见对方那种千篇一律式的反应,另一方面,他还缺乏面对这种反应的自信。

"哼什么嘛……往下说,我在听。"何长山说,当他听见"我们对他犯的罪"后,颇感兴趣地皱了一下眉。他看穿了赵立峰这种人的头脑,简单来说,他们想用最大的罪来消灭所有的罪。

赵立峰抬起眼睛,又垂下来。他突然反问自己为什么把思想观点说给这个人,历来没想过这种事儿会发生,可就这么随随便便发生了。他想立刻找到对何长山以往的态度——尊敬而不恭维,但没有找到。

"那恕我直言,何局长,我确实有些话想说。"赵立峰用一种平淡的语气说。这种语气让何长山极其罕见地挑起了眉梢。

"不管是一个单位,一个家庭,或一个国家,在不健康的劳动习惯里都会慢慢地堕落。堕落的形态有两种,一种是加速消耗生命,一种是莫名其妙地厌恶生命。我们局里的人大部分过着后一种生活;老百姓大部分过着前一种生活，也同时过着后一种生活。要说犯了什么罪，就得从这个角度入手找到答案和解决办法……难道我们还要这样大搞物质建设吗？"

"哎哟，这说到哪儿去喽……"听完后，何长山疲倦地眨一眨眼皮，笑了笑说，似乎又想了想，然后放下右腿，用双手摁住膝盖吃力地撑起身体。他婉拒了赵立峰的搀扶："不用，没老到那种程度。"何长山一步步走向窗口。去那里做什么，只有他自己清楚。

这时候，赵立峰才意识到他在陈述观点时缺乏以往的信心，因为人通常很难在别人面前展露头脑中的世界，他不喜欢这样做，觉得没有必要。他很快恢复了全部信心。

两分钟过去了，何长山背手踱回来，拉开椅子坐好。

"孩子，聊聊工作吧。"他将胳膊撑在膝盖上，身体前倾，疲惫地瞅着赵立峰，露出一种长辈特有的苦涩神情，"孩子，我不得不为难你了，因为市府在为难我。想想，你想一想，在嘉隆大厦项目上究竟是什么东西挡住了你的脚步。想想，是一种独特的立场吗？"

"他们急于拿到土地批文去二次贷款。他们递交的申请材料有诸多漏洞，我只能秉公办事。"赵立峰说，"要说立场，也有，那就是——谁都不能再心存侥幸。"

"是，有道理。"何长山深深地点一点头，"何况我的态度比你有过之而无不及，之前提醒你，他们的东西哪怕有一个错别字都不行……但你知道，我这个人以往

冷水坑

啊……爱使用一些特别手段,得罪了不少人……这么说吧,孩子,我现在得还债……"他嘴上这样说,心里却在想:"我还个屁债!嘉隆大厦是我最后一根救命稻草,不能毁在你手里。"

"有人建议嘉隆大厦项目得加快速度……"何长山无奈地笑着,"我老态龙钟,看字儿都累,怎么提速呢?"他开始用哀求的目光看着赵立峰,痛苦地皱着眉头,松垮的嘴角浮出像是自嘲又像是嘲讽所有让他痛苦的人和事的苦笑,用患得患失的语气往下说,"我总觉得过去和现在是一脉相承的整体,瞧瞧,这就为我的悲剧埋下了伏笔。以前,我认为,既然有人喜欢我就会有人憎恨我,还以为,人人都需要我是理所当然的。现在呢,人人喜欢我但没人需要我。孩子,这就是男人的世界。需要你时,捧到天上;不需要你时,釜底抽薪。人生啊,譬如朝露,去日苦多。我是前车之鉴,你不要重蹈覆辙。"

"跟你一样?怎么可能?我历来只做我应该做的事儿,这些事儿没一件不符合岗位要求,我从未擅离职守和越权夺职。这是什么?工作之道,国家治理之道。它的本质是合理使用权力的科学,使用权力的科学……"在赵立峰这样思索的同时,他又在不耐烦地应付另一个念头,"他在暗示什么吗?使用'釜底抽薪'这种词强调人生悲剧,这不像他。他在威胁我吗?一旦岁月和制度把权力从他身上拿走,他就会完蛋。那么,他能从我身上拿走什么使我瞬间完蛋呢?我根本不在乎权力……因为我要的是另外一种权力,可它还没出现呀……"

"您知道吗?唉,真是可笑。"赵立峰在密集的思想活动里又觉得没时间理出头绪,但有信心应对何长山的一切招数,说,"为了加快速度,嘉隆大厦派了一位漂亮的女经理去医院看望张主任……曲线救国,可以理解。"说完,他不合逻辑地瞅了一眼局长,低下了头。

"瞅瞅,瞅瞅你,我就知道你小子对嘉隆集团有情绪。"何长山见对方有意忽略他后面那段独白,心里倒踏实了,"工作中难免有情绪,很正常,但不能轻易把立场横在当间儿,这一点你不如张主任。去年北区那个楼盘地基塌掉砸死六个人,张主任哭了好几天,但心里不记仇,反而把一切责任揽在自己身上。你就记仇。"

"我认为他大可不必如此。当时,市府、房地产商和某些人串通一气明里暗里给我们局施加压力,恨不得第二天就把地批下来,老百姓一听到信儿也恨不得第二天就拿到拆迁款和拆迁房……砸死六名作业工人之后,不知谁给出的馊主意,死难者家属竟然冲进咱们局要找张主任报仇,难道您忘了……这不可笑吗?"赵立峰激动起来。

"我没忘,"何长山淡定地说,"很可笑。"

"这一切说明什么?"

"说明什么?"

"大家可以随随便便地蔑视规则、败坏秩序。在一个可以被败坏的秩序里,劳动必然败坏,这其中,有的人不劳而获,有的人窃取劳动成果,有的人丢掉了生命……"

冷水坑

赵立峰一边慷慨而有条理地陈述,一边抵抗着冲进脑海中的死难家属的形象。他对他们抱有同情,但那是头脑中的宏观同情。他认为这种同情比张主任那种感性同情更有价值,又为它无法转化成真实的治理力量而极度不甘心。他在稍显混杂的思绪中不知怎的说偏了:"走进现实,呵呵,走进去又能怎样?难道让我们也变成和资本家、老百姓一模一样的人吗?我们是治理者,另一种劳动者,承担着另一种劳动责任。我们不能丢掉本职。资本家有资本家的位置。老百姓有老百姓的位置。我们的责任是通过具体工作创造一种力量,它能让所有劳动者回到正确的位置上。"说到中间时,他冒出一身冷汗,责怪自己不该亮出底牌。

"这些是你在办公室里想出来的?"何长山平静地望着他,问。

"劳动和职权之间有一种科学规律,我在想这个。"赵立峰无法自控地亮出最后一张底牌,同时感到不安。

"立峰,孩子啊,让我问问你,我是你什么人?"局长用一种亲密又疏离的严肃神情问。

"您是我上级。"赵立峰说,不敢把头抬起来。

"主管经济的胡副市长是我的什么人?"

"您的老上级,老战友,老冤家。"

"他给我下达指令,我听还是不听?"

"听。"

"我给你下达指令,你听还是不听?"

"听。"

"孩子,这就是我们的科学。"

VI 来了一位老奶奶

"人就是这样,吃饱没事儿干便胡思乱想。"走出会议室,回头招呼关门的赵立峰一起去食堂时,何长山想,"科学若能改变人性,还要老天爷干吗?瞎胡闹!"他踱着步,往下想,"他的话刚说出口时确实有点儿意思,但仔细一琢磨就显得很愚蠢。是呀,人就是这样,吃饱有吃饱的坏处。"见赵立峰对吃午饭表现出了厌恶,说他不饿,何长山便对自己说:"他吃得太饱了,连这个想法都让他反感;他太安逸了,导致他认为谁在这世上贪图安逸谁就是下等货。"

"说好半个小时,瞧瞧,唰的一声到饭点儿了。"等赵立峰跟上来,何长山说,亮一亮表,再次背起手。

过道里,楼梯上,科员们成群结队地涌向办公楼对面的食堂。还没从亢奋、自责和气愤中抽离的赵立峰,看见他们是那么快活——吃完饭还铁打不动地睡午觉,就朴素地想道:"干活拖沓,吃睡积极,一群废物。"

在一众科员后面跟着行政处主任潘亚楼。

"人各有志,看开点儿。"何长山之所以说出这句老话,是因为赵立峰已把一切写在了脸上。赵立峰没看何长山。

冷水坑

两人并排来到大厅。接着,他们的目光穿过办公楼大玻璃门望向外面,注意到几个人簇拥在保安亭旁边很久不动弹。走近了发现,是潘亚楼在批评一名二十出头的红脸蛋儿保安,围观的科员们不敢劝阻。

"如果是你家,随随便便进来个陌生人,你怎么想?"潘亚楼满头华发,身高一米八儿,没什么肉。他有点儿佝偻,但这丝毫不影响他居高临下审问身材短小、惊恐冒汗的保安。

"眼珠子别乱动,问你话呢!"潘亚楼厌烦地循着保安的目光瞅见了即将停步的何局长和赵立峰,他非但没收敛,还说出一个冠冕堂皇的观点,"老百姓随便出入机关单位是不妥当的。"

"您这话我真不爱听,潘主任。"大家给何局长让开一点儿地方,再给赵立峰让开一点儿,不眨眼地看一把手继续说话,"我呀,真不爱听。"何长山挠了挠鼻头,扬起脸,笑微微地看着潘亚楼,"有什么不妥当嘛,衙门口朝南开,有事儿您就来。是不是?"他把身子朝其他人转了转,示意他们也要听一听。科员们看看何局长,又看看潘主任,一致认为后者的道理是站不住脚的。

"一个老太太,明显患有老年痴呆症,就算有事儿,身边也该陪着个家属。"在不利于自己的无声氛围里,潘主任不改原有的神情和语气,目光再次落向保安,"守住这扇大门,是你的本分。一旦出了事儿,我怎么向何局长交代?"

罪与爱

他嘴里的老太太此时正在不远处徘徊，低头走几步就抬起脸，可怜兮兮地朝这边望一下。何长山先让赵立峰把老人家请回来，然后，他准备给潘亚楼一个台阶下。

"好啦，潘主任，教育下属把守岗位，做好本职工作，这方面你不仅做得很好，还赢得了我们所有人的赞佩。真的，至少我个人很满意。哦，对了，装修食堂的事儿进展如何？你看，刚才会上没说这个事儿……跟你说啊，老弟，食堂里闹耗子可不得了啊……"气氛和人群就这样散了，科员们先一步向食堂走去，把两位闲谈中缓缓而行的领导留在了后面。

赵立峰扶着那位老太太和他俩擦身而过，他脸色铁青，毫不掩饰对潘亚楼的厌恶，连何长山都没看一眼。

"哦，是吗，你真这样想？"马上到食堂门口时，何长山停下来，对潘亚楼刚才的一个观点表示百分之七十的认可。潘亚楼的观点是，生死由天，人各有命。而且，他能在别人脸上看见命运的信息，八九不离十。

"难道不是吗？承包我们食堂的公司的卡片在我兜里，但我不能亲自联系他们，要交给前台小秦去做这个事儿，这就是礼。有礼才有制……"潘亚楼用他那在同等级别的人面前那种素来闲适的语调说。

"不，老弟，我问的是上一句话，人各有命……你真的认为是这样？而且，你说你看人很准，打眼一瞅就能把对方的命看个八九不离十，真的这么厉害？"何长山把目光放在潘亚楼脸上，说完含笑不语。

冷水坑

潘亚楼此时的神情像在说:"怎么了,您怎么了?咱俩刚才分明是在逗乐,有一句没一句地说到了这儿,您咋突然当真了?"

"不厉害,不厉害,都是我们的传统文化,书里明明白白写着呢。"他想插科打诨过去,却失败了,何局长依然那样看着他。

"好吧,局长,我举几个例子:刚才那名保安,善良但愚忠;前台小秦,服务型人格;我潘亚楼,哈哈,当管家的命。"潘亚楼憨笑着拍一拍胸脯,"各安天命,守住本分,准没错。"

"真奇怪,好像一夜之间每个人都大变样了。"何长山暗地里想,"权力不仅影响自己,也影响你身边的人。握住权力时,他们个个是肉疙瘩;松开权力后,他们个个是思想家。"

"那么,劳烦你给我相相面,六十岁了,能否虎躯一震,再挠一挠?来嘛,老弟,就当逗乐子。"何长山说着双手交叉放上小腹,把肥厚的胸部挺一挺,扭扭脖子,尽量端正一些。

"长话短说吧,老领导,"潘亚楼把大膀子搭上何局长的肩,往食堂里走,"猛虎身边哪有养狼的道理嘛……"

当他们进入食堂神秘兮兮地推进这个话题的时候,办公室里,赵立峰正坐在桌子后面,望着对面椅子上不停转圈圈的老太太,心里很不是滋味。老年痴呆症把她变成了小孩子。他可怜她。这种情感操控着他把她想象成老百姓的化身。在他眼里,她身上洋溢着老百姓最珍贵的品质——真诚。

"咱家也有一把……一模一样……也能转圈儿……"老太太扶着把手,说话时要停一下,好像不能同时顾及两件事儿。

"您老高寿?"她停下后,赵立峰问。

"七十四!"老太太用右手比画个"七",再比画个"四","值啦!七十三是个坎儿,阎王爷不收,又多活一年。"

"看您这精神头,九十九没问题。"

"添乱!早死早积德。"

"大好天不聊死,晦气。您老抽烟吗?"赵立峰假装在身上摸索两下。他不抽烟。

"来一根也行。"老太太眼睛亮起来。

赵立峰刚要起身,小肖走了进来。

"小肖,上烟。"

小肖赶紧掏烟盒,给老人点上一根。他俩交换了一个眼神。赵立峰示意小肖先离开,用心领会他体恤一位老人的深意。"火烧屁股了……"小肖用眼神说,到门外等着。

"耽误您工作不?"老太太仰头问赵立峰,把他拉回现实。

"我的工作嘛,现在,就是陪您唠嗑。"赵立峰说。他似乎被自己的话感动了——老太太显然缺少陪伴,内心孤苦,惹人怜爱。

冷水坑

"小干事脸色不好,工作弄砸了?别批评他。门口那小伙子也别批评,他见我可怜,让我在岗亭里坐一会儿。"老太太的脸藏在烟雾里,嘀嘀咕咕地说。

"您怎么过来的?"赵立峰用腰部靠着桌子,面向老人,问。因为吸得太猛,烟已经烧到过滤嘴附近了,他又离身把烟头从老人指尖轻轻地捏出来:"行喽行喽,给我吧……"老人听话地分开手指,见赵立峰一时找不到地方处置烟头,在原地转了个圈儿,就提醒他用杯子里的水先把烟头淋湿了再丢进垃圾桶。

"好极了!"赵立峰兴致勃勃地照办,还小跳一步,回到原位时,发现老人一直在耐心地等他,目的只有一个,回答他刚才那个问题。

"任何理论,任何思想,任何知识,在她面前都不值一提。"赵立峰对自己说,内心充满了感慨。

"家在对面,走过来的。"老人家说。

"对面那栋楼?"赵立峰整条右臂指向窗外,强调着问。他接着朝窗外瞭望一番,像是透过繁茂的枝叶看到了那栋楼。事实上,他只能看见枝叶。"巧了呀,那栋楼的地皮就是在我们这儿批的,我亲自跑过好几趟现场呢!"等他把目光重新落向老人时,心里就一揪,因为她此时被老人才能体会到的沉重淹没了,闭上了眼睛。

"领导,别怕,我不是来上访的。"老人说完等了一会儿,才睁开眼睛。

"打您进门那一刻起,我就感觉像看见了亲人,可敬又可爱的老奶奶,从没想过您是来上访的。老奶奶,我今天什么活儿也不做,只陪您唠嗑。"

"那可不行,孩子,万万使不得。我今天来呀,和钱没关系,说实在的,咱家不缺钱,儿女对我也好,不缺爱……"老人说到这儿露出狡黠的笑意,像是不好意思用"爱"这个字眼儿。

"那是,不敬爱老人可不行啊!"赵立峰也笑了,泪水蒙上眼睛。

老人懂事地安静了一会儿。突然,她望向赵立峰。她的目光落到了他肩上,他发现她在放空。

"拆迁之前,住老房子里可真好啊,"老人开口了,目光依然在放空,沉浸在回忆之中,"人啊物件儿啊都知根知底儿,像长在了心里,熟悉,暖和,虽然破了点儿。搬到商品房里之后,这些东西全没了,斩了草除了根。空啊,空得难受。"

"理解,能理解,老奶奶。"

"其实也没事儿,时间久了啥都能习惯,咱这辈子就是这么过来的,问题不大,我们老人没那么脆弱。再说,从破房子里搬进崭新的商品楼,也算是进步嘛。国家如今发展得这么好,对我们老人这么照顾,养老金年年涨,知足了……有一天哪,大中午的,我一个人在新房子里待着。儿子、儿媳妇上班,孙子上学。家里那大沙发呀,坐也不是躺也不是,那个别扭啊。然后呢,我一打眼瞅见我大孙子看电脑用的椅子,哎,跟你那张差不多……

冷水坑

往上一坐,这心当场亮了。"老太太从回忆中临时走出来,望向赵立峰。赵立峰把脸扭到一旁,躲开她的目光。

"我呀就在椅子上转圈圈,可得劲儿了。"老人乐呵呵地说,不介意赵立峰是否在倾听。

赵立峰一时想不出该怎么回应,脑中闪过她转圈圈的画面,却没什么感受,不由得自责起来。

"有点儿小,你这儿有点儿小。"老人紧接着另起一个话题。"办公室吗?"赵立峰环顾一下四周。

"对,小,小二十平。"老人带着一种时空错乱般的神情说。

"比哪儿小二十平?"

"比我们新房子小二十平。坐您椅子一估量,就知道玩不开。"

"玩什么?"赵立峰笑了,猜到了对方的意思。

"滑轮车……我大孙子天天推着我滑……孩子,你多大了?"

"马上三十。"

"生小孩儿了没?"

"忙得顾不上……"

小肖焦急万分,三番五次地在门口露头,都被赵立峰用眼神阻止了。

"再说也生不起啊……"赵立峰走到老人跟前,按住椅子扶手,倾听老人的回复:"生不起也得生!哪有结婚不生小孩儿的呀!国家都开放二胎了……"赵立峰将椅

罪与爱

子原地转个圈儿，再向前推行，到门口时刹住，再掉头来一回。他们来回玩了四次。

小肖向上司摊开双臂，用眼神质问："怎么回事儿？你是小孩儿吗？"随后他听见了脚步声。走廊另一头，陈亮带着疑惑一步步向这边走来。

"这下可好，老冤家来喽。"小肖心里说。他用食指示意陈亮别出声。陈亮皱了一下眉头，好奇地对小肖眯眯眼，把脸探进门去。收回脸之后，他撇起嘴角，摇了摇头，然后想了想，又摇了摇头，再次把脸探进去。这一回，浮现在他脸上的除了好奇、讥笑和素来的鄙夷，还有一种善意。桌子那儿，赵立峰跟随椅子转过身，看见陈亮后，他脸上的笑容并未消失。这副笑容让陈亮产生了更多善意。

"好啦好啦，有人找你办事儿来了。"见到陈亮后，老太太说。三人同时去扶老太太起身。

"起个身，易如反掌。"她说着就站稳了。

"兜里有没有小卡片？"陈亮轻声问，他猜到老太太患有老年痴呆症。

赵立峰在老人口袋里摸了摸。老人不反抗，还举起两条干瘦的手臂。

"咱回家行不？"陈亮扶着老人的肩，把她从赵立峰跟前轻轻地引向门外，离开了。

"怎么看？"回到座位，赵立峰问小肖。

小肖把那张椅子推到原位，笑了笑："我能怎么看……老百姓有大房子住了，可心里的苦呢？"他摇了摇头。

冷水坑

这个观点很对赵立峰的胃口。

小肖在民营企业工作过几年,最后意识到,他需要改变这种缺乏安全感的命运,就用一年时间考上了公务员。作为年纪稍大的机关新人,小肖富有正义感,同情老百姓,敢于批判官僚主义作风。他还很好学,不贪恋权力,看中经验,也重视理论。最关键的是,小肖永远冲在第一线打硬仗,这给了赵立峰十足的安全感。他唯一的缺点是大男子主义。"财务部那个会计小吴很厉害,一点儿亏不吃,能镇住他。"赵立峰心里涌出一股过小日子的情趣,于是微微地笑了。

"丁德村怎么样了?"他随后问起工作。

小肖将一个膝盖压在椅子上,转过身,几乎怒气冲天:"去年那个嘉隆房地产塌地基,今年,这个蓝洋房地产居然……纵火!多坏,这些南方资本家多坏呀!"

"那十户老人还不肯走?"

"不走。住了一辈子,凭什么说走就走?八辆大铲车正在推,瓦砾成山,进里面见那十户老人得翻山越岭。他们就雇了一批闲散人员,隔三岔五在半夜去空房子里放火,岂有此理!今儿个又烧了整整一早上。"

"老人受伤了吗?"赵立峰紧张起来,听见"没有"后,松了口气。

"你现在是丁德村调解委员会成员,公开场合一定要替老人们着想,站在他们的角度看问题。"赵立峰神情凝重地说。

罪与爱

"我不会抛弃原则和良心。但城建局、派出所和消防队都被……"

"小点儿声！有证据吗？别跟我说收买，顶多叫不作为。"

"没证据我不胡说。丁德村有个不肯走的老头儿，他儿子，现在恨他爸不肯搬，拿不着拆迁款嘛，那儿子，狠啊，带头放火。老头儿亲口说的，大家伙儿都听见了。他儿子还说，既然你这个当爸的把房产过给了我，我就拥有处置权，同意搬迁合理又合法，你现在赖着不走，派出所抓你我可不管。都不如一条狗！他这话一出，现场所有人都没辙。派出所的人在瓦砾堆里抽烟，不说话、不管事儿。消防队队长当着我面说，你们规划局批地之前多下点儿功夫吧，别老是纸上谈兵。像话吗？气死我了。最可气可恨的是城建局，坏，恶毒，居然给老人们出主意，来——找——咱——们，说这个项目的地皮是咱们批的。岂有此理……"

"嘘！"赵立峰打断他，示意门外有人。他们听见一串脚步声在临近，警惕起来，同时发现陈亮走后没人关上门。

"赵科长，局长在食堂吃饭的时候，临时让我通知您，下午四点跟他去建设委员会见胡副市长。"刘冬平在门后说。

冷水坑

VII 最蠢的男人

长达三个多小时的文书工作让赵立峰感到充实和愉悦，他边审阅边思考，觉得这一天似乎才刚刚开始。他找到了自己的位置。他又想到今晚或许还能加班一到两个小时，争取把手头上撰写的一篇论述机关系统建立科学化劳动机制的文章最后收尾，还想到晚饭后倚着沙发再看看书——一本英国古典经济学名著，写一些读书笔记（他认为在不越出经济范畴的前提下可以在中国实行自由主义），便不由得心生感叹：他是多么热爱眼下这种生活。他还不到三十岁，在机关，这个年纪几乎就意味着他将与这种生活一生为伴了。最后，他思念起妻子姜琼。下午三点半，刘冬平打电话提醒他准备好嘉隆大厦项目的文件，这通电话影响了赵立峰的心情。为了摆脱坏心情，他起身去了一趟洗手间。可是，这种坏心情并未消散，而是幽灵一般缠住了他。赵立峰带着恶劣的情绪走出洗手间。

"赵科长，您办公室需要打扫一下吗？"清洁工徐姐从楼梯旁边的暗角探头问，她惊到了赵立峰。

那一瞬间，徐姐怯生生的目光震撼了赵立峰。他和她之间，除了钢铁一般的距离，空无一物。同他思想中那还未定型却有无限可能性的劳动对象相比，她只能默默地伺候永不移动的冰冷建筑和物品般移动的机关干部。他和她之间的连接事物在这里还未诞生。就是这种感想

罪与爱

震撼了赵立峰。

"好，跟我来。"赵立峰说。徐姐赶紧过来，一手拉着带轮子的小水箱，一手扶稳插在里面的拖把。

"小肖，桌上、地上的垃圾全收拾一下。"赵立峰招呼背对门口正伏案看材料的小肖。这不是建议，是命令。有一次，小肖在办公室因疏忽大意弄碎了一个茶杯，水洒了一地，小肖想打电话叫清洁工来收拾，被赵立峰狠狠训了一顿。

"去市府干啥？"小肖看见赵立峰把一堆材料放进公文包，边配合徐姐拾掇边问。

"徐姐，不用拖地。"赵立峰没理小肖，扣上公文包，对徐姐说。

"不行啊，赵科长，潘主任会检查，怕他扣分。"徐姐几乎是在哀求，她脸色蜡黄，像是营养不良，单薄的肩膀根本撑不起那件大号蓝色工装。

"还没到下班时间，先不用……拖地……"小肖对徐姐说，又有点儿奇怪地看了一眼赵立峰。赵立峰垂着头，想着什么，手上的活儿完成了，却不挪步。徐姐也发现了，但不敢搭话，病恹恹地看向小肖："我病了，请两个小时假，去医院排队挂号。人太多呀，得早点儿去。"然后又无奈地补充，"潘主任说，你请假看病也行，走之前得把该做的提前做完，至少每间办公室拖一遍地。"

"什么病？"小肖问。

"肝病。"徐姐更哀苦了，不愿触及这个灾难。

冷水坑

"哪家医院?"小肖又问,偷瞄一眼赵立峰,发现他也在听。

"第五人民医院,大医院,挂号得排长队。"

赵立峰在翻裤兜,不知是里面的东西还是裤兜本身吸引了他的注意力。

"我去找我对象,她小姑就在五院药剂科上班,帮您打个招呼。"小肖自告奋勇。

这时候,小肖注意到徐姐畏畏缩缩地挤出一个笑容,这让她看起来更胆怯更悲惨了。小肖望向赵立峰,似乎在让他拿主意。

"别吹牛,"赵立峰对小肖笑着说,"要办到。"

"决不食言。"小肖乐呵呵地搂住徐姐的肩膀,故作亲热地挤了下眼儿。

"这就走吗?"见赵立峰从桌子后面走出来,小肖问。

"是呀,是呀……"走到小肖和徐姐跟前时,赵立峰把小肖的胳膊从徐姐肩膀上拿开,说。

"你不能走呀,上午开会,中午看文件,下午出门,一天看不见你,那么多东西我找谁弄?"

"我有办法吗?"赵立峰也很无奈。

"全局就你俩最忙,我算看出来了,就是欺负人。"徐姐说,此时她一点儿都不紧张了,公开替他们说话,"工作安排得不合理,再招个人也好嘛。"

"你答应的事儿要兑现。"赵立峰用这个方法妥善地回避了徐姐的话,临走前,他从垃圾桶里拎出一包垃圾。

罪与爱

下午三点五十分,赵立峰拎着手提包来到大厅。他没坐接待台前面的长椅,而是站在迎客松旁边等何局长下楼。不经意间,他和坐在几步远的接待台后面那个二十三岁的女孩儿小秦四目相对起来。

"出去呀,赵科长?"小秦挺不好意思地笑了。

"忙不完的事儿。你怎么样?"

"来不完的人,登不完的记。"

"等会儿看见潘主任麻烦转告他,我那间办公室今天不用拖地了,消毒水味呛人。"

"没问题。"她答应着,伏在桌面上拿笔把指示写下来,写一个字念一声,"赵——科——长——办——公——室——今——天——不——拖——地——消——毒——水——味——呛——人。"

"这也要登记?"赵立峰饶有兴致地问,带着打发时间的笑容走到接待台前。随后,他看见这样一幕:在一张横放的复印纸上,整个单位的人按官位级别被列成了一座金字塔。塔尖是何局长,他的名字下面还有一个小方框,里面写着"犹豫"二字。以此类推,每位官员都被标示了一到两个性格特质,赵立峰的是"正直""吓人"。这张纸的右上角是手写的日期。金字塔和字体极小,挤在复印纸中央,四周省下的大块空间被用来登记每个官员要她做的日常小事,名字和日常小事之间以箭头连接。赵立峰看见周福仁让小秦买中华烟。

"你为什么要记录这些事儿?"赵立峰问。

冷水坑

"因为除了工作,诸位领导很喜欢找我帮小忙,我怕耽搁正事儿,然后说不清楚,就留个证据。每天一张,挺好玩,工作之余的小调剂。这些全是废纸,您不用担心浪费。"小秦莞尔一笑。

"是呀……"望着等级图,赵立峰有些难过,目光停留在纸上一小会儿后,赵立峰对小秦表示感谢,"那么,感谢你帮忙。在所有人里,我的'黑档案'应该是最少的吧?"

"今天没有,昨天有两条。早上一条,下午一条。"小秦有点儿调皮地对他眨眨眼,"不过我没登记。"

"哦,想起来了?为什么不登记?难道我不够资格?"赵立峰想开个玩笑。

"因为是我的错呀。"她说着歪了下头。

"你怎么能这样想?你一点儿错都没有,错的是我。我不该太……吹毛求疵,有时候,我这种性格会……不尊重别人。"

"您不会是想向我道歉吧?"小秦咯咯地笑起来。

"我必须向你道歉呀……你别笑别躲嘛,我是认真的……"赵立峰越是诚恳,小秦就越是尴尬,不安地嘟囔着:"放过我吧赵科长,您放过我吧……"

"那么,我换个方式……致歉……你搞对象了吗?"

"赵科长……"小秦蒙住额头和眼睛——她担心羞涩把脸弄丑了。

赵立峰能看出她是向往爱情的,这类女生都向往爱情,渴望婚姻,憧憬着早一点儿过上相夫教子的生活。

"我家那口子有个远房表弟,冷水坑人,小伙子挺撒楞,为人处世没的说,还是个大孝子,怎样?"为了加点儿戏剧效果,赵立峰压低声音,像在说悄悄话。但随后他突然想起来,那个小伙子在韶华集团上班,就后悔搭这条线了。

小秦从指缝里偷看赵立峰。

"帅吗?"她问,咯咯地笑。

"反正跟我是比不了的……"

"刘秘书好像找你有事儿,在那儿。"小秦突然指了一下赵立峰背后的楼梯。赵立峰转过身,随意地扫了一眼从楼梯上下来的刘冬平,就转了过来,对小秦笑一笑。

"赵科长,局长让你和我先去车里。"听见刘冬平的声音,赵立峰皱起眉头,眯缝起眼睛,决心今天不跟他说一个字。他对小秦笑着点一下头,转身就走。

"他去哪儿?什么时候回来?还会跟我打招呼、聊天吗?"小秦望着赵立峰的背影问自己,"我希望他每天都走过来和我聊天。我喜欢他这样做,因为,他是我见过的所有男人中最蠢的一个。单位里别的男干部,他们的蠢是自然而然的,像身体的影子一样朴素。赵立峰则不同,他总以为凭借自己的能力和魅力可以帮助别人,甚至改变这个世界。在他眼里,我是着急结婚生孩子的底层女生。他以为我一心想嫁个好人家,他想拯救我。天啊,他真蠢!"

冷水坑

这位来自社会底层、相貌平平、毫无害人之心的平凡女生,对贫穷有着天然的适应能力。她有条理地埋头生活,毫无声息,如同一株小草。秦晓雯是她的全名,在机关单位她只配拥有父姓。

由于走得太急,赵立峰找到局长的车之后,才发现刘冬平还没进停车场。他一只手拎着手提包,另一只手插进裤兜,背过身去。两三分钟后,刘冬平拉开车门,邀请赵立峰入座。

刘冬平第一时间打开了空调,落下车窗玻璃,以便尽快驱散香水味。赵立峰在后座把手提包放在大腿上半搂着,扭头看窗外——他在用所有细节对刘冬平表达着拒绝。他此时特别厌恶刘冬平的香水味,更厌恶他越来越明显的交流愿望。

"无论他讲什么,绝不赏他一个字。"赵立峰恶狠狠地想。

"是这样的,赵科长,我说,您听。"刘冬平简练地说,像自言自语,看着前头,"我刚才在食堂听说,您夫人的外公是冷水坑老矿工。我的外公也是冷水坑老矿工。他们是矿友。是这样的,赵科长,我知道大家都在取笑我,但您从不这样做。他们取笑我,是因为我在他们眼里是个傻子。我接受,没什么的。您不把我当傻子,您只是单纯地不喜欢我,您至少没侮辱过我。是这样的,赵科长,人可以嘲笑别人、藐视别人,但不能陷害别人。我跟着外公长大,我知道,我们冷水坑人决不能陷害别人,也不能对这种行径置之不理……"刘冬平戛然而止——何局长正迈着八字步走过来。

XIII 古代疯子与现代经济人

<u>赵立峰</u>离开没一会儿,周福仁、李树良和陈亮就走下了楼梯。周福仁和李树良并排在前,探讨着鲸海科技园,意义在哪儿,价值有多大,以及在这个巨大项目背后博弈着的各种力量。李树良认为,这是一个违背历史进程的烧钱工程,因为时代变了,集中力量办大事这种模式在地方结不出什么果实了。他们在大厅中央停住。周福仁走向接待台,去拿香烟。秦晓雯笑着提醒他不能在大厅抽烟,他对她敬一个军礼,后退着回到原地。小秦是陈亮的远房表妹,但不怎么亲。他朝她仰了仰脸,算是打招呼,提醒她认真工作,又说:"下班了,回家吧。"

"你们不能在大厅抽烟。"见到周福仁在拆烟盒,她急忙阻止,没有回应陈亮。

"不抽不抽,回家吧。"陈亮说,然后转头埋怨起周福仁,"自己的活儿自己干,少麻烦我妹妹。"

"遵命嘞!"周福仁笑呵呵又敬了个礼,把烟盒揣好。

"打电话让丁元亮快点儿,"陈亮不耐烦地对他说,"这个点儿一定堵车,去就痛快点儿去,非得等他从冷水坑回来,这人干点儿啥都成帮结伙,小混混一样,臭毛病。"

冷水坑

"你着急？那你打电话嘛！"周福仁笑着说。

"我懒得搭理他。你是副局长，给他下命令！"

"你可拉倒吧，"周福仁双手插裤兜，耸着肩膀把脸扭开，"我胆子小，不敢惹那个雷神。"

"好了，好了，我打电话。"李树良掏出手机，拨通了丁元亮的号码。

"瞅瞅，嘿，你们瞅瞅！"他把手机从耳朵上移开，亮给他俩看，"关机！"

"就是个神经病！"陈亮气得连眼前两个同僚都懒得理了，插着裤兜，身子转向接待台的方向。表妹小秦收拾着东西，翻眼皮瞅了他一眼，依然没搭话。

周福仁乐呵呵地看着李树良，因为他把电话当成了丁元亮，埋怨起来："陈科长今天没吃几口午饭，低血糖发作了，瞅瞅你，非得往枪眼子上撞。"

"别阴阳怪气的，警告你俩，"陈亮扭头气呼呼地说，"要不然我不去啦！"

"你瞅瞅你，何必呢？"李树良往裤带上别着手机，"云来顺的涮羊肉，又不是你请，是人家丁主任请，干吗不吃？不吃白不吃嘛！"

"我差他这一口吗？"陈亮说，"没事儿能请咱们吃饭？他有这份好心？"

"哎，行了行了，"周福仁发现楼梯那儿传来了脚步声，就用胳膊肘顶了一下陈亮的背，"吃枪药啦？什么话都往外冒。"

罪与爱

四名女员工结伴走下楼梯，和三位领导打了招呼，快速穿过大厅，离开办公大楼。小秦还在整理东西，叠放好几本文件夹后，用纸巾擦拭几下桌面，最后，挎上黑色的方形肩包，静静地等着电脑屏幕变黑，才带着冷漠的神情移出接待台，没打招呼，径直离开了。

陈亮这时候才转过身子，脸色阴沉，情绪很差，但没像方才那样气急败坏，相反，他对两个同僚慢条斯理地说："人哪，对别人有偏见是很正常的。你可以出于任何理由讨厌一个人，当然，别人也有权利讨厌你。讨厌就是讨厌——不必说服自己去喜欢每个人，那是做不到的，没必要藏着掖着——光明正大地表现出来，比如，赵立峰，我陈亮就是半个眼珠子也看不上他。他也知道。我俩的矛盾世人皆知。他不掩饰，我不伪装。多好！但不能背后使坏，搞小人行径。丁元亮请咱们吃云来顺的涮羊肉，心里的小九九我一清二楚，听说要从咱们局抽掉一个人去鲸海科技园帮忙，他立刻对赵立峰下黑手，之前就已经把唐俊发、潘亚楼那几个打点好了……"陈亮见周福仁皱了皱眉头，似乎不认同这样评价丁元亮，或者说，不认同丁元亮采用小人行径挤走赵立峰，总之，他那副神情把陈亮惹急了，"表面仗义，背后阴险，我最硌硬这种人……你别护着他！"

"我没护着他！"周福仁为自己申辩了一下，又问李树良："我护着他了吗？"

"你没护着他。"李树良说。

冷水坑

"老李做证,我没护着他!"周福仁重申一次。

"赵立峰虽然天真幼稚,但他心不坏,他是个好人!你知道吗?"陈亮冲着周福仁的脸大声说。

"我……知道呀!"此时的周福仁,不仅非常奇怪,还觉得很无辜。

"赵立峰是个好人。"李树良说。

"人家是好人,咱们就别在背后下绊子!"陈亮转移了目标,冲着李树良大声说,"什么机关堂吉诃德!你大字不识几个,心里只有钱,知道什么是堂吉诃德?"

李树良往左瞅一眼,又往右瞅一眼,以为陈亮的攻击对象就在自己身边,不是这边,就是那边,但都没有。最后,他把手摁住了胸口:"啊,敢情你在说我呀?我背后给赵立峰起外号?胡说什么啊你!"

"不是你,就是跟你差不多的人!"陈亮很不耐烦地摆一下手,懒得再说,把后背亮给他俩。

周福仁把脸埋得很低,一个劲儿地偷笑。

"周副局长,请问您笑什么?"李树良问,差一点儿也笑了。

"老李,我敢打赌,你不知道啥是堂吉诃德。"周福仁忍俊不禁。

李树良没搭理他这一出,掰开了指头挨个儿数落:"瞅瞅,一、揣测我背后给赵立峰起外号;二、污蔑我是背后下绊子的小人,还有个团伙呢;三、说我大字不识几个,拜托,我可是首都金融学院的高才生;这个第四,最可恶,说我心里只有钱，心里只有钱怎么啦？我一不偷二不骗三不抢，竭力探索金钱的奥秘，写成文章，贡献给国家，为老百姓服务，还成天抠葫芦算枣给你们管着那几个钱，我容易吗我！"

"你不容易，说真的，你简直劳苦功高呢。"周福仁依然是那副看热闹的神态，随时会大笑出来，"功臣，大大的功臣！那么，问题是，你究竟知道不知道堂吉诃德是个什么玩意儿？你就坦白吧。"

"我看呀，周副局长，"李树良说，"咱们还是打另一个赌，赌鲸海科技园几年黄铺子吧！"

周福仁听见他这么一说，像想起了什么，扭身拍拍陈亮的背："别说，李主任那篇论述我国现阶段金融形势的文章颇有洞见呢，我看了，你看了吗？"

"我不认字儿！"陈亮望着接待台，倔强地说。

"在现代经济面前，你这种计划经济时代遗留下来的旧式干部，就是不识字的文盲。"李树良涨红了脸，把话说得很不客气。

陈亮把脸扭了回来。他的心被触动了。其实，很早以前，他就在赵立峰身上看到了一种历史端倪，旧式干部正被新式干部悄悄取代。生存的本能使他不待见赵立峰，对他充满了偏见；此外，他又做好了被取代的准备，或者说，已经默认了被取代。在这个国度，万千基层干部，绝大部分起着螺丝钉、杠杆、轴承和轮子的作用。这种作用是机械的、固定的、封闭的，他们也大多接受、习

冷水坑

惯甚至热爱上了这种作用，和机关世界之外的芸芸众生一样，把工作看成实实在在的人生，平平凡凡地过着日子。然而，总有少数基层干部，工作中，他们看着与常人无异，却偷偷地培育着渺小的灵魂，不肯割舍。同赵立峰一样，陈亮把灵魂奉献给了国家，深深地爱着这个国度，区别在于，赵立峰毫不掩饰这份爱，洋溢着战斗激情和奉献精神，而深沉的牺牲精神却使陈亮把这份爱埋藏在心底，爱得不动声色，甚至无人知晓。"我这颗已经生了锈的、随时失灵的坏零件，应当学着自我淘汰，不做国家前进路上的绊脚石。"他时常这样对自己说。

"你一个芝麻粒儿小官儿，非操上天揽月的心，不累吗？"碍于面子，陈亮嘲讽起李树良，"你也想做机关堂吉诃德？饶了我吧。"

"咱不敢奢望做游侠骑士，毕竟官小人微，"李树良慢悠悠地说，"做一名冬洲桑丘倒未尝不可。朴实善良，胆小怕事，目光短浅，一切从自身利益出发。主人骑马，我骑驴。主人战斗，我叫好。主人为信念不顾一切，我偏要追求蝇头小利。"

"您究竟想说什么，桑丘李大人？"周福仁哧哧地笑着，瞥一眼也认真起来的陈亮，"陈老弟，你听听，冬洲桑丘，这说的是什么呀？"

"难道我就懂吗？"陈亮说，目光从周福仁脸上移向李树良，又移了回来，"我只听得懂'冬洲'，就是因为只听得懂它，所以又感觉它非常陌生。"

罪与爱

"别故弄玄虚嘛!"周福仁同时看起两位同僚,话有所指,却不挑明指的是谁,是什么东西。

"怎么说呢?嗯,这么说吧,"李树良背着手,神态诙谐,又略有所思,"与其说堂吉诃德在幻想中挑战整个真实的世界,不如说他跟揣着明白装糊涂的侍从桑丘之间那种畸形病态的关系,才是这部小说的主旨。很明显,桑丘具有清晰的经济思维,把账算得明明白白,足以证明他是一个正常人。作为正常人,认了个疯子做主人,对这个疯子主人的许诺信以为真,就在于他是个彻头彻尾的投机主义小农民。堂吉诃德和桑丘的关系,搬到咱们这里,就会发现,嘿,咱们这儿才应该是这种关系的原产地呀!二位大人,你们说,咱们这些小干部究竟是赤诚的疯子堂吉诃德呢,还是狡猾投机的侍从桑丘呢?"

"堂吉诃德显然是真疯子,完全沉浸在自己的世界里,"陈亮这时候说,"但他信以为真的那个世界并非空穴来风,不是纯粹的虚构,那个世界曾真实地存在过,很不幸它过时了,成了历史的尘埃。"

"堂吉诃德活在过去,桑丘却不会。小农本性顽固地支配着桑丘。他不在乎过去,不在乎现在,其实也不在乎未来。"李树良这样说,"那么,他究竟在乎什么呢?在乎的是,用最少的劳动换取最多的利益。这种本能就是现代经济的萌芽。"

"你还没回答你刚才提出来的问题呢,"周福仁对李树良说,"我们这些人究竟是疯子还是投机分子。我认为

冷水坑

我们两者兼顾。想想看,在何局长面前,我们难道不是揣着明白装糊涂的投机分子吗?他心里也把我们看得一清二楚,因为他也是个投机分子。反过来呢,对于老百姓,我们难道不是大搞房地产泡沫的疯子吗?是的,我们是。"

"农民心里头在想啊,"李树良说,"我们农民出卖土地,相当于出卖命根子,这种事儿哪怕想一想就很可怕。但如果不出卖土地,就永远走不出土地,永远被一亩三分地死死困住。思前想后,精打细算,他们决定出卖命根子,如今更是欢欣雀跃地盼望着出卖命根子呢!瞅瞅,多么疯狂。农民疯了,因为我们早已经疯了。二位大人,我们的城镇化取得了难以估量的成就,应该无人质疑,但是,在这份成就的内部,空洞的疯狂似乎多于实实在在的理性。冬洲堂吉诃德也好,冬洲桑丘也罢,是古代疯子而不是现代经济人在上管天下管地中间管空气呢!嘻嘻!"

"你这个洋务自由派!去你的吧!"陈亮说。

这三名中国基层干部于是都笑出了声。

"按你的意思,"笑声过后,陈亮接着说,"政府和资本合作,有偿征用农耕土地,农民因此获得一笔能够使他们脱离土地、走进城市的补偿款,是一种疯子行径?危言耸听!"

"您必须正面回答。"周福仁对李树良说。

"这只是赤裸裸的物质生产。"李树良这样说,"在我看来,拼了命地大搞物质建设,就相当于一个人接连不断地打碎自己的骨骼，再一次次打上石膏，固定起来，表面上看，之前那些外在缺陷不见了，却积累了越来越严重的内部创伤。我们应当从某种不由人掌控的自然规律出发，换句话说，从合理的现代观念出发，寻找解答方案，就在于，摆脱物质的束缚，不再以物质为第一生产力，一步步走向自由。"

"这就奇怪了，"陈亮说，"这就奇怪了，我的老毛病复发了，那就是听得懂'物质'这个词，但从你嘴里这么一说，我又完全听不懂它了。那么，请问李主任，什么是物质？"

"物质就是用来出卖的东西，比如农民手里的土地，还比如冬洲。"李树良说。

"原来您不仅是个洋务自由派，还他娘的是个地方主义者。该杀。"陈亮大笑。

"农民手里的土地可不是农民的，是国家的呀。"周福仁这时候插进话来。

"国家掌管，政府监控，农民使用，但土地最终将归入现代经济。"李树良信誓旦旦地说，"如果不落实这一点，拒绝由现代经济人掌管土地，那么，我们即便再强大，也是外强中干，极易粉碎性骨折。"他接着又说，"建设鲸海新区，需要迁走十六个村子，八千户家庭，这几乎是一场移民运动。紧跟着呢，房地产圈地，基建配套，建公交，建地铁，建商业街等等，又要刮走一片地皮。二位领导呀，冬洲快要没地啦！实话说吧，二位，我之

冷水坑

所以持悲观态度，就在于我们好像走不出竭泽而渔的怪圈了，因为，无论怎么改革如何开放，国家基础依然是土地，而我们又总是图一时之快,滥用土地,浪费土地……我们当然不能把土地直接交给农民，然而也不能死把着不放嘛，不交给农民，不交给资本家，但要学着交给自由市场……苍天开眼，四十年改革开放使我们变成了体量庞大的强壮巨人，真好，我如此骄傲，却又如此焦虑，因为这个强壮的巨人如今似乎有点儿消化不良，吃得快胀破肚皮了，可是为了把残渣排泄出去，必须吃进更多钢筋水泥……"

"您这是胡说八道！"陈亮说，"什么是自由市场？说白了，就是资本家的套路。你这个洋务自由派真该杀呀！"这时候，他们看见了经过保安亭的丁元亮，随即停止了讨论，来到外面与丁元亮会合，一同离开规划局大院。

每天下班点儿一到，规划局便人去楼空。今天由于三位领导霸占了大厅，很多人不敢离开座位，咬牙切齿地等着。现在，他们又像耗子一样纷纷出洞，快步穿过大厅，溜到外面去了。

IX 廖主任捡起踩扁的烟头

一个人通常由三部分构成——躯体、头脑和良知。

罪与爱

从一个人身上无论拿走哪个部分，都意味着这个人不再是人，他或她已经死亡。将人拆解是一个违背良知的恐怖设想，人们只能用头脑琢磨这个设想。刘冬平说完那些话之后，这个设想出现在赵立峰的头脑里。他觉得自己眼下处于这样一种境况：躯体很健康，头脑很丰富，良知有些模糊。当他发现头脑和良知在刘冬平身上可以分离的时候，就感到良知在自己身上失去了不少光泽。自尊心提醒赵立峰，良知和头脑同等重要，试图去分辨二者孰轻孰重是个有害的想法。自尊即刻又推翻上一个定论，告诉他，良知和头脑在一个人身上是没法儿分离的，但又是不平衡的。缺乏头脑的良知，很赤诚，非常迷人，甚至震撼人心，而愚昧的本质却决定了它对世界起不到什么实际作用。相反也是，没有良知的思想者简直不配为人，就比如，他此前将刘冬平默认为一个在文明上已经死亡的人。他为此狠狠地责备自己。

来到市府大楼，等候已久的办公室主任廖春润赶上来迎接何长山和赵立峰，并把他们领进后面一栋办公楼。

藏身于城市中心地带一片绿树丛间的市府大楼分为前后两栋，均为长方体格局，十层楼体，采用冷色金属材料装饰外墙，阳光之下银光闪闪。在两栋建筑之间，是一条长方形的绿化带，观赏类植物、小型花坛和老干部风格的假山石等元素营造出一种生机盎然的土气。不过，今天这一片繁密的枝枝蔓蔓却令何局长深感烦躁。

"换作我，全砍掉！破破烂烂的……卖给花卉市场。"

冷水坑

他在廖主任身后抱怨。赵立峰偶尔抢上前为他撩开枝叶，以免叶尖刺到他的头皮。

廖主任信心满满，决定要尽一尽地主之谊。

"可别小瞧了它们，"头前儿带路的廖主任回过头说，"这些珍贵树种可是价值不菲，林业局给我们一棵棵做过鉴定，那些花花草草也不同凡响。树种说明牌这几天就会贴上去，工作之余，大家顺便吸收点儿植物知识也蛮好的。这些绿化的成本都折算进了建筑设计费，操作合理合法。"

"是呀，毕竟是大衙门，门面得讲究。"何局长带着点儿醋意说，回头一瞅，赵立峰笑而不语。

"来，何局长，看这棵。"廖主任在一棵树皮粗糙、黑了巴黢的树前止步，顺着主干向上仰望，把手放在树干上抚摸，眼神里充满了感慨。何局长上下打量一番，眼皮黏糊糊地眨了眨，没看出任何特别之处。

"怎么，它成精了，半夜里到处溜达？"何局长说，把赵立峰逗笑了。

"可不能笑啊，孩子，世界这么大，神奇的事儿多着呢。"廖主任对着赵立峰说。

"真是啊，冷水坑矿山有片林子，听说，有人在里面遇见过神灵。"何长山说。他的眼神像是在对赵立峰说："反正信不信由你。"

这个信息让赵立峰沉思了片刻。他再次望向树顶。

湛蓝色天空在枝叶的缝隙间支离破碎，看不出任何门道，如果非要集中精力寻找什么，风声、光线、静谧和晃动也许会协助心灵捕捉住某个瞬间，这个瞬间是这样的：以身体矗立处为坐标的原点，一个抽象而立体的宇宙环绕着原点悬浮盘旋。

"是您亲手栽种的吗？"赵立峰问道。

"不是……"廖主任一直仰着头，像是动了情，可他没有意识到，苦涩已从心灵深处涌现在自己的脸上。随后，廖主任收回手，从另一棵树的左边拐过去，进入门洞。

颇为不解又感到好笑的何局长对赵立峰皱一皱眉头。赵立峰没说话，也没表情，跟上何局长，把那棵树留在背后。走了几步，他回过头，瞭望那棵树。他回想何长山所做的几个暗示，同僚们对自己明里暗里的排挤，又回想起刘冬平说过的那些话，以及让他感到怪异和不快的冷水坑矿区。冥冥中他感到有必要把这一切贯通起来，却厌恶地发现，他在这个事儿上一下子回到了素来让他鄙夷和拒斥的人性逻辑上，本能立刻提醒他这是堕落的开始。"这一来，他自然要失掉努力的习惯，而变成最愚钝最无知的人。"那部他正在阅读的英国古典经济学名著浮现在脑海，他摘取这句话的意图很像是对一个懒得理会的困难给予终极性解读。

从门洞到办公大厅约有三分钟路程。三步以内看见的同僚，不管职位高低，廖主任一律主动打招呼。有些人认出了何局长，就过来握手或挥手致意。走廊上，一位新晋升的年轻副局长看到了何长山，热情地过来拥抱。

冷水坑

"怎么样,领导,您还好吗?"他快活地拍一拍何局长的两个肩膀,好像随时会因为兴奋把老人端起来似的,然后又抽空跟赵立峰握手,非常正式,表现出同志间应有的热情和尊重。

"托您的福,没出大乱子,领导,您也好吗?"何局长明显在揶揄。一听见"托您的福",这位副局长像躲避攻击似的往后一仰,哈哈大笑,露出一口修复过的白牙,当听见"领导"时,又一仰,笑出了泪花。

"哎呀,眼泪都笑出来了,老领导呀,您的幽默……让人甚是怀念啊!但是,您记住,我梁文广永远、永远、永远是您的兵,您永远、永远是我的老上级。永远!"他的笑陡然间消失,整个人显得不安起来,把何局长的手握得更紧了,语气也随之更关切、更夸张了。

"婶婶还好吗?"

"死不了。你爸身子骨怎样?"

"出院之后大彻大悟了,天天打麻将……"

何局长被拽着手,扭回头,给赵立峰介绍:"五六年前呀,梁副局长他爸跟我搭过班子,他爸人老实,我要强,天天欺负他,你看,风水轮流转,现在人家儿子骑到我头上啦。"

他们在走廊里说说笑笑,声音在封闭的空间里产生了轰鸣和震动,不少人从办公室门框、拐角和楼梯口探出脑袋偷看。

梁副局长看一下手表,感慨地说:"局长派我去参加城乡统筹研讨会,得走了。您保重,伯父。"

"我比你爸小一岁半呢。"何局长对梁副局长急匆匆远去的背影一阵嘲笑。一旁侍立的廖主任也笑了,笑得很有分寸。接着,他对何局长做了个"请"的手势,走到前面,继续引路。

副市长办公室敞着门,里面有人在咳嗽。廖主任丢下客人,紧贴门框拐进去,随后传来他的呵斥:"又偷摸儿抽烟,医生的话怎么不听呀?"听到这儿,何局长和赵立峰在门口止步,看见廖主任正在拍打胡副市长的后背,满脸怒气,又很心疼。胡副市长弓着背,想直起来,但不被允许。从咳嗽的声响和力度上判断,赵立峰觉得他只是感冒。赵立峰闻见淡淡的烟味,看见烟头被丢在办公桌桌脚,还没熄,就提醒廖主任先把它踩灭。廖主任心里嫌弃赵立峰提这个醒,一来他不喜欢在领导面前被别人调度,二来担心领导趁机再闹幺蛾子。果然,他去踩烟头时,胡副市长立马站起身痛快地咳嗽了三下,用烦躁的表情和语气回敬管家:"梁文广,引诱我的,是他,他怂恿我来一根,骂他,找他算账!"廖主任捡起被踩扁的烟头,握进手心,又揣进裤兜,收一收怒气,看向领导:"人给你带来了,接下来,接下来,我就离开……"他的话及他接下来的果断离去,让胡副市长愣在原地,他望着廖主任的后背想说什么,又说不出口。赵立峰让出一个身位,还碰了碰何局长肩头,示意他侧过来一点儿,让廖主任从他们中间过去。何局长含笑目送廖主任,

冷水坑

认为此人患有心理疾病。

"再不来,我就要报警啦……"胡副市长从办公桌后面挪出来,大老远就伸出右臂,气喘吁吁,满头是汗,到跟前一把握住何局长的手。他太胖了,因为没有腰身,裤腰只能上移,几乎勒到了胸口。臃肿就像命运本身,又像命运所抵抗的对象,在他身上博弈着。每次见到这个人,何局长就发笑,不是暗笑,而是当面大笑。

"人家关心你,爱着你,你还不乐意?"握手的时候,何局长开起玩笑。

"不,老何,他是恨我。如果他爱我,就能理解一根烟对我的意义。"胡副市长满脸无奈,眯眼摇摇头,苦楚地说了一句,"我太难了!"他吃力、笨重地领着两人往屋子中央移动,两条纤细的小腿支撑着臃肿的身躯,摇摇摆摆像只巨型企鹅。

"脂肪肝要我老命喽……"胡副市长并不掩饰痛苦,在桌角先撑一下,喘气运力,再移进去,将早已放弃意志的自己砸进椅子。出于人道主义原则,赵立峰想去帮忙,但被坐进沙发里的何局长拦下了。

"胡市长是要强的人,自己能完成的事儿绝不麻烦别人,对吧?"何长山说。

"毒嘴遭报应,小心走我前面。"胡副市长回敬一句,他当时正在邀请赵立峰落座。

"干吗坐那儿?孩子,坐他旁边,挤咕他,死劲儿挤咕他。"当发现赵立峰想坐沙发边的一把黑色塑料椅时,胡副市长说,直到赵立峰按他的意思落座之后,他才满意。

何局长斜眼瞅瞅身边的下属,没再搭话。当时,赵立峰一边局促地笑着坐到领导身旁,一边暗地里观察环境——墙上挂有三幅地图:世界地图、中国地图和本地区土地红线图。两位老领导暗中对视了一下。

"即使这一切正在通向那个最坏的结果,我要做的事儿依然可以做下去,不会受到影响。"赵立峰发现他们的小动作后这样想。

X 服从组织的安排

"聊正事儿之前,我得说道说道。"何长山愤愤地说。

"在哪儿你都是咬尖儿的主儿。说吧。"胡副市长乐呵呵的,说着看了一眼赵立峰。后者微微含笑,像在说:"您说对了,他就是这样的人。"

"梁文广那个白眼狼被提拔,理由是什么?"何局长是认真的,像在逼宫。胡副市长显然有所准备,料到对方打不开心结,会抓住此事做文章。

胡副市长望着何局长,其实有点儿感伤——几十年的老战友,政治生涯即将结束,很可怜。他嘴上却不依不饶:"他是白眼儿狼,你呢,好哪儿去了?抗旨不遵,私改政令,这两条你无话可说吧?还有一条,不尊重女性。"

冷水坑

"我不尊重女性？胡说八道。"

"大闺女想过单身生活，小闺女要自由恋爱，人家自己的事儿，你掣什么肘？"

"你不操心，是因为有儿子兜底。男人再失败，也能翻身；男人再坏，也能回头。就算彻底完蛋了，哪怕进大狱，也没人戳男人脊梁骨，保不齐还会挑大拇指说有本事。女人可不行，这世界不给女人第二次机会。"

"这么说，你非管不可喽？"胡副市长说着不屑地一笑，其实他心里认同对方的观念，同时庆幸自己生了儿子，还是个优秀的儿子。

"非管不可。大外孙子、将来的小外孙子，长大了也必须当干部。做干部自古以来是我们中国男人的使命。"何局长语气激烈，脸色通红，自己也知道这些话有点儿强词夺理。

"当着年轻人面，别这么幼稚，行吗？"胡副市长挺严肃地批评他，心里却不失得意，但说不上原因。随后，他找到了原因，就是幸灾乐祸。

"你怎么看，孩子？"胡副市长问赵立峰。

"都有道理。"赵立峰说，淡淡地笑着。

"换作你，会怎么办？"胡副市长继续问，像是有意要把这个话题深入下去。

"我会这么办，二位领导，首先，我会和儿女沟通，平等地交流，引导他们把原因、困惑和愿望表达出来，越细越好。如果他们是出于自身的感受，比如说现在过得不幸福，或想过得更幸福，但必须以脱离现有生活为条件，那么，我认为这种需求是理性的，是合乎人性的。只要采取恰当的方法，把诸多方面的伤害降到最低就行。如果他们是出于某些不负责任的欲望，放纵自己，图一时快活，那么，我会明确表示反对，并主动担起责任，尽最大努力把所有的伤害降到最低。在这个事儿上，我的基本原则是劝和不劝分，实在劝不了的话，那么，我认命。因为，我不相信一个人可以改变另一个人，不相信一个人可以阻挡另一个人的理性需求，还有，非理性需求。"

赵立峰一边陈述，一边加速释放着情绪，手指微微颤抖。他每说一次"那么"就耸耸肩，最后那个"还有"也耸了下肩。说完之后，他浑身发热，感到血液涌上脸部，涨乎乎的，有一种大事已成的羞涩感。他不好意思再把头抬起来。伴随这一番陈述的，还有浮现在脑海中的妻子的面孔——他把她看作女儿。赵立峰发现，自己对她的爱和尊重超乎了想象，为此他差一点儿落泪。

胡副市长和何局长一时无声。他们可能没想到这位年轻人会把闲聊当真，有理有据、有情有义地侃侃而谈，一番周全的陈述体现出难得的素养和品位，锋芒外露，却也不失谦逊。赵立峰表达的尊重儿女的态度显得尤为珍贵，让胡副市长颇为欣赏。不妥之处在于，赵立峰不谙老干部之间的游戏规则，拿捏不好他们的语言套路，因此显得尴尬——他俩工作前开的玩笑，相当于正餐前

冷水坑

的开胃酒。

二人用各自的方式对赵立峰的陈述和为人给予了赞许。何局长给赵立峰使眼色："可以了，上正菜吧。"赵立峰从公文包里掏出嘉隆大厦项目的文件夹，起身送至胡副市长面前。

"项目接不接，你们说了算；批哪块地，我们来把关。"何局长老练地说。

戴上老花镜，接过文件，胡副市长从镜片上方瞥了一眼何局长，冷笑了一声："幼稚。好，我看看。坐吧，孩子。"接到指令后，赵立峰回头看了一眼沙发，有点儿犹豫——他想提醒胡副市长一个线索，这个线索是翻开文件前应当知晓的关键点，否则会在阅读中产生误读——他断定对方一定会误读。重新落座后，他有意坐在沙发角。

胡副市长看得非常平静。

估摸五分钟，他看完了，合上文件。一开始，胡副市长在思索中把文件推至一旁，给双手留下足够的空间交叉在一起。接着，他用框架清晰但细节混乱的眼神望向沙发，琢磨着已经构思好的第一句话该怎么说出口。

"你们挺有胆量。"他说。

"让您说着了，我们的要求是，错一个字、一个标点符号，那就不行。"何局长说。

"省府的决定还比不上一个错别字？"

"老子不在乎。"

"问题在于，"见风头不对，赵立峰出面做解释，他用右手掌在茶几上方摁了一下,表示这件事儿里有对方不了解的情况,"问题在于,他们在申报材料中弄虚作假。明面上地皮一千五百亩,实际上呢,为了腾出这块地,我们就要被迫把一片老城区铲平,这是那片地的客观环境所决定的,到最后其实还会白送他们一块五百多亩的地皮。他们就是看准了这个便宜。另外,拆迁成本也要增加三分之一。其次,市长,其次……"

"嗯,我听着呢。"胡副市长刚才在摘眼镜,这个动作被赵立峰误解为他不想听了。

"嘉隆集团在金融操作上有污点。"赵立峰说。

"这个我们知道,会议上都讨论过。"胡副市长淡淡地说。他说的会议是省府级别的经济发展专项研讨会,这句话是在暗示这种级别的会议和你一个基层科长没有关系。接着,他有意放松表情,以免年轻干部因紧张而不敢说话。在工作和生活中为难别人,或让别人在自己面前感到为难,会让他感到尴尬。他倒不介意被别人为难。

"这么说吧,在资本面前,咱们得守信用。"胡副市长换上无奈且希望被理解的表情。因为何局长不开口,赵立峰不好再争辩。

"十天。再允你们十天。批地。"胡副市长说着,自己也摇了摇头。政策和时局在他心中纠缠,他并无尊严可言。谁都无尊严可言。

赵立峰扭头看何局长,他默认了,毕竟是省里的意思。

冷水坑

胡副市长趁机把文件往桌边一推。

"拿回去吧,孩子。"他神情老迈地说。

"孩子,"赵立峰扣上了公文包,胡副市长再次开口,"坐吧。聊聊。能告诉我,为什么不相信一个人可以改变另一个人?"

胡副市长认真说话时温厚又平稳,与何长山有天壤之别,两人却心有灵犀地用同一种眼神观察起赵立峰来。习惯了用行动表达异议的赵立峰还是太年轻,他原本准备一声不吭地离开办公室,也知道两位领导暗中搞着小动作,但主角身份对他产生了不可抗拒的诱惑。他坐下来,对临场发挥充满自信。

"首先,我们为什么总想着去改变别人?"赵立峰垂着眼睛说,情绪缓缓地激动起来,脸开始发红,"我们又出于什么目的去改变别人呢?这些目的之中,当然,有些是合理的,比如在办公室里要改掉一些人的坏习惯,这是可以的……"赵立峰发现何长山同时看着自己和胡副市长,他感到一丝拘谨和厌恶,接着往下说,"但大多数情况,我们改变别人是为了改变人性。我不认同这个行径和心理的原因是,我们根本不可能挑战人性,也根本不可能从人性上找到解决之道,因为这本身就违背人性……其次……"他头脑里全是可用素材,却一片混乱,他总想捕捉关键点营造深入浅出、首尾相衔的效果。揣摩过重的心绪严重干扰着本该清晰果断的表述。乱上加乱的,还有一个始终萦绕不绝的声音:"就这么轻易地亮出核心思想？非要我说，我国干部制度不应该过多倚重人性，更不能以人性为基础，而是要通过超越人性的科学实践来……"瞬息之间，他猛地对一切心生胆怯，包括嘴上和脑子里的观点。他想赶紧回到办公室，翻开文件，看上几行字，安静地开展思想劳动。

"早跟你说过，是个可用之才。"何长山将右腿架在左腿上，抽空对胡副市长说，"时代不一样了，我们需要有思想、讲理论的干部，真的。你不认同？"

"请问你凭什么说我不认同？"

"凭我对你深深的爱。"何长山抖一下胸脯，笑了。

"按照你的意思，孩子，一个人或许改变得了别人的行为，不让他们做这个，让他们做那个，是可以的。但一个人无法改变别人的心灵。对吗？"胡副市长说着用指头点一点桌面，对何局长下达了一道命令："把你那根短腿放下来，要不然你就躺好睡一觉……"

何局长放下右腿并坐直一些，讪笑着看向二人。

"我感觉你说得对。让他坐好，他就坐好了，可心里指定不服气。"胡副市长这样说。

自尊心受到羞辱但保持着镇定的赵立峰笑了笑，心里感到奇怪——一个主管本地区经济建设的副市长何苦跟一个小科长聊这些？还煞有介事地表演！多么矫揉造作，多么可笑。

"他们究竟想干什么？有话直说不好吗？"赵立峰想，随即用书里的一句话做出解释，"官吏的成见是从国家的

冷水坑

成见产生的。"他坚定地想道:"产生'改变人本身'这种成见的国家,被自身惯性绑架是必然的。这种惯性不仅强迫国家治理服从于它,还借助不良的劳动秩序强迫人服从于它……可是,说这些有什么用呢?他们听不懂,因为只有那些十分幸福的生来就有天赋洞察一个国家的整个政制的人,才配建议改制。"

事实上,即便两位老官员听得见赵立峰这些心声,他们依然会觉得使用矫揉造作的方式先营造氛围再谈正事儿是有必要的,对赵立峰而言更有必要。当他们把赵立峰看作有头脑但明显稚嫩的年轻男人时,他们难免生出怜爱之情,不愿挫败他的自尊心;当他们把赵立峰看作不切实际的基层干部时,他们就把怜爱之情完全抛掉,赌起气来——非使用老办法来改变这个人不可。他们信誓旦旦地认为,头脑是头脑,人性是人性,赵立峰和一般干部一样最在乎屁股底下那个位子,只是虚荣心使他不愿承认。综合而言,他们需要使用一种人道主义手法把赵立峰从眼前移走。

这时候,胡副市长记起一件事儿,就对赵立峰说:"我记得令尊是一位大学老师,一名学者……"他把上身扭向何长山。

"研究社会学的。"何长山用小拇指刮了刮嘴角,补充说,示意赵立峰别那么紧张,放松一些。

胡副市长接着说:"在一次人大会议上,我有幸与令尊聊过几句,不错,是个头脑清晰、有社会良知的学者……

哎呀，虎父无犬子呀……但我也表达了自己的看法，就是，我们……"他将一只手放在胸口上，再次面向何长山，见对方眯上眼睛很正式地点了一下头，便又扭回来，对赵立峰说，"我们干部的命运被框定了，或者说，我们是且只能是经验主义者，真的，孩子，世上不会有人比我们更懂得成就与代价的关系了……"

"成就归于国家，代价算在我们头上。"何长山苦苦一笑。

赵立峰对父亲充满厌恶，他好像生来就不喜欢这个人。首先，父亲那种没有原则的同情心让他觉得虚伪；其次，父亲对老百姓充满浪漫主义想象，认为他们纯洁无瑕，最关键的是，他居然把国家治理之道全部寄托在他们身上，这激怒了赵立峰。干部体系、资本家和老百姓三者中的任何一个担任历史主体都将给国家与人民带来劫难，就因为它们超脱不了人性。赵立峰情急之下在脑海中总结道："还处于抽象状态之中的国家意志总有一天将变成真实的力量……国家不是一个抽象的概念，而是一个真实的巨人。"

"嗯……能理解……"赵立峰涨红了脸，低头喃喃说。

"能理解我们的不易，谢谢。我本人感到了安慰，真的。"胡副市长靠上椅背，后脑被凸起的海绵头枕弄得很不舒服，皱了下眉头，"父子二人都心怀国家命运，难得。但有句老话说得好，想，要壮志凌云，干，要脚踏实地。就像我对令尊说的，咱们分工不同，但都得过日子呀，

冷水坑

是不是？"

"得敢打硬仗，立峰，"绕了这么多弯子，何长山终于等到机会把刀子插进去，"你是基层干部，要时刻做好冲入阵地的准备。别怪我说你，说你都是为了你好，小肖在这方面就比你强一些。"

"哎哟，瞧你说的是什么话？"胡副市长剜一眼何长山，"市府干部就不往里冲吗？"

"理论很重要，可以说……非常重要，"何长山先对胡副市长无聊地笑了一下，目光随即落向赵立峰，"但别被它绊住脚步。"他的引申含义是：你已经被大脑耽搁了前程，就别再耽搁我的命啦，潘亚楼说我今年犯小人，这小人就是你。

两位老领导暗中交换眼色后共同看向垂头不语的赵立峰，不知他是在沉思，还是涌出了某种力量，他整个人既让他们得意，又让他们害怕。他们为此不得不再次对一下眼神，并由擅长打硬仗的何长山打破僵局。

"你还年轻，立峰。"他说，"张主任病了之后把部门交给你，唉，不能服众。组织部一直要我推荐人选，我找不到。他们从城建局调来个酒囊饭袋，我拦不住。因为是酒囊饭袋，就一定容不了你……你嘛，孩子，就像小肖说的，你适合做文人……但是，机关系统要文人干什么用呢？可以回到家里写书嘛。一个男人成熟的标志不仅仅是这里（指指脑袋）有东西，更在于正确地选择……老百姓没那么可怕……"

罪与爱

"我服从组织安排。"赵立峰听见自己的声音,头压得更低,炙热的大脑一片空白,开始膨胀。

"去鲸海科技园,去基层,进入广阔的真实世界,磨砺一番,让自己更强大……"内心欣喜的何长山对赵立峰涌出怜悯之情,此时此刻,他似乎体会到了拥有儿子的幸福感,"冷水坑民风彪悍,连律师都不想打那里的官司,是一块最难啃的骨头,你要啃下来……给我征地!"

"我服从组织安排。"

几分钟后,赵立峰终于听见第一句意思明确的话,就是他可以走了。他握紧手提包,起身后,用端正的目光看向两位老领导。

"我服从组织安排。"他说完抽了一下嘴角,像痛苦,又像冷笑,快步离开了这间玩弄他命运的办公室。

赵立峰离开之后,两位最终得逞的老官员却一时间失去了活力。胡副市长窝进椅子,腐气沉沉,一动不动。何长山倒不甘心萎靡下去,离开沙发,走向了窗口。

深青色天幕刚铺满天空,星光还没来得及全部闪耀,城市的夜景就已经火热了起来。

登山运动员一旦到达顶峰,就会立刻俯瞰低处的世界,他们迫不及待地要沉浸到一种感受中:只有高尚的劳动才能将世界尽收眼底,底下的世界与自己息息相关。现在,这种感受出现在何长山身上,对他产生了强烈的影响。他似乎看见了城市的全貌。他意识到,城市是人类劳动的最高成就。他还想象着是他亲手创建了它。如

冷水坑

果说心灵有什么非凡功能,那就是它能制造幻想以弥补不尽如人意的境遇。何长山以前基本不需要这种心灵功能就能活得很好,现在他发现,除了这种心灵功能,自己的其他功能都在疾速衰退。

他转身面向胡副市长。

"花有重开日,人无再少年呀。"何长山的笑中带着一丝苦涩。

胡副市长眯着眼养神。

"拔掉这颗钉子,心里舒服点儿了?"

"可我依然失败了。"

"你病了,说起了胡话。"胡副市长在椅背上冥想,渐入深度的舒适。

"我的失败在于,这个我为之奋斗、为之贡献一生的世界,如今不需要我了。"

冥想中的胡副市长对此淡淡一笑。

"我失败了,是呀,失败了。"说完之后何长山感到轻松了些,随即自嘲地一笑。

"你还有我。我爱你,我永远爱你。"

"你说对了,我的失败是爱……没了……没了……"

"改天啊,"胡副市长睁开眼,扭扭脖子,"让你那位花里胡哨的秘书,带你去精神科挂个号,瞧一瞧。退休抑郁症会要了你的老命。"

"还是让你那位管家带你去养老院,伺候你到死吧。"

"瞅瞅我,发发善心吧,我难道不需要照顾吗?你家刘冬平是个公子哥，你不伺候他就算万幸喽。"

"他是个智障，也是脑子有病，另一种病……"

"让智障滚远点儿吧！去我家，叫你嫂子炒俩菜，喝几盅，叙叙旧。这是命令。"

XI 人类本性是什么

"人间支配者的暴力与不正，自古以来即是一种祸害。我认为，按照人事的性质，这种祸害是无法除去的。"（注：出自亚当·斯密《国富论》）这是离开办公室后出现在赵立峰头脑中的第一句话，来自书本，却被他当成了独创。方才遭受的侮辱，因为在时机和性质上都紧扣人类本性而使弱势一方无力回击，恰恰激活了赵立峰最拿手的报复模式——用宏大视野对敌人展开毁灭性打击。

在电梯里，他颤抖着从手提包里拿出随身携带的黑色笔记本，噼里啪啦地翻找某一页，终于找到了，立刻阅读起来。"一个人如把他的一生全消磨于少数单纯的操作……他永远不会碰到困难……而变成最愚钝最无知的人。他精神上这种无感觉的状态……使他不能怀抱一切宽宏的、高尚的、温顺的情感……至于国家的重大和广泛的利益，他更是全然辨认不了的。除非费一番非常大的力量，教他在战时如何捍卫国家，否则无法做到。"（注：出自亚当·斯密《国富论》）默读到一半时，他提高了一倍

冷水坑

的速度，就为看到最后一句话中的一个词。

"力量！"他用食指关节狠狠敲了一下电梯壁，然后一气呵成地把后面高声读完，心里痛骂道："这些老而不思的干部，握着国家治理的正统权力……不行！绝对不行！再这样下去，国家就会患上绝症……必须用一种力量……全新的先进的……顺应时代但抵抗惯性的力量，像一颗导弹将绝症击毁……可恨的人类本性……"

赵立峰思绪澎湃，攥紧满是汗液的手心，装好笔记本，盯住楼层数字。他发现他既想赶紧离开，又想永远待在这里。他无意间在反光的金属墙壁上看见自己的面孔，吓了一跳——它不仅充满仇恨，还有一丝诡异的冷笑。

"人类本性，是什么？"出电梯后，他凶狠地问自己。为了不分散精力——也是习惯——他瞅着两个交替前行的脚尖，竭力从它们那儿掠取线索。

"不，要推翻这个问题，因为'人类本性'不是一种真实事物……现实中，不同阶层演绎不同的人性……应该将这个问题拆解成两个部分：人是什么？人和权力的关系是什么？人无疑是劳动者。劳动者是……基础，载体……同时人又避免不了被权力奴役……为什么，为什么非得如此？……"

他走进第一栋办公楼大厅。一个叫张茂生的民营企业家小跑着过来，拦下转动着思想马达的赵立峰。

"赵科长……您好！您好！……"

罪与爱

张茂生从事稀有金属加工出口贸易，获得了人民代表身份，最近在城边申请到一块地皮盖厂房。这块地皮出自赵立峰之手。他几次邀约赵立峰吃饭或做点儿别的事情，都被婉言谢绝。

思想活动及行程被打断，让赵立峰很烦躁。而且，他非常讨厌张茂生。其实，他讨厌所有民营企业家。

"赵科长，哎哟，这次您可逃不掉啦！"张茂生说着握住恩主的手，这让赵立峰不得不把公文包交到另一只手上。

"您好，张经理。"赵立峰用一种正式的公共礼仪口吻说着。一看见对方那副嘴脸，他就打定主意在三句话内摆脱他。

"没想到能在这里遇见您，太高兴了，您还好吗，赵科长？"

"张经理，您太客气了。我还好。工作很多，我很忙。生意不错吧？应该挣大钱了吧？"赵立峰端详着张茂生，马上明白了此人在这个国度是如何找到位置的：并非自愿地与国家、人民相结合，却以卑劣手段来掠取利益。赵立峰扭头扫一眼大厅门，做了个被什么人吸引注意力的小动作。

"哎哟，这世道我这种小民企活着就算万幸了。您要去哪儿？"

"赶回规划局加班……"

"这样，赵科长，我们一行来了七位人民代表……"

冷水坑

"又来集体圈地?"赵立峰笑了,心想,绝不跟你们再客气。

"赵科长,这个词儿可不好听呀,哈哈。"张茂生显然知道对方在揶揄自己,但看在钱的面子上,就无所谓了。他只是搞不明白,赵立峰为何非要自以为是,一个虾米粒小科长,总以为自己那点儿文书工作具有高尚意义。

"多么无耻的小吏啊!"张茂生在心里恶狠狠地骂道,"不仅妨碍我们挣更多的钱,还要从我们身上拔更多的毛!无耻啊!呸!"

"我们也是想为本地区经济建设出一把力嘛,为人民服务嘛……"张茂生笑嘻嘻地说,他嘴上这样说,心里又报复地想,"这个白痴,你就是为我们服务的,装什么高尚?不仅你为我们服务,整个国家都要为我们服务。"

赵立峰毫不遮掩地冷冷一笑,没回答。

"加什么班,一起吃个饭……"张茂生说着,突然停住,因为赵立峰竖起一根食指,轻蔑地左右摆动一下,表示了拒绝。

"对不起,张经理,我得赶时间,下次再聊。"赵立峰转身往门外走。

"难道我就这样逃开吗?"下台阶时,赵立峰问自己,"我分明鄙视、厌恶和敌视他们,可又为什么想逃开他们呢?难道——是因为——这个世界终将会被他们占有?难道,我来这个世界就是为这些圈地资本家服务的?商人阶层主宰整个社会,那么人民的权益如何保证?"赵立峰边厌恶地想边来到岗亭，示意保安打开闸门，这时候身后传来张茂生的呼喊声。

"真讨厌！阴魂不散！"赵立峰在心里骂道，不得不转过身。

"赵科长啊赵科长……"腿脚不灵便的张茂生一路小跑，右手握着手机，心急火燎地呼唤。

"怎么了，张经理？"赵立峰问，心里却莫名地不安起来。

"刚刚的信儿，闹了，闹事儿了……"张茂生到了跟前，让赵立峰赶紧看他的手机。

赵立峰看一眼手机，收回目光。

"好的，张经理。"他对张茂生点一下头，转过身，义无反顾地离开。

市府大院门面朝着一条主干大马路。赵立峰没去停车场，因为他的车在规划局。他更不想再见到刘冬平。他顺人行道走到路口，拦下一辆出租车。

他在后座上整理一下情绪，集中精力，让空调给自己降温。刚才走这一路，黏稠的汗液浸透了衬衫，裤子也潮乎乎的，让他很是烦躁。几分钟后他觉得凉爽下来，可还是烦躁。赵立峰看一眼司机，他的耳朵被阳光射透，红彤彤的。车外是一条市井商业街，人流稀少。一个中年妇女正在街边倾倒一个大铝盆，废水淌进马路中央。

十分钟了，还没离开这条街，因为前头堵着车。

赵立峰觉得有点儿冷，让司机调整温度。车子滞留

冷水坑

不前这么久,等赵立峰反应过来,他感觉像刚上这辆车,另一种感觉是,在这段时间里从脑海中飘过的一切已毫无踪迹,但萦绕着一些遗憾和一丝庆幸。

堵车的原因是一辆黑色韶华轿车撞倒了一辆电动车。一个穿白色连衣裙、扎马尾辫的年轻女孩儿,在倒地的电动车司机脑袋跟前焦急地边打电话边四处观望。

这时候,一辆又一辆车插到前面,生气似的抢道。出租车司机带着愤怒左摆方向盘。赵立峰的后背先是被座位弹开,随后感到自己在向右栽歪,瞬间又回来,接着再次被座位弹开,速度一起,才恢复正常。

"息怒,息怒。"赵立峰笑着对司机说。

"太不像话,这些人……"司机余怒未消。

"消消气,安全第一。生意怎么样?"

"今天吗?"

"今天的生意怎么样?"赵立峰问,语气比第一个问题正式了些。

"开出租发不了财。"

赵立峰含笑听着。

"您在规划局上班?"司机问。

"对。多少钱了?"

"钱?哦,您是问打表呀,现在是三十六元。"

"我突然想去另一个地方,可以吗?"

"当然可以,您说了算,去哪儿?"

"丁家村。"

罪与爱

"加起来得一百出头,确定吗?"司机淡淡地问,看一眼隔壁车道掠过去的一辆警车,又看一眼那个方向的几栋商品楼。"这块地是我们批的。"赵立峰捕捉到司机的眼神,心里想,嘴上说:"确定。走吧。"

"临时改道去丁家村,让司机多挣点儿钱。"赵立峰对自己说。他平常很享受在小事上对别人施以援手,经济上的居多,也有心灵上的。这一次,他撒谎了,是张茂生手机里的画面导致他做出这个选择。嘉隆房地产塌方事件其实还未了结,遇难者家属今天聚集了几十人围在集团大厦门口,讨要说法。画面里,赵立峰清楚地看见一个高中生把木棍撇向一名员工。他立刻强迫自己去屏蔽和忘记这些画面。

可是,上车之后,这些画面又产生了奇妙的作用,使赵立峰怀念起丁家村。村民们在抗议,但没脱离理性,他们是可敬可爱的老百姓。他心里痒痒的,禁不住要去丁家村看一看。同时,他又浓情满满地怀念起办公室生活。回局里加班,给小肖做指示,是他现在最想做的事儿。

"到时候了,直面自己身上的那个东西,把它弄个明白。"他接着思考道,"就是恐惧。我为什么恐惧,性格缺陷造成的吗?……如果把恐惧看成缺陷,那么,必然有一个外物撞在我身上,制造了这个缺陷。如果说恐惧是从心灵上长出来的累赘,那么,只能说明那个外物在我心灵深处……那么,究竟是外界伤害着我,还是我和外界相违背?"

冷水坑

在一块工地旁边,出租车临时停在一辆公交车后面,因为前头有红灯。

他不自觉地望向那块工地,感到很亲切。工地整体样貌符合市政规定,这让他想起更多劳作有序的施工现场,它们带来了生机勃勃的力量。虽然他一时无法确定这些力量该归于哪个对象,来自哪个主体,然而,作为一种可以在思想中立足的事物,它们深深地触动了他的心灵。

这块工地由一条近一里地长的蓝色隔离墙围拢。国境线般的隔离墙将工地与毗邻的马路隔离,并向车头前方延伸了下去。高阔的大铁架子正门上挂着建筑集团的招牌,两扇大铁门各喷一个字,是建筑集团名称的简写。

这个时间,如果不急于赶工期,工人们应该吸起了香烟,将安全帽夹进腋窝,撩着黏糊糊的头发,三五成群地走进饭堂了。他们通常以各岗位为小团体,在简陋而宽敞的板房享用以热油和辣椒烹饪的大锅饭。当然少不了酒,啤酒或劣质白酒。他们精神亢奋,口无遮拦,一边扯段子一边狼吞虎咽,把饭堂弄得轰隆隆响。他们的形象和气息在脑海中一呈现,赵立峰便动了情,他在他们身上看见了劳动者的优秀品质:吃苦耐劳,朴实无华,表里如一。赵立峰脸上洋溢出欣慰的笑容。他认为他们是伟大的。

从车头前方正走来一支工人队伍。这支队伍保持着松散但壮观的阵型——四人并排,迈着随意的步子徐徐前进。最引人瞩目的,是他们整齐划一的迷彩服,头上或腋下的橘色安全帽,胸前的荧光亮标,这一切都浩浩荡荡地晃动着,带来"这是一支军队"的错觉。大门那儿陆续不断地向外输送新队伍。他们是来自全国各地的农村小伙子,更不乏经验丰富的"老兵"。这时候,车子启动了。沿路观摩这支劳动队伍,赵立峰流下了泪水。他们中有人偶尔望一眼车流,熟视无睹又充满好奇,以为能在某辆车里窥见好玩的人和事,随即又加入嘈杂、粗野的闲聊中。一种独立个体难以言明的能量裹挟着他们,他们似乎也沉浸在比农业集体更有力量的集体氛围里,享受着工业建设所带来的团结感。

"我为什么不敢走进他们中间?"赵立峰带着自责的感情问自己,"一个国家或民族发生巨变时,劳动者在历史的洗礼中释放着全新需求,这些全新需求终究是要兑现的……挡不住的……只有被组织起来、团结起来,他们才会变成伟大的可爱的劳动者。当他们分裂成无数个体时,就是另外一副模样了。据说,唯一靠凶残维持集体秩序的生物是鳄鱼……"

想到这里,赵立峰突然心扉大开:他惧怕老百姓,源自不相信他们有能力承担起正统权力——他们会为了蝇头小利肆无忌惮地破坏劳动秩序。

他随即在头脑中展开详细的诠释。

"劳动者是真理的载体和实现者,这没错。国家治理所凝聚的总体力量恰恰是劳动人民总体意志的体现,这

冷水坑

也是事实呀！在一个巨大的循环系统里，有一个主导环节科学地处置着一切劳动成果，而这道环节又恰恰进一步发展了劳动。劳动人民的全新需求在整个循环系统中既随时生成，又随时实现。这就是劳动秩序的内在逻辑。任何制造障碍的群体和个人都将被审判。"他没意识到这些思想使他不住地发出各种动静——将车窗玻璃摁下来，又摁上去。

"想抽烟的话，开窗户就行，路程可不短。"司机带着家常唠嗑的语气说。

"谢谢，我不抽烟。你可以抽，我不介意。"赵立峰深吸一口气，让大脑暂时平静下来。

"戒掉了。医生说我肺子上有个黑点儿。"

"那可别抽了。酒也不要喝。"

"嗯，烟酒都不沾了。"司机说着打个左转灯，拐弯后，又唠起来，"今天晚上拉了您这个大活儿，挺开心，谢谢您啦。"

"这有什么……以前去过丁家村吗？"

"听说那儿最近闹事情，您现在过去……工作？"

赵立峰没说话。然后，他突发奇想似的问司机："我在上大学的时候，老师曾经给我们留过一个关于道德的作业题，想问问你。"

"好呀，您说。"

"用你吧，别那么客气嘛。"

司机离奇地大笑出来，说："在古代，得唤您一声大

罪与爱

人呢。"

"我就是个跑腿儿小吏。"赵立峰也笑了。

气氛活跃了些,却不怎么适合再提那道作业题了,赵立峰看着车窗外。

一阵略显尴尬的沉默过去后,司机主动提起作业题,说:"你继续。"

他们都知道,气氛更尴尬了。

"这道作业题是关于车祸的,哦抱歉,你看……"

"哎哟,有什么嘛,无非是问撞车还是撞人……"

"这个题目是,你开着一辆大客车正在行驶,突然,前面跑过来五个小孩儿。刹车已经来不及了。千钧一发的时刻,你只有两个选择,撞死那五个小孩儿,或者急转弯,车子撞向护栏,冲下山涧,你和所有乘客将会葬身悬崖。在这个时候你会怎么做呢?"

"哦,原来是选择死几个人呀。"司机淡淡地说,口吻轻松,似乎觉得这种事儿永远不会落在自己身上,一道选择题而已。他想了一会儿,嘴里嗯嗯呀呀的,转动一下脑袋,像在看右手边的路况,又像在暗示赵立峰什么。

"那我必须撞死五个小孩儿,这是他们的命,也是我的命。"他说。

"好。接下来,你把车停好,让大家下车。惊魂未定之余,五个女乘客突然号啕大哭,因为,那五个小孩儿正是她们的孩子。"

"不可能……"司机再一次哈哈大笑,"不可能,灾难只能有一次……"

"那我告诉你，我的大学老师还说，那五个孩子里有一个是司机的小孩儿呢……"赵立峰说完摇了摇头，"这些知识分子呀，就会胡说八道……"

"是呀，是呀，胡说八道呀……"

两个人为此笑了好一会儿。

赵立峰故作轻松地和司机聊家常——讲起这道他半虚构的作业题，完完全全是为了忘掉一种痛苦。这种痛苦在电梯里差一点儿出现，当时他赶紧拿出笔记本像念驱魔咒一样把它赶走。相比这种痛苦，他更愿意躲进羞辱和仇恨，甚至可以说，羞辱和仇恨对他起到了拯救作用。这种痛苦，就是虚空白夜里冤魂恶鬼般的求生欲。

XII 无形之手与有形之手

出租车已驶离市区，正在城郊地带外围的马路上蜿蜒前行。赵立峰发现外面净是低矮老旧的七层居民楼、土气的商场、各类五金店和被大吊灯照得锈迹斑斑的汽车修理厂。在它们之间，还有一块块废墟空地，深处是黑乎乎的瓦砾和树影，像荒废的战争遗迹。远处，崛起的商品大楼因光线不足给人一种远古的神秘感，如果把它们想象成支撑着混沌世界的擎天柱，恐怖的效力将更加明显。

罪与爱

"是呀,权力伸进了那里——荒芜边陲,但能抓住什么呢?"赵立峰问自己,一种滑稽感影响着他的思想,他为自己参与其中感到莫名其妙,不经意间多望了一会儿。

"不能站在局外人的立场去看待灾难。"司机突然开口,再一次接起道德作业的讨论。从语气上判断,他似乎很满意这个观点。

"当然,"赵立峰说,"价值中立很容易就流于谎言。得谨慎。"

"我的意思是,等一下,前面左拐,"司机说着把车生硬地往左拐出一个急弯,在路口隔离带豁口掉头,"这条路走到底,再右拐,五十来米,上个小山坡就到……我的意思是说,咱也不怕当着您这位官员面儿说丑话,我的意思是说,其实,很多民间疾苦,物质上的,比如经济利益受到损害又得不到补偿,还有心灵上的,比如年轻人的堕落,老年人的孤苦无依,这些呀,跟您说,都是不正义的结果。在我这种平头老百姓的位置上看,啥东西都存在不正义的一面。您看,外面那块荒地,就在您左边,那块,看见了吗?一个资金链断裂的烂尾工程,楼没建成,老百姓也没拿到补偿款。这就是灾难。你们睁只眼闭只眼……"

"很多干部确实不作为。"

"也作为不了。"

"那你认为该怎么办?"赵立峰望着那片连地基都没

冷水坑

建成的烂尾工程,问。

"我?可别取笑我了……我一个平头小老百姓能有什么办法?给我做领导人也没招儿呀……前段时间,另一家出租车公司有个同行,一天晚上载一位六十来岁的官太太去嘉隆家园三期,别墅区呀……不知怎么回事儿,他突然喊了一句大逆不道的话,被官太太告了,驾驶证、车标全被没收了……滑稽吧?"他喷喷几声。

赵立峰没言语。

"好光景,坏时代,老百姓都得买单。"司机说。

"嗯,是呀,老百姓永远要受罪。"

"我们的委屈和损失就像深海微生物,大鲸鱼是看不见的,看见了也没招儿呀,完全不对等……什么情况,这个点儿查酒驾?"司机缓缓收车,随前面的小中巴一下接一下地挪动。

"我滴酒不沾。"到交警跟前时,司机仰头说。

"喝没喝酒,机器说了算。"交警冷冷地说,弯身往车厢里瞅了一眼,看见了赵立峰。

机器告诉交警,这位出租车司机是清白的。

"好了,机器认为您是清白的。"交警侧过身,做了个打发人的手势。

滑行了十几米,司机收住车,探出半个肩膀,扭头对交警说:"但愿贵局新任局长也是清白的!"

赵立峰透过后窗玻璃,看见交警对司机敬了个礼:"好嘞,借您吉言。"

罪与爱

司机笑着骂了句什么,启动汽车,沿郊区公路行驶下去。

"这里没路灯吗?"拐进一段颠簸路面后,发现车前方一片黑暗,赵立峰不解地问。

"这里是农村地界喽。"司机说。

赵立峰不由得暗暗自责——在图纸上审阅城市的边陲地带时,自己从未考虑过路灯……他做好了被嘲讽的心理准备,可司机并没有那样做,而是显摆起了见识。

"这一带农民啊,我分析,正等着被拆迁,分商品房,拿城市户口呢。肯定是这样。老百姓的心里无非是利与益。您看,右边,对,那一大片地,圈给蓝洋房地产两年了,一直没动工,白白荒着。因为他们又看上了山坡上的丁家村,想连成一片。山坡建远景别墅,低处建商场、学校、运动场、停车场,一个大型高档生活区。市政就说,既然你们资本家要包办,这一带路灯也由你们负责吧。资本家说,可以,但要等等。一等就是两年。"司机又补充说,"嘉隆房地产在市区建高楼大厦,蓝洋房地产在城边子建大别墅,好家伙,这些资本家啊,合理合法地用房子统治我们……"

"知道得这么多?"赵立峰含笑问,看一眼司机的耳朵,又饶有兴致地望向那片地。"关于不正义的想法,他是对的。上层建筑有其冰凉冷漠的一面,这一面,恰恰对着老百姓。"他诚恳地对自己说。

司机这时候开始讲述"我知道这些"的原因:"项目

冷水坑

一立,你们有人通风报信儿。"

"猜到了。"赵立峰淡淡一笑。

"斗胆问您,该不该第一时间让老百姓知道?嘿,知道了又能怎样?你们的人第一时间采取行动,动用关系网,垄断档口、店铺、绿化带、工程和好房源……"司机突然没了声儿,是懒得说下去,还是被新念头打断了?都不是——他正用惊愕的目光在后视镜里盯着赵立峰。

"看我干吗?"赵立峰笑了,眨着眼睛。

"如果我说,突然感觉在拉鬼差,您信吗?"

"看你说的,我是人,有血有肉的人……"

"那可真挺好,挺好,知道自己是什么……挺好……"司机讪讪地笑了一下。

"难道你不是……人?"话一出口,赵立峰就觉得草率了,赶紧把话圆回来,"我觉得,人知道自己是人,没什么大不了。当然,不把自己当人,因此也不把别人当人,一心做……鳄鱼的,为数也不少。说到底,是极端环境滋生了兽性……"

"领导,难道我们老百姓的世界就不极端吗?唉,鬼很多的……知道自己是什么不算本事,要我说……极端的根源在于我们不知道主导我们命运的东西是什么,这叫无知……就比如,这辆出租车,身家性命全在上面,对吧,可我能说我清楚它是个什么东西吗?它的名字叫出租车,但它的本质、它的奥秘我一无所知。'那个东西'在你们干部身上失效了,才导致你们极端……这种极端

罪与爱

表现在你们干部身上,就是不作为和以权谋私,表现在我们老百姓身上就是刁蛮任性、极度自私、见利忘义和有奶便是娘。"司机没来由地按了两下喇叭,说,"上个坡就到。"

在这个国度,出产"明白人"的民间哲学有其合理的一面,是社会的必然产物。正常岁月里,"明白人"被一种隐形制度相互隔离,难以形成总体力量。"可在非正常岁月里呢?"赵立峰疾速思考,"那个隐形制度一旦溃堤,所有声音将汇聚成巨大共鸣……他居然琢磨出这么有说服力的见地……"发现自己被触动后,赵立峰果断否定这个见地是一个普通出租车司机的独创,接着,他把这个见地归于民间哲学的必然结果:思维游戏。至于在干部身上失效的"那个东西",赵立峰当即给出了答案,就是土地。身为一名土地口基层干部,以思想劳动者自居的赵立峰从未探索过土地的本质和奥秘,这让他不由得一惊,但同时又坚定地认为,不仅这位司机的出租车,可以说今天一切事物背后的物质基础都非土地莫属。

他被一种短暂但炫目的胜利所感染,把脸埋下去,淡淡地笑着。他随后端出今天凌晨的思想结晶——那个包裹世界的透明壳子,它的物质载体不就是土地吗?土地的本质在于永恒的静止,土地的奥秘在于所有劳作、一切社会活动最终都将归于永恒的静止。这个毫无灵性的事物,有效地制约着人的罪行。这是常识,也是天意。国家治理也必须牢牢掌控土地,恪守土地之道,构建劳

冷水坑

动秩序……

但是,赵立峰对于司机说出那个哲学见地依然耿耿于怀,或者说,他不愿接受老百姓有正规哲学思维这一事实。他想用某种方式摧毁这名司机的头脑和心理结构,一种轻松有趣却暗藏羞辱的方式。

"你说得真好,说到了根本,让我想起一位英国哲学家的观点。"赵立峰用轻松有趣的语调说,"这个观点是一只无形之手。他认为,有一只无形之手在看不见之处主宰着世界。这只无形之手在推动你这辆出租车呢。"

司机出乎意料地立刻嘲笑起这只无形之手,而且笑出了声。赵立峰认为这是在嘲笑自己,于是也笑了笑,没作声。

"我笑,是笑这名哲学家分明是在偷懒,对于人,他一无所知。"司机思维清晰,语言流畅,神情活跃,"您说说,一个活生生的人要在心里面把那只无形之手供奉起来,或者说,那只无形之手是万能的,那还要国家、政府干吗呢?您可以说,那只无形之手创造了国家和政府(赵立峰确实这样想),既然如此,我们老百姓又为啥受苦呢?难道说,让我们老百姓遭这些罪,让我们老百姓忍受这些苦,正是遵守这只无形之手的义务?太不公平了,简直胡说八道。"

"那么你说说看,"赵立峰忍着强烈的不快和不安,笑眯眯地问道,"一个活生生的人,就这么说吧,在我们国家,老百姓最需要的、最在乎的,是什么?"

罪与爱

"在我们国家,在任何国家,老百姓都对历史有正当影响力。"

"哦,哪种正当影响力?"赵立峰巧妙地打断对方,心里咬定这个观点一定是司机道听途说来的。

"唉,您是官家人,我是老百姓,怕说了让您心里不得劲儿……既然您想听,那我就说说。你们代表我们老百姓治理国家,这很好,应当这样,毕竟我们老百姓很容易走向各种极端,而且,由你们代表我们治理国家还有另一个好处,集中力量办大事,这就更好了,我举双手赞同。然而,我们老百姓为什么容易走向极端呢?就是为了保住一点儿蝇头私利呀,领导,还能有什么呢?那只无形之手,在我看来,就是一只无情无义的手,如果没有国家这只大手保护着我们这点儿蝇头私利,恐怕我们早就衣无片布屋无片瓦喽。国家要明白一点,蝇头私利是老百姓的真实利益,不仅要被承认,还需要被保护起来……保护蝇头私利是我们的根基……"

"我是对的!我是对的!我的道路是对的!"司机后面的一些唠叨话没必要听,但前面那些话让赵立峰无法自控地完全当成了反话,他觉得这名司机非常狡猾,非常卑鄙,便在心里反击起来,"还是那句话,他们会为了蝇头私利肆无忌惮地破坏劳动秩序。蝇头私利是最顽固的本性。不光他们,其实任何人都受着这种本性的支配。可恶、可耻、可悲……人哪,是需要被驯服的;人哪,一定是某种最高力量的征服对象……"

冷水坑

一片略高于地平线的黑暗轮廓在前方升起，呈不规则几何形状的边缘直抵夜幕。赵立峰瞪大的双眼射出两道剑一样的光芒。

黑暗中的实体，拉近一段距离后，表露出肌体——破碎的房顶。车子在颠簸，刚刚拔地而起的思想宇宙，轮廓还在，但里面已支离破碎。

"我，只是我……"他幡然醒悟，"妻子深爱着但无法更亲密的那个我，同僚们排挤的那个我，民营企业家和老百姓眼中的那个我，还有，还有被领导'釜底抽薪'的那个我，是同一个赵立峰。这个赵立峰和问鼎真理的赵立峰却毫无关联。他们……为什么不承认？不承认我是我认为的那个赵立峰……"

赵立峰让司机停车。

"等我回来。"右腿落在地面上后，赵立峰说。

"计时打表，陪你到天亮都没问题。"

XIII 我的战争

在此之前，赵立峰冷漠地目睹过无数座建筑废墟，思想世界一无所获。面对眼前这座废墟时，他找到了一种事物。当他找到它后，他又找到了另一种事物。他在星海闪耀的暗夜里抱起肩膀，左脚踩住一块混凝土，含笑不语。

罪与爱

"这一切只是枉然，"他坦然地想，"这一切是咎由自取。"他似乎获得了启蒙。"这一切已获平息。"他对自己说，"身处他人创造的世界，命运无法掌握在自己手中。现在要由我来创造世界。"他似乎更加迷信了，认为"只有他具有把自己的灵魂超拔出地狱的力量"（注：出自奥古斯丁《上帝之城》）。

人性不能揭露人的真相，人性是后者的产物。领悟到这一点之后，赵立峰继续想，用人性推动世界必将引发一种战争——人与人的战争。赵立峰找到的第一种事物就是这种战争，他找到的第二种事物是另一种战争。

一个人总是试图改变另一个人，这作为人性的实质，构成了战争要素。人是现象，也是本质；现象使人作恶的原因往往是把人当作手段。全世界都犯过这种错误，赵立峰想，我们至今还在犯这种错误，且人人都在犯着这种错误。一个国度在这条路上达到巅峰状态，通常不顾一切地发展物质建设，却意识不到，这正是梦幻破灭、悲剧到来的转折时刻。

"来看另一种战争。"赵立峰徐徐展开他的战争思想，"心灵结构，既有秩序，两者只有在另一种战争中才能达成和解。届时，它们不再相互决定，而是互为表里。一个和平国度出现这种战争状态，是好事儿。而且，只有在这种战争状态里一个国度才能获得和平。人民应该庆幸这种战争的到来，它不是灾难，而是机遇。因为一个国度的物质基础能进行自我更新，而非推倒重来，自我

冷水坑

更新离不开这种战争。只有这种战争的力量才能为所有人开创正确位置。我暂时称它为'我的战争'。"

他继续想道:"现实战争总幻想紧紧抓住根本,'我的战争'正相反,它的真谛恰恰在于放弃根本,让根本自然地发展。"赵立峰呼唤着他的战争,体味着它的魔力,"我的战争,反对一切现实战争。我的战争,一言以蔽之,为了人的福祉。"

"人的福祉的根源是什么?"他从容不迫地驱动思想马达。

回答这个问题之前,他已把人的本质定义为劳动者,他看到自己的思想锋刃正在闪耀光芒。"因此,只有通过劳动才能探索到人的真相。说到劳动者与劳动的关系,在思想家的著作、政治家的行动和老百姓的呼唤中,能找到诸多成文的答案。它们都是错的。劳动者是劳动的产物,又是劳动的源头,劳动借助它的产物实现自身,并以不同分工发展自身。他们错就错在不是把劳动者看作根本,就是把劳动看作根本。他们还浪漫地把老百姓等同于劳动者,看不到老百姓只是世界一隅。贡献劳动力,为新世界铺造原始地基,才是老百姓的天职。"

蛋壳破裂后,蟒蛇终于缓缓地爬出来,正式成为大地的一员。这个过程也发生在赵立峰身上,方向却相反:他从一个活脱脱的现代人退化为人的古老原型——一名客观唯心主义者。

"人的福祉的根源是劳动秩序。"他继续探索道,"这项事业需要一只手主掌人间,指导所有劳动者恪守其位。这只手显然属于国家。在这项事业中,我的战争将是国家治理之手所遵循的唯一公义。我的战争作为最高力量,一旦与人深度融合,全面正义必然到来。"

"哦,对了,这个观点也必须让世人知晓,"赵立峰突然对自己说,"就是物质建设与劳动秩序的关系。这种关系是:劳动秩序决定着物质建设的程度;物质建设体现着劳动秩序的质量。一个国家如果过度地依赖物质建设,说明其劳动秩序是不健康的,是不够发达的。相反,若一个国家的劳动秩序是健康的发达的,其物质建设必然是恰如其分且合理有效的。"

"这个社会显然病了,很严重。那么,病根是什么?"赵立峰立刻踌躇满志地转向新主题,并预感即将突破最后一道屏障,"野蛮权力。利己主义官吏,无良资本家,顺从于一己私欲的老百姓,都是这种野蛮权力的载体。官本位、不作为、贪污腐败、官商相护、愚昧、麻木、贪婪和暴力,都是野蛮权力的体现。"他找到了他的战争对象——野蛮权力,这场战争于是告一段落。

他开始坦诚面对黑暗与废墟。

一切静谧而纯粹。坡面与平地之间,是弧度、平面、广延和黑暗的综合体,为脚掌提供了支撑、滑移的实体感。赵立峰的主观意识——这个器官——在黑暗中背叛了在光明中质疑客观性的使命,此时此刻此地,它成为客观性的唯一来源。废墟像是从地基生长出来的整体,

冷水坑

在地平线的尽头显出一大块混沌轮廓。是混沌，也是轮廓。在它背后另有一栋建筑，能看见完整的房体，遥远的亮着灯的窗口，似乎还能听见人声。在废墟和建筑之间，隔着一片堆成山包的瓦砾，顶部在自我塌陷中形成山脉状的弧形。零星几个吊在高处的灯泡散发出惨淡的光，在废墟里营造出可怕的景观。"这是工业地狱的尽头，这是农业阴间的入口。"赵立峰心里想。

黑暗自身的元素，在脚尖化为无法笼络的寂静，静谧地缭绕着步履。凝视地面时，仿佛黑暗在自我澄清，绽出一层幽明。这是适应黑暗的开始。黑夜中，夜的自然物质元素，黑的神秘纯粹质性，素朴地结合，落在人身上，成为致密细腻而无垠的伴随物。赵立峰在领悟黑暗的奥秘。现在，他反对把黑暗设为恶的象征。黑暗不可辩驳。它的实体是尘埃，它的本质是虚空。智慧无法消除尘埃，也无法顿悟虚空。

然而，他又清楚地意识到，在黑暗中立足所依凭的不是人与物之间由天意所设的亲密，而是"我"在切实地劳动。与其说被黑暗吞噬溶解，不如说劳动在黑暗里成全并驾驭着自己。

赵立峰在黑暗中顾盼，蔑视起阳光里的自己。黑暗与光明的辩证还在继续。他把黑暗看作透明壳子里的唯一色泽；黑暗孕育着整体，光明制造着粉碎；最重要的一点，黑暗使他理解了改造世界的立足点在何处。

作为一名基层干部，与老百姓保持距离，恰恰是黑暗所赐予的政治理性。"没有恐惧，就意味着政治家丧失了良知。"赵立峰觉得他并非单纯地战胜了恐惧，赶走了恐惧，而是揭示了恐惧的本质。

脚尖和废墟之间是一片野草丛，被一条通向村口的小径分割，草叶在黑暗中微微地晃动。除了尖锐但错乱的电灯泡光线，部分低空光素融进黑暗，又垂落下来，一部分瓦砾和草尖就此染上阴森的色泽，更低处的贼光则自我发展成光晕，为眼前的事物带来残缺的轮廓感。

以块状暗影呈现的木块和门板毫无秩序地交织着，横的、竖的、斜的，叠出一种平面感。在它里面，是满登登的瓦砾石块堆，彼此撕咬，相互挤磨，从内部摧毁这个整体的力量，不是胀满破裂，而是碎骨坍塌。

两条一米多长的方条石柱，在一小块平地上彼此倚靠，略成直角。先倒地的那根在拍中地面时所引起的震动使另一根倾倒，却没有断裂。

个别墙体依然稳立，断裂处呈齿状，刺向夜幕，一片星海在斜上方烁烁生辉。这些幸存的墙体阻截了汹涌的瓦砾，它们奔涌而至，却压不垮墙也翻越不出去。一辆前轮翘起的自行车，安静地搁在瓦砾堆的坡面上。破衣烂衫遍地都是。盆盆罐罐散落一片。玩具枪、布偶娃娃也偶得一见。

"月球在哪里？"赵立峰仰望天幕，再向后仰，最后掉转身体，看见了它。圆圆的球体，亘古如新。他想起了妻子。他渴望拥抱她，渴望被她拥抱。

第二部

I 一个平凡的清晨

赵立峰早上六点半起床,七点十五分准时出门去单位。这对姜琼造成了深刻的影响。她逐渐意识到,睡眠不再是她一个人的事儿了。现在,睡眠是一项集体劳动。丈夫的动作是小心和温柔的,饱含着呵护,这份心意感动了她,但她却觉得不怎么舒服,似乎有一股不容置疑的心气儿在侵犯她。为了在清晨这段时间里适应他,她采取的办法是忍受和等待,还有幻想,幻想在他离开家门后,用实际行动来展现她自己的价值和意义。她希望他去上班。

二〇二〇年八月五日的清晨,和以往的清晨似乎没什么区别。淡蓝色窗帘遮挡着阳光,熟悉的柔和褶皱,熟悉的空间,由被褥、空调冷气和身体所构成的略显沉闷的味道,也是熟悉的。丈夫在外面关上家门,听到电梯声后,她把所有不适和思绪笼统地搁到一边,告诉自己,起来吧,在阳光满满的早晨大干一场。

她将轻薄的空调被从大腿上滑开,双脚落向地面,套进一双白色的麻制拖鞋。这一系列动作,是在一种舒适的幻觉中完成的。这种幻觉像身体的劳动系统在动工前溢出的愉悦机能,要比感性微弱一些,比灵感朦胧一些。

最艰难的是从卧室到客厅这一段路程。主要是厌恶,觉着永远走不完似的,跌跌撞撞,断断续续,有那么几个步子差点儿栽倒。进入客厅第一件事儿是喝水,喝大量的凉水。水注入体内、水的概念浮现之前,她依然捉摸不透自己,身体依然走不出朦胧的局促感。

十分钟后,她兴致盎然起来,一种全新的感受将她笼罩——贯穿在少女、恋人和妻子三种人生历程的那个本真的姜琼登场了。她要任性地为每个事物做标记。每个事物都有灵魂,每个事物都在呼吸,每个事物都在和她交流。这个家变成了拟人小天堂,她要展开劳作,进一步完善这个小天堂啦。眼下,卧室和客厅里的每个物件儿都处于凌乱状态,这儿歪了,那儿斜了,左边倒了,右边偏了,总之,得赶紧动手。她的动作里绝不施加一点儿强制性,她对它们怀有细致入微的爱,耐心十足地,像把刚刚出生、到处乱爬的小猫小狗们归拢进窝。

她走进洗漱室,在镜子跟前拢起乱糟糟的茂发,扎出一个马尾,抹着遗漏在额头上的发绺,探出右手取来牙刷。她刷着牙溜达进客厅。阳光将客厅灌得满满当当,

冷水坑

直晃眼睛。她走到餐桌那儿坐下,一边刷牙,一边盯住脚指头。不知不觉地,她忘记了自己在刷牙,牙膏沫滴答出泡沫白条子,她用手接住,逃进洗漱室。

接下来,她坐到餐桌前,开始化妆。首先,她得对着小镜子戴隐形眼镜。这个活儿让她不怎么开心。她此时的身份再次发生了变化,从拟人小天堂的劳动小能手变成了有点儿莽撞急躁、被迫打扮自己的婚前女生。

她佝偻身子对着镜子撑开眼皮,自己跟自己说起了话:"又偏了,这东西本来就不科学嘛……总算戴好了……真费劲儿……"

她不爱化妆,打心底里不想干这个活儿。结婚都三年了,姑娘时代那股倔强劲儿却一点儿没少。不同的是,她现在学会了自言自语。她至今也没弄懂该如何让这张小干巴脸儿更好看一些。唯一能让她直接下手的是眉毛,直接画两笔就行,是雷厉风行的小剑眉,给人一种在关键时刻绝对靠得住的感觉。她打了层薄薄的粉底,在镜子里瞅自己,努了努小歪嘴儿,又往反方向努努,涂抹唇膏。

穿衣服也让她闹心。她凝视着衣柜,在木头和服饰的混合香气里琢磨了五分钟。她叉起腰,来回歪着小嘴,寻思起来。她用带着点儿怒气的麻利动作摘下一条黑色的薄料长裤,扯下一件米色长袖衬衫,当场换上它们。

她终于松了口气。替自己操劳时,她总摆脱不掉不知从哪儿来的紧迫感,习惯草草了事,似乎对自己更好一点儿，对自己更耐心一点儿，就会违背什么莫名原则。替自己操劳还有另一个弱点——不如替别人操劳来得更周全，更理直气壮，最关键的是更省心。

她之所以产生这种思想，是因为"妻子的灵魂"回归了。一位妻子，舍弃自我、心系他人的劳动意识，并非婚姻生活的结果，也不是女性所特有的，而是人类历史长河对她们加以训练的结果。姜琼暂时想不到这些，她此时被丈夫、家庭和房子三位一体的责任所笼罩和感召。她要把自己所能想到的任何物件儿都归拢好，目的只有一个：为他回家做好一切准备。

什么都弄好了，准备出门吧。她挎上用了半年多的方形黑包，站在客厅中央环顾一遍。茶几上有一本书，丈夫昨晚穿着睡衣、斜靠沙发阅读后忘记合好，随手将它反扣在了电视遥控器旁边。

她走过去，在沙发另一面歪头看了看书名，皱了下眉头。她把书拿起来后，想立刻合上放回书房，但没忍住看了起来。她看的不是书里的内容，而是一大块白页里用绿色圆珠笔手写的一段读书笔记。

"机关系统作为我国历史的一条鲜明脉络，贯穿着上层建筑和下层基础，也应当是承建人民心灵结构的有效力量。但是，处在国家与人民之间，官员们承担着巨大的道德压力，身份优势在具体工作中成为不安定因素。国家整治腐败、打击贪官污吏，也加深了人民对官员们的负面印象。资本家势力发展极为迅猛，进一步向核心

冷水坑

领域渗透,生产资料、权力体系和衣食住行,可谓面面俱到,甚至已经出现了操控人民精神世界的趋势。他们腐蚀着人民与国家的连接。国家正在努力矫正这种局面,对资本家势力加大驯服的力度,减小他们对人民的损害,切实地维护了人民的利益。然而,真正关心祖国安危的人会发现,人民在大唱赞歌之时,心灵深处依旧坚守着一种沉默。这种沉默是我国近十几年来最令人惊骇的历史力量。"

"什么话嘛!干吗责怪老百姓?"她撇嘴合上书,与茶几棱角对齐搁好。不行,她要表达不同意见。她再次打开书,拿起一旁的圆珠笔,在这些字左上角画了一个空心的太阳。

早上八点多,日头越上树顶,明晃晃地照耀着小区,驱散了清晨的凉意。

小区主干道是双车道,隐藏在茂密厚重的丛林间,笔直地通向小区正门,狭窄的人行道被树影埋没。今天,她要花五分钟走出小区,而不是去反方向的停车场,因为她的车正在维修。她贴着树丛走,时而看一眼脚下(坑坑洼洼的),时而瞭望小区大门,渐渐加快步子。

她突然在一棵银杏树旁停住,把包从肋骨拽到胸口,开始翻找。"没忘没忘。"她把钥匙抓出来,在手心握紧,仰头吁出一口气,放回钥匙继续走路。不知出于什么原因,她时不时瞅一眼主干道中央,像对阳光产生了疑问。林荫道有野生丛林的气息,应该刚淋完水没多久,阴凉潮湿,让她感觉不舒服。

"要是开车该有多好。"她对自己说。姜琼来到小区外面,在大马路边上拦下一辆红色出租车。她抬起头,目光越过起起伏伏的树顶,看向被八月骄阳通透照彻的广袤天空。

II 以身作则的女人

去年中旬,姜琼顺利拿到律师资格证。到今年十月份,在光权律师事务所实习期满一年后,她便能取得律师执业证,成为一名职业律师。

姜琼出身工薪家庭,父母是一家国营印刷厂的退休职工。可以说,除了生育和抚养这个女儿,老两口几乎拿不出像样的人生事迹。她的公公在本地一所高校执教,婆婆在一所高级中学担任校长,都是知识分子,思想立场和生活观念却水火不容,家庭已名存实亡,但他们有一个共同的烦恼,就是性情乖张、沉湎思考且与所有人格格不入的儿子。

关于这门婚事,一开始,两家父母都反对。姜琼家觉得赵立峰不是个正常人,赵立峰家从没考虑过工人家庭的儿媳妇。后来,大家决定往好处想。姜琼父母看在对方家境的面上,外松内紧地接受了赵立峰。赵立峰父母反而有些曲折。他们在嘴上和思想上责备自己不该遵

冷水坑

循世俗偏见——这不是知识分子所为,却怎么也控制不住这样想:"或许会出现奇迹。一个同等或更高阶层的家庭有个女儿,不仅头脑与儿子相当,最关键的是,能在人格上与儿子形成互补。"这种想法相当于白日梦,也不符合既有事实,因为赵立峰用行动表达了态度——跟姜琼住在了一起。

这对父母于是像一般中国父母那样,开导起了自己。他们想,首先,姜琼当上律师后便能获取与儿子相匹配的社会地位;其次,这姑娘心眼儿大,朴实无华(他们特别喜欢她不爱化妆这一点),对感情专一。直到他们在她身上发现了这个时代已极为罕见的事物——一颗为别人而活的心灵,才意识到她是一枚珍宝,于是又开始很怕她被别人抢走。

在某个土地纠纷现场,赵立峰看见了跟在律师团队最后面的姜琼,他当时就告诉自己,除了她,他不需要任何人。姜琼却无法正视他,因为她吓坏了,弄不懂这位素不相识、处于对立方的政府人员为什么用那种目光看她。她扭开红一阵白一阵的脸。几分钟过去后,他还是那样,她就明白了。那天,她有生以来第一次见识到别人的力量是怎么一回事儿。对双方而言,这种力量在当时还算不上是爱,爱在他目光后面的心房里,在她这边,爱要牵动生命和生活的整个体系,即她的全部世界。

她的全部世界简而言之,即所有人都爱着她,她爱着所有人。无论在哪里,要是不信任她,不真诚地爱她,

罪与爱

这个地方的人就感到做了件残忍的事儿。她无论到了哪儿都会增添一种需要,别人立刻就能发觉这种需要,并一致认定必须满足这种需要。她好像能在世间无碍地行走。有时候,她也禁不住感慨:"是呀,我相信世界和所有人!不对世界和别人下定义,它们就不会伤害我。"

赵立峰对她表白时,她问自己,他那种力量明明让她感到不舒服,为什么又觉得离不开它。明明这种力量里掺杂着另一种东西,隔离了他和她,为什么她反倒觉得有这个必要。以及,结婚三年后,为什么这种力量在她身上越来越清晰,却悄然无声地离开了他。

"这个家伙究竟有什么魔力,把我弄得乱七八糟?"她迎着他闪耀的目光,心里想。当时,她意识到已经无法拒绝他了,不把命运同他结合在一起的唯一理由就是说服自己不接受他的头脑(之前他一个劲儿向她吹嘘他的思想),可是,如果没这种头脑,他那种力量就不会存在。她在既有感受模式的支配下预感到和他结合是必然的,但又将因此去承担什么她很不熟悉的责任。她懵懂不安,又心甘情愿,最后带着"被他伤害只有一半可能性"的念头答应了他。

在双方父母眼里,在很多人眼里,赵立峰有人格缺陷和心理疾病。在姜琼眼里这些反而全是宝。发现这些问题后,她一下子抓住了施展老本领去爱一个人的机会。好吧,她想,抓到你了,这下你跑不掉了。大家以为小两口的婚姻和普通婚姻没有区别,不用多久,他将厌烦

冷水坑

她,她同样将厌烦他,最后他抓住机会抛弃她。他们小看姜琼的代价是越来越嫉妒,她似乎不费吹灰之力就牢牢地拿捏住了赵立峰,两个人依然浓烈而鲜活地相爱着。很简单,姜琼觉得她爱着和守护着的是一个完整的赵立峰,至于他的头脑和志向,她可以参与,也可以不参与。不参与时,她默默地保持合理距离并把该做的事儿做好;参与时,她就用各种妙招向他传递一个总体思想:"放心,小伙子,即便我完全不赞同你的观点和立场,也不会成为你的敌人。我发誓,绝不让你父母之间的悲剧在我们家重演。"赵立峰没有理由不更爱姜琼,她不仅照顾他、支持他,还维护着他的自私。

姜琼当然知道他是一个自私的人。她第一眼看见他就这样想了。成为他的妻子之后,姜琼对他的自私有了更深入的体会和认知。她认为他身上的自私是真正的自私。大部分人理直气壮地为自己谋取私利,但这恰恰是虚假的自私,因为他们这样做通常是为了让身边亲近的人过得再好一些。赵立峰则完全以自己为中心,一切从自己出发,再回归自己。这才叫真正的自私。就是这么个自私鬼,认识他那天起到现在,从未有意伤害过任何人。丈夫对人心存胆怯。她爱他快到发疯的程度了。

承受幸福也必然承受代价是谁都避免不了的命运,如今这命运也悄然攫住姜琼。今天早上哭着对丈夫说出"空虚"时她才意识到,最近折磨着她的痛苦就是空虚。从他整个人的反应上看得出来,他不理解这种痛苦。对于空虚，男人有男人的理解。男人对空虚的理解通常是缺少一种东西，他们对空虚的思考是如何找到这种东西，对空虚的态度是这种东西一定找得到。她猜到了他的解决办法——生个孩子。结婚当天她就想生孩子，第二年当上妈妈。但今天早上这个孩子让她吃了一惊。她那样看着丈夫，心里想的和他猜的完全是两码事儿，她猛然发现他原来是个孩子。那种力量离开了他，没留下痕迹。她接着又为这种矫情感想嘲笑自己，痛斥自己在孩子问题上没产生应有的幸福心情。

双方父母都在呼唤着这个孩子，她俨然以义务的唯一承担者自居了。可她又千百次地感到这个决定和行动之间还少一些东西，为了找到它们，某个阶段，她甚至屈辱地想象和另一个男人结合看能否捕捉到线索。她立刻驱散了这种想象，因为世上只有赵立峰能做她的丈夫。她恐惧地察觉到，这个孩子已经存在了，却和她的空虚感没什么关联——有关联，只是会产生某种她渴望承受又害怕承受的莫名负担。她怕她即将做一件让所有人幸福却唯独她知道真相的事儿。

赵立峰认为她没有思想生活，是因为他习惯了断定别人没有这种生活，即便有，也不如他的高深和纯粹。他小时候厌恶自己的父亲像是出于本能，现在他完全不在乎这种本能，而是对父亲那种浪漫化的社会立场耿耿于怀，认为持有这种立场的思想者不仅错得离谱，还庸俗不堪、愚蠢透顶。

冷水坑

他自认为从母亲身上看到了所有中国女人的本性：她们不适合思想劳动，因为她们一旦脱离日常生活便会对权力滋生出比男人更可怕的欲望。为了高考升学率，她对学生们（他曾经也在那所高中就读）的残暴统治使他对"改变别人"这种思想和行径充满恐惧和厌恶。与其说他像一般中国男性那样误解、歪曲着女性，倒不如说他对人本身怀有根深蒂固的恶劣态度。

作为丈夫，依赖又轻视妻子，这种双重态度对大部分女性造成了永久性伤害，但她们不愿说出来，不愿去追究，直到她们对家庭产生畸形的爱为止。姜琼并不例外，她什么都明白，但不说出来。她知道自己拥有思想生活，不仅有，主题也是清楚的——正义。她很少抽象地思考正义，她总认为一旦这样做便会损害乃至失去正义。就像她曾玩味过的一个设想：如果给爱安上一个成文法，那么，原有的不言自明的无碍世界就不可能存在，她将失去丈夫。

苛求规则，恰恰是赵立峰的天赋所在。在他面前，她不敢说"你应该做什么，我应该做什么"这种话。同理，她不敢对任何人说这种话。她隐隐约约地发觉，法律、正义和原有的生活模式不应该分离。为此，她从来都是以身作则，能做的就不说，或先做再说。

罪与爱

III 中年危机

光权律师事务所创始人,四十九岁的梁湛,斜靠椅背,懒散地坐着。他身材短小、粗壮又臃肿,头发掉得一根不剩。他把一只胳膊架上椅子背,头埋得更低些,像若有所思,又像眯眼休息。

早上,前台姑娘小彤开门时,在地上发现了一封恐吓信。

> 龙凤走狗,韶华凶手!
> 助纣为虐,必遭天谴!
> ——一名为国家奉献了一生的韶华人

她随即通知老板及另外三位合伙人。他们急匆匆赶来,聚到会议室。面对这封恐吓信,他们先打趣地说它不押韵,接下来一时沉默,一时说些废话。

梁湛刚才调换姿势的时候,一名主理婚姻案件、生性风流的合伙人用跟女人调情的语调说:"龙凤是一家汽车冲压模具的研产商,此前一直为韶华做配套,还是我们光权的大客户之一。去年三月,龙凤委托我们起诉韶华,追讨两千万模具款……"他耸耸肩,双手在桌面上翻开,表示无奈。

他说着大家一清二楚的事儿,大家搞不懂他为什么说这些。梁湛则在饶有兴致地挑动着眉毛。从事这个行

冷水坑

业遭到报复和威胁是家常便饭,他没放在心上,他心里正被别的事儿纠缠着:每天一睁眼就诅咒前妻和她的情人有朝一日犯在自己手里;第二件,他想念姜琼,除了想念她本人,还想念早上一到事务所喝上一杯她做的咖啡,然后去大便;最后,睡眠不足导致他对做第一件事儿感到厌恶,于是想陷害他俩,接着感叹人性多么复杂。

"你们二位呢,怎么看?"梁湛斜着膀子问了问,瞭一眼对面墙上的石英钟,它嗒嗒地跳着指针,他恐惧地感到一种独属于他的安静,此时,只有姜琼做的咖啡才能驱散它。

他在另一位合伙人开口前放下膀子坐好,从西裤兜拿出烟盒和火机。

"别笑嘛,说。"叼着烟点火时,梁湛说。

露出那副莫名其妙又自以为是的笑,是这位合伙人的惯用伎俩,即便让人讨厌,他也要这么做。他刚想开口,突然吓一跳。小彤在外面嚷嚷起来:"不许吸烟!"梁湛把火苗移开,对每个人瞪一瞪眼珠子,手指夹着还未点燃的香烟,摇了摇脑袋。

那位合伙人再次露出那种笑容,也摇了摇头。"告他吧。"他说。

"就凭这?"第三位合伙人用指头点了点那封信,问。虽然他对这件事儿同样毫不在乎,但依然做出一副有感而发似的样子:"好好一个大企业,让郑大星败得底儿朝天,工人骂几句又能怎样嘛。"

罪与爱

"这跟我有什么关系?我有足够理由认为人身安全受到了威胁。当然,我不怕,但这个事儿得有个说法儿,有个由头去推进……就是,"第二位合伙人说着又露出那种笑容,"我在行使我的权利。"

"您行使的是美国公民的权利。"第三位合伙人说,并跟其他三位一起笑出声。

这时候,姜琼拉开玻璃门走进来。她感到气氛不对——很少见到几位合伙人按时上班,还共处一室。她把包在自己办公桌上搁好,歪身朝会议室瞅了瞅,回身问在纸上乱写乱画的小彤怎么回事儿。

第三位合伙人百无聊赖地踱出来,在她眼前单手展开那封信。

"我们决定行使我们神圣的权利……告他。"他懒懒地说,撇撇嘴。

"你们真娇气。"姜琼扫一眼那封信,说,"骂几句还不行?"

梁湛腆着肚皮,也走过来:"救星哦……"他伸出双手,想要抱住她。

"好了好了,咖啡马上来……"姜琼推开他的胳膊,习以为常地哄了哄他,"小彤,别浪费白纸……那三位大爷,十五分钟后来我这儿拿东西……财务室咋没人?"

小彤告诉她,财务今天调休。

姜琼绕过老板,拢着散乱的鬈发走进茶水间。

梁湛得意了,对从眼前走过的第二位合伙人晃晃脑

冷水坑

袋："娇气，啧啧，多好的词儿。"

姜琼走进茶水间后，大家各回各位，着手工作。

每天下班之前，姜琼都会把茶水间整个收拾一遍，虽然如此，第二天早上她还是忍不住再收拾一遍，因为总有漏网之鱼。今天的漏网之鱼是垃圾桶没套垃圾袋。她刚要去拉头上的橱柜门，突然想起垃圾袋昨天用完了。

办公室和茶水室之间畅通无阻，梁湛在桌子后面一直默默观察姜琼。他看见她在原地放下那条刚想抬起的胳膊，失神地转了个圈儿，这时候，一种感情出现在他心里，使他不得不这样想："我需要她。以前，工作和生活需要她，现在是我的灵魂需要她。我需要她，因为她让我认识到，从不让人失望、从来都会让人感到幸福的人在这个世界上是存在的。"

每当姜琼在他心里唤起这种情感时，他就渴望它在心里牢牢扎下根来，可每次它都不自觉地导向另一个地方。他想用完全不同的眼光来审视自己。他发现，姜琼在眼前时，她会带给他为了某些具体的人再努力一把的意愿。她一旦离开，这个意愿便立刻破灭，魔鬼就会出来诱惑他把堕落——比如玩弄女人——当成后半生的唯一动力。

中年危机使梁湛的心灵陷入了困境。他时常想起《复活》的主人公聂赫留朵夫，觉得他的命运就是自己的命运——"年轻时的信仰、决心、虚荣和一鸣惊人的欲望，如今都没有了。"每当如此，他就回顾人生，感到痛苦，

罪与爱

愤怒地质问起来:"还想让我怎样?从业三十年,没收过一分黑钱,没灭过一回良心!"这显然是谎言,或者说,有一半是谎言。就个体案件上说,他没有撒谎,甚至对当事人体谅有加;但在集体性的案件上,他不仅撒谎,还助纣为虐。"有什么办法呢?我需要钱呀!"

近两年来他逐渐意识到,钱已经足够了,灵魂成了最大的问题。他史无前例地承认了自己的灵魂有一些污垢。承认这些污垢之后,他顽固起来,非要把它们清理干净不可。他以前可以忍受所有污垢,可以置之不理,可以这样为自己开脱:"看,每个人都浑浑噩噩、脏兮兮地活着,我为什么要在乎?"那时候,蒸蒸日上的事业使他觉得这样想和这样做不仅是人之常情,还令他在持续不断的快乐中无视灵魂的真正需要。这种快乐长达二三十年,导致他乐观地以为灵魂跟香烟一样,有些人需要,有些人则不需要。

他原本想花一些钱,替灵魂赎一赎罪。前妻连偷带骗卷走他一笔积蓄之后,他决定用另一种办法来做这个事情。为了赎罪,他开始阅读,广泛涉猎不同的信仰和主义。最近一段时间,他对马克思的学说产生了兴趣,希望看后能像书里说的那样认识到劳苦大众才是历史的创造者,一览上层建筑的罪恶等等。但各类主义也带来了坏处,那就是孤独。他本来已经感受到孤独有多么恐怖,这些信仰和主义又使他更加孤独。

同赵立峰一样,梁湛第一次见到姜琼时就认为他需

冷水坑

要她,永远需要她。他曾经认为他永远需要前妻,她让他如获至宝,觉得除了他没人能带给她幸福,因为她想要的幸福有一个前提,就是让所有男人有如获至宝的感觉。她最后选择了他,为他生下一个儿子,又生下一个闺女,还一天天显露出真实面目。她说他吝啬,要掌管经济大权;她对别人卖弄风情,因为她需要浪漫,他不想给就不必给了;她还骂他自私。他想,这种女人嘛,哪一个不爱钱?哪一个不卖弄风情?她们所有人既能随时做贤妻良母也能随时变成娼妓,或两者兼备;她们所有人都以为他不是需要贤妻良母,就是需要娼妓。这种女人把他团团围住,围了二十几年,他只有认命。他热爱着女性,对她们怀有高尚的情感,命运却不给他机会展现出来,这怪不了他。他按照一种文化观点承认他跟别人一样是自私的动物,但她还是得给个说法。她说,看看你的脸,只有自私的人被揭穿真相之后才会做出这副表情。他于是发现她居然有脑子。

他频繁拿这些女人和姜琼比较,每次都发现这样做是毫无意义的,因为她们的实质不是堕落的女人,而是堕落的人。梁湛自认为对姜琼怀有高尚的情感,毫无杂念,因此不同于赵立峰。梁湛打眼一瞅赵立峰便断定姜琼对于这个男人而言不是镜子,而是一块巩固他邪恶本质的填充物。姜琼对梁湛而言不仅是一面照见他心灵秘密的镜子,还是一把钥匙,解开了这个秘密:他身体里住着一个爱调皮捣蛋的小精灵。其实,他是一个温纯的男人。

罪与爱

他一见到姜琼，便端正心态，不再怨天尤人，不再过分贬低过往的人生。但是，他多么担忧她啊！她身上有两种力量正在博弈，青涩但果决的少女正义感和醇熟却无知的妻子幸福感。大家都看得明明白白，唯独她蒙在鼓里，始终盲目地听从本能而无法自觉地认识这两种力量。梁湛恨不得用一天时间把她培养成接班人，拯救她的人生，并以这种方式击败赵立峰。

姜琼这时送来了咖啡，搁到桌上。

"希望今天没失手。喝吧。"她在屁股上抹着手背。

"全世界只有你爱我。"喝之前，他嘟囔一句，见对方没有反应就撂下杯子，"唉，没听见我的话吗？"

"听见了，听见了，快喝……"姜琼哄他，"喝完病就好了，乖。"

"你家那位把灵魂献给国家的小干部，也像我这么乖吗？"梁湛冲姜琼挤个眼儿，仰头一口喝光。

"够苦！"他把杯子还给姜琼时，又撒起了娇，"他有我乖吗？"

"他呀，乖着呢。不仅乖，长得也比你好看。"姜琼握着咖啡杯，边说边望起铺满桌面的各种材料，随即在其中一份上停住目光。

"啧啧……"

"殴打交通大队队长那个案子，材料我准备好了。"姜琼没搭理他，用指头碰碰那份材料，聊起工作，"包括你的律师证、我的律师助理证明。下午两点出门，先去

冷水坑

检察院拿备份,再去看守所见当事人做笔录。另外,不起诉意见书按三段论格式拟好了,需要你在半个小时内给出修改意见,只有半个小时哦。但我搞不懂,这么个小案子你干吗亲自上阵?"

梁湛当时也在桌面上忙活着,后面这个问题让他歪了一下头:"谁知道呢……直觉?或者,嗯,还是直觉。他爸找到我的时候居然这样说,说让儿子进看守所是件好事儿……这世道……啧啧。"他在撒谎,也知道姜琼察觉到他在撒谎,因此耍起掩饰心虚的惯用伎俩——机灵鬼似的坏笑。

"我看过你的手稿。他儿子是为一个被吊销驾照的出租车司机朋友去交通大队讨公道,言语不和打了队长一拳,这些我都清楚。但你在他儿子名字旁边标注'作家'……"

"狗屁作家,就是个精神病,还洋洋洒洒地写了部小说,啥活儿不干……作家,哼,都该枪毙。"梁湛边说边摇起光秃秃的脑袋,好像自己就是那位不幸的父亲,"小事一桩。那交通大队队长敢曝光?他养了多少黑车?庭外和解。"

"你两边都不得意……"

"都活该。"梁湛挑了下眉毛,搬起一摞案卷,在桌面上摊开看起来,琢磨了一阵,调整一遍顺序,"哦,好极了,就该这样,"他嘴里嘀咕着,又调整两本,"嗯嗯,这样才完美……你怎么还没走呀……"姜琼没走,好像有话要说。"天啊,她真美!"他心里惊叹。

"老板……"姜琼有些为难,但还是说了,"我做律师……能行吗?"

"什么话?我能看错人吗?你就是干这行的料。"他想不到她会说出这种话。

"我……们……想要孩子……"

"岂有此理……生……生出来干吗?让他们遭罪吗?生闺女让别人糟蹋,生儿子进看守所……岂有此理……糊涂!"

"生完孩子,调整一下再工作,也是可以的呀!"姜琼心里天真地想,表面上一言不发,她觉得老板的话正确归正确,但似乎只有正确。她迅速回顾了一下刚才跟他提这个事儿的初衷,发现,她是实实在在想生个孩子。她还发现,是老板触动了她想当妈妈的真实情感:给他做咖啡,像在给孩子热牛奶;哄他喝咖啡,像哄孩子喝牛奶;看他撒娇,像看孩子在撒娇。他说世上只有她爱他,她脸上无动于衷,可那句话像孩子肉乎乎的小手穿透胸口抓住了她的心。她第一次在老板身上产生这种鲜活又具体的感受,难堪又尴尬,可心里又非常幸福。

IV 这种爱是一片坟土

在会议室吃午饭的时候,六个人说说笑笑,气氛很

冷水坑

不错。姜琼和梁湛面对面坐着,偶尔对视一下,没说过话。尽管觉得委屈,他现在已做出了改变——尝试以兄长的心态去理解她。他立刻觉得他对这种角色是感同身受的:其实,她最需要的是信任,信任她能扮演好她想扮演的角色,走好她想走的路。

饭后回到办公室,梁湛靠住椅背仰着脸,腆起肚子开始午睡。十五分钟后,他醒了。姜琼在他办公室门口埋头整理着鼓鼓囊囊的挎包。梁湛没动弹,静静地望着她。这样过了一会儿,他用粗短的手臂撑起身子,无奈地摇着头,从倚着墙壁的桌角那儿拉过手提包。

停车场在办公楼后面,需要绕半圈楼体,穿过一条小马路,再往右转五十来米才能到达。临近小马路拐角,他们一前一后放慢脚步,因为有施工单位正在作业。四名穿红色环卫坎肩的农民工正蹲在地上画白线,他们都穿着又肥又脏的收脚迷彩裤,统一发放的灰色布鞋沾满白点儿和泥屑,通红的脖颈热汗淋漓。一位戴黄草帽,一位戴橘色网眼鸭舌帽,另两位戴黑色保安帽。旁边站着一名穿白衬衫黑西裤、戴黑框眼镜的男干部,这位监工背着手,看上去不怎么高兴。

"创建文明城市活动"每年夏季开展,工作分摊到各单位,其中有一项由底层公务员承担:指挥志愿者和农民工到街头巷尾挂广告、画白线、捡瓶子和清理杂草。

"忙着呢,领导?"梁湛跟男干部打招呼,停在农民工跟前。有两位农民工抬头瞅一眼来人,汗液从没有表情的脸颊淌下来,随即埋下头,继续干活儿。

"这一片要赶紧弄完。"男干部顶着太阳眯眼应一声,瞅一眼姜琼。

"大热天干这个可真遭罪呀!"梁湛说着拿出中华烟,递给男干部一支。

"谢谢,不抽烟。"男干部说,指着一位农民工的脊背,"歪了,尺子往右移三厘米……你们是哪个单位的?"他打量一眼梁湛,问。

"嘿,老百姓。"梁湛吐着烟,笑了笑,"好眼力呀,三厘米都看得准!"

"这都是混基层的基本功。两口子晒日光浴?"

"这是我老板。"姜琼笑着说。

梁湛装模作样地扭脸瞅一眼姜琼,露出一种"原来如此"的神情。

男干部有点儿尴尬地笑了笑。

"你们呢?"姜琼问。

"城建局,要不然谁揽这活儿。"男干部说,扶一下眼镜,专注地看农民工干活儿。

这时候,戴橘色网眼鸭舌帽的农民工抬起头,望向姜琼——有个事情需要告知她一声。"您能让一让吗?影子挡住了……"

"对不起……"姜琼直接踏进草坪,差一点儿撞上一棵绿化树,"可以吗?"

"挪一小步就行……"这位农民工一直憨厚地笑着。

冷水坑

"踩到草坪了……"梁湛提醒姜琼,显然在开玩笑。

"对不起……"姜琼赶紧小跳回来,躲到老板身后。

"踩两下没事儿……"男干部笑了,看一眼姜琼,又笑了笑,"老百姓要都像您这么自觉,我们就轻松喽。"

"领导会复查吗?"梁湛用夹烟的手指一下地面。

"看人家心情,闲着没事儿可又想干点事儿,就来瞅瞅呗。领导嘛,啥是领导,能指挥别人干体力活儿……"

"您这话把自己绕进去啦!"梁湛老练地提醒对方。

"我受罪的时候您没看见,这些细活儿,我手把手教了两个星期。"男干部为此特意去询问农民工,"不止俩星期吧?"

"八天半。"蹲在地上的黄草帽农民工仰起头,对梁湛恭恭敬敬地说。"心里数着呢,八天半,没错的。"埋下头后,他补充说。

"没错,八天半。"戴橘色网眼鸭舌帽的农民工说,"王科长挺辛苦……"

"是呀,亲力亲为。"

"还给咱们买水买盒饭……"

另外两个农民工跟着附和,发表感想,神情举止活跃了些。

"行了,把活儿干好最重要,买水买饭都是小事儿。"王科长(虽然准确地说是王副科长)显然是个极度在乎面子的人,这种人,虚荣心得到满足后对手下人会更加严格。

罪与爱

"老彭,把你草帽摘掉,挡视线。老丁,汗珠子别往白漆上滴。你们俩,把活儿干完了再喝水……"

"王科长,没法子,太渴……"其中一个保安帽农民工是个近六十岁的干巴老头儿,一脸苦楚,胆怯又谄媚地回头对王副科长解释。

"谁不渴,谁不累,你看见我喝水了吗?"王副科长很不高兴地向前踏一步,这样做是为了从农民工脑袋之间居高临下地望见地面。

"你们是记者吗?"王副科长抬头问,既不突然,也不闲散,这是一句正式的、略带警惕性却又不显生硬的问话。他开始觉得奇怪——这两个人为什么还不走?

"我们是律师。"梁湛笑着说,用烟头敬一下,表示告辞。

王副科长的神情当即多了一层厌恶。直到梁湛和姜琼走远了,他还望着他们的后背。

"我开车,你坐后排。"进了燥热的停车场,梁湛笨拙地走在前头,没什么好气地说。他坐后排会晕车,坐副驾驶又嫌挤。姜琼拉开车门,坐到后面,砰地摔上门,全程冷着脸。打火时,听见这动静,梁湛就回头瞅她。

"还没消气?"他笑微微地问。

"我挺好。"姜琼搂着包,歪脸瞅向窗外。

"你想生孩子,行,想生你就生。反正嘛……你是女人……赵立峰的女人。"

"你这话是什么意思?"姜琼把脸扭过来,看向他。

冷水坑

他没迎接她那愤怒又痛苦的目光,而是对她脑后的方向扬了扬脸,做出一副神秘兮兮的模样,不开口,示意她猜一猜。

"你究竟想说什么?"她有点儿烦躁,忍不住回一下头。

"看不明白?"

"故弄玄虚!"因为方向相反,看不见刚才那些人。用王副科长来影射赵立峰就得采用一种普遍性视野,她暗自想,还预感到这个视野是她不愿碰触的。

"那个王副科长身后也有个女人给他生孩子,另外——你都看见了,还有人替他干活儿。你给赵立峰生孩子,事实上是给这种男人生孩子……"梁湛说,"毕竟这是男人主宰的世界。"

这个观点产生了应有的影响,也连带出其他影响,并抢先一步涌向姜琼。

"糟糕,它又来了。"车子启动时,早上那种空虚感一下子擒住她。她叹出一口气,不去碰它。她把无神的目光投向高楼缝隙间的蓝天,好一会儿没动。她心里清楚这样做是找不到答案的,目光却不自觉地融入越来越深邃的纯净蓝色,似乎被里面某种毫无意义的神秘力量迷住了。随后,她决心先解决眼前这个困惑——天空深处那种黑暗究竟是什么。她没意识到眺望的方向已毗邻光源区,那种黑暗因此更为明显,甚至从内部反射出能无限延伸视觉的微妙光芒,让心灵既沉静又不安。答案找到了，是太空，它那广袤的黑暗在银光闪闪的大气层里奇妙地变成一种恒星般的元素，缓解了烈日的强度……

"是的，飞到那里的话，人就拥有了全新视野，内心一定翻天覆地……对人间充满热爱。"她暗自思索着，一个儿童似的天真想法随后出现在脑海，"可是……忍受得了吗？而在地上，白天是白天，夜晚是夜晚，你方唱罢我登场，永远如此……光明与黑暗并存的世界有谁能忍受得了呢？"她没有沉迷于这组矛盾，像往常回避任何矛盾那样放下它们，可她又立刻劝说自己不妨再想一想。

"他为什么对我那种空虚无动于衷呢？"她思绪有些凌乱，不留神把最可怕的疑问从很多疑问中拎出来。她忍不住往下想，"他不理解，感到迷茫，这我懂，但为什么无动于衷呢？难道就因为我是女人才会产生这种空虚，男人却不会？还是说……就像外公说的那样，人到矿井里只能看见黑，纯粹的黑，那时候你就觉得自个儿一无所有，又什么都有……那时候你只有你自个儿……"她突然听见梁湛在说检察院有一位史处长新官上任。

"案子在他手上，要先摸脾气，"梁湛通过后视镜瞅一眼姜琼，叮嘱她，"别乱说话，看我眼色行事……你想什么呢？"他又瞅一眼后视镜，露出兄长式的笑容。

"没错，我心里有个永远长不大的自己，你就笑吧……"姜琼想，太空和矿井的遐想让她感到羞涩，想到光明与黑暗这组矛盾时心里也不由得发笑，但它们在思想中留存下来，产生了某种精神力量。

冷水坑

梁湛摁下玻璃，点上一根中华牌香烟。凉风从头皮上吹过，他想说点儿什么。他意识到他很久以来想对姜琼提出一个警告：大家都爱她，她也爱着大家，但这种爱是社会塞给她的诱饵。这种爱是一片坟土。大部分女人一生像坐船，漂到哪儿算哪儿。姜琼也遵从着这种爱，本能地生活着。关于这种爱，她是有自觉的，却不幸地把它默认为根本原则。她不能表达超出日常伦理的正义思想，不仅如此，她甚至萌生了一种不恰当的正义观：普及正义就必须从普及她身上生而有之的天然幸福开始。这让梁湛很不安，也心有不甘。

做导师也好，兄长也罢，梁湛始终做不到像赵立峰那样直接表达思想，他对她说不出这些话。他一想到赵立峰心里便发酸，充满责备。与其说怪赵立峰夺走了姜琼，不如说他痛恨这个患有严重青春期病症的男人是如此执迷不悟。

梁湛忍不住想到自己这三十年的职业人生，总体来看就是跟男人博弈，跟女人纠缠。这种朴素的人生总结和感悟在阅读马克思学说之后变成了严肃思想，之前它安静地待在某个角落，如今成长了起来。从一无所有到成为社会精英，他这三十年只是整个国家以性别为基础进行社会分工和心灵分工的一个微小环节。这种分工把权力交予男人，义务交予女人。追逐权力，建功立业，青春期心智就足够了。不过，他的这些想法对姜琼是说不出口的。

罪与爱

"去年那个妻子谋杀丈夫案,你还记得吗?"梁湛觉得再不开口就显得怪异了,不清楚出于什么意图说出这个事儿。

"干吗提这个案子?很恐怖。"梁湛弹飞烟头之后,她说。

"没什么……突然想起来……"他发现这个含糊的回答符合本意,却奇怪地嘲讽一笑。他摇了摇头。

"是呀,很恐怖……"他淡淡地说,"用菜刀把老公活活砍死,半岁女儿也没放过……她常年遭受老公的家暴,因为没生出儿子,公公婆婆立刻不待见这个儿媳妇,催她赶紧再生一胎,那个浑蛋老公居然在老婆怀孕的时候勾搭女人,啧啧……医生还说她患有严重的产后抑郁症,警察说,没用了,现在连老天爷也救不了她啦。当时,全国人民都希望这个女人赶紧死……啧啧,好笑……"

"好笑?"她搂着包气得直发抖。

"我们救了她这条命,不好笑吗?"他扭过头,诙谐地瞅了她一眼。他对于刚才盘算着的那个本意,现在又有了新的想法。

姜琼认为这不好笑,但又觉得从这个女犯人身上提及救人一命和法律正义是不合适的,于是沉默不语。她再次望向窗外疾速掠过的事物,还没出市区,车窗的风并不强烈,但她像期待着什么似的想了想到底好笑在哪里。

"律师从业者首先要学会'审视'日常伦理……"梁湛做出一个居高临下的手势,"看见它好的一面,更要看

冷水坑

见它坏的一面。我们不能相信人性。毋庸置疑。但我们绝不能变成赤裸裸的法家。总之,法律是一块基石,我们是这块基石的守护者。好吧,假设,全国人民都呼喊着枪毙这个女人,而我们非保住她这条命不可,这意味着全国人民与我们为敌。怎么办?誓死不降!全国人民与我们为敌,总比每个人与每个人为敌好!"

姜琼依然望着窗外,内心被触动了一下,脑中掠过一些与父母、丈夫和家庭有关的零星画面。

"为保住一条不该死的命,我们这样做,其实面对一个确实该死的人时,我们也要争取保住这条命。"他望着前方,自言自语,耸了耸肩膀继续说,"法律的真谛在于保住生命。一家之言,你可以不接受。"

她接受,却不怎么好受,因为她责备自己居然对合理合法剥夺生命这个常识感到陌生。她清楚这种感受源于自己不愿面对这个观点——它很残酷。她又因为活在温室里而感到羞愧。两秒钟后,她竭力想弄懂法律和保住生命的内在联系,始终一言不发。

"你说说看,人伤害人的根源是什么?"他问。

"社会造成的。"她说。很奇怪,她有点儿困了。

"想不到跟了我这么久,你居然犹豫了,居然给出一个……你家男人那种答案……"梁湛说着摸了摸头皮,突然捏起一根虚拟的发丝对她煞有介事地抖了抖,因为不能回头,他随后只能问,"看见了吗?答案如果是'社会',我这头发就没必要掉喽……不是我故弄玄虚,答案明明在你身上,你却看不见。"

"在我身上?"

"爱呀,小琼。你不犯罪,永远不会犯罪,因为你活在爱里。大家爱着你,你爱着别人。因此,你活着有了尊严。但你是你,别人是别人,你有多么幸运,别人就有多么不幸……虽然你也会遭遇不幸……我的意思很简单,当一个死刑犯直到枪毙前那一刻依然相信世上有人为保住他的命在奋斗着,那么,他一定觉得作为一个人的最后尊严还在,他也一定感受到了爱,并因为这爱而获得救赎……"

"罪与爱都是社会造成的,就是社会造成的。"姜琼一边赞同并接受梁湛的观点,一边不顾一切地想,虽然她不清楚为什么这样想。

V 最后的陈词

驶上内环后,两人不再对话。姜琼倚着车窗补睡午觉,她梦见一些熟悉但很凌乱的画面:丈夫修长而白皙的手指,母亲油光满面永远都在生气的脸,父亲阴郁的眼角。她似乎一直莫名地靠着一棵大松树,后面有个人看着她的背影。还有一些陌生的、让她感到恐慌的画面,毫无逻辑地交错变换着,扰乱了那些熟悉的情境。最后,她确信自己看见了明一下暗一下的光亮,她决心弄清楚些,

冷水坑

就睁开眼睛,看见了跨江大桥的铁索在一根根向后闪烁。阳光在闪烁。耳膜响起密集的呼啸声。随后,她发现阴影也在闪烁。

姜琼回顾一下梦境,那些熟悉的画面她记得很清楚,但感觉不到恐慌了,靠着那棵大松树时出现的莫名负罪感没有留下痕迹。她很快忘记了梦里有过一种极为朴素又极为怪异的感受。

"这根是丈夫……这根是母亲……父亲……婆婆……公公……这一根是老板……孩子……"恍惚之中,她玩起游戏。

"是呀,他们爱我。他们为什么爱我呢?"她问自己,"我究竟哪里值得他们爱呢?"她从不对世界下定义——她知道这样做是有代价的,世界因此慷慨地回报她一种感受:所有人都爱着她,所有人都幸福。但这里夹藏着一个关于人在幸福中如何不迷失自我的困惑。潜意识里有个声音提醒她:不要变,下沉到一个没有自我的地方;另一个声音不建议她这样做,建议她找到自我后再做观望。她知道后一个声音是所有人听得懂并赞同的,前一个声音却唯有她听得见。她还知道,后一个声音来自她本人,前一个声音才是生命的需求。

蔚蓝的天空在过江后一览无余,她眺望的方向和其他方向似乎毫无差异,都能在心灵中唤起穹隆的弧度。梦境过后的疲惫使她又困倦了,但她依然在凝视、沉思。合上眼皮时,她勇敢地看了一眼太阳。

罪与爱

耳边敲玻璃的声音把她震醒了。老板在外面对她勾手。

"整理一下,头发睡扁了。"她搂着公文包下了车,他对她说。

她跟在后面,重新扎头发,迈上第二个台阶。

在检察院办公楼门口,一名检察院中年男干部刚好走出来,从他俩中间生生挤过去。

"睁眼瞎。"梁湛低声骂了一句。

大厅内人满为患。除了各类奔波不停的外来人员,一群检察院工作人员占用了中央位置。在那些外来人员中,梁湛能分辨出哪些是同行,哪些是原告和被告,哪些是倒霉蛋。他们通通自觉地绕开这群检察院人员。

梁湛领着姜琼从检察院人员正中间穿过,人群不得不向两边挪移,一个接一个动一下,这给每个人都带来一点儿小麻烦。一位中年女检察员单手插裤兜,嫌恶地盯着姜琼从眼前走过。

"梁大律师又来白拿?"在这支散漫但傲慢的队伍最后边,一位长得像骆驼的高个儿检察员把梁湛拦下,伸出右手。梁湛先是装作惊讶,随后露出一副"原来是你呀"的表情,身子向前倾了倾,捞住对方那只手。

"老郭呀!"

"除了是我,谁还愿意搭理你这个烦人精!"老郭开口前看一眼姜琼,友善地点下头。姜琼用微笑回礼。

"看你那嘴,怎么能说白拿,一块五一张复印费,不是银子?比市面价多五毛钱,黑不黑?明天我就写状子

冷水坑

告你们!"梁湛甩开对方的手。

老郭憨厚地说:"你呀,你呀……"

"你们吓到老百姓了。"梁湛回头扫一眼,好像外围全是老百姓。

"去慰问基层。"

"亮身段儿呗?"梁湛做个孔雀舞造型。

老郭和姜琼都笑了,二人不经意间碰了下眼神。

姜琼捅咕一下老板,对老郭解释:"刚才在车里晒晕了,犯浑呢。"老郭仰起脖笑,吐出一口长气,像是患有某种肺部疾病。

"明白了。"他随后说,"梁大律师今天来找谁?"

"史处长。"姜琼回答,因为老郭刚才是看着她发问的。

"你们接了那案子?"老郭不等二人回应,就把嘴角撇下去,示意这个案子有额外意义,超越了犯罪本身。

"你指那个写小说的疯子?"梁湛露出相似的神态,点一下头,"是的,光权接手,我亲自上阵。"

"那要小心啦,小心啦……"老郭笑眯眯地说。

"哦,是吗?那反倒勾起我的斗志了。"

"我们一致认为,此人有反社会人格,已不可救药。"

"在你们眼里不可救药的人,通常大有来头呢。"

"按你这说法,我们也是受害者喽。哈哈哈。对了,看过他那部小说吗?"

"无缘拜读。你看过喽?怎么样?"梁湛笑微微地问。

老郭埋下脸想一想,摇了摇头,接着用一种客观的语调说:"这个嘛……分谁看喽,有些人保不齐当笑话,有心人看了就不一定怎么想喽……"

"像我这么没心没肺的,应该是前一种读者喽。就是嘛,您说这世界不可笑吗?"梁湛摊开双手,撇了撇嘴。

"真是个滑头。"老郭故作不高兴地说,告诉梁湛二楼左手边第三间是史处长办公室。

"这个人挺装腔作势。"上到二楼时姜琼说,瞅一眼楼下。

"机关耗子。"走在前面,梁湛十拿九稳。

"你刚才撒谎了,说没看过那部小说。"走了几步,姜琼说。梁湛没有回头。

他们在史处长办公室门口撞上一个胖墩墩的小个子年轻干事。

"你们找哪位?"检察员问。

梁湛嘴上微微带笑,没吱声。"史处长。"隔了两秒,姜琼说。

"光权事务所吗?请进,请进。"听见领导在身后这样说,男干事有些不快地走了。史处长突然又叫住他,让他带领两位律师去阅卷室拿复印件,同时自己也跟在后面一起去。

史处长个头儿不高,样貌普通,目光温和,有一双比例失衡的大手。

"手劲儿够大,史处长,这是下马威吗?哈哈。"在阅卷室握手时,梁湛来上一个开场白。他松开手,介绍

冷水坑

一下姜琼。

"能给我们的全部给我们。"梁湛对那位男干事说,对方显然不喜欢这句话,全程冷着脸开始复印。

梁湛和史处长都站着,刚闲聊几句,他俩突然都表现出吃惊来。

"张宝强是你表弟?"梁湛瞪大眼睛,满脸惊喜,"他可是我法学院时的下铺呀!"

"哈哈,真想不到呢。"

"太巧了。没听他提起过你……我那老同学,"梁湛对姜琼说,"心机很重,嘴可严实呢。"他又面向史处长,依然显得那么惊奇,似乎要重新辨认一下眼前这个对手,"这么说,你们是司法世家呀。"

"说着了。我表弟、他父亲、我、我父亲,都是干这一行的呢。"史处长微笑着说,随手拍一把梁湛的胳膊,"可比不了你哦,我们穿制服,挣死工资,你穿西服,挣大款子呢。哈哈!"

"谦虚啦!虚伪啦!哈哈!"梁湛一边表演一边偷瞄姜琼,示意她看着点儿那个男干事,别漏印一张纸。

十分钟后,姜琼和梁湛先后签完字,把复印件塞进档案袋。临走前,梁湛做了个要掏钱交复印费的姿势。

"哎呀,您可算了吧。走走,去办公室坐。"史处长说。

到办公室门口,史处长让姜琼先入屋落座。

"被告律师一来检察院,是人未到,脾气先到。预约之后,我一直惦记着你们呢。我怕你们。"落座沙发后,史处长这样说。

梁湛掂量一下对史处长的第一印象,断定他是这样一种人:无论是朋友,还是敌人,面对这种人时都想快刀斩乱麻,以免被他极深的心机缠住。

梁湛扭脸看一眼姜琼,她正在埋头翻包。

"再说喽,光权事务所如雷贯耳,"史处长用唠家常的口吻说,见姜琼把必要证件搁上桌角,赶紧伸手护一下,"也都知道您梁大律师脾气冲……"他闲来无事似的拿起她的实习证看了看,下面是梁湛的律师证和光权的营业执照复印件,他也瞅了一眼。"这年头啊,得罪谁,"他拉开抽屉边翻找边闲聊,"都别得罪律师……"听见梁湛用开玩笑的口吻接了句"更不能得罪你们"时,他似乎找到了要找的东西,往抽屉里面瞅进去,然后哈哈笑一下,没拿出任何东西,推上抽屉。

"看来史处长很重视我们光权嘛。"在姜琼将档案袋往包里塞的空当,梁湛说。他历来都会对检察官这么说,这是为了制造氛围,掌握话语权。

"我?"史处长笑了笑,"介意我吸烟吗,姜助理?"

"您请便。"姜琼说着把包平放在大腿上。

梁湛先一步把烟递过去,史处长接过来敬一下,说:"好烟。"

"好烟就有好聊。"点火前,梁湛再放一招。

两个人各点各的火,吸起中华牌香烟。史处长眼睛被熏着了,从嘴角摘掉了什么东西。他似乎不愿接梁湛

冷水坑

的招儿。

"这就要逐客吗?"姜琼寻思道,"他心里明明有很多话……"

"只是轻伤,立案,没必要吧。"借着那位老同学的关系,梁湛故意打破这短暂的沉默。

"哎呀,梁大律师……"史处长眯了眯眼,笑起来,示意对方在检察官办公室是不能聊案子的。

"小狗崽儿去你家要口剩饭,被一顿打不说,还被撇进狗市儿,说不过去吧?又不是恶意咬人。"梁湛边说着暗语,边把史处长看得更细致些,他发现对方立刻就有所察觉,开始神经质似的频繁挤眼睛。

"嗯嗯,是呀……"史处长把胳膊挪向桌面,顺势扭开脸,在八宝粥罐子上磕一磕烟灰。

"理解,理解。"收回胳膊后,他埋下眼皮,说。

"理解我有什么用嘛……"梁湛微笑起来,和姜琼暗中对视一下,补充道,"毕竟……全在您嘛。"

"我又有什么办法呢?您说,我家有我家的规则哟。"史处长似乎轻松了些,磕一磕烟灰,眯眼吸两口,把烟头丢到罐子里。

姜琼现在判断史处长没有逐客之意。他不仅没有这个意思,还忍不住想把在这个小案子上产生的思想当着对手的面表达出来,但他发现它们是说不出来的。"一个人一旦有了隐秘的思想,通常是这副样子。"她暗自思索着,却不知道她在从未见过面的小说家犯罪嫌疑人身上

罪与爱

同样产生了一种思想,因为这种思想被她固有的感情模式包裹着,她一时察觉不到。当她察觉到时,发现这其实是一种朴素的思想,又是一种朴素的情感:她想保护他,她不愿他被某种思想毁灭。

"立峰会这样毁灭我吗?"姜琼此时这样想,并非针对某个人,而是借助某个人去映照一种现实——现实背后的现实,它必然存在但历来不明确,这让她感到恐惧。她从情感上无法接受为了某种新生活而失去每个人都是自己人的旧生活。

"怎么说呢……交给狗市儿处置吧。"史处长说,做出有难言之隐的神情,笑一笑。这种笑似乎在说:这是应当让你们看到的。你们看不到的,就别揣测,我不能说,更说不出口。一切交给法院。

"您不会认为这小狗崽儿有狂犬病吧?"梁湛点了点太阳穴,还暗示对方其难言之隐有可能被揭穿。

"哎哟,看您这话说的,那跟我又有什么关系?"史处长不温不火地点燃一支他自己的中华牌香烟,默默吸上一口,终于抬起眼睛,但只为重新把两个人打量一番。

"老兄,狗的命运就看它落在哪种人的手里。打狗看主人,但狗讨吃的也得看人家嘛。"史处长说完垂下眼皮,扭身去磕烟灰。

"我猜就是这么回事儿!"对谎言极为敏感的梁湛当然不相信这是全部理由,但他已经彻底厌恶起史处长,懒得追问了。他接着调侃一句:"我担心您会相面呀……"

冷水坑

史处长把刚碰到嘴唇的烟移开,看向梁湛,不介意他往下讲。

检察官和律师如果初次相逢,通常要察言观色,相互揣测,试图摸清对方的心法和思维,或隐约制衡,或暗通款曲,以此展开下一阶段工作。

"比如,我有位朋友说过,他一眼能看出哪条狗是进狗市儿的命。我一眼能看出哪条狗有花花肠子。咬人的狗不叫唤嘛。但我就是不信那位朋友的眼睛。我不信。我的能力出自经验,他那套太玄奥。"梁湛说,示意姜琼准备走了,跟这人法庭见。

"老兄,别不信,"史处长夹着烟指一下梁湛,饶有兴致地笑着,"没瞎说,道理是一样的,经验出真知。当然,这种真知不能当证据。"因为姜琼的目光让他感到不自在,说这话的时候他扫了姜琼一眼,希望在她脸上找到线索——她似乎把他当成了敌人。

此时的姜琼已经这样想了:他不仅诛心断案,还幻想着用头脑里的隐秘思想伤害我的当事人。他那副对谁都无害甚至有利的神情令她憎恶。

"据我所知,这条小狗崽儿不怎么听话……但这儿(指指脑袋)又极为活跃,还写了一部小说,哦,你知道吧?"史处长说。

"我知道,没读过,想必不差。"梁湛在这件事儿上第二次撒谎。他马上第三次撒谎:"我曾经也有过文学梦想呢。哈哈。"

罪与爱

"是非法出版。我当证据弄到一本,没看几页。"这部小说在程序上与此案件本身是无关的,说一说也无妨。

"难以卒读吗?"梁湛笑着问。

"那要靠专业人士品评了,但我们没必要为一个单纯事件邀请一帮子文学批评家。"史处长说着靠住椅背。

"你现在又承认这只是一个单纯事件了。"梁湛笑了。

史处长没作声,只顾磕烟灰。

他们接下来用暗语相互传递了很多信息,用正常语言翻译过后,大体如下:

"那个交通大队队长是公安局局长内弟,狐假虎威,养黑车,收黑钱,老百姓都知道……我看哪……"梁湛说到这儿,鄙夷一笑,不再往下说。

"说嘛,"史处长问,轻巧地丢掉烟头,"你的想法是什么?"

"我的想法?史处长,我的想法就是教育几句拉倒了呗!怎么的,老百姓说几句牢骚话还不行呀?"

"我只是一个普通的地方检察院处长,批判社会这类事儿不在我的工作范围,我本人对此也无想法。"史处长心平气和地说,似乎有意表示他不需要关心案件之外的道德论述,但也不排斥听一听相关见地。"我只负责伤人案本身。"他补充说。

"动手打人触犯法律,但不一定非要进大牢。"

"老兄呀,这里是检察院……"史处长看向姜琼。她正翻看案件复印件,抽出一页纸搁在梁湛手上,并用指

冷水坑

甲画出一个句子,提醒他赶紧看。

梁湛把那页纸哗啦一声展开,瞅一眼史处长后开始阅读。纸上是印刷字体,那句话是:"那位出租车司机告诉我,有一位看着像六十岁的女人,听见他喊出那句话后,当即警告他这是大逆不道的。"

"这位六十岁女人是哪位神仙?"梁湛心里问道。

"我们不会让你们把一条无辜的小狗丢进狗市儿的。"姜琼突然毫不客气地说。梁湛心里一激灵,差点儿脱口而出"完蛋了"。

"哎哟,你们想多了,"史处长似乎想让姜琼不必为她刚才的语气紧张后怕,"这种小狗崽儿现在满大街乱跑,不是当街大小便就是瞎叫唤,烦躁得很,但狗市儿很可能觉得处理这种芝麻粒儿小事儿是浪费时间呢。哈哈!"

姜琼断定他在撒谎。她发现他开始神经质地挤眼睛。由于刚才的冒失及梁湛已有意结束这场对话,她把后面的话和很多想法搁在了心里。

临近下午三点,梁湛和姜琼起身告辞。

他们离开后,史处长快速回顾了一下自己的职业生涯。他从监狱系统调进检察院,组织部给出的理由是耐人寻味的,令他摸不着头脑,滋生出怪异的疑惑。他至今没能勘破这团疑惑,只能与它共存。疑惑与果断是相互推动的装置,疑惑有多重,果断便有多强烈。他决心把小说家嫌疑人送进思想大牢,便出自此种逻辑。罪犯们有着与普通老百姓迥异的气质,自豪、解脱、亢奋,或令人胆寒的平静。史处长在小说家嫌疑人脸上看到的不是这些个人气质,而是一种社会力量。他眼下又想起那部小说来。"在冬洲,权力已独立于社会,凌驾在劳动之上。冬洲人有服从权力的习惯。"看到这两句后,他合上了书。他不得不这样做。与罪犯相伴十几年,他萌生了一个可靠的观点:他们是罪犯,同时也是无辜的受害者。他每天挣扎着抛掉后一个观点,但做不到。新环境让他轻松很多,至少远离了那些"无辜的受害者"。一个月之后,他对多如牛毛的枯燥小案子感到了厌倦,还很奇怪,老百姓的心智非但没什么进步,反而退步了似的。他渴望接手非同寻常的案件。这类案件将由一个独特案例所开启。小说家嫌疑人让他惊愕,猛地意识到,既有的法治系统虽然管得住老百姓的身体,但已脱离他们的心灵,痛苦正以新形式展现出来。梁湛暗示他要爱惜一个年轻人的前程,他是赞同的,理性却不允许他这样做,因为理性为他构建了一个计划:时代交替之间,他要亲手留下一道痕迹。他甚至看见自己站上了时代大法庭,宣讲起最后的陈词……

VI 人不是单纯地跟着幻想走的

离检察院大门右侧十几米远有一条小巷,巷口开着一间食杂商店。梁湛让姜琼等一下,他去买矿泉水。

冷水坑

梁湛刚离开,慰问基层的检察院人员便鱼贯而出,在大门前聚拢起来。姜琼看见了老郭,便躲到五米开外的石狮子那边。他们顶着烈日等了一会儿,然后移向马路边绿化树底下。老郭和另外三名男干部不想凑热闹,留在原地聊天。

这时候,姜琼蹲下身,从袋子里抽出卷宗,在草坪上扇形展开。她抽出中间三张和最后两张看起来,看完后,她认为这几页材料印证了自己的预感。姜琼从中似乎触及了小说家嫌疑人的某种思想。她不了解这种思想,但它莫名地带给她一丝亲切感。她联想到史处长的"隐秘思想",它之所以令她充满敌意,或许是因为他对某类人抱有敌意。某类人是哪些人呢?她不由得思索了一下。收拾档案袋时,老郭聊起手上的一个案件,姜琼知道这个案件,决定听一听。

市公安局半个月前破获了一起组织卖淫案,并对三名男性犯罪嫌疑人提起公诉。这本是一起很平常的组织卖淫罪,事实清楚,证据确凿,检察院走一下程序即可。没想到的是,其中一名失足妇女突然在媒体上发表声明,说她曾被组织卖淫人员囚禁在一间地下室长达两个月,原因是她私自接活。

"再走一遍程序,加一个非法囚禁罪,我倒不嫌麻烦,工作嘛。"老郭说,"但是,那些媒体在干什么?把一个刑事案件上升到女性社会地位的层面上,对一切大加讨伐……"

罪与爱

"这些失足妇女绝大部分是自愿的。"一个宽肩膀干部说,"男人犯罪,我能理解,可是女人为什么做这一行呢?"

"好逸恶劳,人性使然……"他们中个子最矮的干部说,并被站在正对面的一个秃头同事用否定的手势打断了一下,"那你的观点是什么?"

"成本低,几乎为零。"秃头干部说,"男人犯罪却不一样,其实,用暴力手段破坏社会秩序没那么容易,成本高,代价大……这是一个经济学问题。"

"那道德呢?"矮个子干部反问道,"道德约束力为什么在她们身上失去了作用?或者说,她们只要在心里说服自己就能做这个事儿,我是说,她们好像掌握着失足的绝对自主权。这可不行,得管一管……"

"谁管?"老郭问,"自愿失足本质上不在法律范畴之内,咱们管不着。"

"让社会去教育她们不能做这种事儿,要正儿八经地劳动。"提出这个观点后,矮个子干部把目光从老郭脸上移向秃头同事,这样说,"不是经济学问题,是心理问题,不能允许人凭借心理活动就做违背道德的事儿。"然后,他再次转移目光,同时看向老郭和宽肩膀同僚,"怪就怪我们这个社会过于开放了,很多东西完全不管,这可不行。"

"整个社会都在不顾一切地挣钱……"宽肩膀干部说,"但一个社会追求经济效益,也没错。"矮个子干部对他

冷水坑

亮起右手食指,摇了摇:"我说的是人。人得守规矩,而且要在心里敬畏规矩。"

"哎哟,你干吗这么正经!"老郭说,笑了笑,然后才对矮个子的观点发表看法,"你对社会持保守态度……"他停住了,因为宽肩膀干部听见这句话时突然说了声"没错",然后抱起肩膀,示意老郭"你继续"。

"维护社会秩序离不开保守态度。"矮个子干部立马插进话,"你不同意?"他突然问起秃头同事,没顾及想开口的老郭。

"你耷拉个秃脑袋琢磨什么呢?"老郭问。

"我在想,女人自愿地用这种方法挣钱——当然,吃相不能太难看——比如我现在是一个女人,去老郭家睡一觉,第二天拿到了一笔款子,这有什么不可以的吗?"大家都在发笑,笑他混淆了偷情和失足。但他坚持这一观点,说:"道德规范需要适应社会的发展,有些事儿还是不管为好。"

"让老郭说。"宽肩膀干部说,还提醒老郭别再笑了。没想到老郭仰起长长的脖子,骆驼脸对着高空发出几声笑。

"你说你一个大秃脑袋,半夜上我的床干吗……"见三个同事都不耐烦地催促他,说车开过来了,在里面讨论这些不合适,老郭这才恢复正常,"我说什么呢?要我说——来不及了,时代变了,人变了。虽然我讨厌现在的这些媒体嗜好煽风点火,让人胡思乱想,可我又不得不承认它们大部分是对的。关于这个案子的文章我基本都看过，比如它们说，世上根本不存在自愿失足这种事儿。首先，社会结构决定了女性地位比男性低下，只是我们习以为常了才看不出这一点；其次，人很难往高处再登一步，但你随时可以纵身一跃跳进山涧；还说，每个女人脚下都有一个自愿失足的地窖，随时能掉进去……上车吧，聊这些干吗？怪幼稚的。"

"等一下，老郭，"矮个子拦住三位机关同事，"你认为我的观点幼稚？"

"我没说你的观点幼稚……"老郭说，对此感到很奇怪，然后询问另两位同事，"我刚才说过吗？"

他俩都说没有，并认为老郭不是这种人。

"其实我没对你生气，老郭，听完你这些话，我突然意识到为弱者发声和替弱者作恶找借口在你那儿好像变成了一回事儿。这可不行。作为检察官，你不能丢失原则。"

"我没丢失原则，也没怀疑过我作为检察官的原则，你为什么这样看我？"老郭笑着问。接着矮个子又说："人当然要正儿八经地劳动，我同意这一点，但通过道德教育让人这么做，我认为是治标不治本。任何社会都不可能做到为每一个人提供正儿八经的劳动岗位，总有人得不到机会，即便做到了，岗位也有高低之分……"

"唉，我说老陈，你不会对老郭升职有意见吧？"秃头干部用一种突然反应过来的语调问，然后底气十足地说，"老郭因为肾病几次提出让贤，推荐的人选就是你

冷水坑

呀……"

"这事儿我知道。"宽肩膀干部补充说。

"你们想多了,我确实是因为那些时髦观点才生气的,"老陈说,"我闺女天天模仿那些浪女人的言行举止和穿衣打扮,她才十六岁呀……这时候那些时髦知识分子在哪儿?他们只顾着替失足妇女找借口,对我闺女的身心健康却不闻不问……如果说社会结构制造了地窖,那鼓吹时髦观点的群体一定是把女人推下去的手……还敢说我幼稚!"

要不是另外两个同事连推带劝,老郭和老陈几乎就吵了起来。

他们上车后,过了几分钟,姜琼踏出草坪,从梁湛手里接过一瓶矿泉水,放进肩包。

"怎么去了这么久?"她问。

"跟一个老大爷聊了几句,"他抹着头皮和额头,不断往地上甩汗珠,"他有个外孙女应该是被一个社会青年性侵了……咱们免费帮他打官司……"

一进车里,梁湛就打开空调降温。虽然他被汗液和闷热弄得浑身难受,心里却一直琢磨着姜琼——上车前显露在她脸上的凝重神情让他觉得奇怪和陌生。

"你还好吗?"开上马路后,梁湛问。她在后面低头看着复印件,一直没出声。

"以后在检察官面前可不能那么说话,咱们会完蛋的。"

罪与爱

她浏览着卷宗，努了努嘴，没吱声。

驶出市区后没多久，车子进入地形平坦、视野开阔的南郊地带。

大自然明亮耀眼。矮旧楼房与一块块绿意盎然的自留地拼接成广阔地貌，远景缓慢移动，近景疾速闪过。楼群在地平线上隆起，像天界的下层建筑。山脉紧贴着楼群。因为过于遥远，加上大气的尘埃，辨不清是自然建筑体还是人工建筑体离视线更近。如果以正当空某个点做参照，会给眺望者带来一种在转盘边缘疾速运动的错觉。

南郊与城区之间没有过渡地带，以一条弯曲狭窄的石滩河为界，两种文明的地貌泾渭分明。可以说，物质景观和人民心灵之间存在着割裂与张力，这是近十年城镇化改造运动所形成的历史现象。都市资本从中心向外扩张至石滩河时戛然而止，与此同时，市政所主导的城镇化改造也从边缘地带延伸至此，各自迥异的发展属性一时难以兼容。

车子的左侧，一道浅沟挨着主干马路。河滩的蒿草在野风中摇曳，鹅卵石铺满河床，河水在其上无力地蜿蜒，几近断流。上游，车子行进的方向，有一道破败不堪的水坝，截流效果却依然显著。

石滩河从南部山区一条大峡谷的深处流淌下来。在浅沟的另一面，野生树木在草坡和马路之间茂密地排列，县城风格的建筑群在树林背后闪现出阳台、档口、招牌

冷水坑

和庭院,以及难以辨认社会身份的人。

姜琼把车窗打开一道巴掌大的缝隙,想提一提神。过长的车程让她感到烦闷,空调散发的味道也得散一散,她怕自己会晕车。

她对车外景观感受淡薄,大自然和县城风貌没能为她提供新鲜感。她的心在一路风景中反而凌乱起来,事业和家庭这一组平凡岁月中永远近在眼前的矛盾悄然回归她的心灵。"究竟选哪个?我究竟该怎么办呢?"她反反复复地问自己。她不愿放弃事业,也不愿耽搁家庭。她觉得自己很无能。

近处的一座山峰吸引了她的目光。它裸露着黑色磷石,很是峻拔,阴沉斑驳却没有伤害性。绕过这座山峰后,峰群不见了,绿油油的自留地也不见了。他们已进入小县城内部。马路延伸进街区,拉客的三轮车在路上横冲直撞,两侧商铺把摊子延伸至街道。一群群顶着橘色安全帽的农民工叼着烟头横穿马路,在他们后面往往跟着拼命按喇叭的小轿车,偶尔有司机冒出头来骂上几句,但没人理会。

"还有半个小时到南郊看守所。我们可能去早了。"梁湛说。汽车缓慢地前行,他不时探出秃头瞅一瞅路面,骂骂咧咧的。

车子不知不觉开上一道土坡,地势逐渐升高。梁湛感到奇怪,这条路是通往山上的吗?制高点是直径约十米的水泥浇筑的环形车道,一根旧旗杆插在圆心,绳索在风里抖动。升旗台上全是垃圾。

沿着环形道路,梁湛把车开到右侧,停下来观看:一望无际的田野、树林和病态般蜿蜒着的石滩河,以及稀疏而渺小的低矮楼宇和平房……野风在上空滚荡,呜呜作响。更远的地方是一片河滩,上面聚集着一群人,像在举办什么大型活动。

他又把车绕半圈,来到另一侧。下面是一片拆迁区。街道横平竖直,经纬交叉,成片成片的建筑已人去楼空。再往后瞅(车头方向),视线中出现一支正撩向高空的大吊架——它开始向左移摆,再向右移摆,把悬在支架上的铁球摆起来。铁球在左边笨拙地荡向最高点,随即回落,沉默地向一栋灰色居民楼砸过去。楼体闪出晃影,震动的大地深处涌出一种抽象力量,这力量使人的心脏陷入一阵怪异的麻木。这时,另一种不可见的力量从高空猛地灌入楼体深处,楼体瞬间对折,缓慢地坍塌,撞击声同时也传到车里。

单方面承受此种强力与毁灭,使每位亲历者在那一刻都变成无比惊异又无比沉默的人,包括姜琼和梁湛。

尘埃落定后,站在安全区域里的领导、秘书、工程人员、基层干部和周边百姓,悬着的心放下来,即刻用辩证的目光望向热腾腾的废墟,认为离新世界又近了一步。

他们也会在脑海深处看见这样一幅画面:自己以科学方法巧妙地躲过一场灾难。这场灾难作为"强力与毁

冷水坑

灭"的景象,不必计较;作为新世界的前提,则要铭记。这种心理是人类的生存规则所决定的:主动破坏就是在建设。那些看不清面孔、不成队形的身体各有各的动静,但依然能看出他们处于兴奋状态。消灭了刚才这个巨人,他们随即把另一个巨人纳入毁灭的目标。

以上这些想法与梁湛的心灵也是相通的,他还油然生出另一层感悟,认为发展与建设所制造的毁灭有一种宽宏大量的本质。至于宽宏大量该如何解析,有哪些层面和维度,他还没想好。

强力和毁灭的场面同样对姜琼造成了影响。她第一次见识到国家建设"创造"巨大废墟的过程。但和梁湛不同,和远处那些指挥拆迁战役的男性官员不同,可以说,和所有心灵中潜藏着战争欲望的男性不同,她现在想到的是一系列民生问题:被驱散的老百姓安置在哪儿?生活是否获得了应有的保障?未来的命运将会如何?相比资本高度渗透的北区,市政在南郊地带开展城镇化运动基本采用计划模式,追求规模,欠缺关怀。

主流思想家们说,城镇化是任何国家实现现代化的必然举措,只有顺应这个历史规律,人民向往幸福生活的心愿才能变为现实。从另一面来看,人民的这种心愿却又是国家城镇化运动的根本动力。那么,是人民心愿决定历史走向,还是物质建设决定人民心愿?和很多有识之士一样,姜琼也以自己的方式思考起这个问题。

下了这个制高点,土坡笔直地铺展进百米远的防风林里。驶出防风林,一片野树林又突然从左侧拆迁区的中央位置冒出来。那里此时正掀起一阵嘈杂,人群里有人在喊"躲开点儿躲开点儿!""前面那几位不要命啦!""谁过去把他们轰走!"……没过多久,响起锐利的哨声。推土机和吊车集体开动,巨型发动机像大炮一样轰鸣起来,可能是距离的关系,强劲、密集的轰鸣声震撼着心脏,又让人觉得无比遥远。

梁湛加快车速,向前方一块由平地和石滩河斜坡连接成的开阔空间驶去。

到了近处,地势全貌显露出来,看着尤为怪异:平地中间高两头低,前方变成一面略呈弧面的水泥坡,坡面左侧又连着石滩河草地坡……时空好似在这里发生过扭曲。

一溜儿私家车停在野树林旁边。从这里一直到河岸,整块地被人群占据。河岸边摆着一溜儿蓝色塑料水产箱,四名穿齐胸黑色下水裤的工人正从前头两辆绿色货车上卸着水产箱。他们两人一组,各提一头往坡下走。工人们叼着烟卷,步子很稳,没让水荡出来。

岸上的人暂时处于放养状态,这儿一群,那儿一群,大多是面容愁苦的老人。见面时,他们双手合十,彼此作揖,念一句"阿弥陀佛"。小群体之间也在串联,流动,重复作揖,重复念"阿弥陀佛"。

这时候,一位没戴大盖帽的民警向梁湛的车子走过来。梁湛不知不觉中停下车,挡住了后面参与放生功德

冷水坑

活动的私家车。

"走,还是留?"民警弯腰问梁湛,瞅一眼姜琼。

"咱看一会儿?"梁湛回头问姜琼,然后对交警说,"我们看一会儿。"

"往前开,最前头,往前多停几步,别挡车位。"说罢,民警拍一巴掌车顶,转身走了。

两人空手下车。

锁好车门,梁湛点上一支中华,扬起脸,把烟吐向上空。姜琼在他旁边蹭鞋子——下车时她踩到了一块泥。

"你母亲也信佛?"梁湛叼着烟问,扭动圆柱形上身,啪啪地敲打肥厚的肩膀。

"你听谁说的?"姜琼背靠车身,脱掉鞋子,问。

"听你说的。你说她吃素。"

"吃素不一定信佛。那是她娘家传统,信仙儿。"她说着弯身拿起鞋子,用食指抠起鞋底的石头子儿。

"你姥姥家在哪儿?"梁湛望着河面,摸了摸喉咙问。他的头仰得更高了。

"冷水坑矿区……"

"天哪!"梁湛摇起被河面反光弄得闪闪发亮的脑袋,"除了不给贪官污吏打官司,我也不想为冷水坑人讨公道,不是不想,是不敢。"

"我又不是冷水坑人,"姜琼穿好鞋,嗅了嗅河面的空气,"我是城里人。"

梁湛笑而不语。

罪与爱

"看见那辆韶华车了吗?"她往他们的右侧扬扬下巴颏儿,指给他看——前行方向大概二十米远的地方有棵大树,旁边停着辆黑色韶华轿车。

"谁在里面?"他望着那辆轿车问。

"他统治咱老百姓的大脑。"她半开玩笑地说。

梁湛挺认真地琢磨一下,然后撇着嘴角说:"不就是个和尚吗?社会寄生虫,给老百姓吃精神鸦片的……罪犯。"

"人不是单纯地跟着幻想走的。"姜琼说。

"这话是什么意思?"

"孟德斯鸠说的。"

"《论法的精神》前言,我知道。我在问,你突然冒出这句是什么意思?"梁湛心里有些急,但语气平稳。他又看了那辆韶华轿车一眼。

姜琼是从丈夫赵立峰嘴里听到这句话的。丈夫有时会捧着书到她面前,用五分钟时间读上一两页。这五分钟的举动在他看来仅仅为了分享,而在她看来却意义重大——她发现他是那么放松,像一个拥有十足安全感的纯真儿童。"难道这就是他们爱着我的原因吗?"眼下她这样想道,"我让他们感到放松。"

"他们是被迫跟着幻想走的。"她嘴上说,但没回答梁湛那个问题。"他们"指那些参加放生功德活动的老人。

"这句也是孟德斯鸠说的?"他问。

"这句是我说的。"

冷水坑

"你突然有点儿莫名其妙了。"梁湛斜眼盯住她说。两秒钟后,他带头下坡,提醒她别摔着。

VII 放生主义

他俩在各个小群体之间溜达,偶尔停一下,听听他们说什么。听到的大多是跟儿媳妇钩心斗角、亲人借钱不还、家族财产分配不公、没占到小便宜啥的,以及拆迁和养老金的最新政策。

抱怨、谩骂和诅咒之后是哭哭啼啼,四周响起一片哭丧似的"阿弥陀佛"。

"得放下啊……"

"别落了因果……"

"顺遂顺遂……"

"我们就是还债……"

"上辈子的业力……"

正对着夕阳,加上河风滚滚,梁湛露出一种像是对这些人表示轻蔑的表情。姜琼不停地拨弄被风吹乱的鬈发,四处观望,尽量挨着梁湛。

他们来到河岸边,观摩了一阵水箱里的鱼。清一色巴掌大的鲫鱼拥挤在一起,动弹不得。

梁湛用指头将鱼群拨开一道缝隙,把一条鱼翻过来辨认品种。

罪与爱

"非洲鲫,"他甩着指头说,"便宜货。鱼塘直接批发。"转身和快到跟前的两个工人打招呼,"忙着呢?"

"嗯哪!"走在前头的工人应了一声。他左手提着水箱,右手把烟放进牙间,侧身行走,身上的胶皮下水裤被蹭得咕哧咕哧响。

"让开点儿啦大老板,别碰着您啊……"后面的工人乐呵呵地提醒梁湛。梁湛在水箱另一头后退两步,看他俩放好第八个水箱。

"一共多少箱?"梁湛故作惊讶地问。

"还有整十箱,"后面那位工人回答,态度很好,快快活活的,"五百六十斤。直接从湖里捞,活蹦乱跳的,都是。"

"得笔款子啦!"梁湛背着手说。

"老人们挨个儿出点儿,十块二十块的,一份心意,求个安慰,凑不了多少钱……"

"大头是别人出的呗?"

"那肯定,就拿这次,三个大老板,一个大领导,一人三千。当然啦,匿名。人不来,远程求福。哈哈。"说到这儿,另一个工人已经快回到货车跟前了,转身召唤同伴:"干吗呢?快点干活儿,完事儿赶紧回家。"

"先忙啦!"工人对梁湛摆摆手,乐呵呵地跟上去。

随后,另一组工人也到跟前了。

"借借光嘿……"

"你过来不行吗?干吗挡人家路!"姜琼在这头数落

冷水坑

梁湛。

"我去那头溜达溜达……"梁湛说完转身沿河边往前走。没走几步,看见三名干部(一看就是基层小干部)在斜上方不远处站着闲谈。梁湛点上一支中华烟,间谍一样立在原地偷听。

"你是说那是他老娘?"中间那位干部问背对着石滩河的同僚,脸向右仰一下,有些惊讶。

"绝对差不了。去年过大寿我去了,见过本人。"

"那可得有岁数了呀……九十多了吧?"第三个干部问。

"九——十——六。"背对河水的干部亮出右手,依次比画出"九"和"六"。

"干吗来啊,死路上可咋整?"中间那位干部着急地问,不可思议地摇头。

"能干吗?给她宝贝儿子消灾呗,求佛祖把肝上那块瘤子弄掉,活着出来……"背对河水的干部嘿嘿笑了。

"贪污腐败几个亿,买几条破鱼放生就能赎罪?多可笑的文化。"

"老百姓就需要这种可笑的文化,"第三个干部说,冷笑一下,又说,"给他们权力也不会用……"

"看把你得意的,你不是老百姓?"中间那位干部反问,很不高兴。

"您问着了,我最近也在想这个问题,我想啊,一名科长在咱地界儿究竟是什么身份?我认为不是老百姓。"

罪与爱

"可笑！凭什么啊？"中间那位干部不依不饶。

"因为对国家对人民不利！"背对河水的干部逗乐似的补充一句，三人一阵哄笑。

梁湛吐出一口烟，沿坡而上，向前走了七八米。途经一群老人时，他们的反应让他一愣。他似乎被当作了敌人，他们警惕地盯住这个陌生人，方才面容上的苦楚和哀怨瞬间消失。他们在商量一次上访事件。梁湛也没留步，继续向坡上一辆警车走过去。

刚才那位民警正在车头另一面看手机，听见有脚步声，扭头看过来。梁湛面露微笑，点点下颏，以示礼貌。

"估计得忙到天黑了吧？"梁湛问，在车头这边停步，叉起腰，喘喘气。

"肯定啦，人还没到齐呢……"民警看着手机说，说完打量一眼这个显然不是来求佛消灾的矮胖子。

"从哪儿来啊？"民警收回目光，继续看手机，问。

"市区。"

"去哪儿啊？前头是农村了。"

"……南郊看守所。"梁湛犹豫了一下才说出目的地。

民警再次看过来，目光里露出警惕，而且毫不掩饰。

"你们是律师吧……"他问。

"慧眼啊……"梁湛笑呵呵地说，递过中华烟。

"谢谢，不抽。"民警不怎么友善地咳嗽一声，像在提醒对方：我是一名人民警察，政治地位高于你，请自重。

梁湛在官家人面前总爱冷嘲热讽，表情特征是用厚

冷水坑

嘴唇抿出莫名其妙的笑容。这一次他加了码——往地上吐一口痰。他点上一支烟。

"你有什么事儿吗?"民警边打量边问。

"没什么事儿,就是……"梁湛耸耸肩,说,"看看,转转,很好奇。"

"好奇什么?"

"老人们放生,求功德,自我安慰,也要向你们报备吗?"梁湛斜着肩膀,笑微微地问,垂手弹了弹烟灰。

"这次活动……没有……"民警说,这次放生活动究竟有没有报备,需不需要报备,以及老人放生活动本身需不需要报备,他一时拿捏不准——其实是根本不清楚。

梁湛可是人精啊,当场把对方看穿:一个不会撒谎的人,一个单纯的人,一个外强中干的好人,一个兢兢业业的基层民警,一个……傻子。

"您没搭档?"梁湛问。

"在隔壁。"民警看起手机,明显不愿搭茬了。

梁湛四处望望,不知"隔壁"在哪里。或许是指那片拆迁区,他从拆迁区那个方向收回目光后心里想,到时候,这片野树林也会被铲除。"人类为了自身利益屠杀动物、滥伐植物是不道德的,是作孽。"他对自己说。这个想法是从脑子里直接蹦出来的,虽然如此,他还是暗自得意了一下,嘴角不经意间露出笑意。巧的是,民警刚好看过来,他本想用目光质问对方为什么还不走,一看见这副笑容,便大为不悦。

罪与爱

"有事儿您就说,站在这儿又不吱声,多奇怪啊!"

梁湛微笑着,用百无聊赖的目光打量打量民警,没说话,转身往坡下走。民警发现他边走边笑着摇头,到平地时,还把烟头肆无忌惮地弹飞,呸地吐了口痰,就别提多气愤了,忍不住骂了声"神经病!"。

当梁湛向警车走过去时,圆滚滚的身体有些前倾,笨拙的短腿展现出笨拙的精髓——有几步几乎贴上坡面了,这让逗留在河边的姜琼感到好笑。她清楚他去那儿有何目的,觉得这类"耗子逗猫"的行径实属幼稚。

她在河边来回溜达几步,然后蹲下身,捧了把河水洗洗脸,拉下头绳,散开茂密的鬈发。

梁湛告别民警,转身往坡下走时,一辆中巴车和一辆大解放从远处驶过来,在姜琼左前方的坡面上停住。坡下的老人们瞬间安静下来,纷纷望过去,等待着。两个司机先下车,吐痰的吐痰,丢烟头的丢烟头,一个拉开中巴车车门,一个打开大解放货斗的后闸门。随后,人陆续从车里钻出来,或从货斗里被一个个扶下来——全是老年人。当他们在坡顶自觉地会聚成一支颇为壮观的队伍时,坡下响起一片悲壮的"阿弥陀佛"。接着,上面这群老人用更悲壮的情感呼喊着"阿弥陀佛"。坡下的老人开始情不自禁地卖力攀爬,所有的小团体在移动中自然形成了一支杂乱无章的大队伍,向上面蔓延。两支老无所依却心存忌恨的夕阳队伍终于在坡上会师。他们看到队伍的势力壮大了两倍,顿时信心大增,高呼"阿

冷水坑

弥陀佛",张开双臂,要去拥抱已到眼前的佛友。可是,手臂又在接触到对方那一刹那触电般收回,他们双手合十,彼此作揖,虔诚而恭敬地念一句佛号后,沸腾的感情才敢释放出来。他们凶狠地拥抱,痛苦地哭泣。

这一幕让姜琼很惊讶。这么多的老人,这么大的阵势,这么强的信念。她不由得摇了摇头,拢起茂发准备扎好。紧接着她睁大眼睛,忘记了头发——她看到了一件可笑又不幸的事儿:梁湛出于好奇挤进人群后,背起一位被他逗得哈哈大笑的短发老太太,可没走几步她秃噜了下来。老太太似乎担心一着地就会掉入万丈深渊,两只手死死勒住梁湛的喉咙,把他拽倒了。梁湛坐在地上,抬起胳膊护住头部,以免被密集的腿踢到,也避免绊倒老人。姜琼正要仰头发笑,突然"啊!"一声冲上去——老太太刚坐稳就向后折过去,两根细腿呈V状刚在高处一闪就以头顶为支点再次折翻,幸亏被一个老头儿及时搂住脚踝,避免了悲剧。当时,队伍内部已出现掉头回到平地的趋势。到跟前后,姜琼立刻背向人群,一边埋怨正咧嘴发笑、拍着屁股的梁湛,一边把快快乐乐的老太太扶起来并道歉,还帮她理了理枯发。那个老头儿转身下坡时,命令姜琼好好骂一顿"你老公"。梁湛笑着对姜琼皱皱眉头。他们三人暂时不动,待人群从两侧缓缓向平地会聚后,才开始下坡。

"这小伙子啊,毛毛躁躁的。"老太太被两个年轻人一左一右扶着往下迈步,快活地说,"小伙子,你干什么工作的？"老太太转过脸，问梁湛。担心她不看路有闪失，姜琼几乎把老太太架得脚离地了。

"律师。"梁湛用一条胳膊端着老太太的肩膀，在那边的肩头拍了拍，乐呵呵地说。

"哎哟，那可真不错，律师收入高。"老太太说着低头看脚，表达她对刚才打滚儿事件的态度，"没事儿，姑娘，没事儿……"

梁湛从老太太脑后看一眼姜琼，她也看过来，除了歉意、责怪和鬼脸儿，两个人还看到了对方的笑。

"老太太，我俩不是两口子，"梁湛在老人耳朵边强调，"我是她老板。不过嘛，说她是我老板也没错。"

"哎哟，姑娘你也是律师呀！"老太太这才看向姜琼，接着又"哎哟"一声，"这姑娘真好啊，长得真稀罕人，这头发真密呀……姑娘啊，谢谢你！"她好像没听见姜琼说了什么，也没在意姜琼满脸歉意的神情和一系列动作，低头看地，一步步蹭着草坪。突然，老太太又看向姜琼，用更富感情的语气重复方才的话："哎哟，这姑娘真好呀……真好呀……我咋一看就稀罕呢呀……哎呀，要做我儿媳妇该多好啊哎呀我原来那个儿媳妇啊不正经啊勾搭老爷们儿……哎呀这姑娘要是给我做儿媳妇该多好啊我呀哎呀罪过罪过不能动喷心阿弥陀佛阿弥陀佛阿弥陀佛姑娘小伙子一起念阿弥陀佛消罪……管用……阿弥陀佛……"

冷水坑

VIII 佛法政治哲学家

这场会师趋于平稳之后,再看野树林处那辆黑色韶华轿车,一位穿短袖白衬衫和黑色西裤的年轻男司机正拉开后门,遮挡车顶,请出一位身穿黄色僧袍的和尚。

这位和尚法号云清,今年六十四岁,是南郊看守所西边五公里处一座古刹的主持,在佛教界颇具声望,本地区老百姓则把他当作佛祖的化身。

云清大师背对石滩河平地,整了整衣襟,抚平僧袍的袖口,然后仰起肥厚粗短的脖颈,又将衣襟再扯紧一些。

他身材短小肥胖,头颅硕大,八字眉眯缝眼,红润的厚嘴唇微微张合,看起来温和仁慈。云清大师深居山寺沉思佛法,又头顶光环,享受着非同寻常的荣誉。有权有势的人来往此地,总会纡尊降贵不辞辛苦地拜访古刹,求教抚慰苍生或消灾度厄之道。

大师亲自动手整理衣襟和仪容的同时,那位司机兼助理已从后备箱拿出大红色袈裟,侍立在他背后。大师捏住僧袍两侧,向下抻了抻,轻轻吐纳两下,静了静,随后展开两臂。司机兼助理把袈裟斜披上来,一头搭上大师左肩,另一头从右腋绕上胸口,然后由大师亲自扣定。

林间蝉鸣令大师心生欢喜,他向林子深处行去。这个方向虽然背离了身后那群风烛残年的信众,他却在心

罪与爱

里启运着佛法,为他们求福。当他最终确定离自己最近的知了就在前面两三步远的那棵树上时,便提前双手合十,深深鞠躬,口念阿弥陀佛。他感到佛法与大自然已融为一体,心中澄明清澈。

然而,被佛法洗涤的瞬间,一种至大无边的悲伤笼罩住了他的心田。当他想到亿万众生依然深陷五浊恶世,不得解脱时,便有了一种凡人的伤心和难过,就像母亲牵挂起受苦遭罪的孩子。这绝不是说云清大师尘缘未了,对人间事心存余念,不是的,大师早已明心见性、深谙佛法,他不过是要践行大乘佛教之要旨——我不入地狱谁入地狱——回到百姓间,以身践法,把普度众生落到实处。

云清大师转过身,对紧随其后的司机深鞠一躬。他从司机双腿的动作上判断对方并未打算迫切地回礼,心中稍有不悦。

司机当时正在回头瞅车,琢磨刚才有没有锁车门。等他回过头时,大师已礼拜完毕,正用温婉的目光看着自己呢。

"抱歉,大师……"司机赶紧双手合十鞠躬。其实,他根本瞧不起云清大师,不仅如此,他瞧不起所有和尚,认为他们是社会的寄生虫,靠愚昧迷信的老百姓白白养活着。因为姥姥信天主,妈妈也时常翻阅《圣经》,所以他觉得洋教更有亲切感。让他违心伺候云清大师的原因,是上级的强行摊派,上级又被上级强行摊派……

冷水坑

"为何道歉呀,小林?"大师笑微微地问,目光里全是关切。

"我刚才走神儿了……"小林依旧双手合十,生怕大师介意。在机关单位的基层混生活,没人是傻子,伺候领导一定要心明眼亮,对领导的心理活动、性情要格外敏感,万事都要想到前头、做到前头。第一次接触云清大师,真正相处不到三小时,小林已断定这位大师是个骗子。来时路上,云清大师多次提及某位厅局级领导,以佛法之名对其常年捐赠表示了谢意,语气平和,用词得当,却依然让小林反感。最不能让他接受的是,云清大师话里话外还透露出一种违背其身份的世俗野心:他聊起老百姓与信仰,认为老百姓需要信仰,这对于国家、社会和全世界是至关重要的。小林把这些话理解为:现实交给国家,精神交给和尚。先不提其中的政治诉求,单说宗教功能,小林认为僧人就是寄生阶层,佛教教义实属荒谬,逻辑不通、里外背离。比如说,凡人成了佛,变成更高级的存在,必然凌驾于凡人之上,可和尚们又鼓吹成佛之人依然是凡人,连释迦牟尼都是凡人,这与胡说八道何异?老百姓如果信奉这种车轱辘谎言,就像掉进沼泽,越是挣扎就陷得越深。没有外在的绝对事物做终极保障,又不信任自身、排斥自身,这样的宗教怎么能够承担起老百姓的精神世界,安置老百姓的灵魂?它甚至都不配称为宗教。

"小林啊,这个歉你是需要道的。"大师依然是那副笑微微的面容。

"是，大师。"小林再次双手合十鞠躬。

"不是向我道歉，是向那只蝉道歉。"大师说着回望那棵树，撩起左臂指上去，"你听……蝉鸣乃禅明呀……心外无物，有物就会分神，堕入烦恼。"

"多谢大师指教……"小林再鞠一躬。

"人生真理传授给你了，悟不悟得透，看你自己的造化。"大师心里想。他关爱地看着小林的头顶，待对方鞠躬完毕直起上半身后，他又关爱地看对方的眼睛。云清大师笑而不语，红扑扑、肉嘟嘟的椭圆形脸上洋溢出温润祥和的色泽。随后他折起左臂，把袈裟提起来，闲庭信步般从小林身边走过。

其实，在车门被推开的刹那，眼尖的信徒就已提醒大伙儿安静下来，端正侍立。等大师缓步走来，所有人都在双手合十，深深鞠躬、集体念佛。梁湛和姜琼站在后面看热闹。

云清法师望见信众向自己鞠躬，赶紧双手合十于胸前，脸上露出哀苦心疼的神色，他加快脚步，几乎小跑起来。小林在大师一侧看护，手心朝上，放在大师胳膊肘下面，担心对方随时会因为腿脚笨拙被鹅卵石、水沟或草团子绊倒，球似的滚进河里。他今天不想担任何责任。

对大师而言，信众们的虔诚情感体现着全人类的悲剧，具有极大的魅力。对信众而言，大师是菩萨的象征，

冷水坑

是灵验的神明,他们祈盼从他那儿获取改变命运的契机。然而,这也正是云清大师心中最深的苦楚。荼毒全人类的罪孽,只有在六道轮回这个大体系中才能看出究竟,而在尘世之间,太阳之下,则表现为由所谓上等人按自身利益治理世界。所谓秩序,无疑操纵在所谓上等人之手。从佛法逻辑上看,所谓上等人死后将入恶鬼道,来生不得为人,可以说,阳间的上等人在阴间实为最悲惨的存在。然而,艰辛无望的底层众生近在咫尺,他们是无边佛法所要普度的当务之急。为什么让他们一个劲儿念阿弥陀佛,念就行,单做这一件事儿?为什么?就是为了让其抽丝剥茧,明了真相——一个简单至极的道理:切实地劳动才是佛法的精髓。念佛就是念佛,但凡有一丝欲望,便要承担因果。佛法不存私利。讲啊,讲啊,苦口婆心地讲,没——用。他们的心已经破碎,立心念佛是他们难以承担的劳动。事实上,正是这种焦虑导致云清大师对国家力量抱有一丝幻想。他熟稔我国历史,对国家力量的作用看得很清楚。"一个国家,以发展生产力为根本任务,是可以的,过度地倾注于物质建设则不妥。上等人如果能够端正自身,对人本身多做善事——比如鼓励老百姓一心向佛、修补心灵——就相当于替自己赎罪。佛法才是国泰民安之道。"这便是他作为一名佛法政治哲学家的思想要旨,他对每个前来拜访的有权力的人都会言传心授,希望他们听进去、做出来。

这位不乏批判精神的和尚靠近底层信徒时,对他们心中的痛苦感同身受。

"参拜大师！"

"参拜大师！"

…………

老人们一个劲儿地弯下身子，虔诚敬拜，念诵阿弥陀佛。

"阿弥陀佛！"云清大师在他们弯下身之后，也弯下圆咕噜的身子回礼。那一瞬间，他瞥见人群后站着几个人没有行礼，便感到不悦和奇怪，他奇怪的是那个和自己身材相似的秃子为何露出一种戏谑的神情。"如果他是一名外道信徒，那么，所信奉的必然是外在事物，这个外在事物也必然凌驾于人之上，这样的话，佛法的广大在他们眼中就是莫须有，是空谈，佛法与人的无碍关系在他们眼中也仅是一种语言游戏。外道的成见，源于世俗的邪恶呀。"云清大师头脑健硕、思路活泛，能在一瞬间捕捉灵魂及其相关事物。当小林在一侧双手护持，担心弯腰会给自己造成身体不适时，云清大师想："一位可悲又固执的年轻人，可悲之处在于，他只有在支配关系里才能找到存在感，固执之处在于，他现在认为被支配是有意义和价值的。"

正式礼仪过后，云清大师和信众们唠起家常嗑。他认出前排里的一位老太太，就热乎乎地问候道："张大娘，您身子骨还好吧？"

张大娘双手合十，赶紧鞠躬，抬起头后，流下热泪。

冷水坑

她那张脸啊，布满皱纹，硬邦邦的额头被苦楚刻满深纹。

"好着呢，好着呢，谢谢大师关心！"张大娘感恩戴德，又是鞠躬，又是念阿弥陀佛。

"身子骨好就好呀，"云清大师笑着说，没回礼，接着又问，"那件事儿您办了吗？"

"办啦，办啦，大师，我办啦，那天回去，一到家就把儿子、儿媳妇叫到跟前，把房产证放在他们手里，啥也没想，就一个动作……"张大娘火急火燎地汇报，用夸张的表情来体现"一个动作"的伟大意义，同时尽力压住内心的痛苦，弄得那张褶子脸笑也不是哭也不是。

"您看，一个动作换来解脱，多么简单。心外物，留不住。阿弥陀佛。顺遂顺遂。"大师这一起手念佛，所有信众便集体面向张大娘,起手念佛。一时响起悲凉的轰鸣。

张大娘好似临终前如愿解脱，涌出热滚滚的泪水，两片干扁的黑嘴唇颤抖着，喉咙哽咽，好长时间发不出声音，突然，她对苍天哀号："放下啦……放下啦，解脱啦，无碍啦……"然后，身子瞬间软了、瘫了，要下跪，但被早有心理准备的大师及时搀扶起来。大师轻轻地端平她的身体，发现她一点儿肉都没有，还瑟瑟发抖。考虑到亲密接触会干扰她刚获解脱的灵魂，大师回头看一眼小林，把这一具躯体交给了他。

大师随后对一位左眉骨长着豆粒大黑痣的高个儿瘦老头儿回礼。老头儿在张大娘左边，一直热切地看着大师，见对方终于看过来，连连礼拜加鞠躬。

罪与爱

"哎哟,这不是胡老叔吗?顺遂啊顺遂。"大师再施一礼。

"顺遂顺遂!"胡老叔个子高出人群一头还不止,头发被河风吹乱了。他的发际线紧挨着眉骨,头发很密,染料几乎掉光了,头发由里向外显露出三个层次:里面是白色,中间层偏黄,外表覆着一层黑发,被河风吹起来,像掀翻的干燥鸟巢。

"令堂可好?"大师雍容大度地问道,相信对方九十二岁老母已大病初愈。

"老母前日已登西方极乐世界了……"胡老叔说着弯下身躯,像一头默默忍受哀伤的骆驼。

未等云清大师表态,人群中随即响起一阵悲鸣。

"阿弥陀佛!"

"阿弥陀佛。"胡老叔把头压得更低,忍住泪水、哽咽和悲痛的声响——他担心被母亲听见后西方极乐世界之路会半途而废。

云清大师在那一刻显得有些尴尬,心底觉得胡老叔今天应该为亡母守灵,下个月再来参加放生活动。胡老叔不为亡母守灵的原因是担心自己悲恸欲绝、放声大哭,会妨碍她登入西方极乐世界。对云清大师来说,这是缺乏佛法根据的民间迷信。但他现在被信众们裹挟着,不得不念一句阿弥陀佛,然后把目光落向后排一位四十来岁的妇女,虔诚至极的寡妇刘凤芸。她每月香火钱都在千元以上,五年来不曾间断,捐完款,就跪拜所有佛像,

冷水坑

祈求找到活下去的理由。其实，寺院并不赞成此类孤注一掷的求佛心理和行为，在他们看来，治愈社会创伤的方法应当在社会中找寻，在哪里跌倒，就在哪里站起来，把佛法当成逃避的手段是不妥当的，对彼此都不利。佛教被社会诟病，很大程度便出于信众们普遍把佛法和寺院看成心灵寄托，一个劲儿地捐赠烟火钱，白白供养着无所事事、对社会毫无贡献的和尚，佛法具有的解决实际问题的能力恰恰被广大老百姓这种普遍行为所遮蔽。拿放生功德来说，佛经正典中有所记载，但无关宏旨，寺院也不鼓励，之所以在老百姓中普及，是本土民间文化那种实用主义的心理所导致的，其主观意愿其实已偏离佛法正道。佛教界默认放生活动，大多出于"方便法门"的思路——不脱离老百姓，结合时代特性，由浅至深、由俗至真，与时俱进地推广佛法。他们相信，除掉桎梏在人类身上的无道劳动规则，作为佛法愿景，是一定会实现的。

云清大师和刘凤芸目光相碰，不得了啦，她从人群中挤出来，对大师深深鞠躬，顺势跪下，磕头，亲吻"佛祖"脚面。此类突发事件，云清大师已见怪不怪。他不能把脚抽开，也不能鼓励偶像崇拜，又得把场面圆回来，于是，他淡淡地对已由惊讶变为期待的信众们说："这不是在跪我，是跪佛。"信众们像坍塌的城垛，纷纷跪下磕头，礼拜，再磕头。

"咱也磕一个呗？"梁湛听见身后有人打趣地说，知道是那三位干部。

"我不磕。"一个说,"有用吗?能磕来钱吗?"

"宁可信其有嘛!"第三个说,"跪吧,哎呀,装什么装!"

刘凤芸伏在大师脚面上哭泣,哀求起来:"大师啊,我活不下去了,心要死了啊,活不下去了啊,大师啊,救救我吧……"

磕头的信众有几位抬起脸,恳求大师:"是呀,大师,救救她吧,救救我们吧,活不下去了,心要死了啊……"

"是呀,大师,救救我们吧……"

这场面云清大师心中自有对策,不过,眼下他在思索另一个问题——人群背后那个矮胖子。他旁边的女士、后面那三位男士都已经下跪,唯独他不——嘴角还挂着一丝冷笑。

"排他性信仰与政治成见异曲同工,皆由利己之心所致。以权柄为寄托,世间便入无明,仇恨便宰制社会。佛法为心灵解惑,也当解放身体。践行佛法,就是澄明无碍地劳动,只有正确地劳动,才能更新和解放由仇恨所缔结的社会。"这是云清大师此时的内心独白。

"阿弥陀佛!"他对信众礼拜,随后,转过身,向河边走去。

冷水坑

IX "无辜"大法庭

放生仪式正式开始。所有人跟随云清大师向河边走去,开始略有分散,随后向正中会聚,比刚才礼拜大师时更加拥挤了。四位工人从货车那儿走下来,斜插到水箱跟前,毕恭毕敬地等待大师临近。

云清大师来到第一个水产箱跟前,双手合十,念诵净口业真言:"恭请南无大慈大悲救苦救难广大灵感观世音菩萨!"依次念诵三遍后,他转过身,对信众施佛礼、启颂佛音:"效礼。"

信众们先是集体对那个水产箱施以佛礼,然后仰起脸,对天空念诵净口业真言:"恭请南无大慈大悲救苦救难广大灵感观世音菩萨!"念诵三遍。

"诵经!"云清大师用佛音启颂第二步。于是,虔诚的信众们娴熟地念起经文。这些经文是《大悲咒》《心经》和《七佛灭罪真言》。前两部佛经各念一遍,后面这部佛经念七遍。有人背不全或根本记不住,就拿出经书照着念。

"祈求!"云清大师启颂第三步。这一步由信徒各自念诵,大多为:"我某某某放生多少条鱼,请大慈大悲的观世音菩萨保佑我某某某及家人某某某消灾延寿……"因为每个人的语调、音量和速度都不一样,现场很快乱了起来,搅成一锅粥。信徒们大部分仰着脸,面向天空,双手合十端到鼻尖,嘴唇疾动,翻着白眼,眼角淌着泪,像是要在恐惧中用语言的力量驱散恶魔,稍有怠慢,脑海中那些人就会即刻毙命一样。

小林和四位工人也照做,但他们再怎么认真,还是让人觉得虚假。

云清大师在信众祈求时走到第二个水产箱跟前,默念几句佛经,走向第三个水产箱,默念几句佛经,到最后一个水产箱为止,独自一人完成最后一道工序。然后从另一头双手合十,念着佛经走回来。四位工人显然已熟悉了这套规则,在云清法师给最后一个水产箱念完佛经后,放下手臂,有些无聊地等上了。最边上那位工人因为闹着伤风,一个劲儿吸溜鼻水,不小心吸进了喉咙眼儿,于是把脸扭到一边吐掉,再用两个掌根抹抹嘴,接着在裤子上擦起手来。这时候,隔壁工人用手背敲了一下他的肚子:"干活儿了!"

四位工人一人一个水产箱,往河里倾倒鲫鱼。每倾倒一箱鱼,信众们便高呼一次阿弥陀佛,随后变成群体嗡鸣。

干完活儿,工人们随即把箱子收到一边,腾开地方,好让信众们对着河面念佛。他们向前移动时,吐痰那位工人拎着一个水产箱对老人们喊了一嗓子:"放——生——喽!"他把空箱子往空中一抡,转过身,跟上前面那三个朝货车走过去的同伴。

仪式的最后一步是对着河面念经:"感恩大慈大悲救苦救难广大灵感观世音菩萨。"念三遍,礼拜三遍。

冷水坑

仪式结束了,但心愿还在持续,信众们久久不愿离开河边,对着那些在水波中四散的鱼继续祈祷。

云清大师抽出身,来到一侧平坦些的地方,又回头瞅了瞅,向后再迈半步,跨过一个土沟。他双手合十,默默注视信众两秒钟,再深鞠一躬,悠长地念道:"阿——弥——陀——佛。"

十分钟之后,大部分信众已离开河堤,在草地上逐渐散开。他们对每个碰面的佛友行礼,彼此闲谈一下,然后找到一起来的同伴,一小组一小组地往坡上走。

天色渐暗,河边起了凉风。梁湛回头找姜琼,发现她在不远处的小土包上蹲着,像是累了。

"你先等一下!"他对她招手说,然后快步穿过人群,来到大师跟前。大师正在跟老人们一一行礼道别,嘱咐他们回家念佛,只管念就好。小林侍立在一侧,无动于衷地看着,感到疲倦又无聊。当他发现一个俗家版的云清大师来到跟前时,立刻警惕起来。梁湛对小林仰颏一笑,对已经在盯着自己的大师行礼。

"大师您好。"

"施主您好。"大师回礼。

梁湛的到来符合大师心愿,他亲切地显露出一种态度:只要对方领悟佛法,取我性命也是可以的。

"不信佛之人在场,会影响放生功德吗?"梁湛直奔主题。

"施主何出此言?信佛与否全凭自己,用西方哲学的话讲,叫主观意识。但佛法不讲主观或客观,讲心。"

"可是我这颗心不信佛呀。"梁湛笑呵呵地说。

"那么,是什么让你本人出现在这儿的呢?"大师微微笑着,逆着阳光眯起三角眼。

"刚巧路过此地,下车看个热闹。"

"因缘也,因缘就是那颗心。"

"一颗大心。我不信佛,是一颗小心。"梁湛故作明了。

"可以这么说。佛法不讲言语,只要明了,说什么话都是可以的。阿弥陀佛。"

"阿弥陀佛。大师,本人虽不信佛,却尊敬有信仰的人……"

"施主为何只尊敬有信仰的人?"大师打断梁湛,依旧笑微微的。

"当然,我也尊敬没信仰的人,"梁湛耸耸肩,"只要他不做坏事儿。"

"施主请看,脚下,你我他,都在伤害着小草,这难道不是坏事儿?"

"那我该如何赎罪呢?"

"多做好事儿。"

"做什么事儿才是做好事儿?"

"请问施主要去哪里呢?"大师问,显然心中已有计策。

"南郊看守所。"梁湛没犹豫,心想看你有什么花招。

"想必施主是一位律师?"

"慧眼啊,大师!"梁湛哈哈大笑。

冷水坑

"请问施主,有没有给'坏人'辩护过?收了'坏人'的钱,替'坏人'脱罪,你心中明明知道他是个罪犯,却帮助他逃避制裁?"

"大师,我有过。但律师的职业规则要求我们不能凭自己的私人判断去拒绝别人的求助。"

"是的,依法不依人,这也是佛法之道。法律面前,人人都有一份权利,即便是罪犯,也有权利请律师。即便是死刑犯,也有死后获得安息的权利。佛法何尝不是如此?即便大魔头来找我,也不能轰人家走嘛,哈哈哈。"

"可是,我心里依然有坎儿,认为自己作了孽。"梁湛说。这倒是真心话。

"原谅自己吧,你自己就是众生,原谅自己就是原谅众生。也要原谅看守所那位嫌疑人。"

"为什么呢?那岂不是纵容?"

"施主,我们凡人唯一的权柄,就是原谅。"

"多谢大师指教!"

二人对拜,结束了会话。随后,小林生硬地做了一个请的手势,大师提了提左臂上的袈裟,缓步离开。

"那么,我要原谅自己吗?"梁湛望着大师的背影问自己,随后尝试原谅自己,想象着把那些违背良知的官司像擦玻璃一样抹掉。可他怎么也抹不掉,它们依旧在那里。直觉告诉他应该信任这位大师。"原谅"或许另有深意,不是纯粹的心灵作用,它应该具备足够的铺垫和积累,方能水到渠成。"原谅"不是想出来的,是做出来的。

罪与爱

"那么,我该做什么呢?怎样做呢?比如那位小说家嫌疑人,在心里强调他是可悲的、可怜的?我这个人,真的,有生以来从未真正地同情过人、怜悯过人。没有。人,生而为奴。普遍的悲悯之情毫无意义。相反,普遍的卑劣在人身上却显而易见,且各式各样。人生而为奴,权力要对人犯罪,可这又是世界向前运行的必然环节。就因为这样,无辜才无法成为能对权力大法庭进行审判的人间大法庭。权力是什么?一项劳动成果。这项劳动成果的独特性在于,它能掉过头来掌控和支配劳动,继而掌控和支配人的命运。云清大师为什么能操纵那些老人的灵魂?因为他们除了灵魂已一无所有。他们的身子骨就是苦难本身。权力大法庭榨光他们身上最后一滴血,再由神棍套上灵魂绳索将其领进'西方极乐世界',厚土埋葬,从人间消失。这就是无辜的逻辑。所以我又能做什么呢?只有神灵亲自出手,才能让无辜大法庭立足人间。"

于是,这位被更年期折磨的中国男人再一次更换信念,成为一名有神论者。他眼下不仅认为神灵存在,而且认为他们就在头顶上空,于是举起双臂,眯着眼睛,冥想了一小会儿。睁开眼睛时,他感到心灵获得了洗涤,干净、轻松。他体内那个调皮捣蛋鬼没让他放下胳膊,于是他稳稳地踩着草坪,走上对面那道斜坡,对下方蹲在河边洗脸擤鼻涕的姜琼发出牛一样的声音——"阿弥陀佛!"

冷水坑

X 那部小说

时间已过了四点,看守所六点准时下班,刨去办交接手续、过安检和扯皮,至少还有一个钟头可以做笔录。

对梁湛来说,这是一个蝇头小案,动机和细节清晰明了:我当事人前去交通大队替朋友咨询驾驶证事宜,交通大队队长指使保安对我当事人进行无端辱骂及身体伤害,我当事人出于正当防卫及维护尊严而采取了武力回击,打了队长一拳,导致对方倒地。

当事人父亲和检察院笔录都提到一个不利线索,就是饮酒。队长见当事人一身酒气,咬定对方是来国家机关单位撒疯捣乱的酒蒙子,支使保安驱赶。然而,饮酒不意味着当事人丧失理智,相反,他始终礼貌有加,言语端正,不存在攻击性。

只有一点需要问清楚——他是不是真心想坐牢。当事人父亲找到梁湛,没说上几句话,就老泪纵横地提及一个任何父亲都无法接受的事儿:他儿子渴望坐牢。有天晚上趁儿子出去喝酒,他翻看了他的日记,发现了这个秘密。儿子在日记里描绘了监狱生活,刻画得细致入微,流露出对囚徒身份的渴望。其中有一句话击碎了老父亲的心:"监狱才是人间仙境啊!"末尾那句更是让老父亲几乎晕厥:"我的灵魂属于监狱,我的身体也属于监狱。"

"应该成全他。"梁湛当时心里想,嘴上则说,"您儿子……蛮可爱嘛!"

罪与爱

"我看他是犯傻,进监狱就要犯罪,不进监狱又天天生不如死的样子,您说说,我该怎么办?我怕他突然杀人放火……"老父亲说。

梁湛安慰他,说他儿子显然不是坏孩子,坏孩子只想着把别人送进监狱。梁湛还笑着说,他儿子是一位纯真的浪漫主义青年、一个好孩子。很显然,老人根本看不起这种好孩子,他担心儿子犯法会让自己在社会上抬不起头。他是一名倒卖轴承配件的中型企业家兼人大代表,拥有非常高的社会地位和一定的政治地位。然而,优渥的家境非但没成全儿子,还在不知不觉中损害了儿子。

儿子患上精神疾病让老人诧异,他后来絮絮叨叨地将这些归罪于社会,说社会这个大染缸搅拌着各类毒素,其中有一种毒素专门侵害年轻人。老人说,这种毒素叫"唯我独尊"。

梁湛吸着中华烟,笑微微地听完,然后说:"社会本身出现问题,个人心理出现问题,我们做律师的处理不来呀!那么,您是怎么个打算?"

"我是当爹的,能有什么打算?就求您别让他进大牢。再说,进大牢的话,那就如他愿了,我不能成全他。他应该进精神病院,吃药,打针,安静下来,老老实实的才好。我只希望他老老实实的。"

"嗯嗯,这我倒是赞同。不过,我问的是……"

"哦哦,钱嘛,尽管花,您的律师费一个子儿都不会少的,请放心。可惜被立案了,得上法庭……"梁湛知道,

冷水坑

对方嘴上慷慨,心里一定不这么想。此人一看就是富有本地特色的"葛朗台",对他们而言,面子、银子和权力三位一体,排名不分先后。

"也不尽然,法庭觉得这种芝麻粒儿小案子浪费成本,我认为会庭外和解。"梁湛慢悠悠地说着。

听见律师这么说,老人的脸上现出了光亮。

"那就好,那就好,拜托您了……"

老人签了份委托书后离开了,步伐比来时轻快了很多。

梁湛回看给老人做的笔录,慢慢地产生了不祥之感。出租车司机突然喊了一句大逆不道的话,被女乘客投诉,当天丢掉驾照,可见这位女乘客不是一般人。想到这儿的时候,梁湛担忧起了自己。

除了担忧生计前程,这起事件对梁湛的最大影响,是让他的思想世界出现了异样。他无法自控地拿自己的"灵魂"去比照小说家的"灵魂"。当他发现他居然对小说家充满了妒忌时,忍不住一边开车一边摇头发笑。

"无缘无故笑什么?像个白痴。"姜琼问。

"我觉得我就是白痴。"他说,然后问她,"你在想什么?"

"我刚才把检察院的材料又看了一遍,发现了一条暗线,你应该听一听。"

"你说吧。"梁湛说,随手加一挡。

"我感觉检察院在给我们当事人做笔录时,暗藏某种与本案无关的倾向性：试图引诱我们的当事人进一步承认他渴望做一名罪犯的心理意愿，再从这个点出发制造一种倾向，即小说家殴打交通大队队长是出于一种反社会意图。好呀，一个大逆不道罪、一个反社会罪，绝配呀！"姜琼说着拍一把卷宗，"可笑！"

"还有吗？"梁湛无动于衷地问。

"《我是一名罪犯》。我们当事人写的那部小说叫作《我是一名罪犯》。这部小说在地下小圈子里颇受好评。"姜琼边说边对着梁湛的后脑晃了晃手机。

"世道真是变了呀，现在的年轻人赶时髦竟是以罪犯自居，啧啧……"梁湛没看她的手机，戏谑地笑着说，心里却咯噔一下。

"哦，那部小说……"那位老父亲临走前把它搁到桌角，还建议梁湛翻一翻、读一读，说或许会有用。翻开第一页，读完第一句，梁湛合上书。他意识到一个巨大的危机临近了（虽然他不清楚是哪种危机），他意识到老百姓的心灵有了全新形式。他还意识到，年轻人在变化、在崛起。他合上书，也是因为被激怒了。"我终于在大白天里惊醒，原来，历史核心力量不对人民的心智负责，也不被人民的躯体所发觉，于是有些人通过心的波动就能定夺别人的命运。"小说第一句就使梁湛无法接受，因为那几乎算是他用三十年生命换来的"神力"，是他心中最深处的秘密。

"在这个由物力支配了上百年的国度，人要想活出点

冷水坑

儿人的样子，就必须借助一些神力。"眼下，梁湛用他自己的语言展开这个思想。

前方路面正缓缓升起。一个脸盆大的石头坑出现在坡顶正中间，由于不适合在加速爬坡时自由躲避，梁湛干脆开过去。车底发出哐的一声，姜琼在座位上被生硬地颠起，左肩撞在车厢的犄角。力度再大一点儿，恐怕她的头盖骨便会撞到车顶。

"怎么回事儿？"她发出尖叫。

梁湛幸灾乐祸地大笑，将车滑下山坡。

"你疯了吗？"他突然提速，她喊出来。他对着一条长达百米的笔直沥青路发起冲击，巨大的力量把姜琼的脊背紧紧地贴在靠背上……

"我要打死你！"平稳下来后，惊魂未定的姜琼用拳头砸起梁湛的肩膀。

他缩着脖子，用手搪她的拳头，却停不下骇人的大笑。

叫骂和打闹突然停下来。前方出现了一堆人，很妨碍通行。一群头戴橘色安全帽、身穿荧光红坎肩的农民工正在前方路面上休息。看得出来，他们会不会及时让出更多路面，在于司机如何抉择：没停的意思，我们就起身；从我们身上察觉到什么端倪，那就停车。

他们大部分原地坐着，有的屁股底下铺着破报纸，有的压着几片树叶，有的什么也不搁。每个人都大汗淋漓，脖颈被晒得黢黑爆皮，盘腿，抱膝盖，挂着胳膊肘半躺,或者干脆平躺下来,枕着工友的大腿望天。黄色木杆尖头铁锹,双头镐,硬竹条做抡把儿的碗口粗的铁锤,构造简单、可单人操作的除草机和电锯,这些劳动工具有的被搂在胸口,有的被搁在脚边,有的被平放在地面,总之不离农民工们左右。

"你们好啊!"梁湛探出头,招呼离车头最近的那个农民工——他应该是第一个发现这辆轿车的人。他个头儿矮小,枯干无肉,安全帽压着眼眉,之前盘腿坐着,现在站着,显出两条罗圈腿。他用"你们这种大老板还是快点儿走吧"的神情愣了一下。

"好呀。"他说,看见从后车窗又露出一张女人的脸,便疑惑起来。

"过去吧……"他接着做一个放行的手势,回头呛了不停询问他怎么回事儿的工友们一句,"两口子去山里野炊,不是警察……"

梁湛听到后立刻停车,推门下车。姜琼也跟着下来。他俩一步步靠近人群。他们中不少人站起身。罗圈腿在后面嘀咕着:"哎呀,没啥好看的,不是人命案子。"

这句话让梁湛和姜琼一齐看向他。

"刚才挖地沟,挖出一个埋死猪的大坑,底下一层白骨头。"人群里有位方脸高个儿的农民工说,看着像他们的头头。"你们是干什么的?"见两个陌生人瞬间放松下来,他又问,多多少少带着警惕。

"那指定是养猪户非法埋下去的……"梁湛没回答问

冷水坑

题,径直又说,"十几年前那场猪瘟闹的,肯定是。我记得很清楚。在哪儿?哦,那个方向?"他顺高个儿农民工的胳膊望过去,那里是一片野草丛生的空地,毫无遮拦,在临近傍晚的浅橘色阳光里微微蠕动着。"我们就是从这儿路过的老百姓。"梁湛在突然被大自然所感染的情绪里补上答案。

"警察啥时候到?"有个农民工不耐烦地问罗圈腿。

"我上哪儿知道!"罗圈腿同样不耐烦,嘀咕起来,"半天工钱没了,我不闹心吗?"

"就是太晦气。"不知谁这样说,并引起一片抱怨。他们纷纷说着晦气、撞邪和骨头。白花花一层骨头,真能把人吓死。

"我跟你们说吧,"梁湛提高音量,让他们安静下来,"既然能偷摸儿埋这种瘟猪,肯定跟当地派出所打过招呼……十几年过去了又怎样?"他把脸一下子转向高个儿,"人家自有人家的记忆力,人家的记忆力好着呢。对吧,老哥?"梁湛又笑微微地对某个农民工仰一仰颏,接着,挥一下胳膊,"走吧,带我开开眼去。"说完他对姜琼说,"看一眼,放心,还有点儿时间。"

这个建议让大家感到为难。

"您这样做是不对的……"他们的眼睛说,"任劳任怨,卖力气干体力活儿,直到干不动为止,我们完全可以接受这种命运,但何必又让我们接触埋汰东西呢?"他们的眼睛又说,"我们就怕倒霉。我们就怕早上还好好的,到了晚上突然得了急性脑血栓……"

"行吧，带他俩去吧……"高个儿说。

XI 皑皑尸骨

善良的劳动人民有意识地围着两位城市人，在过膝深的草丛里缓缓行进。他们要从一大片荒草地里蹚过去。罗圈腿农民工活跃了很多，带着头，一边走一边回头对梁湛介绍这一带："看，你们来的那个方向，有个大废墟场，从那儿向右划回来，过石滩河边，一直到这儿，整一大片地啊，全批给了嘉隆集团建高档小区……"

"成天吹牛，啥都明白。"有人嘲讽罗圈腿。

"废物总有一技之长。"另一个人说。大家伙儿就发笑，有人揶揄，有人添油加醋，更多人看热闹——他们知道罗圈腿被自己人怎么开玩笑都不会生气。

"你们别瞧不起人！"罗圈腿回身对大伙儿拍拍胸脯，"这二位我打眼一瞅就知道是律师。前头是南郊看守所，再看人家这派头，就猜到了。"说着一把抓住一棵齐腰高的蒿草，边往前走边扯断半截，然后掷向高空，看它扎进草丛。

"没错，我们是律师。"梁湛埋头蹚着野草，这样说。适应了他们的语言和活力后，他向往与他们融为一体，"和你们一样都是劳动者……"这个观点很质朴，又很新奇，

冷水坑

使他想瞬间找到两种劳动者的共性。他确实瞬间就找到了答案,即都是劳动者。

"您哪,说得好听。这只是错觉,就好像说男人和女人都是人,但能一样吗?"说这话的人应该走在最后面,声音浑厚。

"咋不一样?"高个儿农民工走在姜琼左边,回头问那名工友。姜琼右前方有个胖乎乎的农民工,抓住了一只蚂蚱,然后扔到空中,看着它飞到远处。

"一个在办公室坐着吹空调就能挣钱,一个在大太阳底下卖命挣血汗钱,能一样吗?"

"但我们不挣脏钱!"

"因为挣不着呀!"

这几句辩论让高个儿有点儿生气,他突然质问梁湛:"良知……你们搞法律的得守住良知,脏钱不能挣。我们老百姓为啥不信任律师?因为你们坏良心的太多。我们家前年啊,遭了个事儿到现在都没解决……不提了,过去就算了,忍着……但我刚才看您面相,是个好人,这位女律师也是好人。当然,我们也是好人。"

这句话引起一阵哄笑,笑声中却藏着深深的共鸣。

"谢谢你,老哥,谢谢你。"梁湛深深埋下脸,看着自己这两条又短又粗的腿一次次埋进野草,"谢谢你们啦!"他举起胳膊,在空中对大伙儿抱抱拳。此时他在想,他们和城市社会精英一样有思想,有精神生活,有无法驳倒的淳朴良知。他还想到,人们歧视、诬蔑体力劳动者是丧失良知的体现，是不健康的社会及其文化造成的恶劣现象。

"谢啥！都是缘分。"高个儿虽然笑了，但心情依然沉重，他接着往下说，"那么个大坑一层白骨，幸好是猪……您说我们都是劳动者，这话理论上没错。我们人不就是为劳动而生、为劳动而死的吗？人能不劳动？人不劳动就变成猪了。可丢了良知，那，那比猪还低级，比鬼还可怕……老百姓总是要吃苦的，这没啥，但别让我们老吃亏呀……"

"大律师啊，哈哈，"随着一阵快活的笑声，一双大手从后面搭上梁湛的肩膀，"要为我们老百姓打官司！"

梁湛再次抱拳："一定！一定！"

"他们确实有思想，不仅有思想，还有洞见。这些话分明说服了我。"梁湛在思考中跟旁边的人扯了句话，笑起来，同时又想道，"我们这种人随时随地就能表达心声，而他们却不能。属于他们的社会舞台少之又少，这显然是不公平的。他们和所有人一样有头脑。我们表达自己时，总是毫不客气地以自身利益为出发点，为了声誉、为了地位、为了金钱，我们心安理得地撒谎。而他们却害怕撒谎，他们的心灵其实更干净。"由于不经意间沉浸在这些思想活动里，他听见他们说了很多，却没听清一个字。随后，他听清了他们在说什么。

"打官司可不是好事儿，最好啊，没官司可打！万事太平！"罗圈腿在前头兴奋地拨着荒草，又说，"怪就怪

冷水坑

市政不讲究,随便批地……也没办法,不批地哪儿来的钱?可这片地多好啊……你们看看,鲜花多么美丽,天空多么辽阔,大自然多么伟大……为啥非得盖姆们买不起的楼?"

"和所有人一样,他们有无知和愚昧的一面。"梁湛马上又展开思想劳动,"经济学家给出了很多答案,他们坚信,盖的楼越多,卖得越贵,人才会越幸福。人性可以反抗残酷的市场规则,却不知道真实生活需要这种规则,人性往往耽搁人去认识真实生活。"他抬起头,微笑着看一看左右,又将头埋下去,"其实,人性是无知和愚昧的源头。"他揪断一根草茎,衔进嘴里。

"姆们越是卖命干工地,楼价越往上蹿……"罗圈腿还在说这个。

"您是冷水坑人?"第二次听见"姆们"后,姜琼问,把脸转向罗圈腿。

"哪里人有啥所谓……"罗圈腿埋头拨开一片草丛,似乎不愿触及自己的身份和故乡。

"规划局批地的时候没来考察吗?"有人随口改变话题。

"他们能考察出啥?"罗圈腿说。

"这边建,那边拆,"又一个人接上罗圈腿刚才的话题,"开玩笑一样。"

"人家开得起这种玩笑。"罗圈腿这样说。

姜琼陷入了不安之中。这时她才发现,左手边走着

罪与爱

一位年迈的老人。他没戴安全帽，花白头发灰扑扑的，沧桑的面皮上刻着一道道皱纹。常年的体力劳动在他身上留下了永久的创伤，可是他的神情和目光却那么温和宁静。老人低头蹚着野草，默默搜寻着长有野花的草茎，揪断后在手心里攒有一小撮了。

"哦，想起来了，听王工头说过，"罗圈腿说，"去年有个规划局的什么张主任来这儿考察过，看两眼就走了。没错。"

梁湛瞅了一眼姜琼。

"他是我老公的领导。"她说，简简单单地说了。

人群安静下来。

他们暗中观察她，不敢说什么。

"你们怪我吧……"她说，好像不清楚自己说了什么，嘀咕着。

"怪你？怪你啥？"

"是呀，跟你又没有关系。他是他，你是你。"

"跟她老公也没关系！"

"我们谁都不怪。"

"是呀，有啥好怪的？我们根本不知道自己要怪啥。"

大家安慰她，纷纷这样说。她依然难过，眼泪在打转。

梁湛把胳膊搭上她肩头，好哥们儿一样推着她向前走。人群谨慎地跟着他俩移动。罗圈腿走一步回一下头，紧张又愧疚，想说些话，却找不到合适的语言。姜琼稳定下来，擦了擦眼角。野花丛在老人手里已变成花环。

冷水坑

他知道她在看它,于是递给她。她含笑接过来,戴上头顶。老人举起一条胳膊,给稍显倾斜的花环正了正位置。姜琼听见他呼吸中自肋骨深处传来的一种声音。这种声音使姜琼恍惚了一瞬间,感情和感受都回到了四岁的时候,她坐在外公腿上时听见过这种声音。外公去世后,她知道并牢记这是尘肺病的声音。她想痛痛快快哭一场,却欣然地平息了这种情绪。

这段插曲过去后,他们又聊了很多。五分钟内,分别探讨了城乡对立、男女差异、阶级歧视和家庭矛盾等议题。工友们用自己的语言、文化和思维胡乱使用着一些书面词汇,感性地论证着,朴素地思索和回应着。有些人因为心灵创伤骂起亲人、朋友和干部,对警察咬牙切齿。有些人很在意社会公平,认为整个社会越来越坏,人跟着变得更坏了。有些人说,其实早就活够了,为了儿女才撑到现在。梁湛提到了哲学,他们就说哲学跟良心是一回事儿,得讲真话。他们一致赞同把哲学等同于梁湛口中的唯心主义,因为他们是干体力活儿的唯物主义者。

"所以我们才更相信举头三尺有神灵,"听见梁湛有些羞涩地说到神灵,高个儿表达了观点,"但跟你不一样。你那个神灵是自己想出来的,感觉出来的。我们的神灵跟……这些草啊树啊山啊一样,是真的,在农村我们种地,在城里我们盖楼,怎么说呢大律师,你得干体力活儿,干足够的体力活儿,才能懂。"

罪与爱

虽然梁湛完全不懂他们和他们那个神灵之间的微妙关系，嘴上却说："那我懂了。我很赞同。我刚才说那些，无非想说神啊仙啊灵啊跟人一样是真实存在的。这个世界除了人、动物、植物，应该还有别的东西，只是我们看不见。"但是，他依然在头脑中对这种微妙关系简练地诠释了两句："他们身上那种质朴完完全全来自劳动经验。他们又天然地信赖一种直觉。"

"你们城里人都比较自我……"高个儿笑微微的，带着善意说出观点。

这个话题接着就结束了。梁湛觉得他们的头脑出乎他的意料。其实，他刚才表述最后那个观点时，还推导出了新的观点："神灵在所有生命中安入同一个根据。一个人信与不信，对神灵来说无关对错，这是一种超越社会的事实。为了探索这种事实，有人搞科学，有人搞经济，有人搞法律，等等，也无关对错。条条大路通罗马。神灵也完全能谅解我们这些各式各样的功利主义方法，一定能谅解。"

为了显得谦卑，或者说比工友们低一等，也为了把随之而来的新思想表达出来，梁湛转口又说："但城里人容易堕落，每样东西都能让人堕落。"

工友们对这个书面词汇表达出和听见"哲学""神灵"后相似的态度，他们先是善意地讥笑，接着用自己的语言翻译出来。

"腐败嘛！别说城里人，村干部都腐败呀。"罗圈腿说，

冷水坑

"唉,人之常情,温饱思淫欲嘛。"

"丧良心就是腐败堕落。"高个儿说,又对着没有反应的梁湛强调一下,"真的,别不信。"

"我当然信。"梁湛没更换神情,说。

"怎么的,干体力活儿就不堕落?"高个儿像没听见,进一步强调起来。

"您是说,干体力活儿是堕落?"这回梁湛才扭脸看向高个儿,问。高个儿的神情像发蒙又像认同,本能地"啊"了一声。

"那可不咋的,把身子骨活生生累垮,活生生造没了,跟天天喝大酒玩女人糟蹋身子骨没区别。"有人这样说。梁湛回头看身后,不知道是谁,但大受震撼。如果不把这个观点纳入思想,向终极答案走近一步,他就觉得有愧于这些体力劳动者。

"精神堕落不同于肉体堕落。鲜活的无辜的肉身被扭曲成物理劳动力的载体,才是肉体堕落的实质。精神堕落以肉体堕落为基础。"他不够熟练地思索着,"社会腐化让很多人过着堕落的生活……大部分人不知道自己过着本质上堕落的生活,进而成为精神堕落者。社会之所以存在腐化,是因为存在着大量的剩余价值,而社会规则又拒绝将这些剩余价值分享给'穷人'……"他现在认为像他这种城市精英在本质上当然是堕落者,在这个设想的基础上,他继续攀登新的高峰,"真的呀,肉体堕落不以人的意志为转移,不以社会的良知为转移,今天他们离开农地,明天就进工地,今天离开工地,明天就有新农民进工地……是呀,强迫肉体堕落下去的那种力量,多么残酷呀……"

此刻,梁湛的头脑功能似乎被心灵功能取替了,他有力地忏悔起来:"是呀,要忏悔,要赎罪啊!堕落是有代价的呀!"

走到草地边,进入一块废弃农田,即将到达现场时,梁湛对这一路的思考和感受进行总结:"因此,我国无数体力劳动者比所有脑力劳动者更接近真实,或者说,是无数体力劳动者用肉体承担和创造着真实。"

坑口四周堆起半人高的黑土,两个农民工在旁边蹲着抽烟喝水。他们身后不远处停着两台挖掘机。

"他们是便衣吗?"看见大家伙儿来了,一名留守农民工喊着问罗圈腿。

"不是,靠一边儿去。"罗圈腿摆手轰他。

梁湛打头,大家都站上土堆,低下头,注视着皑皑白骨。姜琼从梁湛旁边挤上来,两边的人为她腾出更多空间。梁湛瞄一眼她头上的花环,没吱声,掏出中华烟点上一支,接着像想起来什么似的把烟盒递到高个儿手里,让他分下去。每当有一支烟被拿出来,就有人对梁湛亮一亮,表示感谢。工人们用自己的打火机把烟点燃。最后一支没人动——他们害怕这会让梁湛倒霉。

大家静悄悄地抽烟,稳定住随时会笑出来的情绪。此刻,除了大自然的声音,比如外围的猎猎野风,没谁

冷水坑

愿意开口。

"养猪户还算有良心,看……"梁湛用夹着烟的手指指点点,"码得多整齐,一头压着一头。看,那小猪腿儿,往隔壁身上一搭,多讲究。"

"那些白色的是什么东西?"罗圈腿弯下身。他问的是土层里的白色残留物。

"石灰。"高个儿说,把烟从嘴角夹下来,又说,"消毒用。"说完把烟叼进嘴角,皱着眉头吸了一口。

"还有小猪崽呢。"一个人指出它的位置后,笑了笑。

"你看那肋骨,一条是一条,齐刷刷的,埋土里显得多干净。"罗圈腿既感慨又兴致勃勃,好似有要跳下去的意思。

"你死了放十年,也一样干净。"高个儿居然开起玩笑,还是这种玩笑。

"去你的吧。"罗圈腿笑着摆个手,直起身子,专注吸烟。

"老多钱了这……"另一个人说,很感慨,"老板恨不得跟猪一起下葬吧。"他对隔壁工友说。两个人都笑了,不少人也笑了笑。

"作孽遭报应。"高个儿用大拇指刮一刮眉头,说,"注射增肥剂、喂化学药品……丧良心……"

"怎么说也是命啊……平时吃点儿素,消消灾。"这个建议让大家又笑出来。他们不能不笑,因为每天干这类体力活儿让他们恨不得顿顿吃肉,恨不得每餐啃上一头猪。他们笑,还因为淳朴心灵对此感到很无奈。

梁湛看见大家快把烟抽完了,就有些着急。他刚才突然有了个好点子,但一直不好意思说出来。

"既然是命,那咱们……上支烟?"他说,扭脸问一下高个儿,"行不?"

"那咋不行?应该的。"这个建议其实差点儿让高个儿当场笑出声,他同时还觉得被莫名其妙地侮辱了,但没法儿不同意。大家也都这样想,这样说。有人笑出了声,但马上说:"应该的,应该的……"

姜琼有些尴尬,不知道该做何反应,望着白骨沉默不语。她随后看见大家伙儿纷纷弯下身,把烟竖着搁上黑土堆,有些人自觉地后退半步或一步。他们望着烟,望着白骨,不知道还能做些什么。

"谁会……讲几句?"梁湛又有了个好点子,他看了大家一圈,以为他们没懂,就解释,"悼词。谁会?我是城里人,只会说节哀顺变,可这个时候我对谁说去啊?"

大家想到人选时,那个人已经举起了手——是冷水坑人罗圈腿。他放下手,奇怪地撇撇嘴,把左脚踩上土堆顶,很不自然地准备起来。

"跟你们说,"沉静一会儿后,大家都以为他要开始了,他突然打断了一切,"给我记住,绝不可以到处传我给猪干这个活儿,听见没有?"

大家都说听见了,快开始吧,烟要灭了。

罗圈腿农民工挠了挠灰尘扑扑的头发,依然觉得很

冷水坑

别扭,但还是开口了:"猪们啊……"他不得不停一下,等周围的笑声消失,然后继续往下说,"猪们啊,其实那些词儿我没记住几句,再说,那都是说给人听的,说给活人听的,活人才爱听这些,要不然心里不安生。你们想哪,死人走之前没孝顺过,死之后怎么说也得补偿补偿嘛……猪们啊,见谅吧,双膝只跪父母,今儿啊,就给你们单膝下跪吧……"他提了提脏兮兮的迷彩裤,右腿后退半步,就这样单膝下跪。挺了挺胸脯,整理一下情绪,他接着说道,"猪们啊,首先感谢你们贡献自己,让我们有肉吃,吃得我们那个饱呀,吃得我们满嘴满肚子都油乎乎的……其次感谢你们让我们挣钱,你们哪,别怪把你们埋进土里的主人,他们也是没办法……再次,猪们啊,我们还要感谢你们的精神,你们从来都安安静静的,吃完就睡,睡完就吃,从不像豺狼那样祸害我们……最后,猪们啊,我们要向你们忏悔,原谅我们吃你们,你们没有自由,因为你们甘愿奉献自己养活我们,神灵也感谢你们。猪们啊,我们吃你们,却埋汰你们侮辱你们,我们说人笨得像一头猪……我们人哪有时候只知道胡作非为,伤天害理,残害同类,吃同类……猪们啊,无论啥生灵死后都一样,化为一堆白骨……"一小阵沉默后,他把埋下的脸抬起来,满脸通红,接着潦草地对一圈人笑了笑,再次埋下头,脸羞得更红了,但每个人都发现他马上就会哭出来。他下了土堆,站到不远处,遥望着天空点燃了自己的廉价香烟。

罪与爱

姜琼噙着泪，站在原地，一动未动。她发现梁湛的眼圈也红了，其实好多人在偷偷抹眼睛。那些看起来没有变化的人，比如高个儿农民工，是因为把感情压在了心里。尽管他们还在心里嘲笑这种感情，想随手撇开它，却清楚欺骗自己是很难做到的。他们还知道，压抑这种情感不是出于自愿，而是不得不这样做，习惯了这样做。

梁湛看见远处自己车的后面停了一辆警车，便提出告别。在他与工友们热切道别并保证不食言的时候，姜琼悄悄摘下花环搁到土堆跟前。

XII 无名劳动者

很多感怀、困惑和思想，在姜琼体内搅成一股浑浊的力量，发出了巨大的声响，却又显得非常遥远，非常模糊。她斜靠车窗，驱散了它们。没过一会儿，它们带着声响潜回了体内，她不得不加以重视了。

梁湛驾着车，光溜溜的头颅动来动去。乡村公路上，车子略有颠簸。

盛夏的夕阳即将没入远方淡墨色的山峦，彩霞的余晖却波澜壮阔，染红了大片天空，毗邻的厚重云层被映得发紫，高处的广袤云堆被照得通体发亮。此时，变化多端的白色实体，宁静的深蓝色夜幕，在太空的轻容怀抱里结合成令人惊叹的苍穹世界。公路两侧的山体裹着

冷水坑

清凉，常青树安静地装饰着近处的山坡，消暑中的叶片、花瓣在林间微微浮动；山野中，夜间觅食的鸟儿响起了群鸣。转眼间，山峦没收了那颗通红的球体，接着又喷射出万丈红光，展现着留恋人间的情感与态度。地球的自转迫使太阳进一步远离东半球，慢腾腾地照耀起西半球的地表。

姜琼想到了自己的婚姻生活。

从一个温暖的房间走进了另一个温暖的房间，两个房间是一模一样的，不同的只是规模。这便是她的婚姻生活。要说差别，也是有的。结婚之前，她和生活之间似乎存在一段距离，但她总能抓住什么；结婚之后，她和生活融为了一体，反而抓不住东西了。

"朋友，困难其实永远比我们想象的少，因为说到底，困难只有一个，那就是适应变化。"丈夫有一次这样对她说。这句话她当时没放在心上，眼下倒提醒了她。是的，婚姻生活扩大了她的幸福疆域，但这种生活的本质始终是静态的、直白的、现成的、极易入手的；在这种生活里，她能随意被无视、被推开、被取代，连这种生活本身也能随意被夺走；然而无论从哪方面来看，一个平凡女人都无法跃出这种生活。姜琼确实道出了身为妻子的真相。别人爱着她，她爱着别人，这种爱遍布每一个角落，让她游刃有余。似乎出于某种乐趣，她时常把复杂的事情简单化，把简单的事情复杂化。既然没有变化，她就创造变化，再去适应它。她随心所欲，自由自在，即便有

罪与爱

所预感她终将被这种爱清算……

"女人具有处理家庭生活的天赋,而且,比男人更适合承担某些特定的社会职能,但她们普遍缺乏思想能力;其实,女人并不一定非要拥有思想劳动,照顾家庭、参加工作就足够了;男人却不同,至少是部分男人,他们要为社会整体负责,或者说,是一个共同体的建设者和执行者,很多问题,很多困难,很多未知,若想妥善地处理,就离不开创造性的思想劳动,保持灵魂的独立;女人的责任在于守住大后方。她们的灵魂是一种社会通用物……我们的社会布满了战争。要实现完整的和平,必须在战争状态中(重大战争和无数微小战争)制定合理的劳动分工,男人该干什么,女人该干什么,知识分子该干什么,官员该干什么,资本家该干什么,老百姓该干什么,一五一十地确定下来,落实下去。"赵立峰在日记本上用潦草的字体写下了这些想法。"战争状态"令他尤为得意,后面还写道:"作为社会核心功能的执行者之一,我有义务以身作则,坦坦荡荡地、光明磊落地在他们面前展露我的思想,一如既往地走下去。与其说他们嘲笑我,不如说我令他们汗颜。"

"他思考这些,或者说,他这样推动'思想生活',恐怕不是因为像大家认为的那样是精神出了问题,"姜琼想,"可能在于有某种力量折磨着他。他总想打败什么,打败平常人看不见的东西。他成了这种力量的傀儡。他不知道,这种力量其实是无聊。"

冷水坑

"他头脑中那些概念,没有一个是他自己的。"她接着往下想。"就算他研制出了某个新概念,被世人所接受,被社会所推行,也不能把持它用来凌驾于人,与人隔阂;相反,他要化伟大为平凡,与人分享,换来团结。平凡,就是得到了实现的宽容,得到了实现的团结。把本不该去抓的东西抓在手上,是他所有错误的根源。"

"为什么男人喜欢虚构苦难呢?女人却那么习惯于在真实的苦难里默默劳作。"梁湛似乎说了句什么,把自己逗笑了,姜琼没听清他的话,但他发笑时的神态动作使她陡然对"苦难"这个概念展开了思考。

她的眼睛明亮起来。

一九六一年冬出生的周凤琴,上世纪八十年代从农村嫁到城市,跟随丈夫在一家国企轴承厂务工。工厂倒闭之后,缺少社会技能的夫妻俩只能靠炸油条饥寒度日,艰难地把两个儿子抚养成人。去年中旬,老伴儿离开了人世。周凤琴不是正式工人,没有养老金,两个儿子就不愿意赡养这位母亲。周凤琴需要凑齐一笔款子,一次性买断养老金,解决后顾之忧,但没人肯借钱给她。儿子们诱骗她把工厂分配的老房子卖掉;有个侄子建议她挣多少花多少,不要奢望一劳永逸;有个嫂子骂她是个农村出身的懒骨头;一位在大学任教的表弟,满脑子新思想,认为周凤琴的想法极其荒谬,非常贪婪;其他人的态度则更加恶劣。前段时间,两个儿子听闻老房子那一带被纳入了拆迁计划,就怂恿周凤琴把房子过户给他们，为她养老送终。上个月的一个凌晨，受尽侮辱的农村女人周凤琴在卧室悬梁自尽。申报死亡证明的时候，发生了荒诞的一幕——两个儿子居然忘记了母亲的名字。

梁湛从某个担任派出所副所长的老友那儿得知了这个悲剧，然后，他带着那副惯有的略显无奈的戏谑笑容，转述给了姜琼。"啧啧，又一起人间喜剧。"他两手扣着皮带，耸了耸肥厚的肩膀，摇了摇光溜溜的脑袋。"啧啧，明白了吧——与苦难相随。人活着就是积累苦难的过程，谁也避免不了。她避免不了，你避免不了，我也避免不了。但我不玩这个（他在喉咙上画了一道），不，太草率了，也因为玩这个的本质是对别人的仇恨。真的，要我说呀，人到了绝望至极的时候应该反思自己，审视自己，我就是这样做的，姜琼，我就是这样做的，然后我发现，其实我这几十年的人生是一场笑话。你说说，在上帝的眼里，我们这些用尘土做的东西难道不是他老人家拿来开心的吗？"

"她家那一带确实纳入了拆迁计划，由我亲自操作，"听完姜琼的讲述，丈夫露出一种复杂的苦笑，"难道就因此说，我是凶手？我把周凤琴推向了绝路？"为了对抗姜琼罕有的沉静目光，他这样说："国家治理并不干涉个人对生命的态度和选择。继续活着，还是了结生命，终究是个人的事情。对于这个人的遭遇，我很同情，感到难过，但你说说——为什么排斥劳动呢？用钱买钱，本身就不是常规之举。她应该劳动。她应该回到劳动的位

冷水坑

置上去。只有劳动才能拯救她恐惧、孤苦和死亡的心灵。难道不是吗？还不到六十岁，为什么自杀呢？"

当姜琼回想到这里的时候，头从车窗上移开。她感觉她没有力气再思考什么了。随后她发现，思想活动依然是活跃的，似乎不受意志的控制，自行发展了下去。

"就像在看一场电影，明明知道里面的一切都是假的，可心里总认为是真的。看完之后，回到现实中，同样是这颗心又说里面那些东西都是假的。人是假的，家是假的，国家、社会、天空和大地统统是假的，它们不过是光学影像，色彩效应，最多是一场梦。然而，这场梦结束的时候，我们也会看到参与这场梦的所有人名，每个名字代表一个活生生的劳动者。电影尚能如此，国家大梦在他嘴里却……"

她感到无比疲惫，重新靠住车窗，想睡上一小会儿。

事实上，姜琼体内那股浑浊的力量，才是以上这些思想的背后主使。她一直躲避它。它令她不安。思考婚姻生活的时候，某个瞬间，她的脑海里闪过与这股力量相关的片段：一张面孔，无数张相同的面孔，荒草地，肺叶响，皑皑的白骨……

那股浑浊的力量，就是无名劳动者的力量。姜琼受到了它的感染。它折磨着她。她对"女性是无名劳动者"的思索不够完善，但胜在点到为止。为什么男人喜欢虚构苦难？她暂时还无法给出答案。

罪与爱

XIII 纯洁无瑕的罪犯

在大门值班亭登过记，领到通行证，来到内院时，一名荷枪实弹的站岗警察拦下姜琼和梁湛。他察觉姜琼有意抬起胳膊递过证件，便提前伸出右臂，做出禁行手势。

"请止步！"他冷漠地说，瞅着梁湛，能有一秒钟，"什么事？"

"我们是一位涉案嫌疑人的代理律师。"梁湛说，也那样瞅着执勤警察。

"这儿有几百名嫌疑人，哪一个？这是什么？"执勤警察见姜琼递来一张白纸，警惕起来。

"会见介绍信。我们有预约。"姜琼说。

执勤警察知道他们有预约，证件也齐全，否则也进不了大门。

"出示通行证。"看过会见介绍信还给姜琼后，执勤警察说，没抬眼睛，"一个一个来。"他见女律师把证件都递过来，本能地抖个官腔，皱起眉头接过两张通行证各看一眼，还给姜琼。

"请出示律师证。"

"这是他的律师证，这是我的律师助理证明。"姜琼捏着证件边角挨个儿亮给他看。

"所以您不是律师……当然，律师助理有合法证明就行……"执勤警察说着把证件还给姜琼，右臂笔直地指

冷水坑

向不远处一个门洞。

"办事中心在那儿。"

"您是说……那儿？"梁湛望着那个门洞，问。

"是的。"执勤警察目光极其冷漠，不再搭话。

梁湛对他微微点下头，略微眯着眼，看向门洞。

"好吧，应该就是那儿了。请问您贵姓？"

"无可奉告。"执勤警察提一下胸口，几乎在怒视。

"周警官，再见。"梁湛不等对方反应，转身朝门洞走去。

办事大厅在门洞右手边不到五米远，两个办事窗口，各有一名女警员坐在玻璃后面。左边女警员正埋着头不知在做什么，另一名收拾着桌面并冷冷地暗示来人去隔壁窗口。左边女警员这时抬起头。

"二位是律师吗？"她微笑着问，她有一双亮晶晶的大眼睛。

"是呀，警员小妹妹。"梁湛用胳膊肘压住柜台，露出一丝坏笑，说。

姜琼把证件从小洞口递进去。看过后，女警员当即发放了会见许可书。

"小妹妹，怎么称呼？"姜琼收好东西后，梁湛用一种调情的语调问。

"张晓晴。"女警员笑着说，大眼睛还是那样亮晶晶地看着梁湛，还补充说，"知晓的晓，不是大小的小。"

"我叫梁湛。"

罪与爱

"我知道呀,刚才看过证件。"她呵呵笑出声。

离开这里,往安检台走的时候,梁湛告诉板着脸的姜琼,他这样做是有原因的:那名执勤警察和这名办事女警员之前没见过,男警察那副态度说明他不喜欢这个岗位,而女警员很喜欢这份工作。梁湛猜测男警察是被贬值或升职失败,而女警员是走后门进来的领导亲属。他最后判断看守所领导班子有变动,但他还没得到内部消息,这就说明现在一定是二把手在管事儿。

过安检时,长着鹰钩鼻的徐副所长出来招呼梁湛,很热情。他们可是老相识了。

"放心,东西放这儿丢不了。"徐副所长对姜琼这样说——她正把物件儿放进蓝色塑料箱。一名面无表情、脸上全是青春痘的年轻男警察拉过塑料箱做登记,他好像带着气,物件儿在黑石板桌面上被磕得叮当响。

"你今天是怎么回事儿?"徐副所长数落起这名下属,"一整天拉着脸,给谁看呀?"

下属脸上毫无变化,手上开始轻拿轻放。

"没事儿,不值钱。"姜琼打一个圆场。

"跟钱无关,是态度问题……"徐副所长很不高兴。

"您说您,每次都掐我们下班的点儿来,故意的吧?哈哈。"他随后转换态度,招呼梁湛。

"芝麻粒儿小案子而已。您堂妹拿到补偿款没?咱可没邀功哦……"

"一直想当面谢您,您可好,一推六二五……"

冷水坑

"忙啊！律师是脚长轱辘，到处跑才能有口饭吃，哪像您哦！"

"我？我好？让给您，跟几百号嫌疑人共处一室，试试？"

"拉倒吧您……我当事人好好的吧？"

"什么话？这里可是看守所呀。"

"吓唬吓唬你。"

"减减肥吧，老哥……"徐副所长拍一拍梁湛的圆肚囊，带头往里走，还很客气地提醒姜琼跟上。除了笔记本和笔，其他物件不得拿进会见室。

走到会见室门口，梁湛挠了挠鼻头。姜琼意识到他又心痒痒了。

"郑所长几时回来？"梁湛双手扣住皮带，慢悠悠地看向徐副所长，问。

"那要看病情如何啦，"徐副所长说着暗语，并在自己肋骨那儿戳上一根指头，"刀子捅得很深。"

"病情乐观吗？"梁湛笑眯眯地问。

徐副所长便笑而不语。

"天塌不了，但有些人的天倒是会塌的。"梁湛说，"这滋味可不怎好受哦。"

"唉，自求多福吧。"徐副所长说，"睁大眼睛，别无缘无故被捅刀子。"

"我跟您说，老弟，无缘无故的事儿往往藏着惊天动地的秘密。"

罪与爱

两人又刻意而做作地扯了几句暗语,徐副所长把那道门推开,做了一个有请的手势后快步离开。

会见室是个小黑屋,四面封闭,没有窗户,刚好可容纳两把黑色靠背椅。一面大玻璃镶嵌在白色台面上,将屋子对半切割,外面留给"好人",里面留给"坏人"。

不知道因为什么,梁湛和姜琼落座后,总按捺不住看对方,不是他扭头看她,就是她扭头看他,但目光从未碰在一起。梁湛抹了一把玻璃——上面的掌纹印让他不舒服。

里面的门被推开,进来一名男警察。他握着门把手,后背贴住门板,向屋里歪一下头,冷冷地说:"进来。"

"是。"这是嫌疑人的声音。

当这名犯罪嫌疑人穿着橘红色马甲,戴着手铐,从门口一步步走向玻璃时,梁湛和姜琼在那一瞬间就理解了一切。他中等身材,瘦弱不堪,面无血色,有两个大号招风耳,很温和,很沉静。他身上有一种力量,一种不可撼动的安宁,这安宁却让别人感到不安。

直到嫌疑人坐下来,男警察才关门离去。

嫌疑人坐下后,缓缓抬起脸,沉静地看着玻璃。他的左眼角有一道伤疤,增生的瘢痕把整只左眼挤得几乎眯成一条缝。

三个人在沉默中对视了两秒钟。

"是他们干的吗?"梁湛开口了,指那只伤眼。

"不是。"

冷水坑

"那是谁干的?"梁湛接着问。

"我父亲。"

"接下来,我问什么,你回答什么。"

"是。"

"那天你去交通大队之前喝酒了,是吗?"

"是的。"

"具体什么时间开始喝的?"

"下午两点四十分左右。"

"喝到几点?"

"下午三点五十分左右。"

"几个人一起喝的?"

"还有两个男的。"

"你自己喝了多少?"

"八瓶啤酒。"

"你觉得自己醉了吗?"

"不觉得。"

"那两个人认为你醉了吗?"

"不认为。"

"喝完酒就动身去交通大队,是吗?"

"是的。"

"路上花费了多长时间?"

"十五分钟左右。"

"进交通大队大厅后,殴打交通大队队长之前,你的言行有过激之处吗?"

"没有。"

"你对保安、前台及交通大队队长都说了'您好',是吗?"

"是的。"

"队长一见到你,第一句话是'哪儿来的酒蒙子,滚出去',是吗?"

"是的。"

"你的回答是'我喝酒了,但没醉',是吗?"

"是的。"

"交通大队队长第二句话是'滚蛋,给我滚,臭盲流子',是吗?"

"是的。"

"你的回答是'我不是盲流子,我过来就想打听一件事儿',是吗?"

"是的。"

"交通大队队长第三句话是'少来这套,臭盲流子,浑蛋酒蒙子,滚出去',是吗?"

"是的。"

"然后你露出了微笑,是吗?"

"是的。"

"什么样的微笑?"

"这样的……"

"有嘲讽的意味吗?"

"没有。"

冷水坑

"你不用笑了。交通大队队长第四句话是'臭盲流子你笑谁,你笑谁',是吗?"

"是的。"

"你的回答是'我在对您微笑,老百姓的微笑',是吗?"

"是的。"

"交通大队队长第五句话是'狗屁老百姓,拿老百姓压我吗?你一个酒蒙子也配做老实巴交的老百姓吗?机关单位是你这种社会废物随便进的吗?滚,保安,保安',是吗?"

"是的。"

"你的回答是'求求您了,把驾照还给他吧,一家老小都指他养活呢',是吗?"

"是的。"

"交通大队队长没说话,稳稳当当地走到你跟前,一巴掌扇在你左脸上,是吗?"

"是的。"

"你的回答是'为什么打我呀',是吗?"

"是的。多了一个'呀'。"

"交通大队队长没说话,一巴掌又扇在你右脸上,是吗?"

"是的。"

"你的回答是'为什么打我呀',是吗?"

"是的。"

"交通大队队长没说话,一拳头击打在你胸口上,

罪与爱

是吗?"

"是的。"

"你蹲下身体,疼得说不出话,是吗?"

"是的。"

"然后,进来一个保安,是吗?"

"是的。"

"一个保安。"

"是的。"

"你能认出他吗?"

"能。"

"这名保安进来时,交通大队队长大声对他说'报警,报警,他威胁要杀我,报警',是吗?"

"是的。"

"然后,这名保安上前来,在你右腰眼儿上踢了一脚,是吗?"

"是的。"

"这名保安穿的是黑色钢头皮鞋,是吗?"

"是的。"

"你怎么知道他的皮鞋是钢头的?"

"疼。"

"接下来,这名保安摁住你的脖颈,把你的脸摁在地面上,是吗?"

"是的。"

"接下来,这名保安用膝盖压住你的脊椎骨,是吗?"

冷水坑

"是的。"

"接下来,这名保安用右拳击打你右边太阳穴,连续击打了七次,是吗?"

"是的。"

"同时,交通大队队长用脚踢你的肋骨,是吗?"

"是的。"

"踢了几脚?"

"来不及数。"

"你被保安弄起来后,你趁机转过身,右拳打在交通大队队长左下颌骨,导致他后仰栽倒,后脑勺着地,是吗?"

"是的。"

"接着,这名保安'啊'地叫一声,然后把你过肩摔,摔在地上了,是吗?"

"是的。"

"摔在地上之后,你一直躺着,直到警察来把你拷上,带去派出所,是吗?"

"是的。"

"以上这些过激语言及暴力行为,都发生在交通大队队长办公室,是吗?"

"是的。"

"你确定?"

"我确定。"

"你怎么确定?"

罪与爱

"进门前,我特意抬头看了一下门牌,用右手食指一个字一个字点过。"

"你写过一部叫《我是一名罪犯》的小说,是吗?"

"是的。"

"你内心向往成为一名罪犯,是吗?"

"是的。"

"你是带着这种主观意识去找交通大队队长的,是吗?"

"不是的。"

"你和社会上一些反动势力有关系吗?"

"没有。"

"你恨你父亲吗?"

"不恨。"

"你爱你父亲吗?"

"不爱。"

"你母亲呢?"

"她死了。"

"你爱你母亲吗?"

"我想我爱我的母亲。"

"你母亲离世,导致你向往成为一名罪犯,是吗?"

"不是。"

"既然你向往犯罪……"

"不。理解有误。我向往做一名罪犯,但不想犯罪。我不想伤害任何人。"

"所以,你让你父亲委托律师,就是我,来帮你打一场输赢都无所谓的官司,是吗?"

"是的。"

"好的。我问完了。"

"我能说几句话吗?"

"要与本案有关。"

"是的。有关。我没犯罪。我问心无愧。如果我因此被判有罪,那么,我觉得我赚了。我向往做一名罪犯,条件是不犯罪,那么,看起来这个目标要实现了。我想做一名纯洁无瑕的罪犯。如果通过伤害别人走进监狱,那么,我就不是一名纯洁无瑕的罪犯。我不想伤害任何人。"

XIV 自己人

离开会见室,向安检台走去时,一种朴素的感情笼罩着姜琼。她愿意陪伴那名小说家嫌疑人;陪伴他,意味着陪伴她自己。接着,她开始想象自己就是小说家嫌疑人,体会他的感受,领悟他的思想。来到安检台,她把物品一件件装回肩包,这种感情不知不觉地漫向了那名年轻的警员。他的脸色依旧冷漠和厌恶,却频繁地偷瞄她挽着袖口、装捡着物品的小臂,一碰见她的目光便把脸扭开。她能感受到他对她的需求,这是因为赵立峰、梁湛及更多人都在她身上获取这种需求。然而,他们从未给予她对等的回报,也意识不到他们的回报全是她已拥有的且失去了意义的东西。她以前认为无缘无故地爱他们应该不求回报，现在不同了，她正视起自己的心灵需要：她也渴望被无缘无故地爱，渴望真实的人与她相伴。

梁湛在安检台前面想着心事，踱来踱去，看起来很不安。他朝走廊尽头溜达过去，在那里撞见刚巧下楼梯的徐副所长。

"泡了普洱茶，和姜律师上来喝一杯？"徐副所长在楼梯上停住脚步，用一个胳膊肘子压住扶手，笑微微地说。看来他不准备下楼。梁湛当时刚把脸扭开，朝安检台望过去——他发觉姜琼装好东西后似乎不愿离开那名警察。

"云南老班章……"徐副所长又说。

"看守所所长请被告律师喝高档茶，好说不好听。"梁湛回过头，揶揄老熟人似的说。"磨蹭什么？"他大声问姜琼。

"你又犯病了，是吗？"徐副所长紧跟着呵斥下属，满脸反感，另一个胳膊肘同时压住楼梯扶手。

安检台的警员露出一种无辜、憋屈又赌气的神情，打远处看，像个心情恶劣的痴呆症患者。

"这姑娘行！有股劲儿。"过了一会儿，徐副所长说，随后叹了口气，自言自语似的说，"我手下要么是白眼儿狼毒蝎子，要么是白痴。为什么呢？"

"唉，干一行遭一行罪，"梁湛说着转过头，微微后仰，对徐副所长讪讪一笑，"人哪，在哪儿立足就在哪儿埋，"他边说边往安检台那个方向走，又像揶揄老熟人那

冷水坑

样发出几声大笑,"您说您,关着几百号人,老天爷能让您心里得劲儿吗……走啦,再见!"他冲徐副所长高高地撩下手,转过身,先姜琼一步走出安检区。

夜晚正在降临。因为路况不佳,一路上车子不断颠簸,姜琼的头甚至磕到了车窗玻璃。她没有埋怨梁湛,默默地想着很多东西。建筑废墟、老年教徒、白白骸骨、纯洁无瑕的罪犯、爱与思想中现身的丈夫,在心灵世界里一一重现并交织成只能由她来解答的专属问题:社会的核心功能和人的精神世界如何结合在一起,或者说,在什么事物上能够结合在一起。她沉思着,没注意到在后视镜里频繁观察她的梁湛。

"我小瞧他了。"看见姜琼把目光从车窗移过来,梁湛突然说。

"把自己活成一个文学角色……这世道啊……"说完他问姜琼怎么看,随后发觉一种并非针对他的愤怒出现在她的目光里。

"他解脱了。"她说。

"不。你心太软,没看懂。是羞辱。做一名纯洁无瑕的罪犯是对社会核心功能的羞辱。"他正气凛然,又自鸣得意,"或者说,赎罪。这种心理我很了解。当一个人对自己发起战争,那一定是为了赎罪。可怕地折磨自己,直到清清白白、干干净净……让我告诉你,这是自欺欺人。其实我非常愤怒,我感觉我们法律从业者被他玩弄了。"

"玩弄我们的不正是法律吗?"她说。

罪与爱

"你这样想是极其危险的。"他想用这句话来缓解她那个观点带来的震撼,同时紧锣密鼓地思索"极其危险"在哪儿。"假如这世界缺少一个绝对的价值标准,假如我们这些人动摇了对法律的信念,这是极其危险的。丧失神圣法则的世界必将毁灭。"他这样说。

"法律的本质是什么?"她露出一丝苦笑,问。

"公正、公平、正义。"三个要点像猎户座那三颗明星,梁湛边说边在头脑中演绎它们的关系:公正的制度保障公平的规则以守护正义的价值。

"自己人。"她说,"法律的本质是自己人。"

"我不明白你在说什么。"

"真正的社会是超越正义的,对法律没有要求。"她说。

"亚里士多德。《尼各马可伦理学》。我知道。"

"但我们手里抓住的法律似乎只有一个目的——把人分为三六九等,让每个人咎由自取……"她这样说,是因为想到法律不能在根源上消灭犯罪,无法在犯罪发生之前拯救受害者。她因此否定了法律有什么神圣性,它不能承担绝对价值的基石;相反,任何社会、任何时代的法律都不立足于发生在每个人身上的痛苦,却对制造这种痛苦的社会规则保持不见光的敬畏。

"难道你认为法律在制造罪恶?还是说,那个制造罪恶的东西,法律并不过问,甚至助纣为虐?果真如此的话,那么,我和你都要下地狱!赵立峰将被打入地狱十八层!我们没有堕落到这种地步!也不能堕落到这种地步!"

冷水坑

梁湛还说他非常痛苦,见到她顽固地沉默着,就更痛苦了,因为他无法自控地认为她是正确的。他差一点儿抱着同归于尽的念头把车极速撞向一棵大黑树。

小说家嫌疑人令梁湛意识到他对忏悔并未痛下决心,除了缺少置之死地而后生的严肃态度,未脱离自娱自乐,根本原因在于他一直找不到合理的赎罪对象。他应当抛掉自我,摆脱自恋,用另一种视野去评估这三十年的人生。这三十年的人生,如果放进小说家嫌疑人那种不明不白的个人意识里,仅仅是一场自卖自夸的梦。梁湛转念之间就否定了个体在历史中的地位,觉得个体就像藤蔓上的花朵,它们自由绽放,五彩斑斓,却华而不实,这是其一。其二,他的心灵尊奉起凌驾于个体之上的集体力量,认为它是这个世界的真正基石,是法律的本质所在。他甚至饱含情感地以集体力量的代言人自居了。在集体力量的感召之下,梁湛觉醒了,他把这三十年的人生毫不犹豫地推向一个全新高度,赋予它全新的意义——他见证了一项我国最高事业的全部历史:一个全新的劳动阶级诞生了,如今又陨落了。而且,他坚信自己有资格将这陨落视为全新事业的开始,有资格说"一个人自暴自弃与犯罪无异"。他随即勇敢地对自己开诚布公,一下子抓住了他虚假忏悔的根由——一种幼稚的浪漫主义正义观。它无影无形,却时刻蛊惑着心灵走进梦幻泡影般的泥潭,变成另一个小说家嫌疑人。

梁湛扫了一眼方向盘旁边的计时器,牢牢记下时间,

罪与爱

因为从这一刻起,他认为他完成了救赎。

那棵大黑树从车窗外掠过时,发出可怕的啸声。一条被照亮的笔直路面通向灯光尽头的黑暗。此时,通向死猪坑的野草地毫无声息地出现了。远方,大气层里残留着回光返照般的夕阳余晖,涣散的光素在地平线上方映照出一条浑浊的深灰色天空带,顽固地阻碍着夏季夜幕完全合拢。这片野草地如同一块死寂沉沉的大墓地,使姜琼的内心突然平稳下来。她似乎是被一种明智的意识点悟,自我代入了这片大墓地,想象着自己葬身其中。

"哦,原来如此,"姜琼想道,"墓地里的爱是我无缘无故地信任世界的真相。"这种爱让她生来就觉得已经拥有了全部,事实上她一无所有。从女儿到妻子,最后成为母亲,这种爱支配她及无数女性一路变换人生的身份,只为心甘情愿地去背负更沉重的命运。这便是女性空虚的原貌。

"现在不同了,是的,不同了,"她继续想道,"我对他(小说家嫌疑人)的爱,是另一种爱。"沉重命运在男性身上以另一种方式展开,姜琼虽然还不能清晰地推导出来,但他那自杀式的精神和行为却深深震撼了她。她不禁联想到了丈夫,随即发现,这个男人的所思所为从未获得过她真心的认可。她爱着丈夫,也渴望爱上赵立峰这个人,但这是不可能的,因为在他那里,妻子是且只能是一根精神肋骨。

自己的丈夫及更多丈夫在做什么呢?这个单纯的念

冷水坑

头突如其来地抓住了姜琼。他们不理解女性，也不屑于这样做；他们是社会核心功能的执行者；他们出现在哪里，便在哪里制造墓地……她又因为于心不忍而否定了这种过于夸张和武断的解读，而且，他们同样是受害者。很多时候，他们被不知名的痛苦所折磨，这确实令她动容。爱上一个真实的人，他们便能解脱。她看得一清二楚，却改变不了什么。苦难让人盲目——让女性盲目地爱别人，让男性盲目地侵害别人。男女之间有一种隔阂，这是众所周知的，可没有多少人认识到这种隔阂又是把他们和她们连接在一起的唯一事物……他们像是同一场战争不同位置上的受害者。活人变成白骨之前，精神世界先一步化为废墟，成为一具具任人摆布、抹杀性别的劳动躯体，而这正是那场战争的目的。作为人的人与作为劳动者的人如果共享同一具躯体，一个人便拥有了全部自由，便超越了性别……但总有一种力量否认这具躯体，割裂这具躯体……

这些思想暂时还很潦草，有些像是在自问自答，却为姜琼迅速勾勒出一个可信的思想背景。在这个背景的参照下，她神奇地抓住了一个形象——那名小说家嫌疑人的明亮剪影，它像一层薄纱拂在她身上，引发了交织着痛苦和欣慰的激荡情绪，她不由自主地对爱产生了坚定的遐想：每个人都是自己人，他们像爱自己一样爱着别人。

二〇二〇年八月五日晚，临近家门时，姜琼依然在思考。"让爱成为法则，让每个人成为自己人，是贯穿女性生命的全部劳动。"她对自己说。这并非意味着她建立起了泾渭分明的女性思想，而是她认识到了女性独有的意义与价值。与此同时，姜琼冷静下来。她恐怖地察觉到自己差一点儿签下一份魔鬼契约。爱的法则是一项独特的法则，离不开独特的土壤——生命。想到这一点，姜琼用生育来描述这项法则：母亲从生命中挤出小孩儿之后，她们应当像破土而出的花蕾，在阳光里尽情地绽放，这是全新的自己。沉浸在这种新生的感悟和想象里的姜琼被深深地感染着，她渴望与丈夫分享，希望他能从中获益。但她也清楚，男人没有体会这种新生的能力。

2022 年 5 月 1 日

后　记

我决定出这本小说集，是为了挣钱。我不是缺钱，或想挣更多钱，而是根本没钱。我身无一技之长，手无缚鸡之力，又不肯坐班，最近几年靠朋友资助和网贷活着，滋味很不好受。而且，这种滋味越是不好受，我越觉得贫困必须忍受，精神必须富有。这很幼稚。

我写小说的原因有以下四点：一、相比坐班被别人剥削，我更喜欢自己剥削自己。二、现实中我寸步难行，写小说的时候，我总觉得卑微的社会地位和经济贫困暂时还不能把我推向末路。三、写小说使我认清了自己：社会废物，精神阿Q。另外，自恋、自私、懦弱、狂躁、无能等等，我是一样不少。四、写小说能挣到一点小钱，我习惯了苦日子，要的也不多。

我出生在东北，儿时移民到了粤北山区，一个客家人和瑶族人的聚集区。2005年至2014年，我在广州边上班边写小说；2016年，我因参加"实践论"项目回到

冷水坑

阔别已久的东北，以驻地之名暂居沈阳写小说，一晃过去七年。我的写作转折点是在2015年前后吧。所谓转折，是指写作主题的改变。一开始，我写自己，后来意识到我自己"啥也不是"，无甚可写，而且这个领域的优秀作者比比皆是。出于写作的需要，慢慢地，我捡起了东北人的身份。

从短篇小说《冷水坑》开始，我的写作主题正式转向东北。打那以后，我有意识地进行知识积累，每天阅读，做读书笔记。沈阳这七年，我的主要工作就是阅读和练笔。除了小说，我什么书都看，因为我一看别人写的小说就焦虑，不知道是怎么回事。书写东北，导致我对语言有了完全不一样的需求和想法。我打算以东北话作为基本框架，往里面大量倾泻"外来原料"，类似于"西体东北用"，但效果如何，我不保证。

沈阳这七年，我的生活质量和身体状况是呈阶梯式下降的。头两年还好，似乎一切都是新鲜的，精力也充沛。第三年糟糕了起来，单说经济，很长一段时间我每天只有十块钱用来吃东西，六块钱的手抓饼和方便面是主食，抽烟、喝咖啡（一块五一条的雀巢速溶）、生活用品等费用，通常找朋友们借，这个借二十，那个借三十的，很多朋友也会偶尔慷慨地资助我。身体也开始垮掉了，因为毫无节制地熬夜、吸烟，大量饮用糖分极高的速溶咖啡，导致心悸、便秘、失眠和精神萎靡，但心底依然鼓励自己："看，这才是人该过的日子。"贫困状态持续到我有资格

后记

借网贷了才有所缓解。

记不清多久了,我每天只能睡四个小时,身体难受,精神却极端亢奋,一想到有十几个小时可以工作就觉得干劲十足,然后蹦下床。十几个小时刺溜一声过去了,我往往什么都没做。时间以月为单位,一年转瞬即逝。我对东北的九月充满了心理阴影,月末天一凉,漫长的冬季就像一列运煤火车,黑乎乎地开到眼前了。深冬时节,外面零下二十度,夜晚的大街没有一个人,像极了空荡、昏暗的地狱。通常这个时候我才起床,不刷牙不洗脸,先冲两袋咖啡,边抽烟边大口喝,然后去厕所。有时候凌晨两三点得下楼买烟和咖啡,不到一百米的距离就把我冻得浑身生疼。冬天里大概半个月洗一次澡,顺带刷个牙,更换秋裤、外裤和袜子,羽绒服基本不换。我经常囤一堆鸡蛋,饿了就煎四到五个,配点蔬菜或火腿肠,大多一天吃一顿。住所是朋友提供的老式祖屋,之前有暖气,后来没钱交采暖费就停供了。另一个朋友送给我一个四十元的小太阳,效果很好。

实践证明,我干这行应该是没啥天赋的。语言粗糙,剧情狗血,病句连篇,基本靠蛮力推进。很多作品纯粹是为了写而写,如果再不动笔,人就崩溃了,因此弄出不少劣质文本,一想到它们我就感到悔恨和尴尬。我似乎始终处于磕磕绊绊的练笔状态,而且没养成合理的劳动习惯,比如每天写一点或几天写一点,都是拖延到扛不住了才打开文档,硬着头皮写个开头,普遍要三个月

冷水坑

甚至更长时间才能完成一个作品。

写小说的过程中，让我痛苦的事情有很多。比如，我想打一个字，发现不会读，拼音输入法就失灵了，不得不腾出时间去查百度，脑子里的线索便断了，我心里就会赌气地想，为什么汉语不是表音文字呢。还有词，主要是动词，我好像患有动词失语症，句型漂亮，语义清楚，宾语明确，就是找不出连接中枢的动词，只能用"XX"替代，事后补上去。句子就更可怕了，简直是一截截噩梦，我的心得是：当代汉语的句子像杂乱无章的密林，或钻入深处，顺缝隙精细游走——但我没有这个耐性；或升入高空，俯瞰全景，变成只有他自己相信、别人一概不信的语言上帝——可我不信任何形式的上帝；如果切近整观，思维又容易绷得过紧，留下刻意的痕迹——这也超出了我的能力范围。我的路子是靠近每棵大树，使劲儿踹几脚，让它连根晃动，紧接着去踹另一棵，直到把整片森林挨棵踹完，身居其间感受世界在震颤、破裂，一截截粗犷的木头泥石流似的从天而降，把我淹没。

我和每个字、词、句子搏斗，是因为我总认为汉语作为一门活语言、一个工具，存在诸多不足之处。当然，肯定有天赋高的人能化缺点为优点，可我做不到，我总想着赶紧把东西写完，因为熬不住了，实在太累了，而且写完之后就感到厌恶，立刻关掉文档，发誓再也不看它们。

还有一件看似不起眼的小事，我必须说出来，就是

后记

椅子和桌子的高度比例。真是奇怪了，我写了快二十年小说，从来没遇到过合适的、舒服的书桌和椅子，不是椅子低了，就是桌子高了，或者不能架腿，弄得身子骨特别难受。

我也难以避免地患上了各类精神和心理疾病，焦虑，狂躁，厌世，自言自语（我经常和自己辩论），以及秽语综合征和强迫症。我必须实话实说，秽语综合征是在东北这几年得的。回沈阳之前，我基本不会说东北话了，思维方式、生活习惯就是个广东人，说一口塑料普通话。突然有一天（大概是在沈阳的第四年），我发现自己变成了东北人，心里便有了一种痛苦，这种痛苦必须用东北话脏话招呼，不这样心里就难受。强迫症主要表现在阅读上，很简单，一本书就算再厚再难也要读到最后一页，天王老子来了也不好使。我几乎只看电子书，因为没钱买那么多纸书。

艰苦的、同质的生活，一天接一天地重复，不健康的劳动方式对人的影响和改造，我的体会是很深的。

打小我就知道，我和生活之间有一道鸿沟。我跨不过去。跨不过去就不跨了，我选择在谷底虚构世界，或者说，借写作之名逃避生活。对我来说，生活是无孔不入的暴力组建的可怖装置，邪恶是它的逻辑，苦难是它的产物。别人爱信不信。和生活保持距离，也是为了拒绝它暗地里分泌的微妙诱惑。梅菲斯特说："只要你相信自己，你就会懂得怎样生活。"我不是信徒，也非"浮士

冷水坑

德"——我是老百姓!不吃这一套。我只知道一点,专心劳动,不甘为奴。

像我说的,出这本小说集是为了挣钱。我需要钱。这世上,或许只有(合理合法)挣到钱和自由地劳动能让人感到真心的幸福了。我为此感谢所有帮助过我的朋友们,感谢副本制作和铸刻文化,你们让我感到了关怀,我会把你们记在心里。